www.bbulmedia.com

www.bbulmedia.com

숨
쉬는
법

숨
쉬는
법

초판 1쇄 찍음 2014년 11월 26일
초판 1쇄 펴냄 2014년 12월 2일

지은이 | 김효원
펴낸이 | 정 필
펴낸곳 | 도서출판 **뿔미디어**

편집장 | 이재권
기획·편집 | 주종숙

출판등록 | 2002년 9월 11일 (제1081-1-132호)
주소 | 경기도 부천시 원미구 소향로 17, 303(두성프라자)
전화 | 032)651-6513 / 팩스 | 032)651-6094
E-mail | dahyangs@naver.com
블로그 | http://blog.naver.com/dahyangs
홈페이지 | http://bbulmedia.com

값 9,000원

ISBN 979-11-315-3702-2 03810

숨
쉬는 법

장편소설

김효원

C/ontents

프롤로그

"내게 시간을 줬으면 좋겠다."

점심을 때우기 위한 메뉴를 묻듯 무덤덤하고 건조한 말에 테이블을 응시하고 있던 유안의 고개가 빠르게 들렸다.

"?"

"당장 이 집에 들어와 예전처럼 살 수는 없을 것 같아. ……그러니 3년, 아니 2년 정도만 따로 살았으면 해."

'이게 무슨.'

전혀 예상하지 못한 말이 주는 파급효과는 엄청났다. 평온해 보이는 겉모습과 상반된 거친 폭풍이 가슴속에 몰아쳤다.

왜 시간이 필요하다는 건지 쉽게 이해가 되지 않았다. 그만큼 떨어져 지냈으면 됐지, 도대체 얼마나 더…….

숨이 막혀 왔다. 어떻게 숨을 쉬어야 하는지 도무지 떠오르지 않았다. 가슴 정중앙을 어떤 거대한 덩어리가 막고 있는 듯 답답했다.

그대로 쓰러져도 하등 이상할 것이 없는 그런 상태였지만 마른침을 삼키는 걸로 저를 숨겼다.

불안하게 흔들리는 유안의 눈동자가 지금 들은 말의 사실 여부를 판단하기 위해 그의 얼굴을 샅샅이 훑었다.

고요한 호수. 작은 미풍도 허락하지 않는 단단함. 그녀를 응시하는 그에게선 작은 흐트러짐도 찾아볼 수가 없었다.

'제대로 들었구나.'

정신을 차리자. 유안은 손톱이 손바닥을 파고들 정도로 주먹을 꼭 움켜쥐었다.

피가 맺힐 정도의 악력에 손바닥이 고통을 호소하자 조금씩 숨이 트였다. 다행이다. 못 볼 꼴을 보이지 않아도 되니 말이다.

뭐라 해야 하나……. 본능적으로 그가 원하는 것을 들어주려는 마음을 지그시 누르고 맞은편에 앉아 있는 남자를 쳐다보았다. 낯설었다. 누구보다 그를 잘 알고 있다고 생각했는데 전혀 아니었나 보다. 지금 눈앞에 있는 사람은 그녀가 전혀 알지 못하는 사람이었다.

마치 그녀의 처분을 기다리는 사람처럼 말을 아끼고 있는 그를 한동안 바라보았다.

원망 가득한 말이 튀어나오려는 것을 막기 위해 유안은 힘겹게 입술을 깨물었다. 집으로 돌아오는 내내 그의 팔에 매달리듯 붙어 있던 낯선 여자의 모습이 그녀를 괴롭혔다. 친밀하고 다정해 보이는 두 사람의 모습이 머릿속에 새겨져 지워지지 않았다.

"……아까 그 여자 때문이에요?"

유안은 이유를 묻는 목소리가 떨려 나오는 걸 막을 수가 없었다.

"아니. 그 애와는 전혀 상관없어. 내가 문제지."

"……."

'진짜 그 여자 때문이 아니에요? 그 말, 믿어도 돼요?'

이러려고 귀국 날짜도 정확하게 알려 주지 않은 건가? 여자의 팔짱을 끼고 귀국을 한 그가 공항에서 가지고 있던 짐은 어디에다 두었는지 빈손으로 이곳을 찾았다. 그리고 한다는 말이, 시간이 필요하단다. 그러면서도 그 여자완 아무 상관이 없다고? ……믿을 수가 없었다.

입 밖으로 꺼내지 못한 질문들이 마구잡이로 몰아쳐 입안을 맴돌았다. 어떻게 당신이 내게 이럴 수 있느냐고 욕이라도 퍼부으면 이 갑갑하고 억울한 심정이 조금은 옅어질까?

늘 따스하고 애정 어린 시선으로 자신을 바라보던 사람의 눈이 언젠가부터 그 빛을 잃어 가기 시작했다. 그렇게 불안한 마음을 감추고 그를 떠나보낸 시간들이 주마등처럼 떠올랐다.

함께했던 시간보다 멀리 떨어져 보낸 시간이 훨씬 많았음에도 그를 믿었다. 처음 그를 보았던 때의 떨림을 잊지 못했고, 늘 그의 곁을 지켜 주겠다는 마음을 가졌던 순간을 가슴 깊이 간직했다.

그런데, 그 결과가 이건가…….

쓸쓸했다. 역시 욕심이 너무 컸나 보다. 담지 말아야 할 것을 가슴에 담았던 순간에 이런 일이 생길 거라 예측했어야 했다. 아니, 처음부터 그를 가지려던 몹쓸 마음을 외면했어야 했나 보다.

시계 초침이 부지런히 움직이고 있었지만 한동안 시간이 멎은 듯했다. 어느 누구도 쉽게 입을 열지 않았다.

유안은 자신을 빤히 쳐다보는 시선을 피해 고개를 돌렸다.

거실 창을 통해 어스름한 저녁 빛으로 물든 정원을 밝히는 외등 하나가 새삼스레 눈에 들어왔다. 늘 그 자리에 있던 것이었는데 오늘따라 무척 낯설기만 했다. 주위를 환하고 따스하게 밝히고 있음에도 왜 이리 외롭게만 보이는지.

7년 만의 귀국이었다. 그토록 바라고 원하던 사람의 곁에서 이제야 숨 쉬고 살 수 있다고 생각했다. 자신의 처지가 조금 안 좋기는 하지만, 그래도 그라면 이해해 줄지도 모른다는 희망을 가지고 귀국 날만을 기다렸다.

그런데 조심스레 가져 본 희망이 여지없이 무너져 내렸다.

삐삐비빅. 때르르릉. 뾰로로롱.

정적을 깨고 한꺼번에 울려 대는 여러 가지 알람 소리에 움찔한 유안이 소리 없이 일어나 하나씩 알람을 끄기 시작했다. 탁자 위에 놓아둔 핸드폰을 시작으로 방과 주방을 차례대로 거쳤다.

마지막으로 주방에 놓아둔 알람 시계를 끈 유안이 싱크대 서랍을 열고 주황색 약을 꺼내 한참을 들여다보다 기계적으로 삼켰다.

그래, 차라리 잘되었다. 제 처지를 그에게 어떻게 말해야 하나 고민하던 게 무색할 지경이었지만, 이렇게 된 게 다행일지도 몰랐다.

자신만큼 외로운 사람의 곁에 다른 사람이 생긴 것도 다 잘된 일이라 생각하자.

마음을 다잡은 유안이 힘주어 걸음을 옮겨 그의 맞은편 자리에 앉았다. 슬슬 이야기를 마무리 지어야 할 때가 되었다. 결론이 빤한 얘기를 길게 끌어 봤자 무슨 소용이 있을까.

"대단하네요. 7년 만의 귀국 선물치곤……."

"……미안하다."

"마음에도 없는 소리 그만해요. 진짜 미안했으면 그런 말은 꺼내지도 않았겠죠."

"……."

"잘됐네요. 이왕 이렇게 된 거 가능한 한 빨리 정리하는 걸로 하죠. 무의미하게 시간을 끌 필요가 뭐가 있어요?"

미련을 담지 않는 유안의 말에 그가 처음으로 동요를 보였다. 이를 악물고 가슴이 들썩일 정도로 크게 숨을 몰아쉬었다. 왜 저런 반응을 보이는 걸까? 시간이 필요하다는 말을 꺼낸 사람이 누군데……의아했지만 관심을 둘 여력이 그녀에겐 없었다.

조금씩 무너져 내리는 심장으로 인해 꼿꼿하게 앉아 있는 것조차 힘겨운 유안은 그저 이 자리를 벗어나고만 싶었다.

"그럼 안녕히 가세요."

간신히 다리에 힘을 주어 소파에서 몸을 일으킨 유안이 그에게 등을 보인 순간 낮은 음성이 들려왔다.

"이유안, 너무 ……마."

"?"

1.

누군가에게 마음을 빼앗기는 건 찰나의 순간이다. 환하게 웃을 때
접히는 눈꼬리를 본 순간일 수도, 삐죽 솟아오른 머리카락일 수도,
아프게 매달린 눈물방울일 수도, 거만하게 치켜 올라간 입매일 수도
있다.

그렇게 짧은 순간에 심장 깊이 들어와 박힌 모습은 아무리 애를
써도 지워 낼 수가 없다. 마치 천형처럼…… 심장에, 핏줄에, 세포
하나하나에, 그렇게 온몸에 새겨져 떨쳐지지가 않았다.

그의 존재가…….

세상을 다 가진 듯 보이는 환한 웃음이 영원히 그의 입가에 머물
기만 한다면 무엇이든 할 수 있을 것만 같았다. 그때는.

❈

삐익.

넋 놓고 있던 유안의 귀에 하차벨 소리가 우렁차게 들려왔다. 깜짝 놀란 그녀가 급하게 몸을 움직였다. 문이 열리고 목적지에 다다른 사람들의 뒤를 따라 허겁지겁 차에서 내린 그녀는 뒤늦게 주위를 둘러보았다.

"여긴 어디지?"

익숙한 듯하면서도 어딘가 낯선 거리.

유안은 천천히 눈을 깜박이다 뒤늦게 시야에 들어온 커다란 건물에 달린 간판을 보고는 작게 안도의 숨을 내쉬었다. 그녀가 내려야 할 곳보다 두 정거장 전이었다. 너무 심하게 멍하니 있었던 모양이다. 정작 내려야 할 정류장에 닿기도 전에 서둘러 내린 걸 보면.

"푸우."

입술을 동그랗게 말아 작게 숨을 내쉰 유안은 그 자리에 못 박힌 듯 서서 눈만 깜박였다. 이내 무언가를 찾는 것처럼 불안하게 흔들리는 커다랗고 새까만 눈동자를 파르르 떨리는 눈꺼풀로 덮어 버렸다.

제가 어디로 향해야 하는지 알면서도 쉽게 발이 떨어지지가 않았다. 갈 곳을 잃은 가슴은 꺼지지 쉬운 불씨처럼 위태롭게 흔들렸다.

"하아."

뒤이어 유안의 입에서 나이에 어울리지 않는 묵직한 한숨이 터져 나왔다.

'아빠.'

그녀는 그리움을 담아 속으로 작게 중얼거렸다.

늘 바쁘다는 이유로 그녀와 자주 시간을 보낼 수 없음을 안타까워하던 아버지의 미안해하는 모습이 또렷이 떠올랐다. 그래도 그렇게 나마 곁에 있을 때가 좋았는데…….

오늘은 그녀의 아버지가 돌아가신 지 일 년이 되는 날이었다. 그래서 학교도 빼먹고 아버지가 쉬고 계신 납골당에 다녀오는 길이었다.

유안의 어머니가 그녀를 낳고 돌아가신 뒤로 늘 일에만 몰두하던 아버지가 몇 년에 걸쳐 연구한 것을 완성하기 직전에 그만 생을 마감하고 말았다. 아버지의 갑작스런 죽음의 사유는 과로로 인한 심장마비라고 했다.

이제 고등학교 1학년이 된 유안에게 남은 것은 아버지가 대표로 있던 회사의 과반을 초과하는 지분과 오랫동안 쓰지 않고 모아 놓은 어마어마한 예금이었다.

아버지는 당신이 그렇게 되실 걸 예감했는지 그녀가 만 20세가 될 때까지 그 누구도 그녀가 물려받은 재산에 손을 대지 못하게 철저하게 준비를 해 놓으셨고, 다달이 넉넉한 생활비가 나오도록 안배해 놓기까지 하셨다.

그렇듯 세심하게 마음을 써 주던 아버지셨는데…….

어제저녁 일이 떠오르자 유안의 눈동자가 대번 흐려졌다.

아버지의 기일 하루 전인 어제저녁 무렵이었다.

1년이 채워지기를 기다렸다는 듯이 그녀의 집으로 들이닥친 아버지의 형제들은 혼자 사는 조카의 안부 따윈 안중에도 없었다. 오로지 유안이 가진 것을 조금이라도 더 빼앗기 위한 아귀다툼만이 있을 뿐이었다.

유안의 법적 후견인 자리를 서로 차지하기 위해 작은아버지와 고모는 치열하게 서로를 비방했다. 그녀는 노골적으로 욕심을 드러낸 두 사람이 언성을 높이며 싸우는 모습을 재미없는 코미디 프로를 보는 것처럼 구경했다.

그녀가 다니는 고등학교를 비롯한 초, 중, 대학 재단의 운영권을 가로챈 것으로는 많이 부족한 모양이었다. 아버지가 생전에 애정을 가지고 있던 재단을 빼앗긴 것만으로도 속이 상한 마당에 더 많은 것을 원하는 탐욕 가득한 그들의 모습에 어떤 말도 하고 싶지 않았다.

자신의 나이가 조금만 많았어도 그렇게 허망하게 잃지는 않았을 텐데⋯⋯. 재단 운영권이 증여는 될 수 있어도 상속이 될 수 없다는 사실을 몰랐다. 하기야 상속이 가능하다 했어도 재단 이사진에서 나이 어린 그녀에게 운영권을 줄 리 없었겠지만 말이다.

"할머니."

어둡고 복잡한 생각에 빠져 멍하게 있던 유안은 나지막하면서도 경쾌한 부름에 홀린 듯 고개를 돌렸다.

눈에 익은 교복을 입은 커다란 키에 조금 마른 듯 보이는 잘생긴 남학생이 버스정류장 근처에서 좌판을 하고 있는 할머니에게 다가가 두 손을 꼭 잡는 것이 보였다.

5월이라고 해도 아침, 저녁 큰 일교차로 인해 춥게 느껴지는 해질 녘에 좌판에서 고생하는 할머니가 안쓰러웠는지 남학생은 연신 할머니의 손등을 비벼 대고 있었다. 서로를 바라보는 눈길엔 따스함이 가득했고 입가에 머문 미소는 서로를 향한 염려를 담고 있었다.

그렇게 자그마한 온기를 나누려는 몸짓이 아프게 눈에 와 박혔다.

"식사는 하셨어요?"

"그럼. 아이고, 우리 장손, 학교는 잘 다녀왔는가?"

"네."

"그래. 그럼 얼른 집에 가. 가서 밥 먹어."

다정한 할머니의 말에 남학생은 고개를 절레절레 흔들었다. 그리곤 버스정류장 한구석에 작은 자리를 차지하고 있는, 이름 모를 채소들이 옹색하게 늘어져 있는 좌판 안쪽으로 성큼 몸을 옮겼다.

"아니에요. 제가 볼게요. 할머니가 들어가세요."

"아니야. 우리 귀한 장손은 이런 일 하면 안 돼. 그러니까 빨리 집에 들어가. 가서 한숨 자든지."

왜소한 할머니는 당신 눈앞의 커다란 손자를 안쓰럽게 바라보며 까칠한 손으로 그의 등을 정성스레 쓸어내렸다.

팍팍한 삶을 살고 있는 것이 훤히 보였지만 서로를 걱정하며 애정이 담뿍 담긴 눈빛을 주고받는 두 사람의 마음이 너무 부러워 유안은 눈을 뗄 수가 없었다. 아마 자신의 가슴에 들어찬 시린 바람이 없었더라면 그렇게까지 부러움을 느끼지 않았을지도 모른다.

그녀는 한참을 조손간의 대화를 빼놓지 않고 듣고 있다 천천히 고개를 돌려 붉어진 눈시울을 감췄다. 제 것이 아닌 것을 염원하는 마음이 부질없게 느껴져 더 이상 보고 있을 수가 없었다.

그녀의 시선 끝에 걸린 태양이 서쪽 하늘을 붉게 물들이며 서서히 자취를 감추고 있었다. 당장이라도 뜨거운 불꽃을 쏟아 낼 것만 같은 하늘이 왜 이리 춥게만 보이는지…….

잠시 하늘을 쳐다보던 유안의 고개가 다시 남학생에게로 향했다.

'부럽다.'

저 밝고 다정한 미소가 제게로 향한다면, 저렇듯 조건 없는 애정이 제 것이 된다면…… 너무 좋을 것만 같았다.

'바보. 바랄 걸 바라야지.'

부질없는 일. 제 피붙이에게도 받지 못하는 걸 아무 연고도 없는 타인에게 받을 수 있을 리가 없다. 누구보다 그것을 잘 아는 이가 자신인데.

작은 도리질로 미련을 떨쳐 낸 유안은 차가운 바람이 뼛속으로 파고드는 느낌에 옷깃을 여미고 힘겨운 걸음을 떼었다.

할머니와 함께 있는 남학생이 멀어지는 그녀의 뒷모습을 물끄러미 바라보고 있는 것도 모른 채.

유안은 혹시나 하는 마음에 고개를 연신 두리번거리며 이곳저곳을 살폈다.

며칠 전에 본 남학생이 분명 그녀가 다니는 대한고등학교 교복을 입고 있었다는 것이 떠올라 혹시 만날 수 있을지도 모른다는 기대를 가지고 그를 찾았다.

이상하게 그 남학생의 웃는 모습이 뇌리에서 사라지지 않았다. 자꾸만 떠오르는 잔상을 떨치고자 머리를 흔들고 뺨을 때려 보아도 소용이 없었다.

그녀를 따라다니며 방긋방긋 다정하게 웃는 모습에 저도 모르게 한숨이 새어 나왔다. 거기다 그가 환하게 웃으며 자신을 향해 내미는 손을 덥석 잡는 꿈까지 꾸게 되자 이러다 미치는 게 아닌가 하는 생각이 들 정도였다.

"이유안, 뭐야?"

"응?"

"무슨 한숨을 그렇게 쉬어?"

유안은 친구인 주미의 말에 피식 웃어 버렸다.

"내가 그랬어?"

"뭐냐? 자기가 해 놓고도 난 모른다 발뺌하는 거야? 무슨 걱정인데?"

"그런 거 아니야."

"아니긴. 내가 너를 하루 이틀 봤냐? 계속해서 두리번거리는 것도 수상한데 거기다 한숨까지?"

"그냥……."

"너 진짜 수상해."

"쓸데없는 소리 말고…… 매점 간다며?"

"아참, 가야지. 가고말고……. 참! 나 요즘 배 나온 거 같지 않니? 진짜 왜 이리 자꾸 찌는지…… 살쪄서 미치겠다."

주미가 자신의 배를 흘끔 쳐다보고 한숨을 내쉬며 말했다. 속이 허해 먹을 건 자꾸 당기는데 그게 모두 지방으로 바뀌어 몸 여기저기 축적되니 문제라고 투덜거렸다.

"괜찮아. 신경 쓰지 마. 살쪄서 미친 사람은 없어."

"뭐라고?"

화들짝 놀라서 묻는 친구의 말에 눈만 깜박이던 유안이 슬쩍 미소 짓고 작게 중얼거렸다.

"농담이야."

"농담? ……그래, 너라도 웃어라. 누구 하나라도 즐거우면 다행이지. 하.하.하. 무척 즐거운 날이다, 친구야."

주미는 과장된 웃음을 지으며 유안의 팔짱을 끼고 서둘러 걸음을 옮겼다. 그녀는 유안의 기분을 풀어 줄 심산으로 시끄럽게 재잘거리며 친구의 얼굴을 슬쩍슬쩍 살폈다.

뭔가 말 못 할 일이 생겼나?

작은 얼굴에 쌍꺼풀 없이 커다란 아몬드형 눈망울도 그렇고, 곧게 뻗은 콧날도, 그 아래 먹음직스러운 붉은빛이 도는 입술도 예뻤다. 가끔밖에 볼 수 없는 유안의 보조개 역시 여리고 고운 친구를 돋보이게 만드는 요소 중에 하나였다.

호감 있는 외모를 가졌음에도 불구하고 유안에 대해 잘 모르는 아이들은 그녀를 새침데기, 싸가지, 깍쟁이라 불렀다. 자신이 보기엔 유안은 그들이 말하는 것과는 상당히 거리가 멀었다. 오히려 사람 사귀는 일에 미숙하고 제 생각을 제대로 표현 못 하고 어리숙하기까지 한 것이 유안이었다.

사람과의 관계를 어려워해 먼저 다가서는 일이 없고 경계를 하다 보니 그런 말들이 나왔고, 유안은 딱히 그것에 대해 변명을 하려 들지 않았다. 거기다 일찍 여읜 부모님까지.

유안이 타인에게 마음을 주지 않는 이유는 차고 넘쳤다.

여러 가지 이유로 유안의 이미지가 나쁘게 굳어지는 게 주미는 늘 안타까웠다. 정말 괜찮은 앤데……. 착하디착한 친구가 타인의 시기와 질투 속에 점점 의기소침해지는 건 아닌가 싶어 늘 걱정이었다.

"어?"

매점 근처에 다다랐을 때 유안은 걸음을 멈췄다.

"왜?"

주미는 유안의 시선을 따라 고개를 돌렸다. 유안의 시선 끝에는 한 무리의 남학생들이 있었다.

"3학년이었네."

"뭐야? 아는 사람이라도 있어?"

"아니야. 가자."

"누가? 뭔데?"

유안은 주미의 팔을 잡아끌고 빠르게 걸음을 옮겼다.

낡았지만 깨끗하게 세탁해 입은 것이 분명한 교복과 운동화가 인상적이었다. 그때처럼 밝은 미소를 짓고 있는 건 아니었지만 자연스럽게 친구들과 어울려 있는 모습이 편안해 보였다.

유안은 멀리서 그를 본 것만으로도 긴장돼서 고개를 들지 못했다.

"누군데? 응? 누구냐니까?"

"아무것도 아니야."

"내가 너 좋아하는 딸기우유 쏜다. 그러니 솔직하게 불어."

"……."

유안은 주미의 재촉에도 입가에 흐릿한 미소만 머금었다.

그런 유안을 바라보다 무리지어 있는 남학생 쪽을 흘끔거린 주미의 눈빛이 호기심으로 반짝거렸다. 분명 친구의 관심을 끈 남학생이 저 중에 있었다.

누굴까? 궁금했다.

주미는 아버지가 돌아가신 뒤로 감정 표현이 더욱 인색해진 친구의 눈길을 잡아 끈 사람이 누군지 꼭 알아내리라 다짐했다.

그날부터였다. 버스를 타고 집으로 돌아가던 유안이 원래 내려야 할 정거장이 아닌, 두 정거장 전에 내려 그의 할머니를 찾기 시작한 것이……

할머니의 곁에 있는 그 3학년 남학생을 다시 보고 싶었고, 그들이 나누는 따스한 정을 먼발치에서나마 다시 한 번 느껴보고 싶었다.

그렇게 자주 찾다 보면 언젠가 한번은 그와 마주칠지도 모른다는 기대감도 한몫해 유안은 날마다 그런 행동을 반복했다.

아쉽게 한 번도 마주치지 못했지만…….

대신 유안은 할머니에게 다가가 이야기를 나누고 좌판에 놓여 있는 이름 모를 풀들을 사들였다. 그런 식으로 유안은 검은 봉지 가득 채소를 사서 집안일을 해 주시는 순자 아주머니에게 내밀고는 했다.

"오늘은 또 뭐야? 아욱? 이건 또 어떻게 알고 사 온 거야?"

"그냥요."

"국 끓여 줄까?"

"그러세요."

유안은 빙긋이 웃고는 방으로 들어갔다.

솔직히 아욱이 뭔지도 몰랐다. 그저 손가락이 까맣게 변하도록 그 것을 다듬고 있는 할머니의 정성 어린 손길이 아프게 눈에 들어와 사 가지고 왔을 뿐이었다.

유안은 교복을 갈아입고 긴 머리를 하나로 올려 묶으며 슬며시 웃음 지었다.

매일 찾아가니 이제는 손녀 대하듯 인자한 미소로 반갑게 맞아 주시는 할머니가 떠올랐다. 당신 손자와 같은 학교에 다닌다는 것을 알게 된 할머니는 작은 것 하나라도 더 주려고 애를 쓰셨고, 그 마음이 고마워 절로 입가에 미소가 생겨났다.

"류태하."

할머니와 대화를 나누면서 그 남학생의 이름을 알게 되었다.

자신과 같은 학교에 다니는 태하는 어려운 가정 형편에도 아주 공부를 잘하고 착하다고 할머니는 입에 침이 마르게 칭찬을 했다. 할머니와 태하, 그리고 다섯 살 어린 남동생 셋이서 살고 있다는 것도 들었다.

그에 대해 하나씩 알아 갈수록 더욱 류태하라는 사람에 대해 더 알고 싶었고, 부드럽고 따스한 그의 미소가 자신에게 향하는 것을 상상했다.

왜 자꾸 그에게 시선이 가는지 그 이유를 정확히 알지 못했지만 그저 그에 관한 이야기를 듣는 게 좋기만 했다. 마치 잘 아는 지인의 소식을 듣고 안부를 묻는 것처럼.

유안은 학교에서 가끔씩 마주치는 그를 곁눈질하며 조금씩 마음을 키워 나갔다.

친구인 주미도 그녀의 눈길이 멎는 곳에 항상 그가 있자 대충 상황을 눈치채고 그가 보이면 알아서 옆구리를 찔러 주는 열의를 보이기도 했다.

"어서 와."

"할머니, 오늘은 많이 좀 파셨어요?"

유안은 쪽파를 다듬다가 그녀를 발견하고 반갑게 내민 할머니의 거친 손을 스스럼없이 잡았다.

"그만그만했지. ……공부하느라 힘들지? 울 손주 놈도 항시 바빠. 이제 대학 가려면 공부를 더 해야 하는데, 늦게까지 일하느라 잠도 못 자고……."

말을 끝내지 못한 할머니의 주름이 더욱 짙어졌다. 그 깊게 파인

고랑에 담겨 있는 삶의 무게가 고스란히 느껴져 그녀의 심장이 욱신
거렸다.

"손자분이 일도 해요?"

그가 누군지 모르는 척 묻자 할머니는 고개를 주억였다.

"하지."

"뭐 하는데요?"

조심스레 묻는 유안의 말에 할머니는 씁쓸한 얼굴로 손을 들어 한
쪽 방향을 가리켰다.

"저쪽 아래 하루 종일 문 안 닫는 가게에서 밤늦게까지 일해. 그리
고 잠깐 눈 붙였다가 학교에 가고……. 지 애비만 살아 있었어도 저
리 힘들게 살진 않았을 텐데…… 그놈 볼 때마다 참 마음이 짠해."

'그래서 한 번도 마주치지 못했구나.'

몰랐다. 그저 할머니가 힘든 일을 하신다고만 생각했지 그도 일을
할 거라는 생각을 해 본 적이 없었다. 하기야 늙으신 할머니가 푼돈
이라도 벌려고 애를 쓰는데 모른 척할 사람이 아니지.

처음 그를 봤을 때 거리낌 없이 좌판을 차지하고 앉으려 하는 행
동만 봐도 그의 심성을 눈치챌 수가 있었다.

가슴이 아팠다. 제대로 잘 시간조차 없는 생활을 얼마나 해 왔을
까? 그동안의 삶이 얼마나 힘겨웠을지 생각하자 목이 메어 왔다. 그
의 짐을 조금이나마 덜어 줄 방법은 없는 걸까? 조금만, 아주 조금
만 편하게 해 줄 수 없는 걸까?

유안은 쓰려 오는 가슴을 누르고 활짝 웃으며 말을 꺼냈다.

"할머니, 저 여기 있는 파 다 주세요."

"이걸 다?"

"네. 제가 파김치를 무척 좋아하거든요."

"그래도 이거 꽤 많은데……."

"이것도 모자라요. 얼른 주세요."

이렇게라도 도움을 줄 수 있다면 잘 먹지 못하는 파 정도는 얼마든지 살 수 있었다. 자신이 할 수 있는 일이 고작 이 정도뿐이라는 게 안타까웠지만 달리 도울 방법이 생각나지 않았다.

"가져갈 수는 있겠어?"

유안의 가느다란 팔과 몸을 안쓰럽게 훑어보던 할머니가 걱정스레 물었다.

"하하하. 할머니, 저 튼튼해요. 이 정도는 아무것도 아니에요."

과장스럽게 팔을 들어 보인 유안이 방긋 웃으며 대꾸했다.

그녀는 들고 가기 편하게 담아 주신 많은 양의 파를 들고 씩씩하게 걸었다. 등 뒤에 진득하게 따라붙어 있는 할머니의 안타까운 시선이 닿지 않는 곳까지 그렇게…….

"휴우. 만만치 않네."

유안은 할머니의 모습이 보이지 않는 곳에 와서야 들기에도 벅찬 양의 파가 담긴 봉투를 바닥에 내려놓고 팔을 주물렀다.

태연한 척했지만 봉투가 생각보다 무거워 한숨이 절로 났다. 이걸 들고 집까지 갈 생각을 하니 순간 막막했지만 커다랗게 심호흡을 하고 다시 기운을 냈다.

주름진 할머니의 얼굴과 거친 손을 생각하자 잠깐의 투정도 사치처럼 느껴졌다.

"밤늦게 어딜 가?"

현관문을 열고 나서던 유안은 갑자기 들려온 순자의 목소리에 화들짝 놀라 몸을 돌렸다.

"……코, 콜라 하나 사려고요."

"내가 내일 사다 놓을게."

"지금, 먹고 싶어서요."

유안은 순자의 의구심 가득한 눈길을 피하며 작게 중얼거렸다.

"밤도 늦었는데, 그럼 내가 다녀올게."

먼저 무언가를 원하는 것이 없는 유안이 유난스레 콜라를 찾자 순자는 급하게 몸을 움직였다.

"아니에요. 그냥 쉬고 계세요. 제가 금방 갔다 올게요."

말이 끝나기가 무섭게 유안은 현관 밖으로 달음질쳤다. 또 붙잡힐세라 급하게 몸을 움직여 대문 앞까지 나와서야 가쁜 숨을 뱉어 내었다.

"이모가 또 이상하게 생각했겠다."

집 쪽으로 흘끔 시선을 던지고 크게 심호흡을 한 유안이 느리게 걸었다. 그러다 자꾸만 뭘 사 가지고 들어오는 유안을 멀뚱하니 바라보던 순자의 시선이 떠올라 난감함에 슬쩍 미간을 찌푸렸다.

더구나 오늘은 자신의 손에 들린 어마어마한 양의 파를 보고 기가 막힌지 한숨까지 쉬며 이걸 다 어쩌려는 거냐고 근심 어린 질문까지 했으니, 지금 자신의 행동에 더욱 의구심을 느낄 것이 분명했다.

누구보다 파를 싫어하는 그녀가 둘이 먹기엔 양이 조금, 아니 넘치게 많은 걸 그냥 모른 척 이모 품에 안기고 배시시 웃었다. 그리고 다음부터 사 오지 말고 먹고 싶은 게 있으면 얘기하라고 조용히 하시는 말씀에 작게 고개만 끄덕였다.

9시.

다른 사람들에게는 이른 시간이겠지만 꼭 필요한 일이 아니면 밖으로 나오지 않는 유안에겐 꽤나 늦은 시간이었다.

"빨리 갔다 와야겠다."

급한 마음에 서둘러 걸음을 옮기는 내내 떨리는 심장으로 인해 숨 쉬기가 불편할 정도였다.

그가 보고 싶었다. 학교에서 1학년하고 3학년의 접점도 없었고, 시간이 흐를수록 그의 모습을 보기가 점점 더 어려워지는 상황에서 할머니를 통해 들은 얘기는 눈이 번쩍 뜨일 만큼 반가운 소식일 수밖에 없었다.

있다.

창문 너머 류태하, 그가 있었다.

그를 찾기 위해 할머니가 가리킨 방향에 있는 편의점을 둘러보고 다녔다. 두 곳의 편의점을 거쳐 마침내 카운터를 차지하고 있는 그를 찾을 수가 있었다.

"후우."

유안은 터질 듯 빠르게 뛰는 심장에 산소를 공급해 주기 위해 크게 심호흡을 했다.

무슨 용기로 그를 찾아 나설 생각을 했는지…… 막상 그를 마주하고 나니 다음에 어떤 행동을 해야 할는지 하나도 떠오르지 않았다.

그녀는 편의점 바깥 한쪽 구석에서 막 계산을 끝내고 책을 펼쳐 드는 태하의 모습을 우두커니 바라보았다. 모처럼 손님 하나 없이 한가해 보이는 상황에서 책에 집중하고 있는 그를 보니 차마 문을 열고 들어갈 수가 없었다.

제 존재 자체도 모를 사람을 한번 보겠다고 이렇게 무작정 찾아오다니…… 자신에게 이 정도로 무모한 면이 있는지 처음 알았다.

유안은 난감함에 입술을 잘근잘근 깨물다 다시 그를 바라보았다.

절로 눈이 가는 사람.

고개를 살짝 숙이고 있어 그의 모습이 또렷하게 보이지가 않았다. 그늘진 눈가와 곧게 뻗은 콧날이 감질나게 보일 뿐이었다.

'이제라도 들어가 봐?'

그래도 저리 집중하고 있는데…… 방해가 되겠지?

유안은 한참을 그렇게 서 있다 떨어지지 않는 걸음을 겨우겨우 옮겼다. 그의 시선 한 자락 받지 못한 건 당연한데도 돌아서는 걸음에 서운함이 잔뜩 묻어났다.

2.

여름방학도 지나고 대입을 위한 막바지 공부에 힘을 쏟아야 할 때였지만 오전부터 시작된 두통으로 인해 신경이 날카롭게 변해 버린 태하는 보고 있던 책을 신경질적으로 덮어 버렸다.

자율학습 중인 밀폐된 교실의 공기가 숨통을 죄는 느낌이 들어 자리에서 일어나 밖으로 향했다. 일단 교실을 벗어나는 것만이 지상 최대의 사명이라도 되는 듯 빠르게 움직였다.

"하아, 후우."

운동장 한쪽에 있는 나무 아래 벤치까지 나와 심호흡을 했지만 자신의 폐 속으로 쏟아져 들어오는 건 더운 공기뿐이었다.

교실 안과 별반 다르지 않은 후덥지근한 열기를 품은 공기로 인해 짜증이 솟구쳤다.

부족한 잠에 촉박한 시간. 날이 갈수록 조급해지는 마음까지. 뭐 하나 제 맘대로 되는 게 없었다.

앞이 보이지 않는 막막함.

지금의 힘겨운 삶을 벗어나고자 아무리 발버둥 쳐 보아도 나이 어린 그가 할 수 있는 일이라는 게 별로 없었다. 발악에 가깝게 시간을 쪼개어 공부와 아르바이트를 하고 있지만 언제나 자신의 생활은 팍팍하기만 했다.

할머니와 동생 재하에게까지 생각이 미치자 가슴이 더욱 답답해졌다. 조금만 더 여유가 있었더라면…… 어서 빨리 어른이 되고 싶었다. 그러면 지금보다는 훨씬 나은 삶을 살 수 있을 것만 같았다.

태하는 크게 숨을 뱉어 내며 하늘을 응시했다.

흐린 잿빛인 자신의 마음과 달리 하늘은 더럽게도 파랗고 맑았다.

웅성웅성.

때마침 와자지껄 시끄럽게 떠드는 소리가 들려와 고개를 돌리니 1학년들이 모든 수업을 끝내고 하교하고 있는 모습이 보였다.

'저 때만 해도 좋았지.'

불과 2년 전이지만 꽤 먼 옛일처럼 느껴졌다. 그러다 태하는 자신이 그 애들과 나이 차이 많이 나는 아저씨가 된 듯한 느낌에 피식 웃어 버렸다. 보일 듯 말 듯 자조적인 웃음을 머금고 무심히 그들을 쳐다보던 그의 눈동자가 일순 크게 열렸다.

끝도 없이 쏟아져 나오는 아이들 중에 뽀얀 얼굴을 가진 여학생 하나가 유독 또렷하게 눈에 들어왔다.

그는 무의식적으로 친구의 이야기에 고개를 끄덕이며 걸음을 옮기는 그 애를 눈으로 좇았다. 순식간에 깨끗하게 맑게, 어쩌고 하는 광고를 그대로 옮겨 놓은 듯한 느낌을 가진 여학생에게 온통 시선을 빼앗겼다.

너무 빤히 쳐다봤나?

자신과 눈이 마주치자 깜짝 놀란 듯하더니 이내 양쪽 뺨을 붉힌 채 입술을 깨무는 모습이 무척이나 귀여웠고 살포시 웃는 모습은 눈을 떼지 못할 정도로 예뻤다.

긴 머리를 대충 하나로 묶고 남들 클 때 뭐 했는지 160 정도 되는 아담한 키에 뽀얗고 작은 얼굴, 고양이 눈처럼 꼬리가 약간 치켜 올라간 아몬드형의 쌍꺼풀 없이 커다란 눈, 기와집 처마처럼 끝 부분이 살짝 들린 모양 좋은 코에 작은 입술.

가장 맘에 드는 건 웃을 때 생기는 왼쪽 볼의 볼우물. 그것이 제일 마음에 들었다. 그 보조개가 진해지자 전체적인 인상이 확 바뀌며 어딘지 모르게 장난기 많은 개구쟁이 같은 발랄함이 느껴졌다.

무슨 일인지 옆구리를 찌르는 친구를 살짝 흘겨보던 그 애의 시선이 다시금 자신에게 향했다.

"류태하, 너 거기서 뭐해?"

홀린 듯 여학생을 바라보던 그가 자신을 찾는 친구 녀석의 부름에 느릿하게 벤치에서 일어섰다. 한 발을 떼어 친구를 향해 가면서도 시선은 그 애에게 못 박혀 있었다.

"인마, 빨리 와. 담임이 너 찾아."

재촉하는 친구를 흘끔 쳐다본 그가 다시 여학생에게 눈을 돌리자 그 애는 고개를 푹 숙이고 자신의 곁을 빠르게 스쳐 지나갔다. 아쉬운 눈으로 뒷모습을 물끄러미 바라보던 그가 친구의 째지는 목소리에 고개를 절레절레 흔들었다.

"류태하."

"가. 가고 있는 거 안 보여? 왜 이리 보채?"

잠깐 본 여자의 얼굴을 자세히 기억하고 스스로 미소 짓고 있다는 자각도 하지 못한 채 태하는 서둘러 친구에게 향했다.

조금 전까지 두통이 일 정도로 머리가 아프고 피곤했다는 것을 잊어버릴 정도로 상쾌한 기분에 친구 녀석의 목에 헤드록을 걸며 장난을 쳤다.

"윽. 야…… 이거 안 놔."

"하하하. 자식, 한번 빠져나가 보든가."

덥고 짜증스러운 여름의 끝 무렵 반짝이는 파란 빛의 시원함이 오래도록 그의 가슴에 남았다.

❋

청천벽력.

말 그대로 전혀 예상치 못했던 소식에 태하는 한동안 눈만 깜박였다.

휴대폰을 통해 들려오는 말을 제대로 들은 건가 싶었다. 조금의 시간이 흐르고 멍했던 정신이 돌아오자 그의 얼굴은 심하게 구겨졌다.

"말도 안 돼. ……아니야. 사실이…… 아닐 거야."

"형?"

"재하야."

"뭔데? 왜 그래 갑자기?"

자신의 불안함을 동생도 느꼈는지 재하의 얼굴에 걱정이 가득 들어찼다.

"할머니가……."

"할머니? 할머니가 왜?"

"아니야. 일단 가 보자. 가서 보고……."

"할머니가 어떤데 그래? ……형!"

"……."

태하는 말이 씨가 될까 두려워 차마 제가 들은 얘기를 동생에게 전할 수가 없었다. 혹시나 자신의 호들갑스러운 한마디에 할머니가 어떻게 될까 봐 말을 끝내지 못하고 의아한 눈을 한 재하를 외면했다.

정신없이 신발을 꿰차고 밖으로 달려 나가는 그의 뒤를 재하가 따랐다.

태하는 자신보다 어린 동생이 잘 따라오고 있는지 확인할 여력도 없이 날 듯 다리를 움직였다. 마음속으로 몇 번이고 아니다, 그럴 일 없다, 뭔가 잘못됐다는 말을 수없이 되뇌었지만 불안하고 초조한 마음은 쉽게 가라앉지 않았다.

끝나 가는 겨울의 차가운 바람도, 몇 번이나 미끄러져 욱신거리는 무릎과 엉덩이의 고통도 전혀 느끼지 못했다. 터질 듯 빠르게 뛰는 심장이 계속해서 그를 재촉했다. 어서 가라고, 가서 직접 확인하라고…… 수화기를 타고 들렸던 말들이 머릿속에서 어지럽게 뒤엉켜 버렸다.

아닐 거야. 절대. 태하는 간절함을 담아 빌고 또 빌었다. 부디 잘못된 소식이기를…….

"할머니!"

그렇게 정신없이 택시를 잡아타고 할머니가 계시다는 병원으로 향했지만 응급실 어디에서도 할머니를 찾을 수가 없었다.

"저기, 연락 받고 왔는데요. ……최선임 할머니, 어디 계세요?"

태하는 제일 가까이 있는 간호사를 잡고 다급하게 물었다.

"최선임…… 아! 영안실로 가 보세요."

"그게 무슨……."

허옇게 질린 그를 간호사는 안타까운 눈으로 바라보았다.

빙판에 미끄러진 할머니가 오랫동안 길에 방치되었다고 했다. 우연히 그 길을 지나가던 행인에게 발견되어 119 구급차를 타고 응급실로 왔을 땐 이미 손을 쓸 수 없는 상황이었고, 그렇게 경찰을 통해 그에게 연락을 한 것이라는 설명을 들었다.

할머니가 미끄러진 곳이 하필이면 어두운 골목길 안쪽이었고 추운 날씨로 인해 인적이 드물어 오래도록 방치될 수밖에 없었다는 말까지 들었을 땐 눈앞이 하얗게 변해 버렸다.

"하아. ……어떻게……."

아니길 간절히 바랐던 기대가 무참히 깨져 버리고 말았다.

휴대폰을 통해 들려온 사망이라는 말을 끝끝내 인정할 수 없었던 그는 다리에 힘이 풀려 그 자리에 주저앉았다.

설마 하는 마음에 재하에게도 꺼내지 않았던 말이 현실이 되다니…….

그 차가운 길바닥에서 홀로 서서히 몸이 식어 가는 동안 할머니가 얼마나 고통스러웠을지 생각하자 미칠 것만 같았다. 심장이 죄어 오고 숨이 쉬어지지 않았다.

아무런 예고도 없이 밀어닥친 커다란 충격 앞에 그의 몸이 서서히 무너져 내렸다. 갑갑한 가슴은 공기를 달라 애원하고 있지만 숨 쉬는 것도 잊을 만큼 깊고 어두운 나락으로 한없이 떨어졌다.

"아니에요. 그럴 리가 없어요. 우리 할머니가 아닐 거예요."

곁에 있는지조차 잊고 있었던 동생의 떨리는 목소리에 태하는 눈물이 가득 찬 눈을 겨우 들었다. 잠시 뒤, 헉헉거리며 가쁜 숨을 뱉어 내는 그의 입에서 억눌린 신음이 터져 나왔다.

"으흐흑. ……허억."

작은 얼굴이 온통 젖도록 눈물을 흘리며 고개를 젓는 재하를 보자 무겁게 고여 있던 눈물이 볼을 타고 주르르 흘러내렸다.

"형, 아니야. 우리 할머니 아니야."

"……재……하야."

"형. ……엉엉. 아니야. ……할머니가 그럴 리 ……없어."

태하는 휑한 영안실 한구석에 자리를 잡았다.

불안하게 흔들리던 시선이 텅 빈 제단 위에 덩그러니 놓여 있는 신위에 가서 멎었다. 한참 동안 그것을 쳐다보았지만 눈에 닿는 모든 것이 현실 같지가 않았다. 자신의 옷 끝을 꼭 잡고 놓지 않으려는 동생의 떨리는 손도…….

장학생으로 원하는 대학에 붙었을 때만 하더라도 그동안의 어려움은 이제 끝났다 생각했다. 당장 눈에 띄게 삶이 나아지지 않겠지만 그래도 지금보다 조금은 여유로운 생활을 할 수 있을 거라 기대했다. 그런데 그것이 헛된 바람이었나 보다.

커다란 것을 바란 것도 아니었는데…… 그저 세 식구가 편히 쉴 수 있는 볕 잘 드는 작은 공간과 늙으신 할머니가 조금이라도 일을 덜할 수 있는 여유가 생기기를 원했지만 하늘은 그 작은 소망마저 외면하고 말았다.

일용직 노동자였던 아버지가 술로 일찍 세상을 뜨고 어머니가 가출한 뒤로 할머니가 그들 형제를 보살폈다. 아들을 일찍 보낸 할머니는 어린 손자들을 위해 쉴 틈도 없이 일만 하셨다. 많은 것은 못 해 줘도 손자들을 굶기진 않겠다는 생각 하나로 온갖 허드렛일을 마다하지 않았고, 작은 것 하나라도 손자들 입에 먼저 넣어 주며 흐뭇해하시던 분이 할머니셨다.

그런데 살아생전 호강 한번 못 해 보고 돌아가시는 순간까지 차디찬 길바닥에서 그렇게 가셔야만 했다니……. 지금껏 할머니를 편하게 모셔 본 적이 없다는 사실이 한이 되어 그의 심장을 갈기갈기 찢었다.

언제까지…….

끝을 알 수 없는 막막함. 이번 일이 지나고 나면 또 어떤 일이 생길까?

두려웠다. 숨을 쉬고 하루를 연명하는 것조차 의미가 없게 느껴졌다. 아무리 노력해도 나아지지 않는데, 항상 힘겹기만 한데……. 제대로 살아 보려고 아무리 기를 쓰고, 아등바등거려도 삶은 언제나 그를 한계치까지 몰아붙이기만 했다.

'할머니. 다 그만둘까? ……나, 너무 힘든데…….'

자신을 지탱해 주던 할머니의 온기가 그리웠다. 고생한다며 손을 잡아 주고 힘을 주던 그 거친 손길이 너무나 그리워 미칠 것만 같았다.

흔들린다.

주위의 사물이 색을 잃고 그를 위협하듯 달려들었다. 널따란 바다

한가운데서 방향을 잃고 헤매는 조각배에 홀로 타고 있는 듯한 착각에 점점 숨이 막혀 왔다. 다 포기하라고, 애써도 소용없다는 유혹적인 말이 귓가에 유유히 흐르고 이성적인 생각이라는 것을 할 수 없을 정도로 자꾸만 몸이 가라앉았다.

그래 관두자. 이 세상은 그의 존재를 원하지 않는가 보다. 진작 알아챘어야 하는데, 그걸 모르고 미련하게 발악을 했나 보다. 쓸데없이……

체념, 포기, 허탈감이 한꺼번에 그를 집어삼키고 밑으로, 밑으로 끌어당겨 미로처럼 꼬이고 어두운 공간으로 그를 이끌었다.

몽롱해지는 와중에 무언가가 절박하게 자신을 당기는 느낌이 들었다. 지루하리만치 느리게 초점이 맞지 않는 눈동자를 돌리자 온 힘을 다해 자신의 팔에 매달려 울먹이는 동생이 보였다. 당장 형마저 어떻게 될까 봐 겁에 질려 바들바들 떠는 덩치만 커다란 녀석이.

'재하. ……그래, 네가 있었지.'

태하는 무겁게 느껴지는 손을 겨우 들어 필사적으로 자신의 팔을 잡고 있는 동생의 손등을 힘주어 잡았다. 불안하고 막막한 건 자신뿐이 아니었다. 그보다 훨씬 더 어리고 약한 동생이 있다는 것을 한참이나 잊고 있었다.

"하아."

그의 입에서 억눌린 한숨이 길게 늘어져 나왔다.

이다지도 삭막한 세상에 재하만 덩그러니 두고 갈 수는 없다. 무거운 책임감이 그를 짓눌렀지만 지금은 어떻게든 정신을 차려야만 할 때였다.

'뭐부터 해야 하지?'

무엇을 어떻게 해야 할지 막막해하고 있는 가운데 끈질기게 울리는 휴대폰 벨소리가 그의 신경을 건드렸다.

"여보세요."

목이 꽉 잠겨 잔뜩 쉬어 버린 목소리로 겨우 전화를 받았다.

생각지도 않았던 담임선생님의 안부전화에 의구심을 느낄 새도 없이 조금의 시간이 지나자 영안실이 북적거리기 시작했다.

아무것도 모르는 그를 대신해서 선생님은 언제 찍었는지 기억도 가물가물한 할머니의 주민등록증에 있는 사진으로 영정 사진을 만들어 오셨고, 또 무사히 장례를 치르도록 전문가를 데려오기도 하셨다.

친척도 없이 썰렁한 영안실에 하나둘, 같은 반 친구들이 얼굴을 들이밀었고, 3일 동안 곁을 지켜 주었다.

딱히 정해진 장지(葬地)가 없던 관계로 교장선생님이 나서서 서울 근교에 있는 교통이 편하고 환경도 깨끗한 납골당에 할머니를 모실 수 있도록 도움을 주셨다. 거기에다 그의 처지를 잘 아는 분의 도움이라며 장례비용 일체를 지원받기도 했다.

마치 당신이 가시는 마지막 길에 손자에게 조금의 어려움도 보태지 않으려는 할머니의 간절한 염원이 숨겨진 것처럼 말이다.

시간은 정신없이 흘렀다. 치열하다는 말이 딱 어울리는 나날들.

가슴 한가운데에 생긴 짙은 멍울은 그대로인데 세상은 변함없이 바쁘고, 정신없이 그를 몰아세웠다. 차가운 바람이 몰아치던 겨울이 지나고 새순이 하나둘 기지개를 켜는 봄이 되었다. 그리고 태하는 제정신이 아닌 상태에서 입학식과 할머니의 49재를 치렀다.

산 사람은 어떻게든 살아간다더니, 그 말이 딱 맞았다. 할머니는 돌아가셨어도 자신은 동생 재하와 살아야만 했다.

갓 대학에 입학한 새내기의 설렘이나 낭만은 느낄 새도 없이 힘겨운 생활이 이어졌다. 평소대로 학교에 갔다가 아르바이트를 하고, 없는 시간을 쪼개서 공부를 하는 날들이 계속되었고, 그렇게 2년이라는 시간이 지나 버렸다.

"형."

태하는 자신을 부르는 동생의 목소리에 작게 한숨을 내쉬었다.

"왜 또 나와 있어? 집에 있으라니까."

"……그냥."

아르바이트를 하고 집으로 돌아올 때면 꼭 골목 끝까지 나와 자신을 기다리고 있는 재하가 있었다.

허망하게 돌아가신 할머니처럼 형도 어떻게 될까 봐 두려워하는 동생의 불안이 고스란히 느껴져 심장이 죄어 왔다. 더불어 무서울 정도로 그의 곁에서 떨어지지 않으려는 재하로 인해 그의 걱정은 더욱 짙어졌다.

"가자. 밥은 먹었어?"

"……아니."

커다란 덩치에 어울리지 않게 기가 죽어 있는 동생을 보자 절로 한숨이 나왔다. 재하는 할머니가 돌아가신 뒤로 혼자 집에 있는 것을 못 견뎌 했다. 아마 마지막으로 하나 남은 가족마저 떠날지도 모른다는 불안이 어린 동생을 조바심치게 만드는 모양이었다.

한창 예민한 17살의 동생이 지금보다 조금만 더 의젓하기를 바란다면 너무 큰 바람일까? 아니, 어긋나지 않은 것만으로도 동생에게 감사해야 할는지도 모르겠다.

그는 재하의 어깨를 힘주어 잡고 걸음을 옮겼다.

"이제 와?"

쪽문을 지나쳐 집으로 들어가려던 그에게 누군가 말을 걸었다. 고개를 돌려 상대를 확인한 태하의 미간이 보일락 말락 하게 일그러졌다.

"아. 네."

"내가 얘기한 거 계속 미루기만 하면 어떡해? 시간은 계속 가는데 어쩔 거야?"

"조만간 확실하게 말씀드릴게요."

"……그래, 그럼. 나 오랜 못 기다려. 알지?"

못마땅함을 그대로 드러낸 아주머니가 집으로 들어가는 걸 보며 그는 깊은 한숨을 내쉬었다.

동생과 함께 사는 곳은 지은 지 오래된 집이다 보니 여러 가지 문제가 있었다. 하지만 섣불리 이사 갈 엄두가 나지 않아 불편함을 참고 살았는데, 부엌 천장을 타고 흐르던 얼룩이 시커멓게 변하는 건 그저 두고 볼 성질의 것이 아니었다.

누수가 분명한 그것을 보고 집주인에게 수리를 요구했더니 알았다는 답을 하곤 차일피일 미루기만 했다. 그러더니 지난달에 계약기간이 끝났으나 그간 쌓인 정도 있고 해서 말을 꺼내지 않았다며 보증금과 월세를 올려야겠다고 슬그머니 얘기하는 걸 듣고 그만 울컥 성질이 나고야 말았다. 그러나 선심 쓰듯 꺼낸 주인아주머니의 말에 그는 입술을 깨물 수밖에 없었다.

지금 그의 처지에 다른 곳으로 옮긴다는 것은 꿈도 꾸지 못할 일임을 누구보다 자신이 잘 알고 있었다. 올려 받은 보증금으로 집수리를 하겠다는 주인아주머니의 확실한 의사표현에 돈은 또 어떻게 마련해야 할는지 막막하기만 했다.

밥과 김치, 계란프라이가 반찬의 전부인 늦은 식사를 끝내고 뒷마무리를 한 태하는 책을 꺼내 들었다. 시간이 날 때 미리 봐 두지 않으면 자신만 손해라는 걸 알기에 책을 손에서 놓지 않았다.

"형."

"왜? 할 말 있어?"

그는 머뭇거리며 쉽게 입을 열지 못하는 동생을 인내심을 가지고 쳐다보았다.

"저…… 나 아르바이트 하려고."

"네가 뭘 해?"

"저기, 큰길에 있는 주유소에서……."

태하는 동생의 말이 끝나기도 전에 한 손을 들어 말을 막았다. 그 다음 눈을 지그시 감고 솟구치는 화를 밟아 눌렀다. 자신의 뒤를 졸졸 따라다니면서도 말수가 점점 적어지는 동생이 걱정되었지만 이런 엉뚱한 생각까지 하고 있을 줄은 몰랐다.

"그만하고 가서 자라."

"형, 혼자만 너무 힘들잖아."

"네가 신경 쓸 일 아니야. 넌 그냥 공부만 하면 돼."

"왜? 나도 이제 어린애 아니야. 형도 내 나이에 아르바이트 했잖아."

말도 꺼내지 못하게 강한 거부를 표시하는 형을 이해할 수 없던 재하는 목소리를 키웠다.

"그래서 나도 했으니까 너도 하겠다고? 말 되는 소릴 해. 왜 너까지 힘들어야 하는데? ……나 하나면 충분해. 그러니 입 다물어."

"형."

"입 아프게 같은 얘기 반복하지 말자. 절대 허락할 생각이 없으니까 그리 알고 가서 자."

매몰차게 말을 끝낸 태하는 고개를 돌려 동생을 외면했다.

늘 어리게만 느껴지는 재하가 어느새 훌쩍 커 버렸다. 많은 것을 해 주진 못했지만 동생까지 힘들게 하고 싶지 않았다. 그가 어린 나이부터 일과 공부를 병행하며 힘들었던 그 경험을 절대 재하만은 하지 않게 하겠다고 수없이 다짐했었는데…….

여러 가지로 심란한 하루라 한숨이 절로 나왔다.

3.

또 한 차례 폭풍이 몰아치기 시작했다.

잊을 만하면 한 번씩 나타나 패악을 부리는 사람들.

가끔 이들은 주체할 수 없을 만큼 쌓인 스트레스를 풀려고 이렇게 찾아오는 게 아닐까 하는 생각이 들 정도였다.

"그 알짜배기 회사를 혼자 먹겠다는 게 도둑놈 심보 아니야?"

"쯧쯧. 나이도 어린 게 어찌 저리 욕심이 많은지……."

앙칼진 여자의 목소리에 중후한 남자의 음성이 뒤따랐다.

"제가 알기로는 아버지가 물려받은 회사, 처음엔 재산 가치가 아주 낮았던 것으로 알고 있는데요. 명맥만 유지하던 회사를 그만큼 키운 건 아버지가 평생토록 하신 일이라는 거 여기 계신 모든 분들이 알고 계시다고 생각해요. 아닌가요?"

유안의 조용하고 차분한 목소리에 노여움이 실려 있었다. 언제쯤 이 상황이 익숙해질지.

"얘가 지금 말하는 것 좀 보게."

"정작 양심 없는 사람들이 누군지 한번 따져 볼까요? 제가 두 분께 무슨 빚이라도 졌어요? 고모나 작은아버지, 예전에 할아버지한테 받을 거 다 받으셨잖아요. 아버지 살아 계실 때 재산분배 정확하게 끝난 걸로 아는데요. 그리고 아버지가 그렇게 애지중지하던 학교 재단도 돌아가시기가 무섭게 가져가셨잖아요. 지금 가지고 있는 걸로 부족하세요? 잊을 만하면 한 번씩 이렇게 고아인 조카를 찾아와 그나마 남은 것 다 뺏고 싶을 만큼 사는 게 힘드세요? 그런데 어쩌죠? 전 한 푼도 줄 수 없는데……."

"독한 것. 나이도 어린 것이 어디 어른한테 눈 동그랗게 뜨고 대들어?"

한 마디도 지지 않는 유안을 노려보던 남자의 쩌렁쩌렁한 목소리가 거실에 울려 퍼졌다.

"그럼 눈 동그랗게 뜨지 않는 법 좀 알려 주시죠? 어떻게 하면 세모나 네모나게 뜰 수 있는 건데요? 알려 주시면 그대로 한번 해 보죠."

"뭐? 저, 저 싸가지 없는 것. 얘기하는 것 좀 봐. 기가 막혀서…… 그러니 네가 부모를 잡아먹었지."

고모의 입에서 유안의 가슴에 대못을 박는 이야기가 터져 나왔다. 사람이라면, 조금의 인정을 가진 사람이라면 그리 무서운 말을 저리 쉽게 할 수는 없을 터였다. 다른 이도 아니고 그녀의 아버지와 같은 피를 가진 사람이 말이다.

"……그럼 부모 잡아먹은 제가 두 분은 못 잡아먹을 것 같으세요?"

"뭐야? 내 저걸⋯⋯."

"시끄럽게 떠들 것 없다. 넌 그저 여기, 동의서에 서명만 하면 돼."

못마땅함을 감추려는 기색이 전혀 없는 그녀의 작은아버지라는 남자가 유안의 앞에 서류 봉투를 던지며 친절하게 설명을 더했다.

"미성년 후견인 선임 청구를 이번엔 확실히 마무리해야 해. 네가 후견인으로 나를 원한다는 서류다. 나머지는 내가 다 알아서 할 테니 어서 서명해."

벌써 몇 년째 같은 실랑이다. 아버지가 돌아가시자마자 시작된 저 빌어먹을 후견인 지정 문제.

"싫어요."

"좋게 말할 때 들어."

"못 해요."

"이, 건방진 것! 못돼 먹은 것 같으니라고. 어른이 말하면 네, 할 것이지. 어디서 따박따박 말대답이야?"

고등학교를 졸업하고 대학에 입학한 것에 대해 한마디라도 할 줄 알았다. 해가 서쪽에서 뜰 일은 없겠지만 혹시라도 애썼다는 말이라도 듣게 된다면 모질게 싫다는 소리는 안 나올지도 모르겠다고 생각했다. 그런데 역시 쓸데없는 생각이었다.

"그만들 돌아가!"

입을 꾹 다물고 두 사람이 하는 소리를 묵묵히 듣고 있던 순자가 크게 소리쳤다.

"보자 보자 했더니 한도 끝도 없네. 살 만큼 사는 사람들이 욕심만 많아 가지고⋯⋯. 나 같으면 혼자 사는 조카 불쌍해서라도 이리는 못 하겠네. 당신들이 이러고도 사람이야? 당장 나가! 그리고 두 번 다시 여기에 발 들일 생각도 하지 마!"

대야에 물을 가득 담아 당장이라도 두 사람을 향해 끼얹을 것처럼 위협하는 순자의 기세가 자못 비장하기까지 했다.

"이 아줌마가…… 하."

서슬 퍼런 순자를 잡아먹을 듯 노려보던 고모가 가소롭다는 듯 코웃음을 쳤다. 마치 '네가 할 수나 있겠어' 하는 표정이었다.

"나가! 나가라는 말 못 들었어?"

"못 나간다면? 어디서 고작 남의 집 살림이나 하는 사람이 나서? 지금 이게 당신이 나설 상황으로 보여?"

"아하, 그래?"

쫘악.

고모의 말이 끝나기가 무섭게 대야에 들어 있던 많은 양의 물이 그녀를 향해 쏟아졌다. 소파와 탁자, 바닥까지 흥건하게 물이 고였고, 자리에 앉아 있던 작은아버지에게까지 물이 튀었다.

잠시 어안이 벙벙해 있던 고모는 높다란 비명을 지르며 당장이라도 순자에게 달려들 것처럼 발을 내딛었다.

"야! 진짜 이것들이……. 미쳤어? 지금 이게 무슨 짓이야?"

"그래, 미쳤다! 네깟 것들 하는 짓 보니 눈이 돌았다. 그러니 당장 나가!"

"이모."

순식간에 벌어진 일에 놀란 유안이 순자의 팔을 잡고 고개를 저었다.

"내 더는 못 참아."

"가자."

줄줄 흘러내리는 물을 닦을 생각도 없어 보이는 고모가 순자 이모의 코앞까지 왔을 때 작은아버지의 무거운 음성이 들렸다. 그가 유안에게 내민 서류가 물에 흠뻑 젖어 제 기능을 할 수 없는 걸 확인하고 난 뒤였다.

"오빠!"

"가자고. 그 꼴을 하고 계속 있을 생각이냐? 다음에 다시 들르마. 쯧."

살살 다독여도 모자랄 판에 여기서 더 일을 키워 봐야 좋을 것이 없다는 생각에 그는 소파에서 일어났다. 유안이 만으로 20세가 되기 전에 일을 마무리해야 했다. 이제 시간이 일 년 정도밖에 남지 않은 상황이라 조급하기도 했지만 오늘은 이쯤 해 두는 것이 좋을 듯했다.

표독스럽게 눈을 치켜뜬 고모가 유안과 순자를 죽일 듯 노려보다 신경질적으로 제 오빠의 뒤를 따랐다.

"아이고, 심장이야."

그들이 나가고 난 뒤, 순자는 바닥에 철퍼덕 주저앉아 앞섶을 움켜쥐었다.

"이모, 괜찮아요? ……근데 이거 다 언제 치워요?"

"뭐……?"

유안은 순자를 보며 빙긋이 웃었다. 그런 유안을 어이없는 눈으로 바라보던 순자는 피식 웃으며 천천히 하자고 대답했다. 그리고 느리게 몸을 일으켜 닦을 것을 찾으러 가며 눈시울을 붉혔다.

"조금만 담을 걸 그랬다."

"그쵸? 그냥 봐도 물이 좀 많더라."

유안은 열심히 걸레질을 하며 혼잣말하듯 수긍했고, 순자는 그런 유안을 보며 헛웃음을 흘렸다.

띵동. 띵동.

"누구지?"

인터폰 앞으로 다가간 유안은 화면 속에서 열심히 손을 흔들고 있는 주미를 발견했다.

"이모, 주미 왔어요."

유안은 궁금해하는 순자에게 방문객이 누군지 얘기하고 현관 앞으로 다가갔다. 늘 활기찬 친구의 방문에 흐렸던 기분이 조금은 밝아지는 느낌이었다.

"어서 와."

"뭐야? 어디 수도관 터졌어? ……그런데 거실 한가운데도 수도관이 지나가나?"

주미는 유안의 뒤를 따라 들어와 어질러진 거실을 보며 눈을 휘둥그레 뜨고 물었다.

"그럴 일이 있었어."

"왔니?"

"네, 이모. ……그런데 뭐예요? 왜 이래요?"

궁금한 것은 절대 그냥 넘길 수 없다는 신념을 가진 주미가 집요하게 물었다.

"더러운 게 있어서 청소하려다가 그만 물 조절에 실패했다."

"풋."

순자의 말에 유안이 눈매를 곱게 접으며 웃음을 터뜨렸다. 순자와 시선을 맞교환하며 의미심장한 미소를 짓는 두 사람을 주미가 호기심 어린 눈으로 쳐다보았다.

잠시 후, 대충 정리를 한 순자가 간식을 만든다며 주방으로 향했고 주미는 유안의 앞에 바짝 다가와 앉았다.

"뭐냐니까."

"아무것도 아니야."

"야! 너 자꾸 이러면 나 다신 안 온다. 네가 나한테 비밀을 만들어? 치사하게."

"두 분 왔다 갔어."

"아. ……그게 뭐 큰일이라고 말을 안 해?"

"좋은 일도 아닌데 자꾸 말해서 뭐해."

"그렇긴 하다. 너, 괜찮아?"

주미가 뒤늦게 유안의 안색을 세세히 살폈다. 지치지도 않는지 몇 년 동안 집요하게 유안을 괴롭히는 대상을 떠올리며 그녀는 이를 갈았다.

"하루 이틀인가. 이제는 익숙해져서 아무렇지도 않아."

"익숙해질 게 따로 있지. 됐거든. 너 속이 썩어 문드러진 거 다 보여. 이 바보야, 나한텐 아프면 아프다고 말해도 된다고 했지?"

유안은 주미의 애정 어린 타박에 씁쓸하게 웃고 말았다.

"주미야, 나 결혼이나 할까?"

"갑자기 웬 헛소리야?"

"그냥. 두 사람이 계속 저러는 거 보니까 약이 올라서……. 얼마 안 남았네. 일 년이 지나고 내가 만으로 스무 살이 되면 그때부터는

나 죽는 날만 기다리고 있을 게 빤하잖아. 어쩌면 빨리 죽으라고 고사를 지낼지도 몰라. 거기다 내가 유언장에 가진 거 모두를 기부한다 적어 놔도 절대 뺏기지 않을걸. 소송이나 뭐다 지저분하게 굴 게 분명해. 그러느니 아예 상속 우선순위를 확 밀어 버리는 거지. 어때? 내 생각이."

"밥이나 먹자. 아무래도 네 속이 너무 허한가 보다. 헛소리를 이렇게 진지하게 하는 걸 보니."

"농담 아니야."

"그래, 그래. 결혼 축하해. 잘 먹고 잘 살아라. 네 부케는 내가 받으마."

주미는 유안의 어깨를 천천히 토닥이며 입맛을 다셨다.

이모가 맛있는 거 뭘 주시려나? 그녀의 관심은 온통 주방으로 쏠렸고 유안은 그런 친구를 보며 아랫입술을 삐죽 내밀었다. 진심인데 왜 농담으로 받아들이는지 모르겠다.

✳

모처럼 여유가 생겨 학교 탐방에 나선 유안은 조금 낯설게 느껴지는 교정을 천천히 걸었다.

캠퍼스가 너무나 넓어 구석구석 둘러보려면 한두 시간 가지고는 턱도 없었지만 오늘은 정문 근처의 경영대 건물을 벗어나 후문 쪽으로 가 보기로 했다.

대운동장과 법학 도서관을 눈에 담고 뜨겁게 느껴지는 햇살을 마음껏 흡수하며 여유를 만끽했다. 신입생 오리엔테이션이다, 환영회

다 정신없던 대학 생활도 3개월이 지나자 서서히 자릴 잡아 가고 있었다. 강의실로 들어가는 것도 조심스럽기만 했던 처음과 달리 수업이 시작하기 직전에 허겁지겁 달려간 적도 있었다.

얼마나 걸었을까, 여름에 가까워 가는 날씨 탓인지 코끝에 송골송골 땀이 맺혔다. 따스하게 느껴지던 햇살도 서서히 뜨겁게 변해 갔다. 주위를 두리번거리던 유안이 커다란 나무 아래 놓여 있는 벤치로 향했다.

시원한 그늘 아래 앉아 피로감이 느껴지는 다리를 쉬게 하고 간간이 불어오는 바람을 맞으며 입매를 늘렸다.

"어?"

이리저리 고개를 돌리며 주위를 둘러보던 유안의 눈에 낯설면서도 익숙한 인영이 하나 잡혔다. 2년 전 겨울이 끝나 갈 무렵에 망연자실 앉아 있던 것을 마지막으로 애써 기억에서 지웠다고 생각했던 사람을 한눈에 알아보았다.

계절이 바뀌고 새로운 한 해가 시작되던 때였다.

유안은 주미의 성화에 못 이겨 서점에 가서 새 학기 참고서를 구입하고 영화를 봤다. 저녁까지 먹고 헤어지자는 말에 고개를 흔들고 집으로 오는 길에 무의식적으로 두 정거장 전에 버스에서 내렸다.

그녀는 며칠 전 내린 눈으로 빙판으로 변해 버린 길에 혹여 미끄러질까 조심스레 걸음을 옮겼다.

"없네."

예상은 했지만 막상 텅 비어 버린 정류장 옆 좌판을 보니 서운함이 더욱 짙어졌다. 이렇게 추운 날에 좌판을 연다는 것이 얼마나 미친 짓인지 잘 알면서도 혹시나 하는 마음을 가졌다는 게 우스울 지경이었다.

"잘 계신가?"

류태하, 그와 관계없이 할머니의 안부가 궁금했다.

학교가 끝나고 학원으로 향하기 전에 꼭 두 정거장 전, 버스에서 내려 할머니 얼굴을 보고 잠깐 이야기를 나누는 시간을 가졌다. 날이 쌀쌀해지고 할머니가 좌판을 열지 않을 때까지…….

계절이 몇 번 바뀌는 동안 계속해서 할머니를 찾던 정이 생각보다 깊었던 모양이다. 자글자글 주름진 할머니의 얼굴과 반갑게 내밀어 주던 거친 손이 그리웠다. 늘 손자 걱정에 힘든 내색 한번 하지 않고 환하게 웃던 모습이…….

'……그 사람도 잘 있겠지?'

수능이 끝나고 그가 자신이 원하는 대한대학교 항공우주공학과에 우수한 성적으로 합격했다는 소식을 우연히 듣고 얼마나 기뻤던지. 마치 제 일처럼 느껴져 그가 일하는 편의점으로 한달음에 달려갔을 때가 그를 마지막으로 본 날이었다.

'축하해요. 정말 고생 많았어요.'

바로 그의 코앞까지 뛰어갔지만 차마 나서지 못하고 멀리서 진심을 다해 축하의 말만 건네고 여느 때처럼 몸을 돌렸다. 아쉬운 마음에 몇 번이고 뒤돌아보았지만 차마 용기가 나지 않아 그대로 걸음을 옮겼다. 이럴 줄 알았으면 미리 얘기라도 한번 해 볼걸. 혼자만 아는 것이 아니라 인사말이라도 나누는 사이였다면 축하의 말 정도는 쉽게 했을 텐데.

멀지 않은 길을 돌아 집으로 향하면서 유안은 다짐했다.

이제 더 이상 그를 찾지 않겠노라고……

작은아버지와 고모가 그녀를 찾아와 난리법석을 치거나 유난히 외롭다 느껴질 때면 습관처럼 그를 찾았다. 시험에서 좋은 성적을 받았을 때도, 자신의 생일에도 유안은 늘 그의 얼굴을 보러 왔었다.

그와 이야기를 나눈 것도 아니고 시선을 맞춘 것도 아닌, 멀찌감치 서서 그를 바라보고 있으면 이상하게 마음이 따스해지곤 했다.

순수하게 그를 동경하던 마음이 시간이 지날수록 그에 대한 욕심으로 바뀌어 갔다. 그냥 멀리서 지켜보는 것이 아닌 그의 곁에 있고 싶다는 생각이 든 뒤로 유안은 되도록 태하를 찾지 않으려 애를 썼다.

혹시라도 제게 있는 나쁜 기운이 그에게 흐르지 않을까 하는 못난 생각이 들어서였다.

엄마의 목숨을 담보로 세상에 나온 아주 재수 없는 물건이 기어이 아빠마저 잡아먹었다고 대놓고 원망하던 작은아버지와 고모의 말이 또렷하게 떠올랐다.

재수 없는 물건.

그래서 유안은 절대 그의 곁에 가면 안 되는 거였다. 지금까지 녹록하지 않은 삶을 살아온 태하에게 그 어떤 시련도 더하고 싶지 않았다. 자신으로 인해.

유안은 어둑해진 밤하늘을 바라보다 그가 일하는 편의점 쪽으로 시선을 던졌다.

오랜만에, 마지막으로 한 번만 가 볼까? 그가 대학에 입학하면 다시 못 볼지도 모르는데……

"어?"

망설이는 유안의 시선 끝에 잡힌 것은 그였다. 류태하.

방학이 되고 편의점을 찾지 않은 뒤로 얼굴을 볼 수 없었던 그가 하얗게 질린 얼굴로 빠르게 자신의 앞을 스쳐 지나갔다. 그의 뒤를 따르는 동생으로 보이는 남학생의 얼굴도 태하와 비슷했다.

무슨 일이 벌어진 것이 분명했다.

유안의 걱정 가득한 눈길이 허겁지겁 택시를 잡아타고 사라지는 형제에게서 떨어질 줄을 몰랐다.

"뭐지?"

집으로 돌아오는 내내 머릿속을 가득 메운 불안감으로 숨이 가빠 왔다. 커다랗게 심호흡을 해도 제대로 숨이 쉬어지지가 않았다.

제 모든 신경이 올올히 살아 움직이며 경고음을 내고 있었다. 무슨 일이 생긴 것이 분명하다고.

초조하고 불안한 걸음으로 방 안을 서성이던 유안의 눈빛이 또렷 하게 변했다. 서둘러 휴대전화를 찾아 든 그녀가 떨리는 손으로 원 하는 번호를 겨우 찾아내었다.

상대가 전화를 받기를 기다리는 몇 초가 너무 길게만 느껴졌다.

–여보세요.

"아저씨, 저예요. 유안이."

–유안이라고? 네가 어쩐 일이냐? ……잘 지내고 있지? 녀석, 방 학이라고 놀기만 하는 건 아니지?

그녀는 반갑게 인사를 건네는 그의 말을 자르고 빠르게 입을 열었 다.

"부탁이 있어 전화 드렸어요. 우리 학교 3학년 중에 류태하라고 있어요."

―……류태하라면 잘 알지. 그런데 네가 태하를 어찌 알고…….

그녀의 입에서 나온 생소한 이름에 상대는 의아함을 느끼고 말끝을 흐렸다.

"자세한 건 나중에 말씀드릴게요. 그 사람한테 무슨 일이 생긴 것 같아요. 좀 알아봐 주실 순 없나요?"

유안은 간절하게 부탁했다. 지금 이렇게 몇 마디 나누는 동안에도 그녀의 가슴이 새까맣게 타들어 가고 있었다. 자꾸만 태하의 하얗게 질리고 고통스럽게 일그러진 얼굴이 떠올라 미칠 것만 같았다.

"제발요."

―……내 알아보고 연락하마.

유안은 끊어진 전화를 손에 꼭 붙들고 간절하게 빌었다. 제발, 제발. 별일이 아니기를……. 오지랖 넓은 자신이 쓸데없는 걱정을 하고 있는 것이 맞기를 빌고 또 빌었다.

"어떡해."

유안은 차마 안으로 들어가지 못하고 영안실 밖 문틈으로 그의 모습을 훔쳐보며 터져 나올 것만 같은 울음을 참기 위해 손으로 입을 틀어막았다.

썰렁하다 못해 휑하게 느껴지는 그곳에서 절망감으로 일그러져 있는 태하의 얼굴을 마주하고 보니 가슴이 찢어질 듯 아파 왔다. 누군가가 명치를 바늘로 콕콕 쑤시는 듯한 느낌과 심장을 쥐어짜는 고통에 저절로 미간이 일그러졌다.

충분히 느낄 수 있었다. 지금 그의 심정이 어떨지…….

넋을 놓고 영정 사진을 바라보고 있는 그의 가슴 가득한 공허함과 상실감이 손에 잡힐 듯 다가왔다. 아버지가 돌아가셨을 때 자신이 느꼈던 막막함을 그 또한 맛보고 있을 것이 분명했다.

거둬 내고 싶었다. 그의 얼굴에 가득한 어둠의 기운을 하나도 남김없이 모조리 날려 버리고 싶었다. 할 수만 있다면.

'할머니……'

정 많던 할머니가, 손주 걱정에 눈시울을 붉히시던 그 다정하신 분이 이리 허망하게 가실 줄은 몰랐다. 제대로 인사도 못 드렸는데…….

며칠 전에 내린 눈이 화근이라고 했다.

할머니께서 눈이 녹지 않은 가파른 길을 내려가다 그만 그대로 미끄러져 머리를 심하게 부딪쳤고, 한참 만에 지나가던 사람의 신고에 의해 응급실로 실려 왔지만 끝내 뇌출혈로 돌아가시고 말았다는 소식에 그녀 또한 넋을 놓았다.

어떡해. 어떡해.

한동안 그 말만 되뇌었다.

얼마나 아플까? 얼마나 슬플까?

할머니가 다시는 만날 수 없는 사람이 되었다는 걸 그가 받아들일 수 있을까?

서서히 눈물이 차올랐다. 덜덜 떨리는 입술을 앙다물고 울음을 참아 보려 했지만 쉽지 않았다. 자꾸만 눈앞에 아른거리는 할머니의 웃는 얼굴과 슬픔에 젖어 있는 태하의 얼굴로 인해 숨이 막혀 왔다.

"할머니. ……조금만 더 곁에 있어 주지 그랬어요. ……보기에도 아까운 손자를 두고 ……그렇게 빨리 가시면 어떻게 해요."

유안은 꽉 막혀 있는 가슴속 응어리가 풀리지 않아 주먹으로 세게 두드렸다.

그에게 차마 손을 뻗지 못하고 당장이라도 울 것 같은 얼굴로 비틀거리며 몸을 돌렸다.

영안실 밖으로 나온 그녀는 흐릿해진 눈동자를 숨기기 위해 눈을 꼭 감았다. 왈칵 뜨겁고 서러운 눈물이 흘러넘쳤다.

"흑. 흑."

그 자리에 주저앉아 큰 소리도 내지 못하고 흐느껴 울던 유안이 퉁퉁 부은 눈을 거칠게 닦아 내며 힘겹게 몸을 움직였다.

떨리는 손으로 겨우겨우 휴대폰을 든 유안이 익숙한 번호를 찾아 내었다.

"저예요."

잠깐의 신호음이 가고 상대편이 전화를 받자 꽉 잠긴 목소리를 겨우 뱉어 내었다.

"어제 부탁드린 거, 그대로 진행 좀 시켜 주세요."

-꼭 그래야만 하니?

"그 얘긴 더 이상 안 하기로 하셨잖아요."

-난, 다만…… 그 방법이 아니라도 괜찮잖아?

"아저씨, 저를 위해서…… 얘기한 대로 해 주셨음 해요."

-……그래, 알았다.

전화를 끊은 유안은 시린 바람에 꼼짝없이 얼어붙어 있는 하늘을 쳐다보며 한참을 서 있었다. 이걸로 됐다. 이제 다시는 그와 마주칠 일도 없을 것이다. 마지막 스침이 저리 힘들어하는 모습이 아니었다면 좋았을 테지만 말이다.

"엄마, 아빠, 이것이 마지막이겠죠. 저 사람 다시는 아프지 않게,

힘들지 않게…… 그렇게 살았으면 좋겠어요."

작게 중얼거린 유안이 떨어지지 않는 걸음을 천천히 옮겼다. 그 뒤를 차가운 바람이 길게 따라붙어 가다 느리게 사라졌다.

류태하.

그녀의 뇌리에 문신처럼 새겨진 사람. 전보다 더욱 날카로워진 눈매에 잔뜩 굳은 표정으로 걸음을 옮기는 그를 유안의 시선이 자연스레 뒤따랐다.

'여기가 공대 근처구나.'

태하가 이 학교에 다니고 있다는 사실을 새삼 깨달은 유안은 피식 웃음을 흘렸다. 정말 잊고 살고 싶었나 보다. 기억에서 지우고 싶었나 보다.

"잘 지내요?"

유안은 작게 속삭였다. 전보다 더 여위어 보였고 무슨 생각을 하는지 앞만 쳐다보고 걷는 그가 편해 보이지는 않았다. 여전히 힘겹고 어려운 삶을 이어 가고 있어 보였다. 그 생각을 하자 가슴이 아팠다.

'아직도 힘들어요? 행복하지 않아요?'

스쳐 가는 첫정이라 생각했는데, 우연한 대면으로 예전에 느꼈던 감정이 한순간에 살아나고 있었다.

부모를 잡아먹었다는 소리를 듣고 자랐다. 자신의 곁에 있으면 불행이 찾아올 것만 같아 매사에 거리를 두는 일에 익숙했는데, 그를 보니 애써 감춰 두었던 욕심이 살아났다.

한 번쯤은 자신의 뜻대로 해도 되지 않을까?

눈을 빛내며 그의 뒷모습을 좇던 유안이 힘차게 자리에서 일어났다. 유안은 언제 다리가 아팠냐는 듯 빠르게 걸음을 옮기며 생각에 잠겼다.

그를 곁에 두면서 거머리처럼 달라붙어 자신을 괴롭히는 피붙이들을 떨쳐 내 버릴 좋은 수. 엉뚱한 생각이었지만 실행에 옮기는 것도 나쁘지 않을 것 같았다.

누가 좋을까? 아무런 접점이 없는 두 사람을 이어 줄 만한 사람으로 누가 좋을지 그와 관계된 사람의 인물도를 빠르게 계산해 나갔다.

4.

태하는 거울 속 자신의 모습을 한참 동안 들여다보았다.

복잡한 심정이 고스란히 드러난 얼굴은 잔뜩 굳어 있었고, 잔뜩 찌푸려진 미간은 펴질 기미가 보이지 않았다.

오늘은 수업이 끝나고 아르바이트 대신 그가 몇 년 전에 졸업한 학교에 가야만 했다.

어제저녁 생각지도 못한 3학년 때 담임선생님의 전화를 받고 느꼈던 당혹감이 그대로 되살아나 그는 힘껏 이를 사리물었다.

교장선생님께서 그를 만나 보고 싶어 하신다고 했다. 예전에 할머니 장례비용 전부를 대 준 분이 앞으로도 계속 도움 주고 싶다는 의사를 표했다고 했다. 오늘 학교로 와서 그분을 만나 보고 이야기를 나눠 보라는 말씀이셨다.

지금껏 주위의 소소한 도움을 받은 적은 있지만 그와 동생이 학업을 마칠 때까지 필요한 모든 후원을 해 주겠다는 말은 들어 본 적이 없었다.

전화를 끊고 난 다음 생각하고 또 생각했지만 솔직히 내키지가 않았다. 아무런 조건 없이 그런 파격적인 후원을 해 주겠다니, 의심스러웠다. 하지만 살아야 했다. 어떻게든…….

그들 형제가 처한 현실은 작은 도움의 손길도 무시할 수 없는 상황이었다.

할머니의 장례를 치르고 둘이 살아가며 많은 것을 느꼈다. 세상과 맞서기에는 그는 아직 어리고 부족한 것이 많다는 것을. 거기다 그는 곧 군대도 가야 했다. 그러면 혼자 남게 될 재하의 거취도 문제가 아닐 수 없었다.

"일하러 가?"

그가 방을 나서자마자 언제 하교했는지 문 앞을 지키고 있던 재하가 다급히 물었다.

"잠시 다녀올 데가 있어."

"……응."

따라나서고 싶지만 차마 그 말을 하지 못하고 입술을 깨무는 동생의 행동을 보고 태하의 눈동자가 흔들렸다.

"같이 갈래?"

"그래도 돼?"

조심스레 묻는 폼이 제가 들은 말이 믿기지 않는 모양이었다. 아마도 여기서 말을 바꾸면 엄청 서운해할 것이 분명했다.

"그래. 내가 얘기 나눌 동안만 밖에서 기다리면 될 거야."

"갈게, 같이 가."

태하는 동생과 함께 지은 지 20년도 더 지난 낡은 반지하 방을 빠져나왔다. 습기 차고 눅눅한 곰팡내를 풍기는 집을 느린 걸음으로 벗어나 햇빛이 가득 들어찬 거리로 한 걸음 내딛었다.

언제쯤 자신의 인생도 이렇게 환한 빛을 낼 수 있을까? 그는 눈이 부시도록 깨끗한 하늘을 흘끔 쳐다보고는 곧 바로 고개를 돌려 버렸다. 부질없는 짓. 눈먼 행운이 그에게 찾아 올 일은 절대 없을 거다.

이 여자라고?

태하는 지금 자신의 눈앞에 있는 사람을 뚫어질 듯 쳐다보며 크게 숨을 몰아쉬었다.

아직 솜털도 채 가시지 않은 앳된 여자가 할머니 장례식에 든 모든 비용을 대고, 자신과 동생의 학업에 드는 모든 것을 책임지겠다고 말한 사람이라고? 믿기지가 않았다.

어딘가에서 본 듯한 여자를 물끄러미 바라보던 태하가 실소를 터뜨렸다.

"훗."

그의 비틀어진 입매를 본 그녀의 맑으면서도 반듯한 눈동자가 살짝 흔들렸다. 조금 긴장한 듯 보이는데도 침착함을 유지하고자 애쓰는 티가 역력한 그녀가 슬쩍 고개를 숙이는 걸로 무안함을 감췄다.

"교장선생님께서 말씀하신 분이 지금 제 눈앞에 있는 저 애가 맞습니까?"

그는 억눌린 숨통을 틔워 차디찬 음성을 뱉어 내었다.

"류태하 군."

교장선생님께서 당혹스런 얼굴로 그의 이름을 단호하게 불렀다.

"이거, 어떻게 받아들여야 하는 겁니까?"

불손함이 노골적으로 드러나는 말투에 유안의 얼굴이 붉게 달아올랐다.

교장선생님의 말씀으로는 2년 전 할머니가 돌아가셨을 때 우연히 그의 사정을 듣고 이유안이라 자신을 소개한 이 여자가 도움을 주었다고 했다. 그때 든 비용은 결코 작은 것이 아니었다. 그런데 그걸 이 애가 했단다.

놀리는 것만 같았다. 거기다 자신보다 나이도 어린 여자아이가 뭘 하겠다고? 후원? 우습지도 않다. 그의 눈동자에 빠르게 냉기가 들어차기 시작했다.

"좋은 기회라고 생각하게. 어찌 되었든 여러모로 지금보다는 나을 게 아닌가?"

태하는 자신을 설득하기 위해 애쓰는 교장선생님을 의아한 눈으로 바라보았다. 이분이 뭐가 아쉬워 이렇게까지 하는 걸까? 것도 못마땅함을 감추지 못하고 잔뜩 굳은 얼굴로 말이다.

"생각해 보겠습니다."

계속된 실랑이가 의미 없이 느껴져 태하는 짧게 대답했다.

어린아이의 장난에 휘둘리고 싶은 생각이 없었다. 이곳에 오느라 소비한 시간이 아깝기는 했지만 지금이라도 빨리 일을 가면 나머지 시간의 시급은 챙길 수가 있었다.

"교장선생님, 잠시만 둘이 이야기할 수 있게 해 주세요."

처음 듣는 유안의 목소리는 맑으면서도 고운 빛을 가지고 있었다. 시선을 끄는 예쁜 외모와 어울리는 차분하고 다정한 음성이었다.

그가 유안의 목소리에 빠져 잠시 딴생각을 할 때, 교장선생님이 자리에 일어나 밖으로 나가셨다. 문이 닫히는 소리를 듣고 정신을 차린 그가 눈앞의 유안을 빤히 쳐다보며 턱을 살짝 치켜들어 할 말이 있으면 빨리 하라는 제스처를 취했다.

"아직까지 배가 덜 고팠나 봐요. 자존심이 남아 있는 걸 보면."

"뭐?"

그녀의 입에서 그가 전혀 생각지도 못한 말이 튀어나왔다. 발끈한 태하가 저도 모르게 목소리를 높이고 그녀를 잡아먹을 듯 노려보았다.

"동생 생각은 안 하나요? 학비만 들지 않으면 뭐해요? 생활비는요? 그 과는 실험도 많다면서요. 그 재료비는 제대로 마련되던가요? 지금처럼 알바며 과외하면서 그거 다 충당할 수 있어요? 그렇게 일하고, 그럼 공부는 또 언제 해요? 잠잘 시간이나 날까 모르겠네. 이런 상황에서 생각해 보겠다는 말이 하고 싶어요? 2년 동안 힘들게 산 걸로 부족해요?"

"하아."

기가 막혔다.

자신의 아픈 곳을 콕콕 짚어 내는 유안의 말에 자존심이 상하면서도 반박할 말이 떠오르지 않았다.

사실 그도 지쳐 가고 있었다. 한없이 자신만을 바라보는 동생에 대한 부담과 동기들보다 뒤처질지도 모른다는 불안감 사이에서 조금씩 기운을 잃고 있었다. 그런데 지금 자신의 앞에 있는 이 여자는 마치 그 모든 것을 다 알고 있다는 표정으로 그를 바라보며 자신의 약한 곳을 찔러 대었다.

도움을 주고 싶다는 사람이 있다는 말에 조금이라도 편히 살아 보겠다고 이 자리에 온 것이 맞았다. 거기다 이 여자가 아니었다면 자신은 그 기회를 덥석 잡았을 것이 분명했다. 하지만 자신보다 어린 여자에게 도움을 받아야 한다는 사실에 자존심이 상했다.

"너, 돈이 그렇게 많아?"

태하는 끝끝내 가시 세우는 걸 멈추지 않았다.

"많아요."

"그 돈지랄 딴 데 가서 하지?"

"싫어요."

그녀의 단호한 대답에 태하는 헛웃음을 흘렸다.

"지금 장난해?"

"아니요. 전, 태어나서 지금처럼 진지해 본 적이 없어요."

"……도대체."

한 마디도 지지 않는 유안의 태도에 말문이 막혔다. 한없이 유하고 여릴 것만 같았던 여자의 예상치 못한 공격에 입술만 달싹이고 말았다.

"한 가지만 묻자. 내 뭘 보고 이런 제안을 하는 거냐?"

그의 질문에 긴장한 빛을 드러낸 유안이 잠시 시간을 두고 입을 열었다.

"……돈을 써도 아깝지 않을 사람이란 건 알아요."

"날 언제 봤다고?"

태하는 이해하지 못할 말을 하는 유안을 보며 미간을 찌푸렸다. 그 뒤에 더 나올 말이 있는 것 같아 기다렸지만 그녀의 입술은 고집스레 닫혀 열릴 줄을 몰랐다.

"관두자."

계속 같은 자리에 앉아 있다간 심장이 너덜너덜해질 것 같아 그는 서둘러 자리에서 일어났다.

"조건이 있어요."

유안이 커다란 눈을 더 동그랗게 뜨고 빠르게 말을 꺼냈다.

"?"

"저도 아무런 조건 없이 후원을 할 만큼 바보는 아니에요."

바보가 아니라고 말은 하지만 태하의 눈엔 그녀가 어리숙하게만 보였다. 딱 사기당하기 쉬운 캐릭터. 세상 물정 모르는 공주님 역할로 말이다.

"말해."

그는 황당함을 느꼈지만 일단 들어나 보자는 심정으로 물었다. 아니, 어쩌면 절박하게 자신을 붙잡는다는 느낌이 싫지 않아서였는지도.

"나랑 결혼해요."

"뭐?"

태하의 목소리가 또다시 커졌다. 평소 차분하고 진중하다는 말을 자주 듣던 자신의 모습은 어디에서도 찾아볼 수가 없을 정도였다.

"그, 그러니까, 지금 당장하자는 건 아니고……."

"너 몇 살이냐?"

그는 유안의 말을 자르고 빠르게 물었다.

"스무 살이요. 두 달만 지나면 만으로 열아홉 돼요. 결혼은, 그러니까 내가 만으로 스무 살이 되면 그때 했으면 하고요."

"너 진짜 웃기는 애구나."

태하는 어이가 없는 표정으로 유안을 노려보며 이죽거렸다. 기가 막혔다. 고작 스무 살짜리가 결혼이라니…… 장난이 지나쳤다. 도대체 자신을 어떻게 봤기에 저런 우습지도 않은 조건을 거는 건지 화가 나기 시작했다.

"지금 네 돈 먹고 튀나, 안 튀나 날 묶어 놓고 감시하겠다는 말이야?"

"그렇게 생각하고 싶으면 말리지는 않을게요."

"지금 나랑 장난해? 너 이러고 다니는 거 네 부모님은 아셔? 나이도 어린 게 후원 운운할 때 알아봤어야 했는데……. 결혼? ……허어, 그럼 네 부모님은 옳다꾸나 그래라 하셔? 너 혹시 머리가 어떻게 된 거 아니야? 오호라, 이제 보니 네 집안사람 모두 제정신이 아니구나. 그래서 너처럼 어리바리한 꼬마가 이렇게 말도 안 되는 짓거리를 해도 다 이해하고 넘어가나 보지?"

"……."

한없이 빈정대는 태하의 눈에 살짝 고개를 숙인 유안이 아랫입술을 힘껏 깨물고 있는 것이 보였다. 입술에서 금방이라도 새빨간 핏물이 뚝뚝 떨어질 것만 같아 가슴이 철렁 내려앉자 슬그머니 입을 다물었다.

그의 비난 어린 말을 고스란히 듣고 있던 그녀가 힘겹게 소파에서 몸을 일으켜 교장선생님 책상 앞으로 다가섰다. 떨리는 손으로 메모지에 뭔가를 적더니 그에게 다가와 그것을 내밀었다. 메모를 받을 생각이 없던 태하는 혐오스런 물건이라도 되는 듯 그것을 쳐다보고만 있었다.

살짝 고개를 숙이고 있는 유안의 정수리에 눈길이 멎었다. 가슴은 치졸한 분노로 터질 듯한데 절로 시선이 간다. 반지르르하게 윤기가 흐르는 결 좋은 긴 머리카락이 그녀의 작은 얼굴을 감싸고 가슴께까지 흘러내렸다.

"?"

유안의 머리카락에 시선을 두고 있던 태하의 눈동자가 일순 크게 열렸다. 그녀의 작고 흰 손이 자신의 손을 잡아 올려 메모지를 쥐여주었다. 따스함과 부드러움을 동시에 느끼기가 무섭게 심장이 빠르게 질주하기 시작했다. 그는 이게 무슨 상황인지 모르겠다는 얼굴로 그녀를 바라보았다.

'헉.'

느리게 고개를 들어 시선을 맞추는 유안의 검고 커다란 눈동자에 담긴 것은 진한 고통과 서글픔이었다. 저도 모르게 움찔한 그는 금방이라도 부서질 것 같은 유안의 얼굴에 시선을 고정했다.

"생각해 보고 연락 줘요. ……그리고 저희 부모님, 두 분 모두 돌아가셨어요. 신경 쓰지 않아도 돼요."

속삭이는 작은 목소리에 태하는 자신의 혈관을 타고 흐르는 피가 차갑게 식는 느낌을 맛보았다. 뒤돌아서 문을 향해 걸음을 옮기는 유안을 멀뚱히 보면서 잡지도 못하고 변명도 하지 못했다.

문이 닫히고, 손에 쥔 메모지가 살을 파고들자 그제야 정신이 돌아왔다.

미친 새끼! 생각이 없는 거냐? 머리는 장식이지.

절로 욕이 튀어나왔다. 화가 나 정신없이 말을 내뱉은 자신의 입술을 쥐어뜯고 싶었다. 자신의 처지와 같은 여자에게 무슨 말을 한 것인지……. 스스로 했던 말을 곱씹으며 태하는 신경질적으로 자신의 머리를 헝클렸다.

자신의 입에서 나온 말은 분명한 폭력이었다. 다른 사람도 아닌 자신이 부모님 운운했다는 게 믿기지 않았다. 해선 안 될 말을 했다는 자책에 빠져 있는 그는 슬쩍 그녀가 나간 문을 바라보았다. 지금이라도 달려가 사과를 해야 하는데, 발이 떨어지지 않았다.

"제길."

유안의 상처받은 얼굴과 핏물을 머금은 입술이 자꾸만 떠올랐다.

'아팠을 텐데.'

손을 뻗어 새하얗게 빛나는 유안의 치아에서 입술을 빼내고 싶었지만 차마 그러지 못했다. 자신으로 인해 상처 입은 그녀에게 할 수 있는 행동은 아니었다.

잠시 후, 교장실을 벗어나 건물 밖으로 나온 태하는 깨끗하고 눈이 부시게 환한 하늘을 쳐다보며 다시 한 번 욕설을 내뱉었다.

하늘은 더럽게 맑고 고왔다. 여자에게 상처를 준 그를 비웃기라도 하듯이.

❋

유안은 여느 때처럼 수업이 끝나고 도서관에 들렀다 집으로 가는 길이었다.

완전히 해가 내려앉은 어두운 거리는 낮 동안의 힘겨운 씨름을 끝내고 숨 고르기를 하는 듯 고요하기만 했다. 부드러운 빛을 발하는 가로등이 많은 사람들이 오가던 거리를 따스하게 위로하며 감싸는 느낌에 그녀의 입매가 조금은 느슨하게 풀렸다.

일말의 서두름도 없이 느리게 걸음을 옮기던 유안은 손에 들린 휴대폰을 보고 작게 한숨을 내쉬었다. 보름 전, 교장실에서 만난 태하에게 아무런 연락이 없었다. 아마도 그는 자신의 제안을 받아들일 생각이 없는 모양이었다.

솔직히 무리한 요구라는 건 스스로도 잘 알고 있었다. 그를 위한다면 그저 학자금만 후원하는 게 맞았다. 하지만 그렇게 되면 그와 접점이 없는 지금의 상황으로 볼 때 그를 볼 수 있는 기회 또한 없을 것이 분명했다.

멀리서 지켜만 보는 건 이제 그만하고 싶었다. 한 번쯤은 제 욕심대로 그를 가까이 두고 마음껏 보고 싶었다. 그러다 혹시라도 그에게 무슨 일이 생기면 가장 먼저 알게 되길 원했고, 태하에게 어떤 일이 닥쳐도 힘들지 않게 지켜 주고 싶다는 생각에 말도 안 되는 조건을 걸고야 말았다.

혹시라도 그가 자신의 제안을 거부할까 싶어 일부러 모진 소리도 했지만 속으론 간절하게 제발, 제발을 얼마나 외쳤는지 모른다.

그가 그런 제 맘도 몰라주고, 부모님까지 들먹여 가며 비난을 퍼부을 땐 정말이지 다 관두자는 말이 혀끝에 대롱대롱 매달렸다. 하지만 그는 모르니까. 몰랐을 테니까……. 그녀의 부모님이 모두 돌아가신 걸 알았다면 그렇게 모진 말을 서슴없이 뱉을 사람이 아니라는 걸 알기 때문에 그에게 제 휴대폰 번호를 전할 수가 있었다.

하지만 가슴은 아팠다. 이해하는 것과 느끼는 것은 엄연히 다르니까. 남들의 눈에 띄지 않게 꼭꼭 숨겨 둔 상처가 순식간에 벌어져 버렸다. 그것도 좋은 것만 보여 주고 싶은 그의 앞에서 무방비 상태로 헤쳐져, 그 자리를 피하지 않고는 견딜 수가 없었다.

Rrrrr. Rrrrr.

때마침 울리는 핸드폰 액정에 찍힌 모르는 번호에 고개를 갸웃거리다 유안은 통화 버튼을 눌렀다.

-여보세요.

무게감 있는 낮은 목소리에 온몸의 솜털이 오소소 기지개를 켜며 반응을 보였다.

그다. 류태하.

전화 목소리는 이랬구나. 그에 관해 무언가를 알게 되었다는 생각에 빠져 그녀는 대답할 타이밍을 놓쳐 버리고 말았다.

-여보세요? 이유안, 핸드폰 아닌가요?

그의 입에서 자신의 이름이 흘러나왔다. 믿기지가 않았다. 그가 제 이름을 부르다니…….

"네? 네. 저 맞아요."

서둘러 답한 유안의 높다란 목소리를 듣고 그가 잠시 머뭇거리다 이내 결심한 듯 빠르게 용건을 털어 놨다.

-……지난번에 얘기한 거 아직 유효해?

"아! 그럼요."

-그래?

"결정했어요?"

-만나서 얘기했으면 하는데.

"내일 대한대 정문 앞에 있는 스토리에서 봐요. 편한 시간이 몇 시예요? 내가 맞출게요."

-3시 어때?

"괜찮아요. 그럼 3시에 거기서 만나요."

―내일 보자.

유안은 끊긴 휴대폰을 꼭 쥐었다. 손에 전해지는 따스한 열기에 슬그머니 입이 벌어졌다.

떨리는 가슴을 진정시키기 위해 크게 심호흡을 하곤 믿기지 않아 뺨을 꼬집어보기까지 했다.

"어, 진짜 아프다."

그녀는 아픈 볼을 슬슬 문지르며 다시 한 번 떨리는 눈으로 핸드폰 액정을 바라보았다. 분명 그와 통화한 흔적이 남아 있었다. 류태하, 그가 만나자 했다. 자신의 제안을 받아들일 생각인 것 같았다.

유안은 벅차오르는 가슴을 양손으로 꾹 누르면 눈을 감았다.

혹시나 싶어 욕심을 내 보았는데 의외로 그것이 이루어졌다는 게 믿기지 않았다.

아침부터 유난히 옷과 머리 모양에 신경을 썼다. 분홍색과 흰색의 체크무늬 원피스에 니트 베스트를 걸쳤다. 꾸미지 않은 듯 수수한 차림에 머리를 곱게 빗어 반만 올려 묶고 거울 속 자신의 모습을 훑어보았다. 마치 첫 데이트를 하는 기분으로 거울을 보고 또 보며 어색한 부분이 있는지 열심히 살폈다.

1학기 종강이 얼마 남지 않아 어딘가 모르게 산만한 분위기의 수업이 끝나고 더디게 흐르는 시간을 계속 확인하며 약속 시간이 되길 기다렸다.

깔끔한 분위기의 브런치 카페인 스토리는 음식 맛이 좋다고 입소문난 곳이었다. 조급해지는 마음으로 인해 먼저 약속 장소에 도착한 유안은 천천히 주위를 둘러보았다. 그가 없다. 자신이 먼저 온 모양이었다.

'다행이다.'

그가 오기 전에 떨리는 가슴을 가다듬을 시간을 벌었다.

책을 읽는 사람부터 노트북을 꺼내 놓고 무언가 열심히 들여다보고 있는 사람, 친구와 신 나게 이야기를 주고받는 사람들. 각자 자신의 일로 열중인 사람들 틈에서 유안은 홀로 고고히 앉아 출입구 쪽을 뚫어지게 바라보았다.

긴장감이 조금은 옅어질까 싶어 주문한 카페 모카의 달달함도 제대로 느낄 수가 없었다. 빠르게 뛰는 심장으로 인해 시간이 3시에 가까워져 갈수록 숨쉬기가 힘들어졌다. 마치 100미터를 전력 질주한 것 같은 느낌에 들썩이는 가슴을 가라앉히려 많은 노력을 해야 했다.

딸랑.

문이 열리고 그가 들어섰다. 잠시 제자리에 멈춰 서 내부를 훑어보던 그가 유안을 발견하고 곧은 걸음으로 다가왔다.

"먼저 왔네."

"수업이 일찍 끝났어요."

"여기 다녀?"

"네, 경영학과예요."

의외의 말을 들은 사람처럼 그는 한쪽 눈썹을 치켜 올렸다.

고등학교에 이어 대학까지. 인연이 있다 여기는 걸까?

"왜 내게 그런 제안을 했는지 물어도 될까?"

태하는 자리에 앉기가 무섭게 직설적으로 질문을 던졌다.

"서로 돕자는 거죠. 서로에게 필요한 걸 가지고 있으니 상부상조하자. 뭐, 그런 뜻이에요."

고작 스무 살짜리 계집애의 대답치고는 너무 건조했다. 그녀의 대답에 실망감을 느끼는 건 무슨 이윤지……. 자신에게 반했다는 얘기라도 듣고 싶었나 보다.

"내게도 네가 필요로 하는 게 있다고?"

"물론이에요. 나는 오빠의 경제적인 부분을 도와주고, 오빠는 눈에 불을 켜고 내 걸 뺏으려는 사람들에게 방패막이가 되어 주는 거죠."

의외의 대답에 깜짝 놀란 건 오히려 그였다. 도대체 어떤 삶을 살고 있기에 방패막이가 필요하다는 말을 천연덕스럽게 하는 것인지, 유안을 향한 호기심이 급격하게 커지기 시작했다.

"그건 언제쯤 해야 해?"

그의 말에 잠시 눈만 깜박이던 유안이 뒤늦게 쑥스러운 듯 미소를 지었다. 왼쪽 볼이 쏙 들어 가며 말갛게 웃는 그녀를 보던 태하는 잠시 숨 쉬는 걸 잊어버렸다. 저 맑고 깨끗한 미소를 어디선가 본 적이 있었다. 기억 깊숙한 곳에 자리 잡고 있는 안개에 싸인 아련한 기억 같은 것.

"……우리, 전에 학교에서 본 적 있어?"

태하는 그녀의 답을 들을 생각도 못 하고 제 머릿속에 맴도는 것을 다시 물었다.

"글쎄요. 대학에 와서는 아니고 고등학교 때 스치듯 만났을 수도 있겠죠."

마치 류태하 레이더라도 달린 것처럼 많은 사람들 틈에서도 귀신같이 그를 찾아서 쳐다보곤 했었다. 혹시라도 자신의 시선을 그가 눈치챘던 걸까.

태하의 물음에 겨우 가라앉혀 놓은 심장이 다시 불안하게 뛰기 시작했다.

"그런가? 어딘지 모르게 낯이 익다는 생각이 들어서."

"같은 교복에 긴 머리, 그 또래 애들은 다 비슷비슷해 보이잖아요."

"그렇겠지."

"아까 물었던 거 대답할게요. 알다시피 내가 아직 부모 동의 없이 결혼할 수 있는 나이가 아니에요. 동의를 대신해 줄 만한 사람도 없고요. 그래서 만으로 스무 살이 된 다음에 해야 할 것 같아요. 그리고 그전까지 저희 집에 들어와서 사는 걸로 했으면 좋겠어요. 우리 집에 빈방도 많고, 또 집안일을 도와주시는 이모님도 계셔서 사는 건 불편하지 않을 거예요. 그렇게 같이 살다가 일 년 정도 지난 뒤에 했으면 좋겠어요."

태하의 물음에 유안은 마음이 급해져 두서없이 말을 이었다. 혹시라도 그의 마음이 변해 버릴까 두려워 자신이 무슨 말을 하는지조차 제대로 인식하지 못한 채 떠들어 댔다.

"딱히 준비할 건 없어요. 그냥 몸만 오면 돼요."

"풋."

"……?"

아! 이런.

그의 웃음소리를 듣고 뒤늦게 정신이 돌아온 유안은 빠른 속도로 자신의 입을 막아 버렸다. 서서히 얼굴이 붉어졌다. 모든 열기가 얼굴로 몰려 화끈거리자 볼을 식히기 위해 손으로 부채질을 하며 작게 숨을 뱉어 내었다.

"그게 아니라…… 옷이랑 책…… 필요한 것만 가져오면 된다는 말이었어요."

유안은 기어들어 가는 목소리로 자신이 한 말을 보충했다.

그는 머뭇거리며 눈앞에 있는 물 잔을 집어 들어 목을 축였다. 유안이 자신의 집에 들어와 함께 살자는 말을 하리라고 생각조차 못한 터라 잠시 고민에 빠졌다.

'어떻게 하는 게 좋을까?'

어차피 결혼을 조건으로 그녀의 제안을 받아들이기로 했으니 같이 사는 건 당연하다고 할 수 있었다. 그런데 이 멋쩍은 기분은 뭔지 모르겠다. 솔직히 너무 빠르게 전개되는 상황에 정신을 차릴 수가 없다는 게 맞는 걸 거다. 하지만 그것과 별개로 그녀의 제안이 싫지 않은 이유는 뭘까.

"진짜 괜찮겠어?"

"뭐가요?"

"아무래도 낯선 사람이 집 안에 왔다 갔다 하면 불편한 점이 많잖아."

태하는 복잡한 제 감정을 숨기고 넌지시 물었다.

"아뇨. 조금도 불편하지 않아요. 그런 생각 하지 않아도 돼요."

그녀는 단호하게 답했다. 어떻게 찾아온 기회인데…… 그런 소소한 걱정으로 그의 가까이에 있을 기회를 날려 버릴 순 없었다.

"글쎄……."

"내 제안을 받아들일 생각 아니었어요? 그렇다면 서로에 대해 알 수 있게 같이 사는 것도 한 방법이라 생각해요. 어차피 나중에 같이 살아야 하는데, 그 시기를 조금 앞당긴 것뿐이잖아요."

그의 망설임을 눈치챈 유안이 쐐기를 박듯 말을 꺼냈다.

"지금 살던 집도 정리해야 하니까 당장은 힘들지 싶은데."

"그래요? ……그건 어쩔 수 없죠."

유안은 그가 자신의 제안을 내치지 않았다는 것이 기뻐 자꾸만 벌어지려는 입매를 다잡으며 말을 이었다. 일단 집으로 들어온 다음에 정리해도 된다고 얘기할까 하다 너무 재촉하는 느낌이 들어 슬쩍 말을 바꾸는 것도 잊지 않았다.

내일이라도 당장 들어왔으면 했는데…… 그가 오기를 손꼽아 기다리는 그 시간은 무척이나 더디게 흐를 것이 분명했다.

"주소는 문자로 보낼게요. 그리고 그전이라도 정리가 되면 언제든지 와도 돼요."

"고맙다. 그리고 지난번엔 미안했다."

"아! ……몰라서 그런 건데요, 뭐."

고작 말 한마디로 서운했던 감정이 순식간에 사라지는 건 무슨 조화일까.

돈지랄은 딴 데 가서 하라던 경멸의 말도, 고아 운운하며 모진 말을 했던 것도 모두 오래된 이야기처럼 느껴졌다. 지금은, 그냥 좋았다. 그가 집으로 온다는 사실이, 너무나 좋았다. 드디어 그와 한 지붕 아래 살 수 있다는 것이.

같은 식탁에서 밥을 먹고 낮 동안 각자의 일을 보다 저녁 해가 지면 그가 집으로 온다. 현관문이 열리고 그가 집 안으로 들어서는 모습을 반기는 자신을 떠올리자 심장이 무섭게 뛰기 시작했다.

태하와 헤어져 집으로 오는 길에 유안은 걸음을 멈추고 벅차오르는 가슴을 진정시키기 위해 몇 차례 가쁜 숨을 뱉어 냈다. 지그시 감았던 눈을 뜨고 붉은색으로 곱게 변하는 하늘을 응시하며 작게 읊조렸다.

"할머니, 할머니 손자들은 이제 제가 지켜 줄게요. 그러니 이제라도 편히 쉬세요."

5.

"이모."

순자는 현관문을 열고 집 안으로 뛰어 들어오며 자신을 부르는 유안의 커다란 목소리에 화들짝 놀라 주방을 박차고 나왔다.

"왜? 무, 무슨 일이야?"

지금까지 살면서 한 번도 큰 소리를 낸 적 없는 아이가 애타게 부르자 가슴이 털컥 내려앉았다. 집에 오는 길에 무슨 해코지라도 당한 게 아닌가 싶어 손이 부들부들 떨렸다.

"이모. ……하아. 하아."

그런데 숨을 몰아쉬며 자신을 부르는 유안의 눈동자가 생기로 반짝였다. 순자는 자신의 손을 잡고 입을 달싹이는, 감격에 겨운 유안의 모습에 조바심이 일 지경이었다. 다행히도 나쁜 일은 아닌 모양이다.

그녀는 떨리는 가슴을 가라앉히고 유안의 손등을 부드럽게 쓸었다.

"뭔데? 숨넘어가겠다. 이제, 얘기해 봐. 무슨 좋은 일이라도 생겼어?"

"우리 식구가 늘어요. 그것도 둘씩이나……."

"무슨 말이야? 식구가 늘다니?"

"2층을 새로 꾸며야겠어요. 무슨 색 벽지가 좋으려나……."

유안은 자신이 쓰고 있는 방을 그에게 내주리라 마음먹었다. 그 방은 정원이 한눈에 내려다보이고 볕이 가장 잘 드는, 2층에서 가장 넓고 좋은 방이었다.

"유안아, 차근차근 말해 봐. 무슨 소린지 하나도 못 알아듣겠다."

순자의 채근에 2층을 향해 있던 유안의 시선이 그녀에게 닿았다.

"류태하라고, 나랑 같은 학교 다니는 오빠가 있는데요. 그 오빠랑 그 오빠 동생이 이제부터 우리 집에서 같이 살 거예요."

"뭐? 누가 같이 산다고?"

"태하 오빠랑 동생이요."

"?"

"우선 2층 청소부터 하고 벽지 바꾸고 가구 새로 들여놓고……."

순자는 서둘러 유안의 말을 가로막았다.

"유안아, 잠시만. 그러니까 네가 말한 태하라는 사람하고 그 동생이 이 집에 들어온다고?"

"네."

유안은 신나게 고개를 끄덕였다. 아직도 귓가에 태하의 음성이 맴돌고 있었다. 그가 자신의 제안을 받아들였다는 게 믿기지 않아 빠르게 뛰는 심장을 다독이는 것도 힘겨웠고 자꾸만 벌어지는 입매를 단속하는 것도 어려웠다.

"왜?"

"네?"

"그 사람이 왜 이 집에 들어와?"

예상과 다른 순자의 반응에 기뻐서 하늘을 향해 치솟던 유안의 입술이 서서히 굳어 가고 생동감 넘치게 반짝이던 눈동자가 눈에 띄게 색을 잃어 갔다.

"내가 오라고 했어요."

"그 사람이 어떤 사람인 줄 알고 함부로 집 안에 들여? 것도 남자를."

순자를 바라보는 유안의 눈동자가 불안하게 흔들렸다.

"……좋은 사람이에요. 똑똑하고 마음도 따스한 아주 좋은 사람이요."

"누가 그래?"

"…….".

유안을 쳐다보는 순자의 눈이 근심으로 가득 찼다. 마치 악랄한 수법을 쓴 사기꾼의 꾐에 넘어간 어리숙한 아이를 보는 듯한 시선에 유안의 입이 스르르 닫혔다.

'그 오빠 할머니가요. 그리고 내 눈으로 똑똑히 봤어요. 그 볼품 없어 보이는 좌판도 아랑곳하지 않고 할머니의 손을 맞잡는 그 따뜻한 마음을 직접 확인했어요. 그렇게 다정한 사람이 나쁜 사람일 리 없잖아요.'

유안은 그 말을 하지 못하고 물끄러미 순자를 바라보며 속으로 중얼거렸다.

"아직 늦지 않았어. 지금이라도 전화해서 없었던 일로 해."

"……."

"유안아, 세상은 네가 생각하는 것만큼 좋은 사람만 있는 게 아니야. 선한 얼굴로 뒤통수치는 사람이 얼마나 많은데…… 자칫하면 큰일을 당할 수도 있어."

"알아요."

누구보다도 잘 알고 있다. 멀리 갈 것도 없이 자신과 피가 이어진 작은아버지와 고모만 봐도 충분했다. 그녀가 가진 재산이 탐나 모진 말을 서슴없이 하고 작은 틈이 보일라치면 눈에 불을 켜고 달려들어 자신이 가진 걸 탈탈 털어 갈 사람이 있다는 걸.

유안은 순자를 흔들림 없는 눈으로 바라보며 말을 꺼냈다. 제 진심이 닿기를 바라는 간절한 마음으로.

"이모, 태하 오빠 달라요. 절대 나쁜 사람 아니에요. 오랫동안 봐 와서 누구보다 제가 잘 알아요. ……그 오빠 이모처럼, 혼자 남은 저를 생각해서 일을 그만두고 싶어도 못 그러고 제 곁에 있어 주는 이모처럼 아주 따스한 마음을 가진 사람이에요."

"……유안아."

"아시죠? 이모가 제게 어떤 존재인지, 어렸을 때부터 이몬 제게 엄마 대신이었어요. 늘 저를 위해 노심초사하며 친딸처럼 키워 주신 것도 알고 지금도 누구보다 저를 걱정해서 하시는 말씀이라는 것도 잘 알아요. 솔직히 이모가 반대하시면 태하 오빠, 집으로 오라고 못해요. 하지만 한 번만, 이번 한 번만 저를 믿고 제 뜻대로 해 주시면 안돼요? 오빠 곁에 제가 있어야 해요. 지금까지 힘들게 산 오빠가 이젠 그만 힘들었으면 좋겠어요. 그냥 제 옆에서 잠시나마 편히 있는 게 보고 싶어요."

진지한 유안의 얼굴을 한참 동안 바라보던 순자는 고개를 끄덕일 수밖에 없었다.

좋아하는구나. 어리기만 한 줄 알았는데 어느새 커서…… 외로움을 많이 타는 유안이 처음으로 가슴에 담은 사람이 조금 더 나은 환경을 가졌더라면 하는 아쉬움을 감추고 순자는 아련한 미소를 지었다.

"……그럼 우리 유안이 안목을 한번 믿어 볼까?"

"그럼요. 보시면 한눈에 알 수 있을 걸요. 얼마나 괜찮은 사람인지."

그의 얼굴을 떠올리는 유안의 표정이 부드럽게 바뀌고 볼이 살짝 붉어졌다. 미묘하게 변하는 자신의 얼굴을 빤히 쳐다보는 순자를 향해 유안은 배시시 웃었다.

태하와 결혼하기로 했다는 건 말하지 않았다. 그가 집으로 들어오는 것만으로 펄쩍 뛰는 이모가 결혼 얘기까지 알게 된다면 더 심한 반대를 할 것이 뻔했다.

그 이야긴 이모가 태하와 살아 보고 난 다음에 해도 늦지 않을 것이다. 그의 사람 됨됨이를 보고 나면 그때는 반대하지 않을 거라는 확신이 들었다.

❋

태하는 쩍쩍 금이 가고 군데군데 시멘트가 벗겨져 지저분해 보이는 낡은 주택을 오래도록 바라보았다.

녹이 슬어 옆으로 기울어진 작은 쪽문을 힘겹게 밀면 온갖 잡동사니가 쌓여져 있는 통로가 그를 기다렸다. 겨우 사람 하나 통과할 정도인 그곳을 지나면 지하로 내려가는 계단 몇 개가 나온다. 그때그

때 필요에 의해 수리된 것이 분명한 높이가 다른 계단 아래 오른쪽
이 그의 가족이 살던 집이다.

바닥에 거의 붙다시피 한 창문은 바짝 맞닿아 있는 옆집 담벼락으
로 인해 한 줌의 햇빛도 흡수하지 못했다. 그렇게 늘 눅진한 곰팡내
를 풍기는 집에서 참 많은 일을 겪었다.

그가 6살 때 술로 인해 아버지가 돌아가시자 살려고 아등바등거
리던 어머니는 1년 뒤에 생활고를 이유로 집을 나가 버렸다. 7살, 2
살의 두 아이와 늙은 시어머니를 두고서. 그리고 엄마를 기다리며
집 앞을 벗어나지 못하는 그를 따스하게 안아 주던 할머니마저 먼
길을 떠나셨다. 그렇게 차례대로 어른들이 떠난 곳에 그와 동생만이
덩그러니 남았다.

그렇듯 무엇 하나 뜻대로 되는 일 없이 힘겨운 삶의 무게에 짓눌
려 헐떡일 때 제안을 받았다.

이유안.

그 애를 생각하자 가슴 정중앙이 순식간에 묵직해졌다. 그녀가 말
한 조건을 받아들였지만 솔직하게 자신의 선택이 옳은 건지 확신할
수가 없었다.

'내가 지금 잘 하고 있는 걸까? ……그래도 가야겠지?'

어찌 됐건 지금보다는 나을 거라는 희망을 조심스레 갈무리한 태
하가 무거운 걸음을 옮겼다. 솔직히 결혼이라는 것에 대해 별생각이
없었다. 고작 스물두 살의 남자가 결혼이라니…… 자신의 처지를 생
각한다면 그의 인생에서 영원히 일어나지 않을 일일지도 몰랐다.

'뭐, 그리 나쁘지는 않겠지.'

남자의 시선으로 볼 때 유안은 꽤 예쁜 아이였다. 그런 여자가 일

찌감치 제 것이 된다는 것이 딱히 싫지는 않았다. 그저 실감이 나지 않을 뿐이었다.

태하는 자신이 유안의 새까만 눈동자와 감질나게 드러나던 왼쪽 볼우물을 계속 생각하고 있다는 것을 인지하지 못했다. 문득 유안이 지금 뭘 하고 있을까 하며 그녀에 대한 관심이 자신의 가슴 한 귀퉁이에서 서서히 자라나는 것도 눈치채지 못했다.

집으로 들어선 그는 묵묵히 짐을 챙겨 넣곤 말했다.

"가자."

"어디로 가?"

점점 말을 잃어 가는 동생이 불안한 얼굴로 물었다. 복잡하게 얽힌 제 마음을 감춘 태하가 피식 웃으며 동생의 목을 감싸 안고 작게 얘기했다. 여기보다 훨씬 좋고 환한 세상으로 가자고.

큰길에서 약간 들어왔을 뿐인데 이곳은 딴 세상 같았다. 그가 살았던 전의 동네와 사뭇 다르게 길은 넓으면서 깨끗했고 관리가 잘된 집들은 하나같이 크고 좋아서 이제 막 완공을 끝낸 새집처럼 보였다.

높은 담장 위로 삐죽이 보이는 나무의 파릇파릇한 여린 싹들이 겨우내 움츠렸던 몸뚱이를 활짝 열고 싱그러운 자신을 뽐내고 있었다. 절로 입가에 미소를 머금게 하는 포근한 초록빛에 감싸인 집은 대충 봐도 크고 좋았다.

태하는 커다란 집을 심란한 눈으로 둘러보며 육중한 나무문 앞에서 한참을 서 있었다.

"형, 여긴 어디야?"

복잡한 생각에 빠진 그는 재하의 걱정스런 물음에 대답할 여력도 없었다. 흔들리는 시선이 대문 옆에 붙어 있는 주소를 적은 패널에 가서 멎었다.

유안이 문자로 보내 준 주소였다. 고작 버스 두 정거장 차이인데, 이렇게나 달랐다. 그녀와 자신이 사는 세상이…….

솔직하게 이 정도로 큰 집일 거라곤 생각도 못 했다. 그럼 그 애는 이 정도로 커다란 집에서 지금껏 혼자 살았다는 건가? 또다시 가슴 한가운데가 꽉 막혀 버린 듯한 느낌에 태하는 미간을 찌푸렸다.

"……형."

태하는 다시 조그만 목소리로 그를 부르는 동생에게 시선을 주었다. 재하보다 고작 세 살 많은 유안은 동생에 비해 모든 것이 작았다. 키, 얼굴…… 손까지. 자신의 손을 잡아 메모를 쥐여 주던 작고 따스했던 감촉이 떠오르자 가슴속에서 파동이 일었다.

그렇게 작은 아이를 보듬어 주지는 못할망정 참 못된 말을 서슴없이 해 상처를 주었구나 싶어 마음이 아팠다.

"여기가 누구네 집이야?"

"이제부터 우리가 살게 될 집."

"진짜?"

"그래."

태하는 눈이 휘둥그레지는 동생을 보며 가슴이 부풀 정도로 크게 숨을 들이켰다. 이제 뒤돌아 가기엔 너무 늦어 버렸다는 생각이 들기가 무섭게 손에 든 가방의 무게가 묵직하게 와 닿았다.

딩동.

초인종을 누르기가 무섭게 덜컹 소리와 함께 문이 열렸다.

"들어가자."

힘차게 문을 열고 안으로 들어서는 태하를 재하가 쭈뼛거리며 뒤따랐다. 그는 넓은 정원을 가로지르는 돌로 만들어진 길을 따라 걸음을 옮겼다. 주위를 둘러볼 생각도 못 한 채 넓고 커다란 집만을 눈에 담았다.

"우와, 파라솔도 있어."

그는 고풍스런 테이블과 잘 어울리는 초콜릿빛 파라솔과 아늑해 보이는 의자에 시선을 준 재하의 감탄 어린 음성도 한 귀로 흘렸다. 현관문이 열리고 모습을 드러낸 유안이 그를 향해 종종걸음을 내딛는 것이 보였기 때문이다.

긴 머리를 모아 하나로 틀어 올린 유안의 입가에 보일 듯 말 듯 미소가 걸려 있었다. 연한 파란색의 원피스에 흰색 카디건을 입은 그녀가 조금씩 그와의 거리를 좁혔다.

"어서 와요. 이쪽이 동생?"

"……안녕하세요."

유안의 물음에 태하가 고개를 끄덕이자 재하가 물끄러미 그녀를 바라보다 고개를 꾸벅이며 중얼거리듯 인사말을 건넸다.

"반가워."

조금은 쑥스러운 듯 미소를 흘린 유안이 태하를 바라보았다.

"짐이 이게 다예요?"

"어."

"생각보다 적네요."

"……"

"참, 이러고 있을 때가 아니지. 무거울 텐데…… 어서 들어와요."

유안의 하얀 볼에 옅은 홍조가 꽃봉오리처럼 피어올랐다. 뒤통수를 따갑게 만드는 그의 시선을 느꼈는지 그녀의 고개가 슬그머니 아래로 숙여졌다.

지금이라도 진심 어린 사과를 다시 해야 하나? 교장실에서 자신이 뱉은 말이 가시가 되어 옆구리를 찔러 댔다. 태하는 자신이 형식적으로 미안하다는 말을 한 것만 같아 유안의 뒷모습을 뚫어지게 바라보았다.

"저……."

유안을 부르려던 태하는 뒤에 있는 동생을 떠올리고 입을 다물었다. 아무래도 타이밍이 좋지 않았다.

"여기는 집안일을 책임지고 계시는 우리 집 대장 김순자 씨."

현관을 들어서기가 무섭게 그들을 맞이하는 인상 좋아 보이는 아주머니에게 유안의 시선이 향했다. 그녀의 장난스런 소개를 들은 순자의 입가에 부드러운 호선이 그려졌다.

"안녕하세요. 류태하라고 합니다. 여긴 제 동생 류재하고요."

"어서들 와요."

순자는 형제가 정중하게 고개를 숙여 인사를 하는 모습을 지켜보았다. 훤칠해 보이는 외향만큼이나 속내도 그러길 바라는 마음을 담아 형제를 세세히 살폈다. 아무래도 동생 쪽 보다는 형 쪽을 더 살피는 것도 잊지 않았다.

비굴하거나 약삭빠른 느낌이 전혀 없는 담백하고 강직해 보이는 눈을 가진 태하와 지금 상황이 믿기지 않은 듯 얼떨떨해 보이는 작은 녀석까지.

집요하게 두 사람을 관찰하던 순자는 일단은 안심해도 될 듯싶어 더욱 환하게 웃었다.

"난 이모라고 부르는데, 두 사람은 편한 대로 불러요. ……그래도 되죠? 이모."

"그럼. 호칭이야 아무려면 어때. 그런데 우리 유안이 말대로 진짜 잘생겼네."

순자의 시선이 태하에게 콕 박혀 떠날 줄을 몰랐다.

"내, 내가 언제……."

의외를 말을 하는 이모의 입을 막지도 못하고 새빨갛게 변한 얼굴로 입을 벙긋거리는 유안이었다. 그런 그녀를 보며 슬쩍 웃음을 흘린 순자가 계속 말을 이었다.

"척하면 딱이지. 내가 우리 유안이를 하루 이틀 보나."

"이모오."

"하하하. 장정 둘이 떡하니 서 있으니 집이 꽉 차는 거 같아 좋네. 유안이 뭐 해? 방 알려 줘야지. 짐 내려놓고 주방으로 와. 점심 준비해 놨으니까 먹자. 아침부터 부산을 떠는 우리 아가씨 때문에 여태껏 밥도 제대로 못 먹었다니까."

"이모, 쪼옴."

"뭐 해? 얼른 움직여."

순자와 말장난하듯 티격태격하는 유안을 보니 웃음이 나왔다. 스무 살 여대생의 풋풋함과 발랄함이 느껴져 태하의 긴장도 부드럽게 풀렸다.

"저…… 방은 2층이에요."

그의 눈을 똑바로 보지 못한 유안이 먼저 몸을 돌려 2층으로 향하면서 설명을 이어 갔다.

"1층은 이모랑 제 방이 있고, 이쪽이 주방, 저쪽 복도 끝 방은 서재예요. 그 맞은편이 화장실이고."

형제는 유안의 자분자분한 말에 귀를 기울이며 그녀의 뒤를 따랐다.

2층 계단을 올라선 유안이 왼쪽으로 몸을 돌려 바로 곁에 있는 방문을 활짝 열었다.

"여기가 재하 방이에요."

제 이름이 나오자 슬그머니 앞으로 나선 재하가 눈을 굴리며 방으로 들어섰다.

"우와. 대박."

방은 넓으면서도 환했다. 그리고 모든 것이 새것이었다. 튼튼해 보이는 책상과 의자, 침대, 옷장과 이불. 새로 바른 것이 확실한 흰색의 벽은 깔끔한 푸른빛의 띠 벽지로 포인트를 줘 차분함과 편안함이 동시에 느껴졌다.

"마음에 들어?"

"네."

재하는 책상 서랍을 열어 보기도 하고 침대를 손으로 꾹꾹 눌러 보기도 하면서 연신 감탄사를 뱉어 내었다.

"편하게 말해도 돼. 그리고 내가 세 살 많으니까 누나라고 불러. 지금 대한고등학교 다닌다고?"

"네, 1학년이요."

"그리고 너, 공부도 엄청 잘한다며?"

"그냥 조금요."

태하는 동생과 이야기를 나누는 유안을 물끄러미 바라보았다. 왼쪽 볼의 보조개가 더욱 도드라졌다. 기분이 좋은지 연신 웃음을 머금고 있는 입술이 계속해서 그의 시선을 잡아끌었다. 재하에 대해 따로 이야기를 한 적이 없음에도 그녀가 동생에 대해 잘 알고 있다는 것도 인지하지 못하고 온통 유안의 얼굴을 쳐다보는 데 여념이 없었다.

"누나는 어디 다녀요?"

너무 말이 없어 걱정하던 녀석과 동일인이 아닌 것만 같았다. 넉살 좋게 이것저것 묻는 재하가 이 순간 유난히 낯설어 보였다.

"훗. 나도 대한고 졸업했어. 그리고 지금은 대한대 경영학과 1학년. 태하 오빠 후배야."

"아, 그럼 우리 형이랑 고등학교 때부터 알고 있었던 거예요?"

"그래, 인마. 넌 뭐가 그리 궁금한 게 많아."

재하의 물음에 머뭇거리는 유안을 대신해 태하가 서둘러 입을 떼며 동생의 머리카락을 흐트러뜨렸다.

격의 없이 행동하는 형제를 잠시 부러운 눈으로 바라보던 유안이 몸을 돌렸다.

"이제 오빠 방도 봐야죠? 이쪽으로 오세요."

재하의 방을 나온 유안이 계단 오른쪽으로 방향을 잡았다.

가장 먼저 눈에 띈 것은 작지만 아늑해 보이는 거실이었다. 푹신한 소파와 색이 고운 커튼, 공기 정화에 좋다는 중간 크기의 화분 몇 개와 알록달록한 꽃이 흐드러지게 핀 들판을 그린 그림 한 점. 그 어떤 걱정거리도 잊을 수 있을 만큼 편해 보이는 공간이었다.

태하의 방도 재하의 방과 다르지 않았다. 차분한 색상의 벽지를 바른 방 안에는 새것이 분명한 가구와 침구가 자리를 잡고 있었다.

느리게 방 안을 둘러보던 태하의 시선이 정원이 한눈에 내려다보이는 널찍한 베란다 쪽으로 향했다. 이끌리듯 그리로 향해 커다란 통 창을 열자 파릇한 푸른빛이 여과 없이 동공 안으로 쏟아져 들어왔다.

"마음에 들어요?"

곁에서 들려온 조용한 물음에 그는 고개를 끄덕였다.

"고맙다."

유안이 자신과 동생을 위해 이 정도까지 신경을 쓸 거라 예상하지 못했다. 그저 형제가 몸을 누일 작은 공간만 있으면 충분하다 여겼는데, 크나큰 환대에 다른 말은 생각이 나지 않았다.

"어서 내려와서 밥들 먹어."

아래층에서 들려온 순자의 커다란 목소리에 유안이 빙그레 미소 지었다.

"내려가요. 이모는 밥상 차려 놨는데 뭉그적거리는 거 무지 싫어해요."

"그래."

※

"정수기 물보단 보리차가 낫지? 난 예전부터 보리차가 좋더라. 그래서 이모한테 항상 마실 물은 보리차를 끓여 달라고 했어. 헤헷, 이모한텐 조금 미안하지만."

유안이 냉장고에서 꺼낸 시원한 보리차를 컵에 따라 재하에게 건네며 주저리주저리 떠들었다.

"그리고 류재하. 너, 당당하게 굴어."

"네?"

"도대체 자기 집에서 그렇게 눈치 보는 사람이 어딨니? 이유야 어찌 됐건 이젠 여기가 네 집이야. 편히 있어야 할 집에서조차 긴장하고 조심스럽게 행동한다는 게 말이 된다고 생각해?"

"아!"

쭈뼛거리며 주방으로 들어선 재하가 유안을 보고 어색하게 웃고는 다시 나가려는 걸 붙잡아 세웠다. 뭐가 필요하냐는 유안의 물음에 재하는 물을 마시러 왔다고 작게 대답했고 그녀는 속으로 혀를 찼다.

그들 형제가 이 집에 들어와 생활한 것이 어느덧 두 달째였다.

처음엔 빨아야 할 양말 한 짝도 내놓지 않아 순자 이모의 잔소리를 들었다. 기나긴 연설과 같은 잔소리에 두 손을 든 형제는 그제야 빨아야 할 옷가지를 내놓기 시작했고, 간혹 먹고 싶은 것이 있냐는 물음에 대답하는 수준까지 도달했다.

하지만 거기까지라고 해야 하나?

집 안에서 그녀와 마주치면 첫날과 달리 어색해하는 게 눈에 보였다. 이모에게는 그러지 않으면서 왜 유독 자신만 어려워하는지. 그런 모습에 거리감이 느껴져 서운함이 앞섰지만 내색하지는 않았다.

"여기저기 가 봐도 내 집이 최고라는 말도 있잖아. 이 집이 재하, 너한테도 그런 의미가 됐으면 좋겠어. 내 눈치 보지 말고…… 날, 그냥 친누나라고 생각하면 안 되겠니?"

"……누나."

"지금은 익숙지 않아 불편한 것도 잘 알아. 괜히 얹혀사는 것 같고 그러지? 지금은 네 상황이 그래서 내 도움받는다고 편하게 생각해 줬으면 해. 다음에 네가 커서 갚으면 되잖아. ……류재하, 나중에 네가 커서 어른이 됐는데 내가 힘들고 어렵다고 하면 그땐 나 몰라라 할 거야? 너 찾아가면 막 눈치 줘서 서럽게 할 거야?"

"아뇨. 절대 안 그래요."

"하하하. 그래, 그러면 됐어."

유안은 더욱 기쁘게 웃으며 대답했다.

태하의 환한 미소가 갖고 싶어 그에게 결혼하자 하고, 또 집에 들어와 살라고 했다. 조금은 억지스러운 감이 없지도 않았지만 그와 같은 공간에 있다 보면 지금보다는 친밀한 관계가 되지 않을까 싶은 계산도 깔려 있었다. 그의 할머니와 동생을 향했던 따스한 마음이 제게도 나눠진다면 세상 그 어느 것과도 비교할 수 없을 만큼 좋을 거라 생각했다.

그런데 잘못 생각했던 것일까? 그의 인색하기만 한 미소에 대한 갈증이 점점 더 커져 갔고, 두 형제의 어색해하는 모습을 보며 상처를 입었다.

"학원은 안 다녀? 다른 친구들은 어때?"

"다른 애들은 거의 다 다니죠."

"말 편하게 하라니까. 그럼 너도 다녀야 하지 않아?"

유안은 재하에게 계속 말을 걸었다. 속상한 마음을 감추기 위해, 그리고 자꾸 대화를 하다 보면 조금은 편하게 대해 주지 않을까 하는 기대를 가지고.

"아직은 괜찮은데……."

"어려운 과목이 있을 거 아니야?"

"그렇긴 한데…… 형한테 물어보면…… 돼."

역시 류재하는 착한 아이였다. 어려워하면서도 그녀의 말을 최대한 들어주려고 애를 쓰는 모습에 웃음이 나왔다.

"오빠가 늘 바빠서 편하게 묻기도 그렇겠다. 당장 궁금한 게 있으면 나한테 물어도 돼. 보기보다 나 공부 잘해. ……아니다. 나랑 시간 맞추기도 쉽지 않을 테니까 내일 너 다닐 학원 한번 알아보자."

"에? 안 그래도 되는데."

"안 그래도 되긴, 넌 그냥 누나가 시키는 대로 하면 되는 거야. 알았지?"

"네. ……으응."

그렇게 그들은 조금씩 서로에게 익숙해져 갔다.

6.

　조용하고 평화로운 일상이었다.

　아침에 일어나 이모가 챙겨 주는 밥을 먹고 태하와 나란히 학교로 향했다. 경영대 건물과 공대 건물이 멀리 떨어져 있어 교문 앞에서 헤어져야 했지만 나란히 걷는 것만으로도 좋았다. 시간이 맞지 않아 학교에서 마주칠 일은 거의 없었지만 그와 같은 테두리 안에 있다는 것 하나로 마음이 안정되었다.

　간혹 시간이 날 때면 태하는 유안의 하교 시간에 맞춰 그녀가 오는 길목을 지켰다. 멀리서 조용하고 차분하게 걸어오는 유안을 물끄러미 바라보다 놀라지 않게 천천히 그녀에게 다가가 손을 내밀곤 했다.

　태하는 유안의 가방을 어깨에 메고 자연스럽게 한 발 앞서 걸었다. 세상의 모진 풍파를 온몸으로 막으려는 기세등등한 기사가 연약한 공주를 호위하듯 그렇게……. 애틋한 유안의 눈길을 등에 달고 있었지만 그 사실은 전혀 인지하지 못한 채 묵묵히 걸음을 옮겼다.

그렇게 시간이 흐르고 흘러 하나둘 떨어지기 시작한 나뭇잎이 어느덧 정원 한쪽에 수북하게 쌓여 갔고, 간혹 불어오는 차가운 바람에 절로 몸이 움츠러드는 그런 휴일 오후였다.

전공서적을 읽던 태하가 뭉친 어깨 근육을 풀면서 방을 나섰다. 집 안이 너무 조용해 다들 뭘 하나 싶어 아래층으로 향하던 그가 계단 중간에서 걸음을 멈췄다.

넓은 거실 가운데에 앉아 순자는 빨아 논 옷을 개고 있었고, 재하는 그 일을 옆에서 거들고 있었다. 그리고 유안은 소파 한구석에 비스듬히 기대어 책을 보느라 여념이 없었다.

동그랗게 틀어 올린 머리카락이 몇 올 얼굴에 흘러 내려와 있고, 반듯한 이마와 기다란 속눈썹이 햇빛을 받고 반짝였다. 살짝 벌어진 입술 사이로 작은 혀를 빼꼼히 내민 채로 책을 보고 있는 유안의 모습에서 그는 눈을 뗄 수가 없었다.

"뭘 그리 열심히 봐?"

"아!"

"뭔데?"

"그냥…… 친구가 하도 재미있다고 해서 보는 거야."

어느새 유안의 곁으로 다가간 재하가 그녀의 손에 들린 책을 뺏어 들었다.

"잘한다. 이제 며칠만 있으면 방학한다고 아주 확 풀어졌네."

"뭐어?"

"사실이잖아."

"너, 사실 부러워서 그러는 거지? 너는 피 튀기게 공부해야 하는데 나는 설렁설렁 노는 거 같아서. 그래도 어쩌겠니? 이 누나도 그 과정을 다 거쳤단다. 그러니 그 책을 어서 주기나 하지."

"싫어. ……이모, 누나가 공부도 안 하고 소설책만 본대요."

"류재하."

재하의 말에 순자는 눈꼬리를 접고 흐뭇하게 웃으며 두 사람을 바라보았고, 유안은 뾰로통한 얼굴로 어서 달라 손짓했다.

"그래, 부러워 죽겠다. 누나가 대학생이라는 것도 부럽고 이렇게 노는 것도 부럽다. 왜 대학은 방학을 이렇게 일찍 시작하는 거야? 배 아프게……. 참, 내 친구 중에 누나 예쁘다고 소개시켜 달라는 녀석이 있다."

"뭐? 이 녀석은 누굴 닮아 이렇게 접대용 멘트를 잘 날려? 너무 실감 나게 말해서 모르는 사람이 들으면 진짠 줄 알겠다."

"어? 진짠데……."

"그럼 내가 연하한테도 먹히는 얼굴이라는 소리? 역시 난, 잘났어. ……후훗. 내가 그렇게 말할 줄 알았지? 쓰읍, 어디서 그런 말도 안 되는 소리를…… 안 믿거든."

"우와, 이거 무지 서운해지네. 누나가 날 그 정도로 신용 없는 놈으로 봤단 말이야? 나, 진짜 서러워 눈물이 날라 해. 진심 충격이다."

유안을 놀리는 재미에 푹 빠진 재하는 더욱 짓궂게 가슴을 부여잡고 쓰려질 듯 휘청거렸다.

"그런 건 아니고……."

깜짝 놀라 변명을 하려던 유안이 끝까지 말을 못 하고 우물거렸다.

"큭큭끅. 누나 얼굴 빨개졌어."

"진짜, 류재하. 너 자꾸 날 놀릴래?"

"재밌는 걸 어떡해. 하하하."

태하는 호탕하게 웃어젖히는 동생을 낯선 눈으로 바라보았다. 어두운 구석 하나를 찾아 볼 수 없을 만큼 밝아진 재하에게 생기가 느껴졌다. 처음이었다. 10대 특유의 가볍고 발랄한 동생의 모습이. 그동안 동생의 웃음조차 지켜 주지 못한 미안함에 절로 손에 힘이 들어갔다.

재하를 한참 바라보던 태하의 시선이 느리게 유안에게로 옮겨 갔다.

입가에 잔잔한 미소를 머금고 따스하게 재하를 바라보는 유안을 보니 묘하게 심장이 욱신거렸다.

그들의 기묘한 동거는 해가 바뀌어도 계속되었다.

순자 이모가 음식을 만들면 자연스럽게 태하나 재하가 설거지를 했고, 재하의 공부도 유안과 태하가 번갈아 봐 주곤 했다.

자연스럽고 솔직하게 서로의 생각을 이야기하게 되면서 마치 한 가족 같은 끈끈한 정을 쌓아 갔다. 그리고 넓디넓은 집에 여자 둘이서만 살다가 듬직한 남자가 둘이나 되어 안심이 된다고 순자는 스스럼없이 얘기할 정도가 되었다.

이제 4학년이 된 태하는 미뤄 두었던 군 입대를 위해 휴학을 신청해 놓은 상태였고, 2학년이 된 유안은 미리 전공서적을 본다고 부산을 떠는 날이 이어졌다.

"뭐지?"

태하는 책을 보다 신경을 거스를 정도의 소음에 미간을 찌푸렸다.

늘 조용하기만 하던 집 안이 이상하게도 소란스러웠다. 보드 타기에 푹 빠진 재하가 친구들과 함께 폐장 직전의 스키장으로 여행을 가서 이렇듯 큰 목소리를 낼 사람은 없었다.

의아함을 느낀 태하는 방문을 열고 아래층으로 향했다.

"이제 시간이 얼마 남지 않았다. 너도 생각이라는 게 있으면 어른들 말을 따라야 하는 거 아니니? 도대체가 어떻게 생겨 먹은 애가 고집이 고래 심줄보다 더 질겨."

"절대 그 서류에 서명 안 한다고 누누이 말씀드렸는데 계속해서 가져오는 걸 보면 그 피를 이어받았나 보죠."

"한 마디도 안 지지? 저 따박따박 말대꾸하는 것 좀 봐. 너 같은 애가 있으니까 밖에 나가면 부모 욕하는 거야."

"말대꾸하는 거 듣기 싫으면 오지 마세요."

"내 저걸……."

파르르 떨며 한 걸음 다가서는 고모를 향해 한 손을 든 숙부가 거드름을 피우며 입을 열었다.

"네가 이렇게 시간을 끈다고 해서 해결될 일이 아니지 않니? 쉽게 가자. 너도 힘들겠지만 나도 힘들다. 우리가 그걸 그냥 갖겠다는 것도 아니고, 알아서 더 크게 불려 준다는데 왜 쓸데없는 고집을 부리는지 이해를 못 하겠구나."

이번엔 타이르는 것으로 방법을 바꾸었나 보다. 한 명은 잡아먹을 듯 날뛰고, 또 한 명은 그걸 막는 듯하며 회유하는 전형적인 설득의 방법. 어찌 되었든 두 사람이 원하는 건 자신의 완벽한 복종이었다.

가증스러운 두 사람의 모습에 절로 이가 갈렸다. 끝없이 욕심만 키워 가는 친척들의 행태가 유안을 지치게 만들었다.

"더 이상 할 말이 없어요. 지금까지 하신 말은 안 들은 걸로 할 테니 그냥 돌아가세요."

태하의 눈에 유안의 꼭 쥔 주먹이 부들부들 떨리는 것이 보였다. 혼자서 꽉 막힌 벽과 싸움하듯 처절한 몸부림을 치는 모습이 아프게만 보였다. 유안의 작은 몸뚱이가 고통스럽다 울부짖고 있었다.

'이 사람들 때문에 방패막이가 되어 달라 했던 거니?'

당장이라도 달려가 보듬어 주고 싶었다. 안 그래도 작은 여자가 더 위축되어 있는 모습을 보니 속이 쓰렸다.

눈물을 보이지 않으려 애를 쓰는 유안의 눈동자가 계단에 서 있는 그에게로 향했다. 순식간에 커다랗게 열린 눈동자에 새겨진 아픔이 그의 가슴에 스며들었다. 이를 악물고 계단을 내려서려는 그에게 유안은 작게 고개를 저었다.

'그러지 마요. 그냥 올라가요.'

유안이 눈으로 외쳤다.

그 순간, 완강하게 거부하는 유안의 머리를 고모가 세차게 내려쳤다.

"이건 말로 해선 안 된다니까. 오빠, 그렇게 당하고도 몰라? 이게 아주 어른 알기를 제 발가락에 낀 때만도 못하게 알아. 하라면 할 것이지 왜 이렇게 잡설이 많아?"

"지금 뭐하시는 겁니까!"

눈에서 불길이 일어 태하는 도저히 참을 수가 없었다. 크게 소리치는 것과 동시에 바람처럼 계단을 내려가 유안의 곁으로 다가섰다.

저렇듯 악의를 가득 담은 모진 말을 고스란히 듣고 있는 유안을 보니 속에서 천불이 나는 느낌이었다. 당장이라도 그녀의 숙부와 고모의 멱살을 잡아 패대기치고 싶은 걸 겨우겨우 억누르며 유안의 손목을 잡아당겼다.

"나와."

"오빠……."

"여기서 저런 거지 같은 말을 계속 듣고 있을 이유가 없잖아."

가슴이 아팠다. 유안의 손목을 통해서 빠르게 뛰는 그녀의 맥박과 함께 파르르한 떨림이 그대로 그의 심장까지 와 닿았다.

"넌 또 뭐야?"

욕심이 덕지덕지 붙은 여자가 황당하다는 얼굴로 그를 위아래로 훑어보다 코웃음을 쳤다.

"하. 아주 가관이네. 잘 하는 짓이다. 나이도 어린 것이 기껏 하는 짓이라니…… 집에 남자를 끌어들여? 기가 막혀 말도 안 나오네. 넌, 뭘 얻어먹으려고 여기 있는 거야? 왜? 얘가 돈 좀 있는 것 같아 보이디? 옆에 붙어 있으면 부스러기라도 떨어질 것 같아? ……아주 끼리끼리 잘 만났네. 싸가지 없이 고집만 센 년이랑 여자 등쳐 먹으려는 제비 같은 새끼랑."

"함부로 말씀하지 마세요."

유안이 파르르 떨며 고모를 노려보았다.

"너, 지금 저놈 편드는 거니? 아주 같잖아서. 이것아, 정신 차려. 혼자 똑똑한 척은 다 하더니 하는 짓하곤. 딱 봐도 여자 등골 빼먹게 생긴 놈이 옆에 있으니 혼이 홀랑 나갔지? 아무 생각도 안 들지? 그러다 있는 거 없는 거 다 뺏기고 후회할 줄도 모르고……."

"그만해요!"

고모의 말을 막으며 유안이 악을 쓰듯 소리를 질렀다.

"너 뭐 하는 놈이야?"

유안의 숙부가 소파에서 일어서며 태하를 향해 물었다. 평소에 각자 유리한 자리를 차지하기 위해 치열하게 싸우던 사람들 같지 않았다. 둘이 어떤 계획을 짰는지 오늘은 유난히 손발이 잘 맞았다.

"알아서 뭐하시려고요?"

유안이 태하의 앞을 가로막으며 도전적으로 숙부를 노려보았다. 마치 제 새끼를 지키려는 어미의 모양으로 자신보다 큰 그를 감추려 날을 세웠다.

"작은아버지로서 당연히 관심을 가져야 할 일이 아니니?"

"생각해 주는 척하지 마시고 돌아가세요."

"그렇게 못 하겠다면?"

"가라는 말, 안 들리십니까?"

태하는 능글거리며 유안을 손아귀에 가지고 놀려 하는 그녀의 숙부를 응시하며 입을 열었다.

"주거침입으로 경찰을 부르기 전에 나가십시오."

"경찰?"

"왜 못 할 거 같습니까? 설마 퇴거 불응도 처벌 대상이 된다는 사실을 알면서도 이러시는 건 아니겠죠?"

손에 들린 핸드폰 키패드를 조작하는 태하의 위협적인 모습에 두 사람은 헛웃음을 흘리며 그를 노려보다 인상을 찌푸렸다.

태하의 진심을 읽은 유안의 숙부가 짜증을 담아 입을 열었다.

"내 조만간 다시 찾아오지."

"아니요. 절대 오지 마십시오. 만일 또다시 이런 일이 생긴다면 다음엔 경찰을 불러 응급수사를 요청하는 것은 물론이고, 접근금지 가처분신청도 함께 할 겁니다. 보아하니 사회적 지위가 어느 정도 있는 분들 같은데 여러 사람 입에 오르내리면 사회생활하시기에 조금 문제가 생기지 않겠습니까? 다른 것도 아니고 고아인 조카를 찾아와 폭력을 휘둘렀다는 이유로 말입니다."

"폭력?"

"협박도 엄연한 폭력입니다. 물론 물리적인 폭력도 마찬가지고요."

태하의 시선이 그녀의 숙부에서 유안을 때린 고모에게로 향했다.

상황이 불리하게 돌아간다는 것을 느낀 두 사람이 어이없는 얼굴로 집을 나서는 것을 확인한 태하가 바르르 떠는 유안을 품에 당겨 안고 눈을 꽉 감았다. 언제 다시 그들이 들이닥칠지 알지 못했지만 당분간은 시간을 벌게 되어 다행이다 싶었다.

'바보.'

가진 게 많은 철부지인 줄만 알았다. 너무 가진 게 많아 심심하던 차에 그와 동생에게 적선해 준 것이라고 모난 생각을 한 적도 있었다. 그런데 이 작고 약한 아이가 그동안 받았을 상처를 생각하니 심장이 쑤시다 못해 갈가리 찢기는 것만 같았다.

하소연할 곳도 없이 저 패악을 홀로 감당해야 했을 시간들. 얼마나 아팠을까? 얼마나 외로웠을까? 얼마나 힘들었을까? 갖가지 감정들이 서로 뒤엉켜 그를 혼란에 빠트렸다.

"저, 저 빌어먹을 인간들이 도대체 언제 온 거야? 하필 내가 시장에 갔을 때 들이닥친 건 뭐래? 유안아, 괜찮아?"

외출했다 집 앞에서 그녀의 피붙이들을 마주친 순자가 허겁지겁 달려 들어올 때까지 태하는 품 안의 유안을 떼어 놓지 않았다.

불안했다. 유안을 두고 군대에 갈 수나 있을까? 저들이 갑자기 들이닥쳐서 또 어떤 몹쓸 말로 상처를 줄지 알 수가 없었다.

그 뒤로 유안의 친척인 두 사람은 더 빈번하게 그녀를 찾았다. 태하를 마주한 뒤로 위기의식을 느꼈는지 더 집요하고 잔인하게 유안과 태하를 몰아붙였다. 대문을 열어 주지 않았더니 밖을 지키고 있다 귀가하는 그녀를 위협하기도 했고, 때론 태하에게 갖가지 욕설을 퍼붓기도 했다.

※

또다. 오늘은 분홍이군.

태하는 책상 위에 놓여 있는 고운 색의 봉투를 물끄러미 바라보다 책상 서랍을 열고 그것을 신경질적으로 던져 넣었다.

이 집에 들어와서 얼마 지나지 않아서부터 계속된 일이었지만 3년이 지나고 제대를 한 지금까지도 여전히 적응되지 않는 것 중에 하나였다.

"이거."

유안은 태하를 향해 초록색 봉투 하나를 내밀었다.

"이게 뭐야?"

"이달 용돈이요."

"뭐?"

"재하도 이미 줬어요."

"너 지금 뭐하는데? 네가 왜 내 용돈까지 줘?"

무섭게 일그러지는 태하의 표정을 보고도 유안은 태연하게 입을 열었다.

"그냥 받아요. 어차피 신세지기로 한 거 이기적일 정도로 자신을 챙겨요. 그럼 돼요. 아르바이트 하면서 공부해서 제대로 된 학점 받기 힘들잖아요. 나중을 위해서라도 지금은 잠시 움츠려 있을 때라 생각하고……."

끝까지 싫다고 말하는 그의 손에 고집스레 봉투를 쥐여 주고 방을 나선 뒤로 매달 1일이면 용돈 봉투는 어김없이 그의 책상 위에 얌전히 올려져 있었다. 그럴 때면 그는 여지없이 책상 서랍 안으로 봉투를 밀어 넣었고, 그렇게 열어 본 흔적도 없는 색색의 봉투가 서랍에 차곡차곡 쌓여 갔다.

그리고 용돈을 주고 난 다음이면 무언가를 기대하는 눈빛으로 그를 쳐다보는 유안이 있었다.

'고맙다는 말이라도 듣고 싶은 거냐? 싫다는 사람에게 억지로 돈 봉투 쥐여 주고 뭘 바라고 그런 눈으로 쳐다보는데.'

계좌이체라는 좋은 제도가 있음에도 불구하고 촌스럽게 봉투를 고집하는 유안을 보며 심술궂은 생각을 한 태하의 그녀의 시선을 애써 무시했다. 어차피 손대지 않을 돈이었지만 말이다.

시작을 그런 식으로 한 탓인지 꽤 시간이 지난 현재까지 용돈에 관해서 그와 그녀의 태도가 달라진 것은 없었다. 유안은 봉투를 주고 그는 서랍에 밀어 넣고…….

꽤 커다란 서랍 하나가 돈 봉투로 꽉 채워졌다는 사실이 새삼 우스웠다.

'다 합하면 얼마나 되려나……'

알고 보면 꽤 부자라고 위안이라도 삼아야 하나 싶었다.

씁쓸했다. 지금의 제 처지를 단적으로 보여 주는 상황이 못마땅해 그의 인상은 쉽사리 펴지지 않았다.

"무능력한 남편이네. 벌어다 주는 돈 한 푼 없이 용돈만 받는……."

학교를 졸업하고 제대로 된 돈벌이를 하려면 아직도 몇 년이나 남은 상태였다. 제 몫을 하지 못하고 유안에게 기생하고 있다는 자격지심에 빠져 있는 그에게 유독 반갑지 않은 봉투임이 틀림없었다.

아래로 내려가면 유안이 기다리고 있겠지?

언제나처럼 무언가를 기다리는 눈빛으로 자신을 바라보는 그녀가. 생각이 거기에 미치자 그의 표정이 대번 딱딱하게 굳어지고 저도 모르게 자조적인 말이 튀어나왔다.

"꼴좋다."

이런 결과를 바란 건 아닌데……. 하루라도 빨리 온전한 가장의 모습으로 그녀의 곁에 서고 싶은데, 그날이 너무 멀게만 느껴져 매일이 힘겨웠다. 조급하게 마음먹는다고 되는 일이 아니었지만 자꾸만 무언가에 쫓기는 느낌이 들었다.

예상대로 자신이 군 복무 중에도 그들은 교묘하고 끈질기게 유안을 괴롭혔다. 아무것도 할 수 없는 무능함에 눈이 뒤집히는 느낌이었고, 그 누구도 유안을 함부로 대하지 못하도록 보호해 주고 싶었다. 그래서 처음 계획대로 하자고 유안에게 말을 꺼냈다. 그의 조심스런 의견에 그녀는 흔쾌히 고개를 끄덕였다.

그는 유안이 만으로 스무 살이 되자마자 결혼식은 생략한 채 혼인 신고만으로 유안을 아내라는 이름으로 그의 호적에 올렸다. 그렇게 군 복무 중인 스물세 살의 류태하와 스물한 살의 이유안은 부부가 되었다.

두 사람의 삶은 그가 제대하고 스물다섯 살이 되었어도 달라진 것이 없었다. 여전히 한집에서 각자의 방을 차지하고 살면서 그녀에게 용돈을 받는 삶이 지속되었다.

"답답하다."

넓디넓은 정원이 한눈에 들어오는 창 앞에 있었지만 묵직한 가슴은 쉬이 편해지지가 않았다.

그녀를 지키고 싶어 한 결혼이었지만 지금은 그것이 잘 한 선택인지 확신이 들지 않았다. 조금 더 신중했어야 했다. 유안과의 사이에 높고 두터운 벽이 생긴 느낌이었다. 아니, 유안은 예전 그대로일지 몰라도 그는 달라졌다.

혼인신고를 했다는 사실을 안 그녀의 친척들이 다녀간 뒤에 생긴 벽은 처음엔 무척 얇고 가벼웠다. 전에는 돈 때문에 유안을 이용하려는 천하에 둘도 없는 나쁜 놈이었다면 이제는 확실히 죽일 놈이 되었다. 오래전에 둘을 떼어 놓지 못한 것이 실수였다며 악다구니를 쓰는 것도 어느 정도 각오를 했던 일이기에 무심히 넘길 수가 있었다.

하지만 시간이 지날수록 그 벽은 점점 더 견고해져만 갔다. 아니, 어쩌면 그들에게 악의에 찬 말을 처음 들은 순간부터 보이지 않게 못난 생각이 조금씩 쌓여 가고 있던 건지도 모른다. 그것이 제대 후에 더 튼튼하게 변해 그를 좀먹고 있었다.

여자 등쳐 먹는 놈.

더도 덜도 아니고 딱 맞는 말이어서 부정할 수가 없다는 것이 문제였다. 유안에게 학비와 생활비를 지원받고 편하게 학교를 다니고 있는 자신을 뭐라 불러야 하는지……. 거기다 저 혼자 몸도 아닌 동생까지 더해서 말이다.

물론 유안의 반대에도 아르바이트를 그만두지 않았고, 그것은 자신의 용돈과 교재비로 쓰고 있었다. 하루 종일 아르바이트를 전전하던 전과 비교해서 한두 시간의 과외는 일도 아니었고, 그렇듯 편해진 일상이 누구의 덕분인지 잘 알고 있었다. 그녀의 도움이 없었다면 절대 허용되지 않았을 삶. 그래서 힘겨웠다. 그녀를 보는 것이…….

제대 후 더욱 격렬한 폭풍에 휩싸인 그는 유안을 돌아볼 여력이 없었다. 대화는 점점 줄어들고 날이 갈수록 서먹함만이 남았다. 더 이상 아픔을 주고 싶지 않았는데…….

상처받은 유안을 오래도록 보듬어 주지 못하고 더 힘들게 하는 것만 같아 마음이 아팠다. 그러다 악의에 찬 그녀의 친척이 한 말에 떠오를 때면 이 정도밖에 못 되는 자신이 쪽팔려 죽을 지경이었다. 유안에게 빌붙어 있는 빈대가 되어 버린 제 무능함이 치가 떨리게 싫어 견딜 수가 없었다.

혼란스러운 생각이 반복되다 보니 태하는 점점 더 작아져만 갔고, 반대로 유안의 앞에서 떳떳하게 설 수 없는 자신의 초라한 모습으로 인해 그녀를 외면하는 시간은 점점 더 많아져만 갔다.

"어디 가요?"

계단을 내려서기가 무섭게 들려온 유안의 조용한 물음에 그는 멈
칫거렸다.

자신의 예상대로 유안은 거실 소파에 다소곳이 앉아 그를 기다리
고 있었다. 부담스러울 만치 반짝이는 눈길에 대번 가슴 중앙이 무
거워졌다.

"복학하기 전에 교수님 좀 만나 뵈려고."

"아!"

그의 대답은 유안은 작은 미소를 지으며 고개를 끄덕였다.

"잘 다녀와요."

"그래. 넌, 오늘 뭐 할 건데?"

태하는 뭐라도 한마디 해야 할 것 같아 건성으로 질문을 던졌다.

"오늘 주미가 놀러 오기로 했어요. 하도 안 놀아 준다고 징징거려
서 오늘은 주미랑 하루 종일 놀아야 해요. 워낙 돌아다니는 걸 좋아
하는 애라 외출하게 될지도 모르겠어요."

뜨끔.

형식적인 물음에 기쁘게 답을 하는 유안을 보니 심장이 불에 댄
듯 화끈거렸다. 옹졸한 놈. 마치 제 뜻대로 되지 않는 지금 상황이
유안의 탓이라 화풀이하는 꼴처럼 느껴져 말문이 막혔다.

"······간다."

가까스로 입을 열어 꺼낸 말이 고작.

어색하게 변해 가는 유안의 표정을 외면한 태하가 서둘러 걸음을
옮겼다.

쾅.

현관문이 닫히는 소리가 들리기가 무섭게 희미한 미소를 유지하

고 있던 유안의 입매가 딱딱하게 굳으며 눈꺼풀이 파르르 떨렸다.

조금씩 차가워지는 태하를 어떻게 받아들여야 할지 감이 오지 않았다. 힘든 일이 생겨도 속으로 삭이면 삭였지 않는 소리를 내지 않는 사람이 그였다. 자잘하게 챙겨주거나 눈에 띄게 위해 주는 사람은 아니었지만 늘 따스한 눈으로 지켜봐 주던 사람이었는데…….

'혹시 후회하는 걸까?'

그 누구도 함부로 하지 못하게 곁에 있고 싶다는 그의 말에 기다렸다는 듯이 고개를 끄덕였다. 당당하게 그의 따스한 손을 잡을 수 있다는 사실 하나에 얼마나 감격했던지.

할머니와 재하에게 향하던 온기가 당연히 제게도 올 거라 생각했고, 오랫동안 그를 지켜보며 혼자 키워 온 마음이 화답받는 것 같아 행복하기만 했다.

하지만 그가 제대한 뒤로 조금씩 달라지기 시작했다. 자신에게 닿아 있던 그의 시선이 어느 순간부터 묘하게 어긋나가기 시작했다.

후회하느냐고 묻고 싶었지만 차마 물을 수가 없었다. 그렇다는 대답을 들을 것만 같아서…….

유안은 어지러운 상념을 떨쳐 내듯 세차게 머리를 저었다.

믿고 싶었다. 그가 보여 준 마음이 변한 게 아니라고, 그가 내민 손이 아직은 제 것이라고…….

"미팅하자."

주미가 거실로 들어서기가 무섭게 외쳤다.

"뭐, 미팅?"

유안은 지금 네가 제정신이 맞느냐는 눈빛으로 친구를 쏘아보았다.

"왜 넌 임자 있는 몸이라 얘기하고 싶은 거야?"

"알면서 왜 그래?"

"임자는 무슨. 같이 잠도 안 자는 사이에……. 종이 쪼가리에 이름만 나란히 적혀 있다 뿐이지 같은 방을 쓰는 것도 아니잖아."

주미는 대수롭지 않은 투로 대꾸했다.

"넌, 말을 해도 꼭……. 오빠 제대한 지 얼마나 됐다고."

"세 달."

"아는 애가 그런 소릴 해?"

"네 오빠님이 3개월 전에 제대한 거랑 너희가 같이 안 자는 거랑 무슨 상관인데? 남자라면 누구나 있는 욕구가 네 님한텐 없대냐? 그것도 한창인 이십 대 중반인 남자가 말이야. 어쩜 손가락 하나를 안 대? 이유안. 너, 네 남편이랑 키스는 해 봤니?"

뻔뻔하기 그지없는 주미의 말에 유안의 볼이 순식간에 붉게 타올랐다.

그와 입을 맞춘다는 상상만으로도 심장이 요란하게 뛰고 손끝이 찌릿해졌다.

"쯧쯧. 그래서 네 오빠님은 어디 있는데? 이번 기회에 진지하게 한번 물어나 보자. 도대체 언제쯤 널, 잡아 드실 예정이냐고. 아니, 그런 계획이 있기는 하냐고."

흘끔 유안을 쳐다본 주미가 눈을 새초롬하게 치켜뜨며 물었다.

"박주미."

도를 넘어선 주미의 말에 민망함을 느낀 유안이 경고조로 친구의 이름을 불렀다.

"그러니까 미팅하자고. 너 4학년이 되도록 한 번도 미팅한 적 없지? 아주 괜찮은 녀석들로만 골랐대."

"땜빵이야? 아님 폭탄 제거반?"

"무슨! 넌 나를 어떻게 보고 그딴 소릴 해? 지금 네 모습을 봐라. 너처럼 심심하게 사는 사람도 없을 거다. 난 다 너를 위해서……."

"그만하자."

낮은 한숨을 내쉰 유안이 팔짱을 끼고 고개를 돌려 버렸다. 주미가 왜 그런 말을 하는지 충분히 이해는 하지만 더는 듣고 싶지 않았다.

한 사람만 해바라기하는 자신이 답답하기도 했을 터였다. 평소에도 많은 것을 경험해 봐야 한다고 주장하던 주미의 눈에 자신이 얼마나 갑갑해 보였을까? 나이가 많은 것도 아닌데 말이다.

"……하아. 알았다. 그만할게. 난 그저 네가 안쓰러워서……. 알았어, 알았다고. 그만 좀 노려봐. 아주 얼굴에 구멍 나겠다."

계속되는 그녀의 말에 날카로운 유안의 눈초리가 날아들었다.

"그런데 진짜 다들 어디 갔어?"

주위를 두리번거리며 태하를 찾는 주미를 향해 작은 답이 들려왔다.

"오빠 복학하기 전에 교수님 만난다고 나갔고, 재하는 이모랑 마트에."

"그래? 고럼, 우린 오늘 뭐 하고 놀까? 이번에 새로 개봉한 영화를 볼까? 아님 쇼핑 후 근사한 식사?"

"무슨 데이트 코스 짜?"

"하하. 그런가?"

"잠시만 기다려. 옷 갈아입고 올게. 일단 나가자."

"그래, 얼른 갔다 와."

주미의 시선을 꼬리에 달고 방으로 들어온 유안은 화장대 앞에 앉아 거울 속 제 모습을 물끄러미 바라보았다. 서서히 핏기가 가셔 허옇게 변해 버린 작은 얼굴, 생기를 잃고 흐릿해진 눈동자. 가슴 한구석에서부터 무언가 무너져 내리기 시작했다. 주미의 말이 끈질기게 달라붙었다.

태하와 키스는커녕 포옹조차 없었다. 진짜 욕망이 없는 걸까? 그에게 있어 자신은 지켜 줘야 할 여동생에 불과한 것일까? 혼인신고를 제안한 그에게 자신은 여자가 아니었나?

막연히 그가 제대를 하면 두 사람의 관계가 조금은 달라질 거라 기대를 하고 있었다. 그런데 변한 것은 아무것도 없었다.

꼬리를 물고 계속되는 생각에 심장이 짓눌리는 것만 같았다.

"아직 멀었어?"

"금방 나가."

주미의 재촉에 정신을 차린 유안이 목소리를 키웠다.

7.

   3년을 다니고 2년을 떠나 있던 교정은 전과 달라진 것이 별로 없었다. 한여름 뙤약볕 아래 젊음을 불태우며 농구를 하던 코트도, 삼삼오오 모여 앉아 시시껄렁한 잡담에서부터 열띤 토론이 벌어지기도 하던 중앙 광장까지 모두 다 기억 속 그대로였다.

   자신이 군에 있을 때 유안이 이 교정을 누비고 다녔겠지.

   그의 시선이 자연스럽게 경영대 건물이 있는 방향으로 향했다. 유안이 그와 같은 대학 경영학과에 다니고 있다는 말을 들었을 때 무척 놀랐었다. 순수 문학이나 디자인 계통과 어울릴 것 같은 유안이 경영이라니.

   또, 또다.

   작은 틈만 생겨도 모든 생각의 끝은 유안과 연결된다. 늘, 무엇을 하든 이유안이라는 작은 여자는 그에게서 조금도 떨어지지 않았다.

   "후."

전공서적 구입과 복학 준비를 이유로 외출한 것임을 상기한 태하는 어지러운 생각을 털어 내고 담당 교수였던 김호길 교수를 찾았다.

"어서 오게."

잘 정돈된 헤어스타일과 깔끔한 무테안경, 눈이 부시도록 흰색 와이셔츠에 넥타이까지 차려입은 초로의 김 교수는 마치 고위 공무원처럼 보였다.

깐깐한 인상과 달리 파전에 막걸리는 즐겨 찾고 어린 제자들과 어울려 토론하기를 좋아하는 호길이 의자에서 벌떡 일어나 태하에게 손을 내밀었다.

"그간 잘 계셨어요?"

"허허. 나야 늘 젊은 사람들과 어울리면서 잘 지내고 있지."

사람 좋은 웃음을 지은 김 교수가 그를 반갑게 맞았다.

"여전하시네요. 요즘도 막걸리 자주 드세요?"

"그럼, 그럼. 헌데 요즘은 대작할 만한 녀석들이 별로 없어. 내가 한잔하자고 하면 무슨 이유들이 그리 많은지 다들 내빼기 바쁘다니까."

호길은 태하를 소파로 이끌며 투덜거렸다.

"오늘은 저랑 한잔하세요."

"듣던 중 반가운 소릴세. 좋네, 좋아. 하하하."

김이 모락모락 올라오는 따끈한 차 한 잔을 앞에 놓고 두 사람은 의례적인 안부를 주고받았다.

"자네가 제대했다는 소릴 듣고 안 그래도 한번 보려 했는데, 이렇게 찾아와 줘서 다행이네."

"예?"

"내가 자네 의사를 묻고 싶은 일이 있어서 말이야."

김 교수의 날카로운 시선과 태하의 의문 가득한 시선이 허공에서 부딪혔다.

"태하 군, 혹시 유학 갈 생각 있나?"

"유학이요?"

"그래. 이번에 아주 좋은 기회가 하나 생겼거든. 자네 운성 시스템이라고 알지?"

"당연히 알죠."

항공우주공학과 학생이라면 누구나 가고 싶어 하는 꿈의 직장이 운성 시스템이었다. 한국 최대의 방산업체이자 세계적으로도 널리 이름을 알리고 있는 대기업을 김 교수는 거론하고 있었다.

"운성에서 인재 육성 사업의 일환으로 우수한 학생을 뽑아 유학 자금 전부를 지원하고 거처는 물론 일정액의 생활비도 준다더군. 선발된 사람은 그저 열심히 공부만 하면 돼. 대신 조건이 하나 있다면, 공부를 마치고 귀국함과 동시에 운성에 입사해야 한다는 걸세. 그리고 향후 10년 동안은 이직을 할 수도 없고, 반드시 가시적인 성과도 내야 하네. 어때, 생각이 있나?"

멍했다.

태하는 믿을 수 없다는 눈으로 김 교수를 응시했지만 그는 태연히 차를 음미할 뿐이었다.

"왜? 왜 제게……."

"이유가 궁금한가? 글쎄, 내가 보기에 자네만큼 성실한 사람도 없고, 그만큼 좋은 성과를 내는 사람을 본 적도 없네. 그리고 자네는 누구보다 성공하려는 강한 의지를 갖고 있고 준비 또한 철저히 한 걸로 아는데, 내가 잘못 안 겐가?"

김 교수의 말대로 태하는 학기 내내 평점 4.0 이상의 성적을 유지했고, 유학에 꼭 필요한 토플과 SAT Ⅰ, SAT Ⅱ까지 응시해 높은 점수를 받는 등 나름의 준비를 게을리하지 않았다. 기회는 준비된 사람에게 찾아온다는 말을 절대적으로 신봉하는 그가 할 수 있는 일이라곤 그저 열심히 준비를 하는 것밖에 없었다.

"……정말 제가 가도 되는 겁니까?"

"당연하지."

불확실한 미래, 조급해지는 마음……. 뭐 하나 제 뜻대로 되는 일이 없는 하루가 힘겹기만 상황에서 날아든 희소식이었다.

절로 벌어지는 입매를 단속할 수도 없었고 터질 듯 부풀어 오르는 심장을 다독이기도 힘들었다.

"좋은가?"

"네, 교수님. 정말 믿어지지가 않아요."

기대감으로 가득 찬 태하의 얼굴이 눈이 부실 정도로 환하게 빛났다.

"하하하. 믿게. 믿어야지. ……그리고 감사하게."

"네, 감사합니다. 감사합니다."

"허허. 자네……."

기쁨을 감추지 못하고 연이어 인사말을 반복하는 태하를 물끄러미 바라보던 호길은 이내 입매를 단속하고 가만히 고개를 끄덕였다.

날아갈 것같이 흥분된 마음은 학교를 나서면서 조금씩 가라앉기 시작했다. 현실적인 문제들이 서서히 얼굴을 들이밀며 그의 발목을 잡아챘다.

이제 막 대학에 진학한 동생을 어린 아내에게 오랫동안 맡겨야 하는 상황이 걸렸다. 또 지켜 준다는 약속으로 제 곁에 잡아 둔 유안을 긴 시간 동안 외롭게 만들면서 저 좋을 길만 찾아 나서도 되는 건가 하는 양심의 가책으로 인해 한동안 걸음을 떼지 못했다.

'유안은 어쩌지? 그 못돼 먹은 친척들이 와서 또 그녀를 괴롭힌다면? 그녀의 신변에 무슨 일이라도 생긴다면? 상처받은 여린 가슴을 보듬어 줄 수도 없는데……. 하지만 기회야. 유학을 다녀온다면 그녀 앞에 더 당당하게 설 수가 있어. 지금처럼 그녀에게 빌붙어 사는 게 아닌, 떳떳한 모습으로 유안을 만나게 되는 거야.'

두 가지 생각이 거세게 맞붙었다. 뭐가 맞고 뭐가 틀린 건지 갈피를 잡을 수가 없었다.

욕심이 없다면 거짓말이다. 자신의 인생에서 두 번은 없을 것이 분명한 너무나 좋은 기회를 이대로 날릴 수는 없다는 걸 알면서도 선뜻 집으로 가 솔직히 털어놓기가 망설여졌다.

"여기서 뭐 해요?"

복잡한 생각은 늦은 시간까지 이어졌고, 집 근처 놀이터 벤치에 넋을 놓고 앉아 있던 그의 귓가에 유안의 음성이 들려왔다.

"……네가 어떻게?"

"오늘 주미 온다고 했잖아요. 영화 보고 쇼핑하고 밥까지 먹고 지금 집에 가는 길인데 이모가 아직 오빠 안 들어왔다고 해서 혹시나 하고 이쪽으로 와 봤어요."

"겁도 없이 늦은 저녁에 네가 여길 왜 와? 그러다 무슨 일이라도 생기면 어쩌려고!"

태하가 버럭 소리를 질렀다. 반가움보다 물가에 내놓은 어린아이를 보는 것 같은 불안함이 먼저였다. 이 여자를 놔두고 가야 한다. 군에 있는 2년 동안 혼자 두었는데, 그보다 더한 시간을 또 그래야 한다.

그는 신경질적으로 고개를 돌렸다. 당장 내일부터 운성에 제출할 서류 준비도 해야 하는데, 지금처럼 갈피를 잡지 못하고 우유부단한 모습을 보이고 있을 때가 아닌 걸 알면서도 입을 떼기가 쉽지 않았다.

"무슨 일 있어요?"

"……."

"여기가 잔뜩 찌푸려져 있어요?"

유안은 그의 미간을 가리키며 태연하게 물었다. 마치 그의 노여움은 아무것도 아니라는 것처럼 평온하기만 했다.

"아무것도 아니야."

"그래요? 그럼 저 먼저 갈게요. 그리고 혹시라도 얘기가 하고 싶으면 언제든지 말해요. 난 늘 들을 준비가 되었으니까."

그녀가 가까이 다가가는 것도 모를 정도로 깊은 생각에 빠져 있는 것을 보았는데도 속내를 털어놓지 않는 태하가 야속했지만 유안은 그런 티를 조금도 내지 않았다.

지금은 기다릴 때. 오래전부터 기다리는 건 자신 있으니까. ……하지만 이제 조금씩 지쳐 가려 해.

그 자리에 뿌리내리려 하는 걸음을 어렵게 옮겼다. 질긴 미련이 길게 꼬리를 물고 자꾸만 유안을 잡아당겼지만 애써 무시했다.

"유안아."

다급한 그의 목소리.

유안은 그대로 멈춰 서서 지그시 눈을 감았다. 그가 불렀다. 그가 더 이상 가지 못하도록 자신을 잡았다는 것 하나로 심장이 요란하게 울어 댔다.

서서히 돌아서서 그를 마주 보았다. 절박함이 담겨 있는 표정. 무엇이 그를 힘들게 할까 궁금했다. 하지만 먼저 이유를 묻지 않았다. 그저 말을 꺼낼 때까지 묵묵히 기다릴 뿐이었다.

"……나, 내가 말이야."

"……."

"그러니까 유안아, 내가 유학을 가게 됐어. 오늘 교수님을 만나 뵀는데, 운성에서……. 아, 운성이라고 우리나라 최고의 방산회사가 있어. 거기에서 사람을 뽑아 유학을 보내 준다고 했대. 그래서 김 교수님이 나를 추천해 주셨어. 학비랑 생활비까지 모두 지원해 준다고, 가서 열심히 공부만 하면 된다고……."

잠시 머뭇거리던 태하가 빠르게 오늘 있었던 일을 털어놓았다. 지금 말하지 못하면 다시는 입을 열지 못할 사람처럼 급하게 말이다.

"잘됐네. 진짜 축하해요, 오빠. 그렇게 좋은 일이 생겼는데 이러고 있었어요? 파티라도 해야지."

그의 말을 듣고 있던 유안이 환하게 미소 지었다.

멀리 있어서 다행이다. 어두워서 다행이다. 불안하게 떨리는 눈을 그가 보지 못했을 테니, 아프게 죄어 오는 심장의 떨림을 그가 알아채지 못할 테니, 서서히 숨이 막혀 오는 걸 그가 모를 테니 말이다.

"어서 가요. 이모한테 맛있는 거 해 달라고 하고 재하랑 우리 네 식구 축하 파티해요."

"유안아, 나 진짜 가도 돼?"

그녀의 곁에 다가온 태하가 조심스런 설렘을 담은 눈으로 물었다.

"뭐야? 그렇게 좋은 기회를 놓치면 바보지. 당연히 가야죠? 왜, 가기 싫어요?"

"아, 아니."

"언제쯤 가요? 일정 나왔어요?"

"내일 운성 시스템 직원하고 면담하기로 했어. 가봐야 알아."

그의 말에 유안은 고개를 끄덕였다.

"재하. 너 혼자 힘들 텐데……."

"류재하가 나한테 얼마나 잘하는지 몰라요? 새삼스럽게, 그런 걱정은 접어 둬요."

"미안하다. 너한테만 모든 짐을 다 지우는 것 같아 솔직히 마음이 편치가 않아."

"재하를 짐이라 생각하지 않아요. 가족은 그런 거잖아요. 언제 어느 때건 힘이 되어 주는 존재. ……곁에 있는 것만으로도 든든해요."

"……고맙다."

정신없는 날들이 이어졌다. 복학을 계획했던 태하는 유학 준비에 정신이 없었고, 틈틈이 유안에게 미안한 마음을 전하고자 애를 쓴 결과로 함께 있는 시간을 늘렸다.

좋아하는 책과 영화, 평소에 관심 있던 여러 가지에 대해 대화를 나눴다. 몇 년 동안 함께했던 시간보다 이 몇 달간 같이 보낸 시간이 훨씬 많을 정도였다.

그리고 멀게 느껴지던 그날이 드디어 오고 말았다.

"다녀올게. 그리고 재하……."

"걱정하지 마요. 세 달 내내 같은 소리 지겹지도 않아요?"

"……고마워."

"우리 지금은 한 가지만 생각해요. 다른 건 나중에 걱정해요."

"그래."

태하는 유안의 양쪽 어깨를 힘주어 끌어당겨 품 안에 꼭 안고 그녀의 정수리에 입술을 내렸다. 한동안 팔을 풀지 못하던 그가 씁쓸한 미소를 지으며 재하를 향해 돌아섰다.

"형, 잘 다녀와."

"그래. 유안이 말 잘 듣고 말썽 일으키지 말고."

"안 그래. 걱정은 접어 두라고."

재하는 의기양양한 웃음을 지었다. 마치 그의 걱정은 쓸모가 없다는 걸 보여 주기라도 하듯이 말이다.

"잘 지켜 줘. 강해 보여도 전혀 그렇지 않다는 거 잘 알지?"

"그럼."

"믿는다."

미련과 염려가 가득한 얼굴을 한 태하가 출국을 위해 게이트 안으로 사라졌다.

갔다. 그가 가 버렸다.

"괜찮아?"

"뭐가?"

"이대로 보내도 너 괜찮겠냐고."

멀찌감치 떨어져 있던 주미가 어느 결에 유안의 옆에 다가와 물었다.

"앞으로의 오빠의 인생을 생각하면 당연히 가야 하잖아."

"넌? 태하 오빠의 인생이 중요한 만큼 네 인생도 중요하잖아. 지금 가면 적어도 5년은 돌아오지 않을 텐데, 류태하 성격에 방학이라고 귀국하지 않을 건 뻔하고…… 그래도 너 괜찮겠어?"

"오빠가 원하니까."

"이 미련 곰탱아!"

주미는 안타까움을 감추지 못하고 심술궂게 유안을 타박했다. 제 아픔은 나 몰라라 하고 그저 류태하. 도대체 그 류태하의 뭐가 그리 좋아 저렇게 한결같은 마음을 주는 건지 도무지 이해할 수가 없었다.

'아프지만 마라. 보고 싶어도 못 보고, 참기만 하다 생가슴 앓을까 걱정이다. 친구야.'

유안은 태하를 감춰 버린 게이트를 뚫어져라 바라보며 넋을 놓고 있었다.

그렇게 유안은 두 눈 가득 그리움을 담은 채 흐르는 시간 속에 몸을 맡겼다.

※

"이유안. 너 여기서 뭐 해?"

갑자기 들려온 목소리에 유안의 고개가 빠르게 돌아갔다.

"어? 주미야."

"청승이다. 그렇게 보고 싶으면 찾아가."

"오빠가 불편해해."

7년. 그가 떠난 지 어느새 7년이라는 시간이 흘렀다. 들어가기 어렵다던 MIT에 성공적으로 편입한 그가 공부에 욕심내는 건 당연한 일이었다. 늘 연구와 실험, 프로젝트 준비로 바쁜 날을 보내며 단 한 번도 귀국하지 않았다는 게 문제라면 문제일 뿐.

그렇게 공부에만 매달리던 그가 이제 6개월 정도 후면 돌아온다. 긴 시간을 이렇듯 기다렸는데 고작 6개월을 못 기다릴까.

"그래서 기껏 나와 있는 게 여기냐?"

"훗. 그러게."

버스정류장 벤치에 앉아 조금 떨어진 한구석을 바라보는 유안의 눈동자가 아련해졌다. 그가 보고 싶을 때면 그와 처음 만났던 곳을 찾았다. 그의 할머니가 했던 옹색한 좌판이 있던 자리를 하염없이 바라보며 태하를 향한 그리움을 조금씩 달래고 있었다.

"넌 도대체 그 선배 어디가 좋은 거니? 난 도무지 이해가 안 된다. 너 정도면 괜찮은 남자가 줄을 설 텐데."

"누군가에게 반할 때 거창한 이유 같은 게 필요한 건 아니잖아. 그렇게 논리적으로 딱딱 설명할 수는 없어. 그 사람의 작은 손짓, 말 한마디에 마음이 움직이고 눈길이 가다 어느 순간에 내 전부를 차지하고 있다는 걸 깨닫게 되는 거야. 난, 그를 생각하는 것만으로도 가슴이 벅차고 행복해."

소심하고 할 말 못 하는 유안이 유일하게 큰 소리를 내고 고집을 부릴 때가 태하에 관한 일과 연관되었을 때였다. 그를 위해서라면 제 손해는 얼마든지 감수할 수 있는 사람이 바로 이유안이었다.

주미는 그래서 더 속이 상했다. 남들은 한창 예쁘게 꾸미고 청춘을 불태울 때 열녀문을 하사받은 과부처럼 태하만을 그리워하는 모습을 보니 절로 인상이 찌푸려지고 심사가 뒤틀렸다.

좋은 나이를 허송세월로 보내고 이제 서른이 되는 유안이 안타까워 수없이 다른 남자를 만나 볼 것을 종용했다. 아니면 그를 찾아가 보기라도 하라고 수십 번 옆구리를 찔러도 그저 말갛게 웃으며 도리질치는 유안이었다. 단지 그의 공부가 방해된다는 이유 하나로 말이다.

"도대체 네가 뭐가 부족해서? 넘치도록 사랑받아도 부족할 판에 이건⋯⋯. 됐다, 관두자. 더 말해야 내 입만 아프다."

"그러게. 벌써 몇 년을 같은 소리만 해 대더니 너 이제 지칠 때도 됐다."

"내 탓이야? 내가 잔소리쟁이 울 엄마처럼 변한 게 내 탓만 같아? 네가 하도 답답하게 구니까 그렇지. 이 미련퉁아."

"네가 태하 오빠 일이라면 유난히 까칠하다는 생각은 안 들어?"

"야! 솔직히 몇 년이냐? 너 고2 때부터 지금까지⋯⋯. 아주 징그럽다, 징그러워."

주미가 몸서리를 치며 따졌다.

옆에서 보고 있는 것만으로도 한숨이 나오는 긴 시간이다. 그런데 아직도 좋기만 하단다.

"됐고. 계속 얘기해 봐야 내 속만 터지지. 유안아, 우리 등산 가자. 가을 단풍이 절정이란다. 다음 주에는 단풍이 다 져서 볼 것도 없대. 청승맞게 앉아 있지만 말고 우리 가자. 너 당분간 회사에 바쁜 일도 없다며?"

그녀는 대학을 졸업하고 대학원에 진학함과 동시에 아버지가 대표로 있던 회사에 입사했다. 물론 그녀가 최대주주라는 이점을 최대로 살려 학업과 회사 생활을 병행했고, 지금은 기획이사라는 직함을 달고 있었다.

"그렇긴 한데."

"가자. 오랜만에 좋은 공기 좀 마시고 맛있는 것도 먹고 오자. 응? 이모도 같이 가자고 할까? 재하도 없어서 휑한 집에 혼자만 있으려면 그렇잖아."

올 초에 제대한 재하는 복학 전에 넓은 세상을 보고 싶다며 해외여행을 떠났다. 동남아에서 시작해 유럽까지 전부를 눈에 담아 오겠다는 포부를 가지고 떠난 여행이 생각 외로 길어지고 있었다. 넷이서 북적대며 살던 집이 예전처럼 조용해진 게 벌써 몇 년째더라……

"어디로 갈래? 설악산? 지리산?"

밑으로 한없이 가라앉으려는 마음을 다잡으려 유안은 서둘러 입을 열었다.

"난 설악산이 좋더라. 가서 맛있는 회도 먹고, 산채비빔밥도 좋고."

모처럼의 여행에 신이 난 주미는 유안을 재촉하며 바삐 발을 놀렸다.

태하만 생각하며 추억에 빠져 있는 유안에게도 오랜만에 생기가 돌았다. 비록 겉모습뿐일지라도.

즐거움과 설렘으로 시작된 산행이었다.

생각보다 많은 사람들이 북적대는 등산로에 발을 디디면서 이런 소소한 일상을 놓치고 살았다는 아쉬움에 유안이 주미의 손을 꼭 잡았다. 갑작스런 그녀의 행동에 의아함을 느낀 주미가 눈을 깜박이며 물었다.

"뭐야? 왜 갑자기 친한 척?"

유안은 곁에서 챙겨 주는 친구의 마음씀씀이가 너무 고마워 조용히 입을 열었다.

"고마워서."

"쳇. 새삼스럽긴……."

민망함에 서둘러 고개를 돌리는 주미를 보며 유안은 함박웃음을 지었다.

모처럼 태하도 잊고, 복잡하고 머리 아픈 회사 일도 잊고 청량감이 느껴지는 깨끗한 공기를 마음껏 마시며 걸음을 옮겼다. 탄성을 터트릴 정도로 형형색색 고운 단풍을 마음껏 눈과 가슴에 담으며 오랜만의 외출을 즐겼다.

'여행도 자주 다니고 그럴걸.'

작은 후회가 들기도 했지만 태하가 돌아오면 그때 함께 여행을 다니면 된다고 생각했다. 그를 기다리며 열심히 공부하고 회사에 다닌 자신처럼 그도 공부만 하느라 여행은 꿈도 꿔 보지 못했음이 틀림없을 거였다. 그와 함께하는 시간. 그것을 생각하는 것만으로도 날아갈 듯 걸음이 가벼워졌다.

등산로 중간쯤에서 물도 마시고 주미의 성화로 갖가지 포즈로 사진도 찍으며 산에 온 기분을 제대로 내 보았다.

차갑게 느껴지는 공기가 너무 시원하다며 크게 심호흡하던 주미가 유안을 쳐다보며 입을 열었다.

"진짜 좋다. 그치?"

"그래. 네 말대로 산에 오길 잘 한 거 같아."

"그걸 이제 알았어? 앞으로 이 언니 말 잘 들어라. 그러면 좋은 일이 무진장 생길 거다. 하하하."

주미는 봄빛처럼 따사하게 웃던 유안을 보며 탁월한 제 선택에 거들먹거렸다.

기분이 좋은 나머지 경계심이 떨어진 탓일까? 다시 산에 오르고 얼마 되지 않았을 때 뜻하지 않은 일이 생겼다.

무슨 급한 일이 생겼는지 거의 뛰다시피 산을 내려오는 건장한 남자와 세게 부딪힌 유안이 순식간에 중심을 잃고 몇 바퀴를 구르며 내동댕이쳐졌다.

"어…… 어."

주미는 그런 유안을 보며 비명을 지르지도, 잡지도 못한 채 어버버렸다.

"유안아! 괜찮아?"

뒤늦게 정신을 차린 주미가 하얗게 질려 서둘러 유안에게 달려가 물었다.

놀란 마음을 진정시킨 그녀가 유안을 이리저리 살펴보았다. 찢어진 바지 사이로 드러난 다리에는 피가 맺혀 있었고, 손바닥은 까치고, 나무뿌리에 긁힌 얼굴은 엉망이었다. 거기다 발을 심하게 접질렸는지 움직이기도 힘겨워했다.

"으윽. 다리가……."

"어쩌니? 부러진 거 아니야. ……이봐요. 내리막길에서 그렇게 급하게 내려오면 어떡해요?"

속이 상한 주미는 유안과 부딪힌 남자를 노려보며 큰 소리로 따졌고, 서슬 퍼런 주미의 기세에 남자는 연신 사과의 말을 되뇌었다.

"죄송합니다, 죄송합니다."

남자의 등에 업혀 병원으로 옮겨진 유안은 다행히 다리에 금이 가 깁스를 하게 된 것 외에는 별다른 이상이 발견되지 않았다.

주미는 모처럼의 여행을 망친 것을 아쉬워하며 집으로 돌아온 유안을 다그쳤다.

"아무래도 산길에서 몇 바퀴 구른 것이 찜찜해. 머리도 세게 부딪혔는데, 너도 모르는 이상이 생겼으면 어떻게 해? 그러니까 CT도 찍고 정밀검사 한번 해 보자. 아니면 이번 기회에 건강검진 받는다고 생각해도 되고, 너 지금까지 건강검진 받은 적 한 번도 없지?"

"박주미, 또 오버한다. 다리 빼고 다 괜찮아. 아픈 데도 없고. 근육통이야 시간 지나면 괜찮아질 거고."

"이 언니 말 들으라고 했지? 넌, 그냥 내가 시키는 대로 해."

새초롬한 표정으로 그녀를 다그치는 주미의 성화에 못 이겨 유안은 고개를 끄덕였다.

"그래. 가자, 가. 그러니 잔소리 좀 그만해. 어째 네 잔소리는 날이 갈수록 강도가 더 해지니?"

"한 번 말할 때 들으면 좋잖아. 나도 두 번 말 안 하고."

입을 삐죽인 주미는 순자와 함께 유안을 그녀의 아버지 때부터 집안 주치의 역할을 해 준 강 원장이 있는 삼강병원으로 이끌었다.

형식적인 여러 가지 기초 검사와 초음파, CT, 위와 장의 내시경 검사까지 마친 며칠 뒤, 병원에서 유안을 찾았다. 조심스런 목소리로 혈액 검사에서 이상 소견을 보인다며 방문해 줄 것을 요구했다.

'설마.'

순식간에 발밑이 가라앉는 느낌에 유안은 눈을 질끈 감아 버렸다. 왠지 무서운 말을 듣게 될지도 모른다는 불안감을 밟아 누르고 느리게 숨을 뱉어 내었다.

순자와 함께 건강의학센터를 찾은 유안은 무거운 마음을 감추고 태연한 얼굴로 의사를 바라보았다.

"어디 보자, 평소에 피로감이나 현기증을 자주 느끼시지 않았어요? 멍도 꽤 잘 들었을 텐데…….."

"가끔 그러기는 했는데 특별히 이상하다는 생각은 해 본 적 없어요. 늦게까지 일하다 보면 종종 있는 일이니까. 누구나 그러지 않나요?"

유안의 말에 의사는 모니터에 기록된 내용을 찬찬히 살피다 그녀를 똑바로 응시했다.

"다른 게 아니라 이번에 혈액검사에서 백혈구 수치가 상당히 높게 나왔어요. 일반적으로 정상적인 백혈구의 수치가 $1\mu\ell$(마이크로리터)당 4,000~10,000개인 데 비해 이유안 씨의 경우 25,000개 이상으로 나타났어요. 거기다 혈소판 수도 증가되었고요."

혈액, 백혈구…….. 의사의 입에서 나오는 말을 듣는 순간 심장박동이 빨라졌다. 아닐 거다. 자신이 의심하는 그런 일은 절대 없을 거라 믿으며 조용히 되물었다.

"……그런데요."

"CML(만성골수성백혈병)이 의심됩니다. 확진을 위해서 골수검사가 필요한데 가능한 한 빨리 검사를 해 보는 게 좋을 것 같아요."

"아, 아니……. 선생님, 이게 무슨…….."

깁스한 다리로 인해 걸음이 불편한 유안과 함께 진료실을 찾은 순자가 더 크게 놀라 말까지 더듬었다.

"지금까지 어디 한 군데 아픈 곳도 없었어요. ……잘못된 거죠? 네? 선생님. 검사가 잘못된 거 맞죠? 아니면 다른 사람하고 혼동하신 거 아니에요?"

절박한 순자의 물음에 젊은 의사는 고개를 저으며 단호하게 대답했다.

"그럴 일은 없습니다. 사실 CML 초기에 자각증상을 느끼지 못하는 사람들도 꽤 있어요. 일부 환자는 비장이나 간이 커져서 병을 알게 된 경우도 있긴 하지만, 그 외엔 이유안 씨처럼 우연한 경우에 알게 되는 일이 많습니다."

"아이고."

"……왜?"

유안은 왜 내게 이런 일이 생겼느냐고 물을 뻔했다. 모든 사고는 정지되고 멍청하게 입을 벙긋거리다 입술을 깨물었다.

눈앞의 보이는 모든 것이 순식간에 일그러져 형태를 알아보기가 힘들었다. 귓속에서 윙윙거리는 이명은 또 뭐지? 다 혼란스럽다. 지금 자신이 처한 이 상황이 현실 같지가 않았다. 허황되고 어이없는 꿈처럼 아득하고 멀게만 느껴졌다.

그녀는 가슴을 부여잡고 주저앉아 있는 순자 이모를 일으켜 세우고 불편한 다리를 목발에 의지한 채로 기계적으로 검사 예약까지 마쳤다.

솔직히 어떻게 집으로 돌아왔는지 기억이 나지 않았다.

흘러내리려는 눈물을 겨우겨우 막고 있는 이모를 멍하니 바라보다 조용히 방으로 들어가 침대에 피곤한 몸을 뉘었다.

쉬고만 싶었다. 짧은 시간 동안 겪은 엄청난 소식은 그녀의 기운을 모두 소진시켜 버렸다.

왜 이런 일이 자신에게만 생기는 건지, 하늘이 원망스러웠다.

'오빠, 태하 오빠……. 나, 병에 걸린 것 같대. 그런데 하나도 믿기지가 않아. ……나 어떻게 해야 하지?'

그를 생각하자 왈칵 그리움이 몰려들었다. 눈꼬리를 따라 흘러내린 눈물이 서서히 베개를 적시기 시작했다. 그리웠다. 이제 조금만 참으면 그가 오는데, 오늘따라 너무나 그가 그리웠다.

약해질 대로 약해진 유안은 침대에서 내려와 가방을 뒤져 휴대폰을 꺼내 들었다. 태하에게 전화를 걸기 위해 버튼을 누르다 이내 내려놓고 고개를 숙였다.

전화해서 뭐라고 얘기하려고? ……아프니까, 병에 걸린 거 같으니까 당장 오라고? 이제 조금만 더 참으면 되는데…… 미쳤다. 뭐 좋은 소식이라고.

유안은 자신의 짧은 생각을 비난하며 다시 침대를 찾아들었다. 그리고 머리끝까지 이불을 뒤집어쓰고 허전한 어깨를 감싸 안으며 작게 몸을 말았다.

도말검사와 조직 검사를 모두 시행한 골수검사와 세포유전학 검사 결과, 유안은 만성골수성백혈병 확진을 받았다.

검사 후 3일 만에 나온 그녀의 백혈구 수치는 26,600이었고 혈소판은 570만 개라고 했다. 아직은 초기인 만성기에 해당하며 겉으로 자각 증상은 없으나 속으로는 계속 병이 진행되고 있는 상태라 했다.

백혈병은 혈액을 만드는 조혈세포 유전자에 이상이 발생해서 세포가 죽지 않고 끊임없이 증식하는 혈액암 중에 하나이고, 필라델피아 염색체라고 하는 비정상적인 유전자가 혈액 세포들 속에 존재하는데 9번 염색체와 22번 염색체 간에 상호 전위가 일어나 염색체의 변화가 생기면 만성골수성백혈병의 원인으로 여겨지고 있다고 했다. 그 외에도 방사능에 노출, 벤젠, 항암제 같은 화학물질에의 노출 등도 원인으로 여겨지지만 아직 확실한 증거는 없다.

"아직까지 명확하게 병의 원인이 밝혀진 바는 없습니다."

왜 이런 병에 걸린 거냐는 물음에 혈액종양내과 전문의 입에서 나온 설명은 유안이 며칠 동안 책과 인터넷을 통해 공부한 내용과 별반 다르지 않았다.

"다행스럽게도 아직 만성기라 암세포의 신호전달 통로를 방해하는 타이로신키나아제 억제제인 글리벡으로 1차 치료를 시작하도록 하죠. 1일 400mg을 경구투약하는데, 매일 같은 시간에 복용해야 합니다."

"……."

먼 나라 이야기만 같았다. 몸에 이상이 생긴 것을 받아들이지 못하는 그녀를 이해한다는 표정의 의사는 성의껏 설명을 이어갔다.

"유안아, 치료 시작하기 전에 한 가지 더 얘기하고 싶은 게 있는데 혹시라도 약물치료가 효과를 얻지 못할 때를 대비해서 난자를 체취해 보관해 놓았으면 좋겠다. 아직 미혼이니 그게 더 필요할 거라는 생각이 든다."

그녀의 소식을 들은 삼강병원 강 원장이 직접 찾아와 조심스럽게 입을 열었다.

"그게 소용이 있을까요?"

"나중 일도 생각해야지."

"다 부질없는 일 같아서요."

허탈한 미소가 유안의 입가에 그려졌다. 기다란 속눈썹에 감싸인 색이 짙은 검은 눈동자가 먼 곳에 고정되어 일렁였다.

"이럴 때일수록 병을 이겨 내겠다는 확고한 의지가 필요한 거 알지? 절대 약해지면 안 된다. 마음을 굳게 먹고 긍정적인 생각만 하도록 해."

"모르겠어요. 지금 이게 꼭 필요한 일인지도……."

당장 1차 치료를 시작한다 해도 자신에게 약이 맞지 않아 부작용이 생길 수도 있었고, 또 급작스럽게 병의 진행이 빨라질 수도 있는 상황에서 2세라……. 너무나 멀고 아득한 이야기처럼 느껴졌다.

"분명 좋아질 거다. 그렇게 믿고 치료를 시작해야지. 요즘은 전과 같지 않아서 백혈병에 걸린다고 다 죽는 건 아니야. 의료기술도 많이 발전했고 좋은 약들도 많이 나오고 있으니 희망을 가져야지."

"……."

"난자 채취는 생리가 끝난 뒤 2~3일 뒤에 FSH(난포자극호르몬)을 주입하는 걸로 시작해요. 몸 상태에 따라 하루 한 번, 또는 이틀에 한 번꼴로 호르몬주사를 놓은 다음 배란을 유도하기 위해 HCG(융모성 성선자극 호르몬주사)를 놓고……."

강 원장의 지시를 받은 의사의 친절하고 자세한 설명도 귀에 들어오지 않았다. 그저 지금 처한 현실이 믿기지 않아 커다란 눈만 껌벅였다.

"이모."

순자의 연락을 받고 집으로 온 주미는 볼을 타고 뚝뚝 흘러내리는 눈물을 닦지도 못하고 울먹였다.

"어쩌면 좋아요. 흑흑. 내 탓이에요. ……다 내 탓이에요."

괜히 산에 끌고 가 일을 냈다며 자책하는 주미의 손을 다정하게 잡았다.

"그게 무슨 소리야. 이렇게라도 알게 된 게 얼마나 다행인데, 그런 말 하지도 마라. 잘된 거야. 더 큰일이 벌어지기 전에 알아서 정말 다행이야."

순자는 주미의 손등을 다독이며 붉게 변한 눈에 힘을 주었다.

"어쩌다가…… 왜 유안이한테 자꾸 힘든 일만 생기는 거죠? 그렇게 착한 아인데……."

떨리는 심장을 누르며 겨우겨우 새된 소리를 뱉어 내는 주미는 가슴이 무너져 내리는 것만 같았다.

"그러게나 말이다. 하늘도 무심하시지."

8.

유안은 제 팔을 끌어안은 채로 창밖에 시선을 두고 생각에 잠겼
다.

빠르게 움직이는 자동차의 행렬과 여러 가지 소음이 뒤섞여 분주
하기 그지없었지만 그녀와는 전혀 상관없는 남의 나라 이야기였다.

툭. 툭.

유안은 꽉 막혀 답답해진 가슴을 느리게 두드렸다.

자신에게 생겨 버린 병을 인정하고 받아들이기까지 몇 달이 걸렸
다. 아무리 아니라 부정해 보아도 정확한 수치를 보여 주는 검사 결
과는 그녀가 틀렸음을 말해 주고 있었다.

고통스러운 난자 채취도 끝냈고 알람을 맞춰 놓고 처방 받은 약을
시간 맞춰 꼬박꼬박 먹으며 주기적으로 병원을 찾아 진료를 받고 혈
액검사도 병행하는 날이 이어졌다.

백혈병에 좋다는 표고버섯과 청국장은 끊이지를 않았고 혈액에

좋다는 갖가지 음식으로 식탁을 채우는 순자의 노력에 씁쓸한 마음을 감추고 미소 짓는 일도 늘어났다.

그렇게 힘들고 지치는 겨울을 보내고 새순이 파릇파릇 돋아나는 봄이 찾아왔다. 그리고 이제 곧 그가 귀국하는 날이 온다.

7년 만에 보게 될 태하였다. 간혹 전화로 안부만 묻던 것과 달리 그와 함께할 수 있는 시간이 다가옴에 감격하기도 잠깐, 자신이 걸린 병을 어떻게 설명해야 할지 몰라 고민스러운 날이 며칠째 이어졌다.

그냥 자유롭게 그를 놓아주어야 할까? 아님 병을 이유로 곁에 잡아 둬야 하나? 평생 약에 의존하며 불안한 날을 보내야 한다. 아직까지는 부작용 없이 약이 잘 듣고 있지만 어느 순간 내성이 생겨 2차 치료를 시작할지도 모른다. 그러다 그것마저 듣지 않으면…… 인터페론으로 잠시 생명을 연장하며 조직이 맞는 골수를 기다리다 찾지 못하면 결국 죽을 수밖에 없다. ……생각만으로도 끔찍했다.

혼자만 힘들고 고통스러우면 되는데…… 그까지 끌어들일 필요가 있을까?

시간이 지나도 유안의 말간 얼굴에 드리워진 어두운 기색은 조금도 나아질 기미가 보이지 않았다. 피할 수만 있다면.

똑. 똑.

"이사님, 회의 시간 다 되었는데요."

몇 번이나 부르는 소리도 듣지 못할 정도로 정신을 놓고 있던 유안은 자신의 어깨를 살짝 흔드는 손길에 깜짝 놀라 고개를 돌렸다.

"……뭐죠?"

"대한대학 특화연구센터의 성과 보고를 받으실 시간이 되었습니다."

"아! 곧 갈게요."

그래. 아직은 아니야. 태하가 돌아와 편한 삶을 살 때까지 그를 지키려면 누구보다 굳건히 자릴 잡고 있어야 했다. 지금처럼 흔들리는 모습을 그 누구도 절대 알게 해서는 안 된다.

"이모, 저 어때요?"

연한 화장과 풍성하게 웨이브 지는 머리를 차분히 늘어트린 유안은 몹시도 사랑스러워 보였다. 거기다 랩 스타일로 왼쪽 가슴 아래와 허리에 셔링을 잡아 놓은 연한 핑크빛 원피스는 몸의 굴곡이 잘 드러나 절로 시선을 잡아끌기에 충분했다.

"우리 유안이 너무 예쁘다. 태하가 보면 깜짝 놀라겠는 걸."

호들갑스러운 순자의 말에 유안은 쑥스러운 미소를 지었다.

"오늘 3시 비행기라고 했지?"

"네."

"지금 가는 거지? 내가 맛있는 거 많이 해 놓고 있을 테니까 조심히 다녀와."

"그럴게요, 이모. 갈비찜은 꼭 해 주셔야 해요."

"알았다니까."

유안은 떨리는 가슴을 진정시키기 위해 몇 차례 심호흡을 하고 공항으로 차를 몰았다.

전과 똑같은 모습일까? 한눈에 알아볼 수는 있을까? 그를 만나면 무슨 얘기부터 해야 할까? 너무 반가워 왈칵 눈물이 쏟아지면 어쩌지. 그럼 예전처럼 다정하게 손을 잡아 주려나……

그와 재회의 순간을 수없이 떠올려 봤지만 지금처럼 떨리지는 않았다. 어서 빨리 그를 만나고 싶다는 생각과 조금만 그 시간이 늦춰졌으면 하는 마음 사이에서 갈피를 잡지 못하는 자신을 발견하고 피식 웃어 버렸다.

'바보. 7년을 기다렸으면 됐지. 얼마나 더 기다리고 싶어서.'

유안은 떨리는 마음으로 그가 나올 문을 뚫어지게 바라보았다. 그와 재회의 순간에 무섭게 뛰는 자신의 심장이 덜컥 멎어 버릴지도 몰랐다. 자꾸만 심장박동은 빨라지고 얼굴도 조금씩 붉게 물들어 가고 있었지만 두근대는 가슴은 쉽사리 진정되지 않았다.

그때 입국장 문이 열리고 많은 사람이 쏟아져 나오기 시작했다.

깜박깜박.

유안은 자신의 시선에 잡힌 그의 모습을 넋 놓고 바라보다 몇 번이고 눈을 깜박였다.

7년 전보다 더욱 날카로운 기운을 풍기는 남자가 당당한 걸음으로 걸어오는 게 한눈에 들어왔다. 짙은 눈썹과 반듯하고 잘생긴 이목구비는 예전과 다름없었지만 분위기는 전과 사뭇 달랐다. 20대의 젊은 혈기 대신 30대의 노련함이 그 자리를 대신하고 있었다.

그런데 잘못 본 것이 아니다? 발밑이 점점 가라앉는 느낌이었다.

천국에서 순식간에 지옥으로 곤두박질 친 느낌이 이럴까. 온몸의 피가 일시에 증발해 버린 듯 손끝이 저리고 몸이 부들부들 떨려 왔다. 다리에 힘이 풀려 휘청거리다 겨우 힘을 주고 허리를 꼿꼿하게 세웠다.

류태하는 혼자가 아니었다.

티 하나 없이 행복한 웃음을 입가에 가득 머금은 여자가 그의 팔짱을 꼭 끼고 발을 맞춰 걸어오고 있었다.

"후우."

태하는 자신의 팔을 꼭 붙들고 놔주지 않는 다희를 쳐다보며 무거운 한숨을 뱉어 냈다.

"정다희. 고집 부리지 말고 돌아가. 지금도 안 늦었어."

"싫어. 오빤 왜 자꾸 날 보내려고만 해?"

"지금 내가 왜 그러는지 몰라서 묻는 거야? 너 학교는 어떻게 하고 이래? 왜 이리 대책 없는 어린애처럼 굴어?"

"몰라. 그러게 누가 이렇게 먼저 귀국하래? 나, 졸업할 때까지 1년만 더 있자니까."

다희는 태하의 말에 아랑곳하지 않고 생글생글 웃기만 했다.

3년 전, 학교 근처의 까페에서 커피와 샌드위치를 주문한 뒤에 지갑이 없다는 걸 알아채고 어쩔 줄 몰라 하고 있던 다희를 처음으로 만났다.

같은 동양인이었지만 자신과 상관없는 사람의 일에 선뜻 나서기가 뭐해 머뭇거리다 다희의 왼쪽 볼이 깊게 패이는 것을 우연히 보게 되었다. 마치 유안처럼. 같은 자리, 같은 모양의 보조개를 보고 있자니 절로 유안이 떠올랐다.

마치 그 자리에 유안이 서 있는 것만 같았다. 당혹감에 안절부절못하는 유안이…… 바보처럼 누구에게 도움을 요청하지도 못하고 입술만 깨물고 있을 그녀가 보이는 듯했다. 그래서였다. 서둘러 다희의 커피 값을 내 주었던 것이.

돈을 갚겠다며 연락처를 알려 달라던 다희에게 고개를 저었다. 얼마 되지 않는 돈을 받을 생각도 없었기에 단호하게 괜찮다는 표현을 하고 그곳을 벗어났다. 하지만 얼마 되지 않아 유학생들의 모임에서 생각지도 않게 다희를 다시 만나게 되었고, 그 인연이 오늘까지 이어지게 되었다.

자신의 학업이 끝나고 자연스럽게 귀국 준비를 하던 그를 다희가 찾아와 서운함을 표현했을 때만 해도 그녀가 덜컥 이런 일을 저지를 거라 생각조차 못 했다. 학교도 내팽개치고 자신을 따라나설 거라고⋯⋯.

이 사태를 어떻게 해결할까 고민하던 그가 고개를 절레절레 저으며 걸었다. 나무에 찰싹 달라붙은 매미처럼 자신의 팔을 잡고 매달려 있는 이 천진하기만 한 여잘 어떻게 하면 다시 보낼까 하는 생각에 머리가 지끈거리기 시작했다.

"이유안."

작게 중얼거린 태하가 그 자리에 우뚝 섰다.

7년 전보다 훨씬 아름다워진 유안이 그를 뚫어지게 바라보았다. 예전의 풋풋함이 모두 사라진 유안은 진짜 여자가 되어 있었다. 몸의 굴곡이 완벽하게 드러나는 원피스를 입은 그녀는 지나가는 사람이 흘끔거릴 정도로 매혹적인 향기를 풍겼다.

"네가 어떻게⋯⋯."

태하는 눈앞에 있는 유안을 바라보며 말을 잇지 못했다. 오늘 온다는 얘기도 그녀에겐 한 적이 없었다. 그런데 어떻게 알고 그녀가 마중을 나온 걸까? 예상치 못한 상황에 놀란 그가 유안을 정신없이 살폈다.

"누구야?"

경계심이 가득한 다희의 목소리에 퍼뜩 정신이 돌아왔다. 그 순간 자신의 팔에 매달려 있는 다희가 부담스러워 태하는 슬며시 그녀에게 잡힌 팔을 빼내고 굳은 얼굴로 유안을 바라보았다.

"오빠, 누구냐니까."

※

"왜 혼자 와? 태하 못 만났어?"

"……."

"유안아, 태하는 왜 안 오느냐고?"

"……길이 엇갈렸나 봐요."

혼이 나간 채 거실로 들어서던 유안은 순자의 물음에 뒤늦게 웅얼거리듯 대답했다.

"저런. 어쩌다."

"이모, 저 좀 쉴게요."

"그럴래? 얼굴이 허옇게 질린 게 많이 힘들었나 보다. 어서 들어가서 누워. 난 마실 것 좀 챙겨 갈게. ……시간을 잘못 알았나?"

순자가 주방으로 향하면서 중얼거렸다.

공항으로 출발할 때는 발그레한 복숭아빛 얼굴로 생글생글 웃던 유안이 진이 빠진 모습으로 집으로 돌아왔다. 태하를 오랫동안 기다려 온 유안이 그를 만나지 못했다고 하니 그 상심이 얼마나 클지 충분히 예상이 되어 순자는 작게 혀를 찼다.

쓰러지듯 침대에 주저앉은 유안은 터져 나오려는 비명을 힘들게 눌러 참았다. 도무지 믿기지가 않았다. 연신 눈을 깜박이고 가쁜 숨을 몰아쉬다 세차게 고개를 저었다. 아무리 발악을 해도 머릿속에 선명하게 자리 잡은 모습이 사라지지가 않았다.

"내가 먼저 물었어야 했어."

누구냐며 당당하게 태하를 다그치는 여자의 목소리가 생생하게 들려왔다. 제 소유의 것을 지키기 위해 날을 세우며 달려드는 뾰족한 눈빛을 맞받아칠 생각조차 하지 못했다. 바보처럼.

누굴까? 어떤 사이지? 수많은 의문들이 머릿속을 채워 가기 시작했다. 이러려고 귀국일을 알려 주지 않은 걸까? 태하는 이맘때쯤 귀국한다고만 했지 정확한 날짜와 시간을 알려 주지 않았다. 하지만 늘 그를 향해 모든 것을 활짝 열어 놓은 그녀가 그에 관한 것을 모를 리가 없었다.

뒤늦은 배신감으로 온몸이 부들부들 떨려 왔다. 그 오랜 시간 지켜온 믿음을 한순간에 박살 내 버린 그로 인해 온전한 정신을 가질 수가 없었다.

"먼저 집에 가 있어. 뒤따라갈게."

곁에 있는 여자를 의식하며 그가 말을 꺼냈다. 마치 최우선 순위가 옆에 있는 여자라는 듯.

유안은 침대 위에서 느리게 고개를 돌려 화장대 거울 속 자신의 모습을 물끄러미 바라보았다. 파리한 안색에 잔뜩 일그러진 미간, 불안하게 흔들리는 초점 잃은 눈동자. 참…… 못났다.

침울하고 어두운 자신과 달리 그 여자에게는 생기가 느껴졌다. 젊은 사람 특유의 당당함과 건강미가 조화를 이루는 밝은 여자. 어려움을 모르고 사랑을 듬뿍 받은 사람 특유의 활기를 마음껏 뽐내는 여자.

잘 어울렸다. 볼썽사나운 자신보다 그의 곁에 있기에 더할 나위 없이 좋은…… 그런 사람.

그 사실을 인정하기 싫은 유안은 질끈 눈을 감고 고개를 돌려 초라한 자신을 외면했다.

달칵.

문이 열리는 소리에 유안은 스르르 침대에 몸을 맡겼다.

"많이 힘들어? 이거 마시고 한숨 자."

먹기 좋게 데운 우유를 가지고 온 순자가 걱정스럽게 유안을 쳐다보며 잔을 내밀었다.

"오늘 온다고 했으니 이제 금방 오겠지. 너무 걱정 말고 푹 쉬어."

순자의 고집을 잘 아는 유안은 힘겹게 몸을 일으켜 우유를 반쯤 마시고 입을 떼었다.

"더는 못 마시겠어요."

"그래, 너무 힘들었나 보다. 얼른 누워."

호들갑스럽게 유안을 침대에 누인 순자가 이불을 꼭꼭 여며 주었다.

"자. 한숨 자고 나면 태하가 와 있을 거야."

과연 그가 올까?

"후."

묵직한 대문 앞에 선 태하는 깊은 한숨을 내쉬었다.

예상치 못한 재회.

일부러 유안에게 귀국일을 정확하게 알려 주지 않았는데 어떻게 알고 왔을까? 의문은 들었지만 물을 수는 없었다. 마음을 다잡을 시간이 필요해 조용히 귀국하려 한 것인데 생각지도 못한 대면으로 계획이 틀어져 버렸다.

유안의 곁을 떠나 있는 동안 수없이 생각하고, 또 했다. 그리고 두 가지 결론을 내렸다.

하나는 이대로는 안 된다는 것, 또 다른 하나는 유안에게 진 빚을 갚아야 한다는 것이었다. 그리고 시간이 지날수록 그것은 마치 하나의 강박관념처럼 그의 안에서 자리를 잡았다.

당당하게 그녀의 앞에 서고 싶다는 생각을 하게 된 게 처음이었다. 그 간절한 마음은 유안과 잠시 떨어져 지내면서 그녀에게 받은 금전적인 빚을 갚자는 걸로 이어졌다. 그런 후에 그녀와 다시 시작해야 맞다고.

그 결심을 확고히 하기 위해 2년 전에 졸업해 현재 운성에 다니고 있는 선배 규협에게 회사 근처에 집을 구해 줄 것을 부탁했다. 그리고 이제 계획대로 실행하기만 하면 되는데, 왜 이리 마음이 무거운 건지…….

"여자 등쳐 먹는 제비 새끼."

7년이나 지났지만 악에 받쳐 질러 대던 막말이 귓전에 생생하게 울렸다. 일부러 모진 말을 내뱉는다는 것을 알면서도 싫었다. 정말이지 두 번 다시 그런 비굴함을 맛보고 싶지가 않았다. 여자에게 얹혀

사는 놈이란 소리를 절대 듣지 않으리라 다짐했다.

빚이라도 갚지 않으면 그녀의 재산이 탐나 곁을 지킨다는 오명에서 자유로울 수가 없을 테고, 자신의 진심마저 외면될 것이 뻔했다. 받았으니까. 그녀의 돈을 받았으니까 말이다.

극히 단순하고 유아적인 생각으로 그것을 갚는다면 조금은 당당해질 수 있을지도 모른다고 그의 마지막 자존심이 그렇게 우겨 대고 있었다.

이런 마음을 감추고 유안과 한집에서 생활을 이어 나간다면, 죽어도 자유로워지지 않을 거라는 생각이 강하게 들었다. 혼자만의 만족이라 해도 변명의 여지가 없지만 그만큼 그는 절실했다.

그런 생각을 하면서 왜 진작 유안을 놔주지 않았느냐고 묻는다면 할 말이 없다. 멀리 떨어져 그런 통보를 하는 것도 우습게 느껴졌고, 그녀가 멀어지지 못하게 붙잡아 두고 싶은 마음이 조금은 숨겨져 있었는지도 몰랐다.

"이모님, 접니다. 태하."

"아이고, 어서 와. 어서."

고심 끝에 초인종을 누르고 집으로 들어서니 순자가 반갑게 그를 맞이했다. 호들갑스럽게 유안을 부르며 태하가 왔다고 크게 소리치는 그녀로 인해 조금은 낯이 붉어졌다.

차를 내어 주고 이른 저녁을 먹는 게 좋겠다고 분주하게 움직이는 순자를 유안은 멜론이 먹고 싶다는 핑계로 밖으로 내보냈다.

둘만이 남은 거실에서 잠시 유안을 바라보던 그는 최대한 덤덤하게 말을 꺼냈다.

"내게 시간을 줬으면 좋겠다."

유안에게 미안한 마음을 가지고 있는 상황에서 그 어떤 말도 변명거리밖에 되지 않음을 알기에 최대한 감정을 억눌렀다.

흔들리는 유안의 눈동자가 자신의 얼굴을 꼼꼼히 훑고 지나갔다. 마치 거짓의 흔적을 찾기 위한 사람처럼 필사적이고 간절하게.

순간 이렇게까지 해야 하나 싶은 생각도 들었지만 자격지심을 갖고 있는 상황에서 유야무야 넘어간다면 나중에 후회할 것이 분명했기에 이를 악물었다. 심장이 죄어 오는 것을 참으며 태하는 최대한 흔들림을 보이지 않으려 애를 썼다.

'그러지 마. 아프잖아.'

피가 통하지 않을 만큼 주먹을 꼭 쥐는 유안의 손을 잡기 위해 뻗어 나가려는 손에 힘을 주었다.

"……아까 그 여자 때문이에요?"

유안이 떨리는 목소리로 첫 질문을 던졌다. 그 여자? 누구?

그러다 공항에서 자신의 팔에 매달려 있던 다희를 떠올렸다. 혹시라도 다희와 자신의 관계를 의심하는가 싶어 가슴이 철렁했다. 하지만 절대 유안이 생각하는 그런 일은 없었다. 자신에게 있어 다희는 단 한 번도 여자인 적이 없었고, 유안을 제외한 그 누구도 자신의 마음에 들여놓은 적이 없다는 걸 그녀는 알지 못했다.

"아니. 그 애와는 전혀 상관없어. 내가 문제지."

"……."

단호한 그의 대답에 유안은 더 이상의 질문을 하지 않았다. 숨이 막힐 듯한 정적이 계속 이어지고 누구 하나 입을 여는 사람이 없었다.

삐삐비빅. 때르르릉. 뽀로로롱.

흠칫.

정적을 깨고 요란스럽게 울려 대는 알람 소리에 움찔한 태하는 의아한 눈으로 소리 없이 움직이는 유안을 응시했다. 탁자 위에 놓아 둔 핸드폰을 끄고 조용히 방으로 들어간 잠시 뒤, 또 하나의 시계가 침묵했다.

이제 시끄러운 소리로 존재감을 드러내는 시계는 주방에서 울려 대고 있는 것 하나였다.

유안은 프로그래밍 된 대로 움직이는 로봇처럼 방을 나와 주방으로 향했다.

'뭐지?'

시계 소리가 멈춘 지 한참이 지났건만 그녀는 모습을 드러내지 않았다. 쓰러지기라도 한 건가? 순식간에 밀려드는 무섬증에 그가 자리를 박차고 일어서려는 순간, 조금 전과 다른 모습의 유안이 주방을 나섰다.

등을 꼿꼿하게 세우고 조금 전보다 힘이 들어간 걸음으로 그의 맞은편 소파에 앉은 유안은 서늘한 눈으로 그를 바라보았다.

"대단하네요. 7년 만의 귀국 선물치곤……."

잠시 후, 독백하듯 흘러나온 유안의 말이 그의 가슴을 후려쳤다.

'나도 알아. 아는데 이럴 수밖에 없어. 이렇게 못난 자격지심을 가진 놈이라 미안해.'

"……미안하다."

그는 모락모락 김이 올라오는 생강차가 담긴 잔을 응시하며 낮은 목소리를 내었다.

"마음에도 없는 소리 하지 마요."

"……."

조금의 원망이 묻어 있는 말에 그는 대꾸할 말을 찾지 못했다. 유안의 말대로 진짜 미안하게 생각했다면 이런 제안을 하는 게 아니었으니 말이다.

"잘됐네요. 이왕 이렇게 된 거 차라리 정리하는 게 좋겠어요."

"무슨 소리야? 난 널 떠나려는 게 아니야! 그저 조금의 시간이 필요할 뿐이라고."

태하는 깜짝 놀라 크게 소리쳤다.

정리? 그 말이 이렇게 쉽게 나와? 자신이 먼저 시간이 필요하다는 말을 꺼냈음에도 왠지 모를 서운함이 밀려들어 숨이 콱 막혔다. 누군가 숨통을 쥐고 있는 듯 숨쉬기가 힘들어 크게 가슴을 들썩였다. 왜 이별을 말하는 건데…… 마치 기다린 사람처럼.

그녀에게 말을 하기까지 고뇌했던 시간들이 허무하게 느껴질 정도였다.

"이유안, 똑똑히 들어. 난 너와 헤어지려는 게 아니야."

"나더러 지금 그 말을 믿으라는 거예요? 하루, 이틀 떨어져 있던 것도 아니고 자그마치 7년이나 떨어져 지내다가 귀국한 첫날에 시간을 갖자고 말하면서 헤어지려는 게 아니다? 것도 떡하니 여자를 옆에 끼고 나타서 말이죠. 우습네요."

감정이 담기지 않은 유안의 목소리가 작게 울렸다.

"오해하지 마. 그 앤 그저 동생 같은 아이야."

"동생 같은 여자지. 동생은 아니잖아요. 그리고 어쨌든 오빠 이 집에서 살 생각이 없잖아요. 안 그래요?"

유안의 눈동자가 그의 빈손을 훑어보았다. 공항에서 가지고 있던 커다란 가방 두 개는 그 어디에도 없었다. 그것이 무엇을 뜻하는지 모를 그녀가 아니었다.

"오빠와 난 한 번도 진짜 부부였던 적이 없었죠. 그러니 헤어지고 말고 한다는 것도 우습네요. 그때처럼 그냥 서류 정리만 하면 간단할 걸."

"이유안, 그렇게 말하지 마. ……내가 못나서 그래."

"?"

"내가 너무 못난 놈이라서……. 네게 받은 돈을 갚지 않으면 난, 너를 제대로 볼 수가 없어. 네 곁에 떳떳하게 설 자신이 없다. 있는 그대로의 널 받아들 수가 없어. 말 한 마디도 조심해야 할 거고 마음 편하게 행동하지도 못할 것 같아. 가슴에 커다란 짐 하나를 올려놓은 기분에 숨이 막힐지도 몰라. 그래서 그래. ……꼭 갚을게. 그동안 우리 재하와 나, 너한테 신세 진 거…… 모두 갚을게."

그는 힘들게 입을 열었다. 유안이 터무니없는 오해를 하지 않기를 바라는 마음에서. 어쩌면 자신이 지금까지 이런 못난 생각을 하고 있었다고 한번은 솔직하게 말하고 싶어서 그랬는지도 모르겠다.

자조적인 웃음이 새어 나왔다.

끝까지 이기적인 놈이었다. 자신은…… 제 감정을 유안에게 강요하는 그런 나쁜 놈.

"고작……."

무언가 말하려 입술을 달싹이던 유안이 이내 입을 닫아 버렸다.

"더 이상 이렇게 얼굴 맞대고 있을 필요는 없는 것 같네요. 그만 가 줘요. 안녕히 가세요."

부서질 듯 아슬아슬해 보이는 유안이 소파에서 몸을 일으켜 방으로 향했다. 나가 달라 요구하는 유안을 잡을 수가 없었다. 상처받은 작은 어깨를 보듬어 주고 싶었지만 그러지 못했다. 그녀를 아프게 한 자신에겐 그럴 자격이 없으니까.

위태롭게 보이는 가녀린 뒷모습에서 시선을 떼지 못하고 있던 태하가 낮게 가라앉은 음성으로 몇 마디를 건네고 돌아섰다.

"이유안, 너무 ……마."

'너무 멀리 가지 마. 내가 잡을 수 있을 만큼만 가. 못난 남자라 미안하다. 이리 못난 생각으로 똘똘 뭉친 어리석은 놈이라 미안해. 하지만 이대로 네 곁에 있으면 너를 더 힘들 게 만들 것만 같다. 오래 걸리지는 않을 거다. 절대 내가 그렇게 만들지 않아.'

당당하고 떳떳하게 그녀를 차지할 때까지만 힘들고 외롭더라도 유안이 견뎌 주었으면 했다. 조금 더 가진 것이 많은 멋진 사내였으면 좋았을걸, 하는 아쉬움이 그를 둘러쌌다.

방으로 들어선 유안이 모든 기운을 소진한 채로 인형처럼 널브러졌다.

신세라니…… 짐이라니.

주변의 모든 사물이 움직임을 멈췄다. 그의 말이 제대로 이해되지 않은 사람처럼 멍하니 그의 입술만 쳐다보다가 그가 한 말을 이해하기 위해 애를 썼다.

그가 조금이라도 편했으면 하는 마음에서 시작한 일이 갚아야 할 빚이 되고 숨통을 조이는 것이 되었다. 그녀가 준 것은 마음이었는데 그는 부담으로 받아들였다. 그녀에게는 사랑이었는데 그에게는 갚아야 할 은혜고 빛이었다.

'……그 말밖에 할 말이 없어요?'

유안은 말하고 싶었다. 나 좀 봐 달라고…… 자신이 원한 건 신세를 갚은 것이 아니라 여자로 봐 주었으면 하는 것이라고. 그저 따스한 손길과 다정한 미소를 원한다고.

꿈이었으면 좋겠다는 생각이 들었다. 그에게 아무 말도 듣지 못한 것으로 우겨 볼 수도 있을 테니……. 하지만 그에게 자신의 마음을 받아 달라고 강요할 수는 없었다. 태하가 몰랐던 사실까지 알게 된다면 어찌 나올지 뻔했다.

소용없는 일.

하긴 제 몸 하나 건사하지 못하는 자신이 그를 위해 무엇을 해 줄수 있을까? 태하가 원하는 대로 해 주는 것밖에. 비록 그것이 제 심장에 스스로 상처를 내는 일이라 해도 선택의 여지가 없었다.

유안은 자포자기한 심정으로 눈을 감아 버렸다. 파르르 떨리는 풍성한 속눈썹 사이로 한 줄기 서늘한 눈물이 볼을 따라 길게 이어져 내렸다.

9.

힘겨운 싸움이었다.

당장이라도 그를 찾아가 돌아오라고 애원하려는 마음을 억누르며 하루하루를 보냈다. 그가 귀국하면 이 집에서 함께 살아갈 생각에 떨리는 마음으로 날짜를 꼽던 것이 며칠 전인데 급작스레 변해 버린 상황을 받아들이는 것조차 쉽지 않았다.

놓아야 하는 걸 아는데, 그러기로 마음먹었는데…… 자꾸만 미련한 가슴이 도리질 쳤다.

여느 때와 같이 출근하고 평소와 똑같이 생활했지만 가슴속에는 폭풍이 몰아치고 있었다. 도무지 잠잠해질 기미가 보이지 않는 거대한 비바람이 쉴 새 없이 작은 가슴을 흔들어 대었다.

늘 밤이 문제였다. 낮의 활기가 모두 사라진 어둠의 시간이 되면 텅 비어 버린 가슴이 시리고 아파 견딜 수가 없었다.

7년이나 그를 보지 않고도 견딜 수 있었던 심장이 자꾸만 그를 찾아 눈앞에 데려다 놓으라고 떼를 썼다. 같은 하늘 아래 그가 숨 쉬고 살고 있다는 걸 아는 가슴은 그를 찾아가 꼭 잡고 놓지 말라고 그녀를 다그쳤다.

유안은 그가 떠난 집을 둘러보다 휘적휘적 2층으로 향했다. 단단한 장막을 두른 것 같은 그의 방문 앞에서 손잡이를 잡고 숨을 가다듬었다. 하지만 태하가 없던 시간 동안 그를 기다리며 정성껏 청소하던 방으로 차마 발을 들여놓지 못했다.

'없어. 태하도 없고 재하도⋯⋯. 그 누구도 이곳에서 숨 쉬는 사람은 없어.'

그녀는 텅 빈 2층을 둘러보다 서서히 그 자리에 주저앉았다. 가슴속이 휑하게 비어 버린 느낌에 앞섶을 움켜쥐고 오열을 터뜨렸다. 며칠 동안 안으로만 감춰 두었던 속울음이 일시에 터져 나왔다.

"치우자. 2층 깨끗이 정리하자."

어느새 곁에 다가온 순자가 유안을 품에 안으며 말했다.

"올 거예요. ⋯⋯오빠가 다시 왔다가 실망하면 어떡해요? 우리 집에 자기 공간이 없어졌다고 가슴 아파하면 어떡해요? ⋯⋯못 해요. 절대 그럴 순 없어요."

"안 와. 안 올 거야."

"아니에요. 이모, 그러지 마요. 여긴 오빠 집이에요. 그렇게 다 치워 버리면 그 사람 쉴 곳이 없잖아요. ⋯⋯기다려 줘야지. 내가 기다려야지. 힘들고 지칠 때 편하게 있을 곳 하나는 놔둬야 하잖아요."

순자는 아픈 눈으로 유안을 바라보았다. 서러운 눈물을 연신 쏟아내면서도 고개를 젓는 유안이 안쓰러워 견딜 수가 없었다.

"그만 울어. 네 몸 생각도 해야지. 자꾸 울면 너만 힘들어. 제발,

유안아."

"흐흑. ……보고 싶어요. 이모. 그 사람이…… 너무. ……흑흑."

사랑받고 싶었다. 늘 허기를 느끼던 그 감정을 온전히 받고 싶었다. 따스한 마음을 지닌 그라면 자신을 사랑해 줄 것만 같았다.

"그래, 그래."

그녀는 유안의 등을 살살 쓸어내렸다.

순자는 유안이 생전 찾지 않던 과일을 찾는 게 이상하긴 했지만 오랜만에 만난 두 사람에게 시간이 필요하다 생각해 집을 나섰다.

유안이 말한 멜론을 사서 집으로 왔지만 태하의 모습은 찾을 수가 없었다. 이상한 생각이 들어 유안에게 태하의 행방을 물었지만 넋을 놓고 앉아 조가비처럼 입을 꾹 닫고 있는 모습에 무슨 일이 벌어졌음을 짐작했다.

혼이 나간 사람처럼 출근했다 퇴근하는 유안을 며칠 동안 걱정스레 지켜보기만 했다. 그렇게 유안이 먼저 얘기하기를 기다리며 식사 준비를 하고 약을 챙겼다.

오늘 저녁 퇴근하고 식탁에 앉은 유안이 입을 열 때까지.

"태하 오빠가 시간을 갖자고 해요. 그동안 내가 해 준 것들을 모두 갚기 전에는 곁에 있을 수 없대요."

"뭐?"

"그런데 이모도 잘 알잖아요. 내가 건강하지 못하다는 거. 그래서 잡을 수가 없었어요. 내 마음껏 욕심낼까도 생각해 봤는데, 그럼 안 되잖아요. 나만 생각하면 안 되잖아요. 지금까지 힘들게 살다가 이제 날개를 달고 훨훨 날려는 사람 주저앉히면 안 되잖아요.

……내가, 다른 사람도 아니고 내가 그러면 안 되잖아요."

차분하게 말을 꺼내는 유안이 안쓰러워 견딜 수가 없었다. 아픈 속마음을 감추고 태연함을 가장하는 모습에 억장이 무너져 내렸다. 모든 걸 자신의 탓으로만 돌리는 유안이 연약한 아이처럼 보여 속이 상했다.

늘 혼자 살아가던 유안이 이제 외로움을 벗어 던지나 싶었다. 태하만 돌아오면 이제 둘이 알콩달콩 사는 모습을 볼 수 있을 거라 생각했다. 그런데 아직은 아니란다. 왜 이 아이에게만 삶이 이리도 가혹한 건지…….

또 며칠이 지났다.

그에게 달려가려는 다리를 잡아 묶고 그의 목소리라도 들으려 전화기를 집어 드는 손을 매몰차게 쳐 냈다. 홀로 사투를 벌이며 길게 느껴지는 시간을 흘려보냈다.

절대 들여다보면 안 되는 비밀이 숨겨져 있는 방 앞에서 이러지도 못하고 저러지도 못하는 사람처럼 손잡이만 잡고 숨을 고르다 돌아서곤 했다. 마치 방 안으로 들어선 순간 모든 것이 변해 버릴 것만 같은 두려움에 용기가 생기지 않았다.

"후우."

유안은 얼마의 시간이 지나고 가까스로 문을 열고 방으로 들어섰다.

그가 사용했던 침대 위에 앉은 유안은 뽀송뽀송한 이불을 조심스레 쓸었다. 아련한 눈으로 책상과 옷장을 차례대로 훑어 내리는 그녀의 눈동자에 그리움이 배어 나왔다.

주인을 잃은 방. 그가 귀국하기 전까지 희미하게 남아 있던 온기가 일시에 사라져 버린 듯 그곳엔 차가운 공기 외엔 아무것도 존재하지 않았다.

느리게 침대에서 일어선 유안이 그의 옷장을 열었다. 주기적으로 환기를 시키기 위해 열었던 것과 다르게 오늘은 추억을 떠올리며 그의 옷을 어루만졌다. 옷장에 남아 있는 그의 옷가지는 몇 개 되지 않았다. 색이 바랜 셔츠와 티 몇 벌, 바지 몇 개, 허름해 보이는 점퍼 두 개 가 다였다.

"이게 아직도 있었네."

태하가 오래전에 입고 다니던 낡은 패딩점퍼를 보니 예전 기억이 새록새록 떠올랐다. 할머니의 손을 따스하게 잡아 주던 그가. 아르바이트 때문에 시간에 쫓기듯 뛰어다니던 그가. 친구들과 어울려 환하게 웃던 그가…….

책장에는 그가 즐겨 읽던 소설책과 전공서적이 빽빽하게 자리 잡고 있었고 책상 위는 먼지 하나 없이 깨끗했다.

유안은 자신이 늘 쓸고 닦았던 원목 책상을 천천히 쓸다 한쪽 볼을 대고 엎드렸다. 가슴에서부터 시작된 시린 바람은 여전히 멈출 기미가 보이지 않았고, 그를 향한 그리움이 나날이 짙어졌다.

건강하지 못한 몸으로 그의 곁에 설 수는 없었다. 지금은 다행히도 약이 잘 들어 백혈구와 혈소판 수치가 안정적이었지만 어느 순간 부작용이나 내성이 생길 수도 있었다.

어느 것 하나 확실한 것 없는 위태로운 상황. 그러니까 류태하를 욕심내면 안 된다. 그가 보고 싶다고 가슴이 울부짖는 소리를 외면하고 귀를 막아야만 한다.

"그래도 보고 싶다."

상념을 털어 내듯 묵직한 숨을 뱉어 낸 유안이 몸을 일으켜 책상 서랍에 손을 뻗었다. 지금껏 한 번도 손댄 적 없던 서랍 손잡이를 잡고 쓸쓸한 웃음을 흘렸다. 마치 꼭꼭 숨겨 둔 누군가의 일기장을 훔쳐보는 기분이 들었다.

"이게 왜……."

그의 방을 둘러보며 추억에 젖어 들던 유안의 눈동자에 순식간에 고통이 얹혀졌다.

색이 누렇게 변해 버린, 손도 대지 않았다는 것을 여실히 보여 주는 색색의 봉투들이 서랍 하나를 꽉 채우고 있었다.

떨리는 손으로 하나를 집어 들어 안에 있는 내용물을 꺼냈다.

"……손도 안 댔네."

이럴 수가. 돈을 갚겠다던 그의 말은 진심이었다. 갚아야 할 빚이고 부담이라는 그의 생각이 하루 이틀 된 것이 아니라는 것을 여실히 보여 주는 증거였다.

오랜 시간 부담을 안고 자신의 곁에 있었을 그를 생각하니 심장이 죄어들었다. 얼마나 싫었을까? 얼마나 답답했을까? 얼마나 벗어나고 싶었을까? 그런 줄도 모르고 그와의 미래를 꿈꿨다니. 실소가 터졌다.

기가 막힌 웃음과 눈물이 한꺼번에 터져 나왔다.

"하하하하. 으흐흡. 바보 이유안."

허망한 표정으로 온기가 사라진 2층을 하염없이 쳐다보던 유안이 청소를 하기 시작했다. 태하와 재하의 기억을 지우려는 사람처럼 필사적으로 바닥을 닦고, 또 닦았다. 창틀에 먼지 하나 찾아볼 수 없을 만큼 며칠에 걸쳐 청소를 하였음에도 불구하고 유안은 또다시 걸레를 들고 2층 복도에 주저앉아 공허한 눈을 한 채 무의식적으로 손을 움직이고 있었다.

"유안아, 그만해. 이제 그만둬."

며칠 동안 계속되는 유안의 이상행동에 순자는 거칠게 걸레를 잡아챘다.

"지워야 해요. ……아직도 여기에 오빠의 흔적이 남아 있어요. 작은 거 하나도 남겨 두면 안 돼요. 그럼 ……그러면 내가 살아갈 수가 없어요."

순자는 들리지도 않을 만큼 작은 소리로 웅얼거리는 유안을 잡고 울음을 터뜨렸다.

억장이 무너지는 느낌이 이럴까? 작고 여린 아이가 상처받아 속 울음을 삼키는 모습을 보니 숨이 쉬어지지 않았다. 태하에 대한 원망이 끝 간 곳 없이 뻗어 나갔다.

'에라이, 나쁜 놈. 이런 쳐 죽일 놈아. 너 때문에 우리 유안이가 아프다. 네가 가뜩이나 몸도 안 좋은 애를 이리 망쳐 놓았구나. 은혜도 모르는 배은망덕한 놈. ……어이구, 불쌍한 것. 아이고, 불쌍한 것.'

그녀는 당장이라도 태하를 찾아가고 싶었다. 찾아가 네놈이 어떻게 유안이에게 그럴 수 있느냐고 따지고 싶었다. 고운 마음을 가진 아이의 가슴에 난 상처가 점점 벌어지고 벌건 핏물을 흘리고 있는 모습이 보이는 것만 같아 가슴이 미어졌다.

"이모, 우리 이사 가요. 나 더 이상은 여기서 못 살겠어요."

"그래, 가자. 어디든 가자."

순자는 태어나서 지금까지 살던 집을 떠나자는 유안의 말에 연신 고개를 끄덕이며 가느다란 등을 쓸어내렸다.

※

"여긴······."

태하는 술에 취해 비틀거리며 택시에서 내려 주위를 둘러보았다. 낯익은 골목에 기억에도 선명한 커다란 집. 기가 막힌 그는 허탈한 한숨을 내쉬고 눈앞에 보이는 집을 똑바로 보기위해 흐릿해지는 정신을 가다듬었다.

"하."

실소가 터졌다. 깊은 곳에 감춰진 진심이 자신을 이리로 이끌었나 보다.

어둠에 싸인 담장은 외부의 관심을 차단하듯 여전히 높았다. 담 밖으로 비죽이 튀어나온 감나무는 가을이 다 지나도록 손을 댄 흔적이 없어 보였다. 참 맛이 좋았던 감의 달콤함이 생각나 그의 입에 침이 고였다.

유안과 재하, 순자까지 합세해 감을 딴다고 떠들던 게 엊그제같이 생생했다. 그의 인생을 통틀어 가장 평화롭고 즐거웠던 때가 유안과 같이 살던 그때가 아니었을까.

아련한 추억에 젖어 들던 그가 자꾸만 감기려는 눈을 치켜떴다.

어두웠다. 늘 그가 집에 오기 전까지 골목길을 환하게 비춰 주던 대문 위 전등이 켜져 있지 않았다. 황량하고 을씨년스런 분위기. 이 집이 이리도 춥게 보였던가? 미간을 찌푸린 그가 조금 멀리 떨어져 그가 사용하던 방의 창문을 쳐다보았다.

유안은 항상 그나 재하가 집에 들어오지 않으면 온 집 안의 불이란 불은 다 켜 놓곤 했었는데. 그것조차 과거의 일이 되어 버렸나? 모든 것이 제가 자초한 일임을 알면서도 왜 이리 가슴이 시린 걸까.

태하는 흔들리는 다리에 힘을 주어 대문까지 걸어가 그 앞에 주저앉았다.

없다. 유안의 온기도 향기도 어느 것 하나 느껴지지 않았다.

"······유안아, 춥다. 나 추워. ······여기로 찬바람이 계속 들어와."

그는 앞섶을 움켜쥐고 나지막이 웅얼거렸다.

자신이 귀국함과 동시에 나온 집이었다. 그가 이 집을 나온 지도 어느덧 8개월이 흘렀다. 새순이 돋아나던 때 나와서 무더운 여름을 보내고 겨울로 다가서는 지금까지 애써 이곳으로 걸음을 하지 않았다.

유안을 마주하게 된다면 자신의 결심이 흔들릴까 봐. 은혜도 모르는 배은망덕한 놈처럼 그녀를 욕심낼까 두려워 눈을 감고 가슴의 소리를 외면했다.

"왜 이리 깜깜해? 너무 어둡다."

어두운 것을 싫어하는 유안이 떠오르자 가슴이 먹먹해졌다. 이 어둠 속에 그녀를 혼자 두고 나왔다는 것이 떠오르자 죄책감이 스멀스멀 솟아올랐다.

그때는 그것이 최선이라 생각했다. 계속해서 그녀의 도움을 받으며 살 수는 없었다. 그래서 과감하게 시간을 갖자고 얘기했는데, 이렇게도 후회하고 저렇게도 후회할 거면 차라리 그녀의 곁에 있는 것이 더 나았을지도 모르겠다.

"유안아."

태하는 흐느적거리며 나직하게 그녀의 이름을 불렀다. 이렇게 유안을 찾아 이곳에 온 이유가 며칠 전 일 때문이리라.

며칠 전에 2팀 강주연 팀장의 부친이 원장으로 있는 삼강병원에서 전 직원 건강검진이 있었다. 1년 전부터 사원 복지 차원에서 시작되었다는 의례적인 검사를 위해 빠듯한 시간을 내야 했던 그는 날카롭게 곤두선 신경을 가라앉히려 노력하며 로비를 가로질렀다.

"어?"

너무나 연약해 늘 그를 안타깝게 했던 유안의 가느다란 뒷모습이 보였다. 아니, 그녀였는지 확신은 없었지만 마치 유안이 그곳에 있는 것만 같았다. 그는 빠른 걸음으로 여자가 걸어간 방향으로 향했다.

없다. 미련을 가득 담은 눈으로 주위를 둘러보았지만 어디에서도 유안의 모습은 보이지 않았다. 유안의 여린 등을 닮은 모습이 보이지 않았다.

"후훗."

태하는 이를 악물고 질끈 눈을 감았다.

터질 듯 죄어 오는 심장이 더 많은 공기를 달라 요구했다. 이렇게 미친 사람처럼 그녀와 비슷한 모습만 봐도 어쩔 줄을 모르면서 무슨 용기로 시간을 달라 했을까? 차곡차곡 쌓이는 통장의 잔고가 꽉 채워지는 순간이 되면 이 답답함에서 자유로워질 수 있을까? 어느 것도 확신이 서지 않았다.

그가 대문 앞을 벗어난 것은 한참의 시간이 지난 뒤였다. 아쉬움과 미련을 잔뜩 남겨둔 채로 터덜터덜 발을 떼었다.

❈

"너 지금 뭐하는 거야?"

한강이 훤히 내려다보이는 커다란 창 앞에 우두커니 앉아 있는 유안의 뒷모습을 물끄러미 바라보던 주미가 신경질적으로 물었다. 한참 동안 유안을 바라보고 있었지만 미련한 자신의 친구는 그 사실을 알지 못하고 넋을 놓고 있었다.

"주미야, 오빠는 잘 지내겠지?"

갑작스런 목소리에 놀라는 기색도 없이 엉뚱한 말만 하는 유안을 보며 주미는 한숨을 내쉬었다.

유안의 눈은 점점 붉어져만 가고 그곳에 맑은 눈물이 잔뜩 고였다. 콱 잠겨 나오지 않는 목소리를 힘겹게 내고 있는 유안을 주미는 안쓰러운 눈으로 바라보며 그녀가 이야기를 꺼낼 때까지 기다려 주었다.

가슴 가득 맺혀 있던 말을 한꺼번에 쏟아 내듯 유안은 닦아 낼 틈도 없이 계속 눈물을 흘리며 흐느끼느라 잘 나오지도 않는 목소리를 쥐어짜듯 힘겹게 말을 이었다.

"도대체 언제까지 이럴래?"

"오빠를 사랑해. 너무나 많이……. 아플 거라고 생각했어. 난 워낙 재수가 없는 애니까. 알면서도 시작했어. 그런데 안 그럴 걸 그랬어. 태하 오빠에게 두려워서 물어보지도 못했어. 날 어떻게 생각하냐고…… 난 사랑하게 됐는데 오빠는 어떠냐고…… 궁금한데도 물을 수가 없었어. 내가 그걸 물으면 그 사람이 나한테 싫증내고 귀찮아할까 싶어서, 그래서 겁이 났다. ……아니, 그게 아니야. 오빠가 나 싫다고 하면 그나마도 그의 옆에 있을 수 없으니까. 조금이라도 더 오래 곁에 있고 싶어서 묻지 못했어. 그랬는데 다 소용없게 되었네. 그 사람 나랑 살기 싫대. 내가 부담스럽대."

몇 달이 지났어도 엷어질 기미가 보이지 않는 그의 말들이 생생하게 떠올랐다. 8개월 전에 머물러 있는 유안의 시간은 그때부터 조금도 흐르지 않은 모양이었다.

"유안아."

"……"

"그럼 한 번이라도 제대로 얘기해. 네 마음에 그가 있다고 솔직하게 말하란 말이야."

"아니, 자신 없어. 그 사람 앞에 서면 자꾸만 초라해지는 내 모습 때문에 자신이 없어. 알잖아. 당당하게 그의 앞에 서고 싶은데, 건강하지 못한 내가 오빠에게 뭘 해 줄 수 있겠어."

"너 죽을병에 걸린 것도 아니잖아. 지금까지 네가 얼마나 잘 버텨 왔는데……. 하아, 잘됐네. 그럼 더 이상 바보처럼 굴지 말고 그만 포기해. 널 봐 주지도 않는 사람, 미련하게 붙잡고 있지 말고."

주미는 안타까운 눈으로 유안을 바라보며 소리쳤다. 정말 착하고 순수한 친구가 더 이상 마음의 상처를 입지 않았으면 하는 바람이었다. 유안이 태하에게 그런 하찮은 취급을 받을 이유가 없었다.

"내 눈이, 내 마음이 자연스럽게 그에게로 가. 내겐 태하 오빠만 보여."

한 가지밖에 모르는 그녀였다. 차라리 그때 그의 미소를 보지 않
았다면, 낙인처럼 그의 웃는 모습이 가슴에 박히지 않았다면…… 그
렇게 그를 욕심내지 않았더라면…….

그녀는 작게 고개를 저었다. 아무리 만약을 외쳐도 달라지는 것이
없다는 것을 너무나 잘 알고 있기에 모든 것은 부질없는 짓이었다.

"너, 안 되겠다. 우리 나가자. 바람 좀 쐬자."

주미는 싫다는 유안을 억지로 차에 태웠다.

"주미야, 나 바다 보고 싶어. 우리 바다 보러 가자."

"……그래, 가자. 어디든 네가 가고 싶다는 데 내가 데려가 줄
게."

어둠이 내려앉은 겨울에 가까운 바다는 인적이 없어 썰렁했다.

짙은 회색빛의 구름이 끝없이 펼쳐진 푸른 바다를 감싸 안듯 낮게
드리워져 있었다. 그 황량하고 을씨년스러운 풍경에 자연스레 스며
든 유안이 모래사장 한구석에 비석처럼 앉아 하염없이 바다를 응시
하고 있었다.

주미는 유안에게 천천히 다가가 작은 어깨 위에 담요를 덮어 주었
다.

"유안아."

"……."

"너, 몸 생각해야지. 이만 들어가자."

유안은 걱정 가득한 주미의 말에도 아랑곳하지 않고 제 안에 담아
놓은 말들을 하나씩 풀어놓았다.

"이제 잊어야 할 때라는 거 알아. ……근데 그게 마음대로 안 돼. 난 미련해서 한 번에 한 가지밖에 못 하나 봐. ……언젠가는 잊겠지. 지울 수 있을 거야."

그리움이라는 감정의 늪에 빠져 허우적대는 것이 눈에 뻔히 보이는데도 유안은 담담하게 말을 이었다. 온몸으로 아프다고 질러 대는 비명이 귓가에 들려오는데도 아무렇지 않은 척 행동하는 친구를 막을 수가 없었다.

"……."

"주미야, 조금만 더…… 조금 더 시간이 지나면 아무렇지 않을 거야. 그치?"

"……응. 그럼 네가 누구 친군데, 그깟 일 가지고……."

"한 번씩 왔다 가는 저 파도가 내 마음에 미련하게 품고 있는 그리움을 조금씩 가져갔으면 좋겠어."

일렁이는 파도에 눈길을 주고 있던 유안이 작게 속삭였다. 가슴속에 애써 숨겨 두었던 구멍이 점점 커져만 갔다.

건강하지 못한 자신과 달리 빛이 나는 두 사람의 모습이 시간 지날수록 선명하게 떠올랐다. 너무나 잘 어울렸다. 두 사람의 모습을 보고 외면하고 무시했던 마음속 상처가 점점 더 깊어졌다.

"그래, 마음껏 슬퍼해. 류태하 하나밖에 모르는 네 가슴이 이별을 받아들일 시간이 필요 할 테니……. 그리고 그다음엔 잊어. 그에 관한 작은 것 하나도 남김없이 모두 다."

"응. 그럴게. ……잊을게. ……전부."

힘겹게 뱉어 내는 말을 듣고 있던 주미는 무너지는 심장을 감추려 애써 유안을 외면했다.

'바보. 못 할 거면서……'

날이 점점 더 어두워져 갔다.

유안은 호텔 곳곳에 설치된 조명등이 없었다면 아무것도 보이지 않았을 바다에 시선을 주고 바람이 차갑다는 것도 잊은 채로 멍하니 앉아 있었다. 이제 그만 들어가야 하는데 머리를 가득 메운 잡념들로 인해 몸을 일으키기가 쉽지 않았다.

마음속에 들여놓은 사람을 지우기가 너무나 어려웠다. 이렇게도 그립기만 한데, 그 사람을 지우고 살아갈 수 있을까? 명백하게 끝이 보이는 관계였지만 여전히 그 사실을 받아들이기가 쉽지 않았다.

'이제는 보내야지.'

유안의 깊은 한숨이 차가운 공기에 섞여 하늘 위로 날아올랐다.

그리고 집으로 돌아온 유안은 태하의 사무실로 우편물 하나를 보냈다. 협의 이혼에 관련된 서류 일체가 동봉된 우편물을.

뿌드득.

출근하니 웬 서류 봉투 하나가 책상 위에 떡하니 자리 잡고 있었다. 의아함에 봉투를 열어 안을 확인한 태하는 거친 손길로 서류 봉투를 서랍에 밀어 넣고 이를 갈았다.

이혼? 분명히 헤어질 마음이 없다고 했다. 그저 시간이 필요할 뿐이라고…….

최소한의 생활비만을 놔둔 채 모든 월급을 저축했고 자신이 정한 목표액에 다가가고 있었다. 야근하는 일이 비일비재해 돈을 쓸 일도 없었고, 거기다 무인기인 스마트 이글의 성공으로 높은 액수의 성과급도 받아 그 시일이 점점 더 빨라지고 있었는데 난데없는 날벼락이라니.

지난 8개월간 너무나 조용히 있던 유안이기에 안심하던 차에 세차게 뒤통수를 얻어맞은 기분이었다.

태하는 분노를 가득 담아 유안의 전화번호를 눌렀다.

"?"

—지금 거신 번호는 없는 번호입니다. 다시 확인하시고 걸어 주세요.

몇 번을 다시 눌러도 같은 멘트가 반복되었다.

"뭐야? 번호를 바꿨어?"

그러고 보니 아까 서류 제일 앞에 클립으로 꽂혀져 있던 변호사의 명함이 생각났다.

기가 막혔다.

"나와 얘기하고 싶지도 않다, 이거야?"

끓어오르는 화기가 쉽사리 가라앉지 않았다. 당장이라도 유안에게 쫓아가고 싶었지만 회사에 매인 몸이라 그조차 쉽지 않았다.

더구나 오늘은 그의 유학에 지대한 도움을 준 김호길 교수의 정년 퇴직 기념 학술대회가 있는 날이었다. 잠시라도 시간을 내 꼭 참석해야 하는 자리였다.

"후우."

무겁게 뛰는 심장을 다독이며 업무에 집중하려 했지만 마음대로 되지 않았다.

벌컥.

책상에 앉아 마음을 가다듬기가 무섭게 사무실로 들이닥친 2팀장 강주연이 열을 내며 소리쳤다. 눈을 빛내며 오르는 화를 식히기 위해 손부채질을 하는 주연에게 짜증이 느껴졌다.

"아, 정말! 미치겠다고, 류태하 씨. 정다희 양 좀 어떻게 하지?"

"또 왜?"

"어제 선배가 안 만나 준다고 찾아와서 세 시간 동안이나 징징대다 갔어. 걔는 왜 무슨 일만 있으면 나를 찾아와 귀찮게 한데?"

"동갑이라 네가 편한가 보지."

"말도 안 돼."

주연은 진저리를 치며 그를 노려보았다.

"진짜 다희는 아니야?"

"몇 번을 말해."

"선배 귀국하기 전에 걔가 어땠는지 잘 알잖아. 모르긴 해도 모임 사람 대부분이 선배랑 다희가 결혼할 거로 생각할걸. 걔가 워낙 떠들어 댔어야지."

"후우. 내 불찰이 크다. 다희에겐 알아듣게 얘기할게."

태하는 지끈거리는 관자놀이를 힘주어 누르며 대답했다. 유안의 일만으로 머리가 터질 것 같은데 다희까지. 도대체 되는 일이 없었다.

"……퍽도. 걔가 선배 말을 들을 것 같았으면 벌써 들었겠지. 몇 년을 주구장창 따라다니면서 같은 말을 해 댔을까? 다희가 눈치는 없어도 참 마음이 한결같아? 이번 기회에 다시 생각해 보는 건 어때?"

"강주연, 그만하지."

"워. 워. 오늘따라 유난히 반응이 까칠하네."

태하의 서늘한 눈매에 흠칫한 주연이 바로 몸을 사리며 중얼거렸다.

"뭐야? 선배, 무슨 일 있어?"

"없다. 할 얘기 다 했으면 그만 가."

"얘기하고 싶지 않다는 거네. 오케이. 접수했어. 그럼 난 우리 승재나 보러 가야겠다."

손을 가볍게 팔랑이며 인사를 대신한 주연이 밖으로 나감과 동시에 태하의 입에서 긴 탄식이 새어 나왔다.

지금 그의 머릿속을 가득 채우고 있는 것은 이유안 하나였다.

어디서부터 어떻게 배배 꼬인 실마리를 풀어야 할지 감이 오지 않았다. 8개월간 어떤 말이나 행동도 보이지 않았던 그녀가 왜 갑자기 자신을 밀어내려 하는지 이유가 궁금했다. 분명 그녀도 자신의 선택을 이해하고 기다려 주는 것이라 생각했는데 아니었나 보다.

유안이 그의 손이 닿지 않는 곳으로 멀어진다는 상상만으로도 가슴이 죄어 왔다.

10

정년퇴직 기념 학술대회에 가기 위해 밖으로 나선 태하는 유안의 집으로 달려가고픈 마음을 억누르며 대한대학교 진리관으로 차를 몰았다.

20년간 항공우주공학과에서 수고한 김호길 교수의 정년퇴임을 기념하는 취지로 '한국형 전투기와 방위사업의 현안과 과제' 라는 주제로 학술대회가 개최되었다.

이번 학술대회를 통하여 우리 군의 노후 전투기를 대체할 한국형 전투기의 개발 체계와 방위사업정책에 관한 국내외의 동향을 면밀히 검토함과 동시에 당면한 주요 현안의 해결도 모색하는 기회를 마련하자는 뜻으로 열린 학술대회였다. 국내 항공 분야의 최고 전문가라 알려진 김호길 교수답게 그와 관련된 많은 사람이 참석한 자리였다.

태하는 학술대회가 시작되기 전에 김 교수에게 눈도장을 찍기 위해 많은 사람들에게 둘러싸인 그에게 다가갔다.

김호길 교수는 예전처럼 반듯한 차림으로 그를 반겼다.

"이게 누군가?"

"안녕하셨어요?"

"하하하. 그래, 태하 군. 다시 보니 반갑네."

김 교수는 그에게 악수를 청하며 뿌듯한 웃음을 지었다.

"네. 귀국하고 너무 바빠 찾아뵙지도 못했습니다. 정말 죄송합니다, 교수님."

"아니야. 다 그렇지. 그 일이 시간 내기가 여간 어려운 게 아니라는 걸 내가 잘 알지."

"이해해 주셔서 감사합니다."

"이번 운성의 무인기 양산에 자네가 큰 몫을 담당했다고 들었네. 아주 대단해."

태하의 말에 고개를 끄덕인 김 교수가 자랑스러움이 가득 담긴 어조로 말을 건네며 그의 어깨를 두드렸다.

"아닙니다. 조금 운이 좋았을 뿐입니다."

"그게 어디 운으로만 될 일인가? 그간 열심히 한 결과가 이렇게 나타나는 게지."

"과찬이십니다."

"허허. 사람 겸손하긴. 참, 유안이는 잘 지내지? 요즘 통 그 녀석 소식을 못 들어서. 전에는 꼬박꼬박 한 달에 한 번은 인사를 오더니 지난 몇 달 동안은 너무 잠잠해. 무슨 일이라도 있나?"

"……유안이요?"

순간 정신이 멍했다. 여기서 왜 유안의 이름이 나오는지 이해할 수가 없었다. 김 교수님이 유안이를 어떻게 아는 거지? 모든 사고가 정지한 머릿속은 백지상태가 되었다.

"그래. 여전히 예쁘지? 녀석이 마음 씀씀이도 어찌 그리 고운지. 그 애가 얼마나 자네를 생각했는지 아나? 허허."

"교수님께서 어, 어떻게 유안이를……."

태하는 끝까지 묻지를 못했다. 행사 시작이라며 김 교수를 연단 앞으로 끌고 가는 사람이 나타나 멍하니 김 교수의 뒷모습을 응시할 수밖에 없었다.

설마, 그럴 리가 없다.

발밑이 조금씩 가라앉는 느낌에 태하의 몸이 조금씩 흔들렸다. 귀를 통해 머리로 들어온 정보를 어찌 처리해야 좋을지 몰라 멍하니 눈만 깜박였다.

그는 삽시간에 혼돈 속에 던져졌다.

'김 교수를 찾아서 어떻게 유안이를 아느냐고 따져 물어야 하나? 지금 하신 말씀이 무슨 뜻인지 정확하게 알려 달라고 말해야 하는 건가?'

절대 자신이 생각하는 그런 일은 없어야 했다. 절대로 그의 유학에 이유안의 입김이 닿은 적이 없어야만 했다. 그런데 왜 이리 무섭게 가슴이 뛰는 걸까?

마치 빤히 답을 알고 있으면서 애써 사실을 부정하는 사람처럼 그는 미친 듯이 중얼거렸다.

"아니야. 절대 그런 일은 없어. ……절대 아니야. 아닐 거야."

뒤늦게 정신을 가다듬은 태하는 비틀거리며 건물 밖으로 걸음을 옮겼다.

서서히 화가 끓어올랐다. 당장 유안을 만나서 물어야 했다. 얼마나 더 자신을 기만할 거냐고, 더 속인 건 없는지 확인해야만 했다.

띵동. 띵동.

쾅. 쾅. 쾅.

아무리 초인종을 눌러도 답이 없었다. 마음이 조급해진 태하는 대문을 거칠게 두드렸다.

"이유안. 당장 나와. 이유안."

태하는 목이 터져라 유안의 이름을 불렀다. 인기척이 느껴지지 않는 대문에 매달려 한참 동안 그녀를 찾았다.

두려웠다. 자신이 생각한 모든 것이 사실이 될까 봐. 너무나 두려웠다.

대체 얼마나 더 비참해야 하나? 그 조그만 여자의 손길이 닿지 않는 곳이 어디란 말인가. 조금만 더 모으면 된다고 생각했는데, 절대 갚은 수 없는 그런 큰 빚을 저도 모르게 지고야 말았다. 그래서 화가 났다.

"이유안, 너 도대체 어디 있는 거야? 당장 나오라고."

계속되는 소란에도 집에선 작은 인기척조차 느껴지지 않았다. 집에 아무도 없는 것이 분명했다.

조금 이성을 되찾은 태하는 유안과 연락할 방법을 찾아 머리를 굴렸다.

전화번호도 바꾸고 집에도 없는 사람과 어떤 식으로 만나야 하나 골똘히 생각에 잠겨 있던 그가 빠른 걸음으로 차에 올랐다.

Rrrrr. Rrrrr.

-네, 법무법인 마루입니다.

"김기성 변호사님과 통화할 수 있을까요?"

-어디시라고 전해 드릴까요?

"이유안 씨 일로 전화드렸다고 전해 주십시오."

태하는 최대한의 인내심을 발휘하며 통화를 이어 갔다. 아침에 책상 위에 놓인 서류 봉투 안의 명함을 손에 꽉 움켜쥔 채로.

-잠시만 기다리세요.

통화 대기음이 울리고 누군가 전화를 받았다.

-네.

"김기성 변호사님이십니까?"

-그렇습니다. 이유안 씨 일로 전화를 주셨다고요? 그럼 류태하 씨?

"네. 제가 류태하입니다."

그가 용건을 밝히기도 전에 상대방이 먼저 입을 열었다.

-서류에 무슨 문제라도 있으십니까? 보내 드린 서류를 보시면 알겠지만 다른 서류는 모두 준비가 되었고, 이혼 신청서 빈 칸만 채워서 저희에게 보내 주시면 됩니다. 이유안 씨와 류태하 씨의 경우 아이가 없기 때문에 협의 이혼에 큰 걸림돌은 없으리라 봅니다.

아이가 없어 쉽게 이혼이 된다? 헛웃음이 터졌다.

"내가 알고 싶은 건 그런 것이 아닙니다. 전, 이유안 씨와 직접 만나 이야기 하고 싶습니다만."

섬뜩하리만치 차가운 목소리가 태하의 잇새로 흘러나왔다.

-제 의뢰인께서는 그것을 원치 않습니다.

"그럼 유안이 핸드폰 번호라도 알려 주십시오."

─……그것 역시 의뢰인이 원치 않습니다.

단호한 변호사의 말에 맥이 빠졌다.

"이봐요."

─죄송합니다. 류태하 씨께서 이유안 씨와 직접 대면은 서류 접수가 끝나면 법원에서 이루어질 것입니다.

무뚝뚝하게 제 할 말을 끝낸 변호사가 전화를 끊자 그는 거칠게 핸드폰을 집어 던졌다.

액정이 깨지고 배터리가 분리되어 흉물스레 널브러져 있는 그것이 마치 제 모습처럼 보였다.

❋

"오늘 정기 브리핑 자리에 새로 취임 예정인 사장도 참석한다며? 전 이준표 대표 자제라던데."

"운성 최대주주라는 말도 있어."

"전부터 사장에 취임하기로 애를 썼는데 이번에 허가가 떨어졌나 봐. 아마도 스마트 이글(SE-7) 성공의 영향이 크겠지."

방산업체의 매매, 경매 또는 인수, 합병 그 밖의 사유로 경영지배권의 실질적인 변화가 예상되는 경우, 당해 방산업체와 경영상 지배권을 실질적으로 취득하고자 하는 자는 지식경제부장관의 승인을 얻어야 한다는 조항이 있었다. 어떤 이유인지는 모르겠지만 그 조항을 내세워 운성 시스템 최대주주이자 운성의 이름을 세계적으로 알린 전 대표이사의 자제가 대표로 취임하는 데 조금 시간이 걸렸다는 소문이 있었다.

갖가지 소문이 난무하는 떠들썩한 분위기도 태하에게 작은 영향도 주지 못했다.

항공기의 임무 탑재체 개발 프로젝트 팀장으로 오늘 브리핑 예정인 그는 자신과의 모든 접점을 끊어 내고 꼭꼭 숨어 버린 여자를 어떻게 찾아야 하는가에 대한 생각으로 머릿속이 꽉 차 있었다.

태하는 기계적으로 프로젝터를 확인하고 발표 내용을 정리해 놓은 자료를 눈으로 훑었다.

웅성웅성.

사람들의 말소리가 순간적으로 커졌다가 일시에 잦아들었다. 시간을 확인한 그가 보고 있던 자료에서 고개를 들었다.

"너……."

활짝 열린 태하의 눈에 그토록 연락하고자 애썼던 인물이 들어왔다.

유안이었다. 운성 시스템의 임원진과 함께 나타난 사람은 이유안, 그녀였다. 옅은 푸른색 블라우스에 짙은 남색 투피스를 입은 유안이 무표정한 얼굴로 여러 명의 임원진들을 꼬리에 붙이고 나타났다.

그가 이를 악물고 짧은 시간 동안 샅샅이 그녀를 살폈다.

8개월 만에 마주한 유안은 전보다 야위고 가녀리게 보여 보호본능을 절로 자극했다. 반면에 작은 키에도 불구하고 고운 곡선을 이루고 있는 몸매는 평범한 정장으로도 가리지 못할 만큼 완벽했고, 치마 밑으로 드러난 발목도 너무 가늘어 하이힐을 신은 발이 잘못 삐끗하기라도 한다면 똑 부러질 것같이 위태로워 보였다.

태하는 마른침을 삼키며 유안을 뚫어지게 응시하며 서서히 올라오는 열기를 다스리기 위해 크게 심호흡을 했다.

'네가 어떻게……'

의문에 싸여 있던 그의 표정에 서서히 차가움이 서리고 비릿한 조소가 입가에 생겨났다.

'너였어? 그 소문 속의 주인공이 바로 이유안 너였다는 말이지?'

수많은 직원들의 입에 오르내리던 인물이 바로 그가 아는 이유안이었다니. 솔직히 믿기지가 않았다.

울컥하고 속에서부터 쓴물이 올라와 절로 인상이 구겨졌다.

어디까지일까? 그의 유학에서부터 직장까지. 도무지 당해 낼 수가 없었다. 연속해서 터지는 충격에 쓰러지지 않는 것이 이상할 정도였다.

그녀가 대회의실의 가장 앞자리에 앉기가 무섭게 무인기개발부의 책임연구원 자리를 겸하고 있는 권 상무가 입을 열었다.

"자, 시작하세요."

태하는 의자에 바른 자세로 앉아 그를 바라보고 있는 유안과 시선이 마주치자 황급히 눈을 내리깔아 그녀를 외면했다. 그렇게라도 하지 않으면 그녀의 손을 잡아끌고 이 자리를 박차고 나갈 것만 같았다.

"오늘 브리핑의 주요 내용은 위성항법 시스템과 자율 항법장치를 갖추고 있는 초소형 정찰기 마이크로스타-3(MicroStar-3)에 관한 것입니다. 저소음과 첨단 스텔스 기술이 적용된 무게 53g의 가벼운 비행체인 MS-3는 한 명의 요원에 의해 운용이 가능하고 무인지상로봇인 블랙 쉐도우(Black Shadow)와 함께 실전에 투입할 경우 인명 피해를 최소화할 수 있습니다. 그럼 MS-3의 핵심 내용이라 할 수 있는 초소형 자율 항법장치와 동력원에 대한 대략적인 설명을 시작하겠습니다."

태하의 낮은 목소리가 대회의실을 꽉 채웠다.

가슴속에 일고 있는 폭풍을 잠재우기 위해 그는 최대한의 인내심을 발휘해야만 했다. 자꾸만 유안에게 향하는 시선을 붙들어 매고 끝까지 평정을 유지하려 애썼다.

1시간 정도의 브리핑이 모두 끝나고 자리에서 일어나는 사람들로 인해 작은 소음이 생겨났다. 그사이 임원진과 함께 대회의실을 빠져나가는 유안의 모습이 보였다.

절대 놓칠 수 없었다.

며칠 동안 그녀와 만날 방법을 생각하며 골머리를 썩인 것이 아까워서라도 이대로 그녀를 보내지 못하겠다 싶어 서둘러 유안의 뒤를 쫓았다.

"저 좀 잠깐 보시죠."

태하는 초조한 마음과 달리 시퍼렇게 서늘한 목소리로 유안을 붙잡아 세웠다. 상당히 예의에 어긋나는 그의 행동에 유안의 주위에 있는 임원진들의 표정이 묘하게 변했고, 그들의 시선은 유안과 태하 사이를 바쁘게 오갔다.

의문을 담은 수많은 눈동자가 그에게 향했지만 태하의 표정은 가면을 뒤집어쓴 듯 죽어 있었다. 오로지 유안만을 담은 그의 시선은 허락의 말이 떨어질 때까지 움직일 줄을 몰랐다.

"그러죠."

주위 사람에게 양해를 구하는 의미로 작게 고개를 숙인 유안이 태하의 뒤를 따랐다.

아무도 없는 소회의실의 문을 열고 그녀를 먼저 안으로 들여보내

179

고 빠른 속도로 문을 닫고 그는 이글거리는 눈빛으로 그녀를 노려보며 잇새로 씹듯 말을 뱉어 내었다.

"너 뭐야?"

"뭐가요?"

"네가 왜 여기 있어?"

어떤 변명의 말이라도 듣고 싶었던 걸까? 답이 빤한 질문을 던지면서도 계속 아니길 바라는 이 어리석은 마음은 어디서 시작된 건지.

"몰랐어요?"

"……."

"조금만 관심을 가져 주지 그랬어요? 그래도 꽤 긴 시간을 같은 집에 살았는데."

도리어 그의 무심함을 지적하는 말에 순간 말문이 막혔다. 그러다 왈칵 억울함이 솟아올랐다.

다른 건 몰라도 유안이 가지고 있는 재산과 관련된 것은 그가 알아서는 안 될 성역과도 같았다. 관심을 갖는 순간 돈에 눈이 멀어 그녀의 곁을 지키는 거라는 오명을 쓰기 딱이었으니 말이다. 쓸데없는 오해를 받지 않기 위해 얼마나 애썼는데 네가 나를 비난해?

"그래서 네가 가진 게 얼마인지 내가 관심을 두지 않아서 이따위 짓을 한 거야?"

"이따위 짓?"

"내 유학이며, 이 회사…… 다 네 짓이었어. 하아, 난 그것도 모르고 좋아서 어쩔 줄 몰라 했으니 네가 보기에 얼마나 우스웠을까?"

김 교수의 추천이 있었다. 유학 조건이 더할 나위 없이 좋기만 했던…… 그랬던 이유가 이것이었나. 지금 생각해 보니 운성 시스템에는 사학재단이 있었다. 그가 졸업한 대한고등학교를 비롯해, 유치원, 초등학교, 중학교, 대한대학까지. 그걸 왜 이제야 깨달았는지 자신의 무심함에 치가 떨렸다.

어쩐지…… 자신이 유안에게 귀국하는 날을 말하지 않았는데도 불구하고 알고 있던 것도. 회사에 그의 귀국일과 시간을 미리 이야기했고 출근일 또한 조율을 끝냈었다. 그러니 그 일이 유안의 귀에 들어가는 일은 어쩌면 당연한 일이었고, 제가 한 모든 것이 완전히 이유안의 손바닥 안에서 놀아난 꼴이었다.

"넌, 어디까지 나를 비굴하게 만들어야 직성이 풀리겠니? 이렇게 사람 하나 병신 만들어 가면서……. 네가 어떻게 나한테 이래? 난, 그런 것도 모르고…… 그깟 푼돈 갚겠다고 허튼짓하는 내가 참 우스웠겠다. 또 뭐가 있어? 내가 모르게 네가 한 짓이 또 뭐야?"

태하는 자조적으로 중얼거리다 사납게 소리쳤다.

그녀의 은공도 모른 채 귀국하자마자 그녀에게 시간을 달라는 말을 하고 집을 나왔다. 당당하게 유안의 앞에 설 수 있는 날만을 손꼽으며 치열한 삶을 살았다. 당장이라도 그녀에게 달려가고픈 마음을 억누르며 한 달처럼 느껴지는 하루를 보냈는데, 지난 8개월간 아등바등 모아 놓은 것도 결국은 유안의 주머니에서 나온 것이라는 소리였다.

부질없는 일을 하면서 허송세월을 보냈다는 걸 쉽사리 받아들이기 힘들었다.

자신의 지난 8년의 세월이 모두 거짓처럼 느껴졌다.

"꼭 그런 식으로 얘기해야만 해요?"

"그럼 이걸 내가 어떻게 받아들여야 해? 가장 가깝다고 생각했던 사람한테 뒤통수를 얻어맞은 기분. 그 더러운 기분을 네가 알기나 해?"

태하는 뒤틀린 마음을 감추지 못하고 있는 그대로 뱉어 내었다. 온몸이 떨릴 정도로 배신감이 느껴졌다. 오랜 시간 동안 자신도 모르게 뒤에서 행해진 일들이 얼마나 될지 생각하는 것만으로도 치가 떨렸다.

"오빠를 위해서 그랬다는 생각은 못 해요?"

충격에 물든 유안의 작은 목소리가 들려왔다.

"날 위해서 그랬다고? 나도 모르게 내 인생이 조종당했어. 그런데도 그걸 날 위해서였다고 말할 수 있어? 네 이기심이겠지. 없는 놈 하나 옆에 두고 자기 마음대로 남의 인생을 좌지우지하는 게 즐거웠던 거 아니야? 왜 네가 신이라도 된 듯 느껴졌어? 네가 원하는 대로 인형처럼 움직이는 걸 보니 어땠어? 재미있었어?"

"……오빠."

"나를 위해서였다고 말하지 마. 그건 네 철저한 자기만족일 뿐이야. 진짜로 날 위했다면 넌 절대 그래선 안 됐어."

유안은 그게 아니라는 듯 고개를 저었다. 혼란으로 가득 찬 얼굴이 그의 눈동자에 고스란히 새겨졌다.

"관두자. 이미 벌어진 일, 다 지나서 따져 봐야 무슨 소용이야. 네가 간절히 원하는 이혼서류 당장 도장 찍어서 보내 줄게. 그리고 너와 나 두 번 다시 만나는 일이 없었으면 좋겠다."

형용할 수 없는 참담한 기분에 잔혹한 말을 잔뜩 쏟아 낸 태하가 거칠게 문을 열고 회의실을 빠져나갔다.

"하아. 하아."

유안은 태하의 모습이 사라지기가 무섭게 가장 가까이 있는 의자에 무너지듯 주저앉았다.

무섭게 죄어 오는 가슴을 두 손으로 꼭 누르며 터질 듯 빠르게 뛰는 호흡을 정리하려고 애를 썼다.

괜찮을 줄 알았다. 그를 다시 만나더라도 태연하게 행동하리라 다짐했었고, 또 그것이 가능할 거라 믿었다. 긴 회의 시간 동안 그녀의 귓가를 맴도는 그의 음성이 그녀의 가슴에 들어와 박혀 빠져나가질 않았다. 너무나 그리워했던 사람을 지척에 두고도 다가갈 수 없는 상황에 이도저도 못 하고 겨우 가느다란 숨만 뱉어 내었다.

그런데 이따위 짓이라니.

자신의 마음이 고작 이따위 짓으로 치부할 수 있는 것이었구나, 하는 깨달음에 터져 나오려는 울음을 속으로 집어 삼켰다.

무섭도록 분노하는 태하를 보며 어떤 말도 할 수가 없었다. 그를 위해서 그런 자신의 진심을 알아주기를 바라는 것은 역시 무리였던 모양이다. 제가 가진 그 어떤 것보다 그가 소중하다는 사실을 왜 모를까.

그의 대학 등록금과 재하의 학비와 생활비를 갚겠다고 시간을 달라던 그가 유학과 취업에까지 그녀의 손길이 닿은 걸 알게 되면 화를 내지 않을까 생각했었다. 그리고 그 예상은 여지없이 맞아떨어졌다.

허탈했다.

심장이 떨어져 나가는 기분으로 그를 보냈다. 그리움에 몸부림치면서도 그를 만나러 가지 않은 자신의 진심이 이렇게 폄하되었다. 그가 조금이라도 힘들지 않았으면 했다. 자신을 만난 이후로 행복하기만을 바랐다. 그런데 모두 부질없는 일이었다.

"차라리 잘됐어."

이제 끝났다. 모든 것이.

차일피일 미뤄 두었던 이혼 문제도 이제는 확실하게 정리될 수 있을 터였다. 그런데 왜 이리 가슴이 시릴까. 왜 자꾸 숨이 턱턱 막혀 오는 걸까.

※

"하아, 이유안."

태하는 신경질적으로 머리카락을 쓸어 올렸다. 모처럼의 이른 퇴근도 별다른 감흥이 일지 않았다. 피로감이 덕지덕지 쌓인 몸뚱이는 휴식을 원하고 있었지만 시간이 지나도 잠이 오지 않았다.

벌써 며칠째 그를 원망스럽게 바라보던 유안의 얼굴이 아른거려 잠을 이룰 수가 없었다. 전보다 더욱 여윈 듯 보이는 유안에게 상처가 되는 말을 서슴없이 퍼부었다.

유안이 그의 손이 닿지 않는 먼 곳에 있는 것만 같아서. 절대 욕심내면 안 되는 그런 존재라는 걸 인정해야 한다는 게 정말이지 싫었다. 결코 다가설 수 없는 건가. 아무리 발버둥 쳐도 그녀와의 거리는 절대 좁힐 수 없다는 절망감에 두려움이 밀려왔다.

태하의 시선이 느리게 차가운 바람으로 몸살을 앓는 창밖으로 향했다. 검은 하늘에서 하얀 눈물이 멍울져 흩날리고 있었다.

횟김에 이혼서류를 보내겠다는 말을 하고 그것을 집으로 가지고 왔다. 비어 있는 칸을 채워야 했지만 선뜻 그 징그러운 종이에 손이 가지 않았다. 진짜로 마지막이 될 것 같아 도저히 그것을 쳐다볼 엄두도 내지 못하고 그는 서류를 책상 서랍에 밀어 넣고야 말았다.

"내가 어떻게 해야 하는 거냐?"

끝을 알 수 없는 미궁에 갇힌 기분에 어떤 것도 손에 잡히지 않았다.

유학의 조건으로 10년간 퇴직할 수 없고, 향후 5년간 동종 업체로 이직도 불가능하다는 계약서에 서명을 했다. 유안의 힘으로 들어온 회사라는 걸 알면서도 계속 다녀야 하나? 그 계약은 유효한가? 무섭게 몰아치는 여러 가지 생각으로 머릿속은 터져 나갈 지경이었다.

'사직서를 내야 하나?'

Rrrrr. Rrrrr.

그의 상념을 깨고 시끄럽게 핸드폰이 울어 대기 시작했다.

정다희.

액정에 떠오른 글자를 확인한 태하의 미간이 미세하게 좁혀졌다. 지금 가장 반갑지 않은 존재. 철부지 막냇동생 같은 아이와 벌일 실랑이가 그의 심기를 어지럽혔다.

"여보세요."

-오빠.

"말해."

-만나자. 첫눈 오는데 전화 한 통도 없고, 계속 기다렸는데……. 정말 너무하는 거 아니야? 꼭 내가 먼저 전화해야 해?

서운함을 고스란히 드러내는 말에 그는 눈을 질끈 감아 버렸다.

두통이 더 심해진다.

"고작 눈이 온다는 이유로 무슨……."

-오빠. 첫눈이잖아. 올 겨울 처음 내리는 첫눈. 이런 역사적인 순간에 연인은 함께 있어야 하는 거라고. 전화하면 매번 바쁘다고 하면서 이런 날까지 날 혼자 두는 건 너무하잖아.

"그럼 네 연인한테 전화해라. 쓸데없이 나한테 하지 말고."

전에 없이 딱딱 끊어지는 태하의 말에 충격을 받은 듯 다희는 한동안 말이 없었다. 정색을 하지 않았지만 누누이 다희에게 이야기했었다. 그녀는 그저 자신에게 동생일 뿐이라고.

-……무슨 뜻이야?

"뭐가?"

-지금 한 말 무슨 뜻이냐고?

부들부들 떨리는 다희의 음성에 태하는 낮게 한숨을 내쉬었다. 수없이 한 얘기를 또 반복해야 하나 싶어 머리가 지끈거렸다.

"설마 몰라서 묻는 건 아니지? 내가 수없이 얘기했잖아. 너하고 나 그런 관계 아니라고. 넌 그저 조금 친하게 지내는 동생일 뿐이야. 네가 나한테 뭘 기대하는지 알겠는데 그러지 말아 줬으면 좋겠다."

-그걸 지금 말이라고 해? ……만나. 만나서 얘기해.

다희의 거친 숨결이 수화기를 통해 고스란히 전해졌다. 화가 난 듯 하지만 그것을 달래 줄 여유도 없었고 필요도 느끼지 못했다.

"피곤해. 지금 내가 한가하게 너랑 마주 보고 앉아 이야기 나눌 상태가 아니다."

-내가 가?

그의 말을 무시한 다희에 말에 입매가 절로 비틀렸다.

"……."

−내가 집으로 갈까?

"후우. 어디야?"

이번 기회에 확실하게 선을 긋는 것도 나쁘지 않았다. 유안의 일만으로도 벅찬 자신에게 다희의 투정까지 더하고 싶지 않았다.

11.

다희가 있다는 R호텔 라운지에 도착한 태하가 주위를 두리번거렸다.

스카이라운지는 다가오는 크리스마스에 맞춰 갖가지 소품들로 아기자기하게 꾸며 사람들의 시선을 잡아끌었지만 그는 눈길조차 주지 않았다. 오로지 목적이 있는 사람을 찾아 날카롭게 주위를 훑을 뿐이었다.

독특한 프린트의 드레이핑 원피스에 흰색 퍼 재킷을 입은 다희의 모습은 낮은 조명 아래 매혹적으로 보였지만 태하는 잔뜩 굳은 얼굴로 그녀에게 다가갔다.

"왔어?"

블랙 러시안이 든 잔을 빙글빙글 돌리던 다희가 그를 흘끗 쳐다보았다.

"많이 마셨어?"

"세 잔 정도? 취할 정도는 아니야."

"그만 마시는 게 좋겠다."

"오빠도 한 잔 할래?"

태하의 말을 못 들은 사람처럼 다희가 느른하게 물었다.

"난 생각 없다."

"그래? 그럼 하다 만 이야기나 계속할까? 어디까지 얘기했더라.
……맞다. 난 그저 오빠에게 친한 동생일 뿐이다, 까지 했나?"

"말꼬리 물 생각하지 마. 다 알고 있는 얘기잖아. 한두 번 말한
것도 아니고. 자꾸 같은 말 반복하면서 진을 빼는 이유가 뭐야?"

"그럼 그동안 나한테 한 건 다 뭔대?"

"내가 너에게 뭘 어떻게 했는데?"

"몰라 물어?"

다희의 말에 태하는 한동안 자신의 행동을 하나하나 되짚어 보았
다.

자신이 다희에게 해 준 것은 별로 없었다. 단지 그녀의 말에 귀를
기울여 주고, 다희의 환한 미소에 마주 웃어 준 것. 그리고 속상한
일이 있을 땐 따스하게 다독이며 위로해 주고 서러움에 복받쳐 눈물
을 흘릴 때 말없이 눈물도 닦아 주었다. 길을 걸을 땐 도로가 아닌
안쪽으로 그녀를 서게 했고, 없는 시간을 쪼개서 영화도 보고, 먹고
싶은 게 있다고 하면 함께 가 주기도 했다. 꼬박꼬박 걸어 오는 전화
도 잘 받아 주는 편이었고 좋은 게 있으면 나누기도…….

말로만 넌 여자가 아니라고 하면서도 다희가 원하는 건 대체로 잘
들어주었다. 그런 상황에서 어느 여자가 오해를 하지 않을까?

멍청한 놈. 자신의 행동은 다희가 어떤 기대를 갖게 하기에 충분

하고도 남았다.

때늦은 깨달음에 뒤통수를 얻어맞은 듯 정신이 번쩍 들기가 무섭게 실소가 터졌다.

그래, 그랬구나.

가슴 깊숙한 곳에 숨겨 둔 진심이 실체를 드러냈다. 그는 유안에게 거리낌 없이 해 주고 싶었던 것, 그 모두를 다희에게 해 주었다. 자신에게 있어서 정다희는 이유안 대신이었다. 몇 년 동안이나.

"미안하다."

차마 다희에게 대놓고 넌 다른 여자 대신이었다고 말을 할 수가 없었다. 처음 다희의 보조개를 보며 유안을 떠올렸던 순간부터 그랬다고는 도저히 얘기하지 못했다. 너무나 자연스럽게 받아들인 상황을 자신도 인지하지 못한 잘못이었다.

"왜 사과해?"

"네가 오해할 만했다 싶어서. 내가 실수했다. 그래선 안 되는 거였는데……."

순순히 자신의 잘못을 인정하는 태하를 낯설게 바라보는 다희의 눈동자가 불안하게 흔들렸다.

"실수? 나한테 잘해 줬던 게 지금 실수였다고 말하는 거야?"

"미안해."

"사과하지 마. 여기서 오빠가 나한테 사과를 하면 나더러 어쩌라고."

다희가 입술을 깨물며 그를 원망스러운 눈초리 노려보았다. 지금 다희의 심정이 어떨지 조금은 이해가 되어 그는 묵묵히 따가운 시선을 받아들였다.

미안하다. 미안하다.

속으로 계속 같은 말을 되뇌면서도 어쩔 수 없이 그는 유안을 떠올렸다. 다희에게도 미안했지만 유안에게 더 미안했다. 그녀에게 받은 것은 많았지만 작은 것 하나도 해 준 게 없다는 새삼스러운 사실에 그는 이를 사리물었다.

'널 원망만 했지 내가 해 준 건 아무것도 없구나. 그 흔한 영화한번 본 적이 없고 단둘이 외식조차 한 적이 없다니……. 넌 이렇게 못난 놈을 뭘 보고 그렇게 다 퍼 줬어?

아무것도 바라지 않으면서 주고 또 주고 끊임없이 주기만 한 유안을 생각하자 죄책감이 스멀스멀 고개를 들었다. 그런 그녀에게 뭐라고 말했더라…….

"날 위해서 그랬다고? 나도 모르게 내 인생이 조종당했어. 그런데도 그걸 날 위해서였다고 말할 수 있어? 네 이기심이겠지. 없는 놈 하나 옆에 두고 자기 마음대로 남의 인생을 좌지우지하는 게 즐거웠던 거 아니야? 왜 네가 신이라도 된 듯 느껴졌어? 네가 원하는 대로 인형처럼 움직이는 걸 보니 어땠어? 재미있었어?"

"네가 간절히 원하는 이혼서류 당장 도장 찍어서 보내 줄게. 그리고 너와 나 두 번 다시 만나는 일이 없었으면 좋겠다."

미친 자식! 정작 이기적인 건 누군데, 왜 이리 후회되는 짓만 하는지 모르겠다.

태하는 조용히 눈을 들어 다희를 바라보았다. 일단 다희와의 관계를 깨끗하게 정리하는 게 우선이라는 생각이 들어 차분하게 입을 열었다.

"네가 뭐라 날 욕해도 변명은 못 하겠다. 일부러 네게 어떤 기대를 주기 위해 그런 건 아니지만 결론적으로 다분히 오해의 소지가 있었다는 걸 이제야 알았어. 다희야, 이유는 어찌 됐든 앞으로 그런 일은 없을 거라 장담할게. 네가 오해할 만한 상황 절대 만들지 않을 거라고 약속하마. 내가……."

"아니. 오빠, 내가 듣고 싶은 말은 그런 게 아니야."

다희는 급하게 그의 말을 막았다.

"미안하지만 내가 네게 해 줄 수 있는 건 이게 다야. 가능하면 다시는 부딪히지 않는 방향으로 서로 애써 보자."

"왜 다 오빠 마음대로야? 난, 나는 어쩌라고."

다희에게 미안했지만 그녀의 감정까지 그가 책임져 줄 수는 없었다. 자신에겐 다희보다 더 소중한 존재가 있으니까 말이다. 너무 자신만 생각하느라 상처만 준 안타깝고 사랑스러운 여자가.

"이제 이런 필요 없는 감정 소모 그만하자. 내 행동과 말이 달랐던 것에 대한 미안함은 충분히 느끼고 있어. 앞으로 절대 그런 일은 없을 거라 약속해. 하지만 내가 한 말은 진심이었어. 나한테 넌 여자로 보이지 않아."

"……오빠."

그는 경악으로 크게 열린 다희의 눈을 보며 씁쓸한 웃음을 지었다.

"가자. 바래다…… 아니, 먼저 일어날게."

태하는 놀랍고 충격적인 사실을 받아들일 시간이 필요해 도망치듯 자리에서 일어섰다. 다희를 바래다주려 했지만 또 다른 오해를 불러일으키는 일이 될지도 모른다는 생각에 애써 말을 삼켰다.

먼저 일어나 스카이라운지를 나서는 그의 등에 다희의 원망 가득한 시선이 따라붙었다.

승강기 앞에서 선 그가 고개를 푹 숙였다. 이기적인 놈답게 제 흐트러진 감정을 추스르는 것이 먼저였다. 다리가 무거웠다. 정신 차릴 틈 없이 일어나는 일들이 온통 뒤엉켜 그를 혼란에 빠뜨렸다. 차근차근 꼬인 실타래를 풀어야 하는데 어디서부터 손을 대야 할지 엄두가 나지 않았다.

"오빠."

태하는 자신을 부르는 다희의 커다란 목소리에 고개를 들었다. 빠르게 그를 향해 뛰어온 다희가 다짜고짜 그의 품을 파고들며 울먹였다.

"아니야. 그러지 마. 내가 다 이해할게. 그러니까 다신 나 안 본다는 말은 하지 마."

"다희야, 일단 진정하고 내 말 좀 들어 봐. ……이런다고 달라지는 건 없어. 그냥 내가 나쁜 놈이라 그래."

그는 품 안의 다희를 밀어내려다 어깨를 살짝 잡고 토닥였다.

"지금은 욕심 부리지 않을게. 그래도 시간이 더 지나면 오빠 마음이 바뀔 수도 있는 거잖아. 응?"

"아니, 절대 그럴 일은 없어. 내 심장을 온통 차지하고 있는 사람은 네가 아니야."

"뭐?"

그녀는 예상치 못한 말에 그의 가슴에서 빠르게 고개를 들었다.

"하, 기가 막혀."

주미는 표독스러운 눈으로 꼭 끌어안고 있는 두 사람을 노려보았다.

"차암~ 보기 좋네."

그녀는 그들에게 다가가 일부러 말을 길게 늘이며 빈정댔다. 지금 유안인 어떻게 하고 있는데…… 가여운 친구를 생각하자 눈에서 불꽃이 일었다.

"……누구?"

태하는 갑자기 들려온 소리에 멈칫하며 품 안의 다희를 힘주어 떼어 내었다.

자신을 향한 적의를 숨기려 하지 않는 여자를 바라보며 기억을 더듬던 태하의 얼굴이 묘하게 변했다. 유안의 단짝 친구 박주미. 늘 유안의 곁에 있던 가장 친한 친구.

"아아주~ 보기 좋아요."

주미는 이를 사리물고 그를 노려보는 눈길을 거두지 않았다.

"어떤 바보는 류태하 씨가 이러고 있는 것도 모르겠죠."

"도대체 누구야? 오빠, 이 여자 알아?"

둘 사이를 방해한 여자를 경계 어린 눈으로 응시하던 다희가 날카롭게 물었다. 공항에서 마주한 여자부터 이 여자까지. 그의 입을 통해 나온 심장을 가져간 여자는 누굴까? 눈앞에서 당장이라도 태하를 빼앗길 것만 같아 마음이 조급해졌다.

계속해서 그를 비웃는 낯선 여자를 향해 짜증 섞인 몸짓으로 앞으로 나서려는 다희를 막아선 태하는 잡아먹을 것처럼 노려보는 주미를 말없이 쳐다보았다.

다희와 함께 있는 모습을 보였다고 생각하니 왠지 모르게 가슴이 철렁 내려앉았다. 이것 역시 오해를 살 만한 상황인지라, 마치 지금 눈앞에 유안이 있는 것처럼 느껴져 얼굴이 화끈거렸다.

"이래서 유안이를 아프게 했니? 그 바보같이 착하기만 한 애를 그렇게 힘들게 했어?"

주미는 울컥 치밀어 오르는 울분을 눌러 참으며 한 자, 한 자 힘을 주어 말을 뱉어 내었다.

"……."

"나쁜 놈. 야, 이 나쁜 새끼야! 유안이 마음을 전혀 모른 것도 아니잖아. 지금 네가 얼마나 원망스러운지 알아? 유안이가 눈물로 밤을 지새울 때 넌 이러고 있었니? 그 애가 널 그렇게 필요로 할 때 넌 이러고 있었어?"

주미의 모진 말이 그의 심장을 후려쳤다. 날카로운 창처럼 가슴에 푹푹 들어와 박히는 그것에 고스란히 몸을 내주면서도 차마 변명의 말도 할 수가 없었다.

"두 번 다시 유안이 볼 생각하지 마. 내가 말릴 거야. 죽을힘을 다해서 절대 옆에도 못 오게 할 거야. 알아들어?"

씩씩거리며 울분을 쏟아 낸 주미가 모습을 감출 때까지 태하는 멍하니 그녀가 사라진 방향을 쳐다보고 있었다.

"저 여자 누구야? 아는 사람이야? 오빠."

그는 따지는 계속되는 다희의 질문에 중얼거리듯 대답했다.

"내 아내의 가장 친한 친구."

"뭐? 아내? 부인이 있었어? 오빠, 대답해. 어서."

다희가 새된 목소리로 물었다. 충격을 감추지 못하고 그의 팔을 마구 흔들었다.

"……그래."

"거짓말. 거짓말이지? 나 떼어 내려고 일부러 지어낸 거 내가 모를 줄 알아? 짰어? 저 여자랑 미리 말 맞추고 이런 우습지도 않은 장면을 연출한 거지?"

"네 맘대로 생각해. 하지만 사실이야."

잊고 살았다. 자신에겐 이유안의 남편이라는 다른 이름이 있다는 사실을. 결혼식이라도 제대로 치렀으면 달라졌을까?

비겁한 변명 같지만 그땐 그다지 실감이 나지 않았다. 좋지 않은 상황에 몰려 어린 나이에 치른 서류상의 결합. 군 복무 중에 한 혼인 신고, 그리고 제대와 더불어 급작스럽게 떠나게 된 유학. 그런 식으로 유안과 떨어져 지낸 시간이 많다 보니 스스로가 기혼자임을 잊고 살았던 날이 대부분이었다. 자신이 기혼자임을 망각하고 산 시절이었으니 다른 사람에게 애써 설명할 필요를 느끼지 못했다.

이제 와 생각하니 조금 더 일찍 다희에게 자신이 결혼을 했다는 이야기를 했어야 한다는 생각이 들었다. 어쨌든 자신의 실수고 잘못이다.

"그럴 리가 없어. 절대 안 믿어. 못 믿어."

현실을 부정하며 세차게 고개를 젓는 다희가 눈에 들어오지도 않았다. 그저 유안의 곁에 절대 서지 못하게 하겠다는 주미의 말이 계속해서 귓가에 맴돌았다.

첫눈.

참 많은 것을 해 보고 싶었다. 여느 연인들처럼 유안의 손을 맞잡고 펑펑 내리는 눈을 맞으며 거리도 거닐어 보고 싶었고 추위에 꽁꽁 언 그녀의 귀를 따스하게 데워진 손으로 감싸주고도 싶었다. 그런데 사소한 어느 것 하나 유안과 해 본 것이 없이 오히려 마지막을 이야기했다.

"너무 늦게 알아 버렸어."

태하는 자조적으로 중얼거렸다.

그 죄스러운 마음이 갈무리가되지 않아 호텔 로비를 한참 동안 서성였다.

어디로 가야 하나? 갈 곳을 잃어버린 사람처럼 주위를 둘러보았지만 방향을 알 수가 없었다. 그는 해일처럼 밀려드는 후회의 감정에 취해 비틀거리며 가까운 의자에 주저앉았다.

어디서부터 잘못된 것일까? 유안에게 받은 모든 것들이 부담스러웠다. 처음부터 모든 것을 가지고 있던 여자에게 자신이 해 줄 것은 없었다. 그 상태에서 받기만 하다 보니 무엇이든 빚처럼 느껴졌다. 거기다 생각지도 못했던 커다란 빚이 더해졌다 생각하니 그 배신감이란 이루 말할 수 없었다.

"허헛."

저도 모르게 실소가 터졌다.

물질적인 것뿐만 아니라 여러모로 유안에게는 유독 인색하게 굴었다.

왜 작은 꽃 한 송이 선물할 생각을 못 했을까. 손을 잡고 번화가를 거닐면서 길거리 좌판의 물건을 구경할 생각조차 못 한 걸까. ……후회, 후회, 후회뿐이다.

'나란 놈 진짜 못됐다.'

불안하게 흔들리는 그의 시선 끝에 이질적인 것이 걸려들었다.

반짝반짝. 새까맣게 타 버린 자신의 심장과 다르게 화려하게 빛을 뿜어내는 것. 태하는 크리스마스트리를 장식하고 있는 수많은 꼬마 전구를 죽은 시선으로 응시하다 홀린 듯 다리를 움직였다.

그가 호텔 근처의 주얼리 매장으로 들어선 것은 조금 시간이 지나서였다.

단단한 결심을 하고 매장 안으로 들어섰지만 아무것도 할 수가 없었다. 눈앞에 다른 세계가 펼쳐진 듯 고급스럽고 정갈한 매장에는 수많은 보석이 자태를 뽐내고 있었다.

또 다른 자책감이 밀려들었다.

이리도 많은 것 중에 작디작은 것 하나도 그녀에게 해 준 적이 없다는 미안함에 그저 넋을 놓아 버렸다.

멀뚱하니 서서 눈만 깜박이는 그가 안쓰럽게 보였는지 접대용 미소를 지으며 묻는 직원의 물음에 낮은 목소리로 대답했다.

"찾으시는 물건이라도 있으세요?"

"프러포즈 반지는 어떤 게 있습니까?"

급박하게 유안과 혼인 신고를 하면서도 손가락에 실반지 하나 나눠 낄 생각을 하지 못했다. 진짜 결혼식을 올린 것도 아니었고 고작 서류 한 장 작성하는 걸로 끝난 일이기도 해서 무심하게도 그냥 넘겨 버렸다. 그것이 왜 이제 와서야 후회가 되는지 모르겠다.

8년을 자신의 아내라는 이름으로 살아온 여자에게 너무 해 준 것이 없다는 미안함에 그는 고개를 들 수가 없었다.

그는 한참 만에 유독 눈을 잡아끄는 반지 하나를 골랐다. 유안의 분위기와 닮은 단아하면서도 차분한 느낌이 드는 반지였다. 0.3캐럿의 작은 다이아몬드가 가운데 박힌 화이트골드의 반지는 4등분된 사선으로 꼬인 느낌이 드는 한 면에 그보다 더 작은 다이아몬드 7개가 일렬로 줄지어 있었다.

"사이즈는 어떻게 되는지 아세요?"

점원의 물음에 잠시 멍한 상태에 빠졌다. 반지도 손가락 굵기에 따라 크기가 달라진다는 걸 처음 들은 사람처럼 눈만 깜박였다.

모른다. 그녀의 발사이즈도 모르는데 손가락 사이즈라니…… 절망이 하나하나씩 더해져 간다.

'내가 너에 대해 모르는 게 또 뭐가 있을까? 차라리 아는 것을 찾는 일이 더 빠르겠다.'

그의 난감함을 눈치챈 점원이 조심스레 의견을 제시했다.

"사이즈를 모르시면 손님 왼쪽 새끼손가락에 맞는 반지를 고르셔도 될 듯싶어요. 여자 약지 손가락과 남자 새끼손가락 반지 사이즈가 같으면 천생연분이라는 말도 있거든요. 사이즈가 맞지 않으면 조절 가능하니까. 일단 그렇게 구입하시는 게 어떨까요?"

태하는 어둠에 잠긴 유안의 집 앞에 서서 미동도 없이 눈을 감고 있었다. 머리와 어깨에 소복하게 눈이 쌓여 갔지만 차마 초인종을 누를 용기가 나지 않았다.

그렇게 모질고 험한 말을 마구잡이로 쏟아 놓고 염치없이 찾아온 자신이 혐오스럽게 느껴졌다. 한 치 앞을 보지 못하는 반편이. 처음으로 유안을 위해 큰돈을 썼지만 전해 주지도 못하고 주머니 속의 반지 케이스만 힘주어 움켜쥐었다.

※

망설이며 하루하루를 보냈다. 유안의 연락처는 여전히 알지 못했고 그녀를 만날 방법이라곤 집이나 강남 한복판에 있는 운성 시스템 본사로 찾아가는 것밖에 없었다.

집 근처를 서성이기를 몇 번이나 했던가. 늘 깜깜하게 불이 꺼진 커다란 집을 눈으로만 훑으며 되돌아서곤 했다. 그 어둠이 자신을 밀어내는 유안의 마음 같아서 차마 다가서지 못했다. 한 줄기 빛이라도 있었으면 용기를 내 볼 텐데…….

짙은 후회만이 그의 가슴에 조금씩 자리를 넓혀 가고 있었다.

Rrrrr. Rrrrr.

"?"

액정에 뜬 낯선 번호를 본 태하는 천천히 통화 버튼을 눌렀다.

"여보세요."

─하이. 형.

뜬금없이 들려온 동생의 목소리에 태하는 조금 전까지 침울하게 있던 것과 다르게 큰 소리를 내었다.

"류재하? 너 지금 어디야? 왜 이리 연락이 뜸했어?"

─거기 사정 잘 알잖아. 요즘은 어때? 잘 지내? 형수는? 조카 소식은 아직이야?

경쾌한 재하의 음성에 날카롭게 날을 세웠던 신경이 조금은 무뎌졌다. 그러다 빠르게 묻는 질문에 이내 허탈한 웃음을 지었다.

"그렇지, 뭐……."

-내가 깜짝 놀랄 만한 소식을 하나 알려 줄게. 형, 나 지금 공항이야.

"공항? 귀국한 거야?"

귀국한다는 말만 하고 몇 번이나 귀국을 연기한 전적이 있는 재하의 말이 믿기지 않아 그는 재차 확인을 했다.

-그럼. 하하하. 이번엔 진짜야. 크리스마스는 가족과 함께, 라는 말도 몰라? 그래서 왔지. 그런데 형수 전화번호가 바뀌었어? 없는 번호라고 나오던데.

"……그래."

-뭐야? 깜짝 놀랐잖아. 무슨 일 있어서 바꾼 건 아니지?

'내가 보고 싶지 않아서 바꿨대. 내가 유안이를 많이 아프게 해서.'

차마 솔직하게 얘기할 수 없었다. 역마살이 낀 사람처럼 외국으로만 도는 동생이 3년 만에 귀국한 순간 그 이야기를 할 자신이 없었다.

"보고 얘기하자. 길게 통화하기 어려울 거 아니야?"

-알았어. 도착하는 대로 전화할게.

"참, 재하야. 회사로 와라."

-왜?

"그냥 그렇게 해."

-일단 알았어.

재하가 뭔가 이상하다 생각하는 게 분명했지만 그는 아무런 설명도 덧붙이지 않았다.

늘 유안에게만 맡겨 두고 제대로 신경조차 써 주지 못한 동생이 어느새 훌쩍 커 배낭여행을 떠난다고 했던 게 3년 전이었다. 그것도 직접 얼굴 보고 이야기를 들은 것도 아닌 전화로 목소리만 들었다.

자신이 달라진 만큼 재하 역시 많이 변했을 터였다. 그런 동생에게 자신이 한 짓거리에 대해 어떻게 말해야 할지 막막하기만 했다.

"형."

조금 여위고 새까맣게 그을린 재하가 회사 정문을 나서는 그를 향해 열렬히 손을 흔들었다. 삐죽하니 덩치 큰 녀석과 어울리지 않는 꾸밈없는 미소를 보니 답답했던 속이 조금은 풀리는 느낌이었다.

얼어 버릴 것 같다고 부산스럽게 몸을 떨던 재하와 함께 집으로 들어섰다.

"여긴 어디야? 기숙사? 출퇴근하기 힘들어서 따로 나와 있는 거야?"

회사 근처에 위치한 방 두 개에 작은 거실 하나와 주방, 화장실이 다인 작은 평수의 아파트 내부를 둘러보며 재하는 궁금함을 해소하기 위해 계속해서 질문을 던졌다.

"누나, 아니 형수는 뭐래? 집에 자주 못 들어가도 괜찮대? 아! 내가 그렇게 무조건 다 좋다, 좋다, 하지 말라고 했는데 아직도 그래? ⋯⋯뭐, 혼자 살긴 딱이네. 형, 이거 나한테 넘겨라. 나도 이제 서서히 독립해야지. 하하하."

"사정이 있어서 당분간만 나와 있는 거야."

그는 수다스러울 정도로 빠르게 말을 하는 재하에게 현재의 상황을 최대한 에둘러 말했다.

"⋯⋯심각한 거야?"

"아니야. 그렇지 않아."

작은 얼굴 가득 퍼져 있던 미소가 자취를 감추고 순식간에 정색을 한 재하에게 그는 어색한 웃음을 지어 보였다. 자신의 말대로 심각하지 않았으면 했다.

"그래 그곳은 어땠어, 톤즈라고 했던가?"

재하가 다른 질문을 하기 전에 그는 서둘러 말을 돌렸다.

"뭐, 다 알다시피 식량 부족에 병원도 없고 말라리아 같은 질병으로도 죽는 사람도 많아. 내가 할 수 있는 일은 한정적인데 도움을 필요로 하는 사람들은 너무 많고…… 일시적인 도움이 아닌 그들 스스로 삶을 개척할 만한 힘을 키워야 하는데, 그게 한 사람의 노력으로되는 건 아니잖아? 그래도 톤즈는 꾸준히 도와주는 사람이 있어 그나마 나은 편이었어."

제대하고 복학하기 전에 세계를 둘러보겠다는 원대한 포부를 가진 재하가 제일 처음 향한 나라는 인도였다. 인도의 숨겨진 매력을 찾아 여행하던 중에 우연한 기회에 긴급 구호 현장 전문가를 따라 6개월간 자원봉사를 했다. 그것이 계기가 되어 수단 남부의 톤즈까지 가서 지난 2년 반 동안 머무르다 이제야 귀국하게 된 것이었다.

아프리카 중에서 오지로 널리 알려져 있는 남부 수단의 톤즈는 물이 부족해 아이들은 소가 오줌 눌 때를 기다려 그것으로 세수를 했다. 나무 그늘이 없어 햇빛도 피하지 못하는 황폐한 광야에서는 채소 한 뿌리 찾아보기도 힘들었다.

기본적인 생활 지원이 필요한 상태에서 월드비전에서 정기적으로 망고 캠페인을 벌여 톤즈 지역 주민들에게 망고 나무를 선물했다.

망고 나무는 척박한 땅에서도 1년에 두 번씩 100년 동안 열매를 맺는다. 또 시장에 비싼 값에 팔려 망고 나무 한 그루만 있으면 온 가족이 먹고사는 문제가 해결되었다. 망고 나무 한 그루를 심는 데 드는 돈은 15달러. 그 작은 돈이면 그들이 자립할 수 있는 힘을 기를 수가 있었다.

재하는 그곳에서 망고 묘목을 주민들에게 골고루 배분하고 농부들을 대상으로 망고 증식과 기르기에 대한 교육을 하는 자원봉사를 했다.

"그곳에서 살아 보니 물 한 잔, 음식 한 접시도 감사한 마음이 절로 생기더라고. 하하하. 이런 얘기는 그만하자."

쑥스러운 웃음을 지으며 말하는 재하의 얼굴은 어느 때보다 평온해 보였다.

"그러면 가방 대충 정리하고 나와. 맛있는 거 먹으러 가자."

"나, 형수부터 보고 싶은데……."

재하의 말에 숨이 턱 막혀 왔다. 물론 그도 유안이 그리웠다. 하지만 아직은 그녀에게 용서를 구하지 못했다.

"다음에. 밥부터 먹고."

"알았어."

태하는 짐을 정리한다고 작은 방으로 들어간 재하가 시간이 꽤 흘러도 나오지 않자 동생을 찾아 걸음을 옮겼다.

똑. 똑.

가벼운 노크를 하고 문을 열자 방 가득 늘어져 있는 옷가지며 정리되지 않는 물건들이 어지럽게 늘어져 있는 것이 눈에 들어왔다.

"정리한다더니……."

"어? 아! 가방을 열었더니 반가운 게 보여서…… . 형도 알지? 이거."

준하는 손에 들린 편지지를 그에게 내밀었다. 작은 상자 가득 담겨 있는 색색의 편지는 얼핏 보기에도 그 양이 꽤 되었다.

"이거 어딜 가든 꼭 가지고 다녔어. 여행에 꼭 필요한 것도 아닌데 왠지 두고 가면 안 될 거 같아서 가방 밑바닥에 꼭꼭 숨겨 놨다가 힘들고 지칠 때 꺼내 보곤 했어."

잔잔한 미소를 짓고 있는 태하를 보며 그의 표정도 덩달아 부드럽게 변했다.

"뭐야? 너 여자 있어? 연애편지 자랑하는 거냐?"

"무슨 소리야? 형도 받았잖아. 사랑받고 있다는 증거."

"……?"

"전에 나 여행 가기 전까지 유안이 누나가…… . 아참, 자꾸 누나라고 하네. 하하. 형수가 용돈 주면서 봉투에 같이 넣어서 주던 거잖아. 차마 못 버리고 이렇게 모아 놓으니 꽤 되네. 누나 글씨도 예쁘지?"

태하는 빙긋이 웃으며 말을 하는 재하를 물끄러미 바라보다 손에 들린 편지지에 시선을 주었다. 심장이 엇박자로 뛰면서 손끝이 미세하게 떨려 왔다.

재하야.

너무 친한 척했나? 사실 난 너와 많이 친해지고 싶어.

이걸 받고 네가 어떤 생각을 할까 무척이나 걱정돼. (우와, 손바닥이 축축해졌어.)

너에서는 대해 잘 모르지만 태하 오빠와 함께 살았다면 누군가에

게 폐 끼치는 걸 무척이나 싫어하는 면은 닮았을 거라 생각해. 그
런데 진짜 그러지 말아 줬으면 해.

오빠에게도 얼핏 말했는데 지금은 잠시 움츠려 있을 시간이라 생
각해. 앞으로 나가기 위해서 말이야. 더 높이, 더 멀리 가려면 준
비를 해야 하잖아. 그 준비하는 시간 동안 난 네게 투자를 하는 거
야. 나중에 잘 봐 달라고 말이지. (나 진짜 머리 좋지 않니?)

내가 준 것을 부담이라 여기지 말고 내 고마움의 표현이라 생각
해 줬으면 좋겠어. 이건 너와 오빠가 내게 해 준 것에 비해 보잘것
없는 거라는 거 잊지 말고.

내…… 가족이 되어 줘서 고마워.

처음으로 용돈을 준 날인가 보다. 조심스러움이 잔뜩 묻어 있는
편지에는 재하의 마음을 다치게 하지 않으려는 의도가 확연히 보였
다. 거기에다 먼저 다가서려 애쓰는 유안의 고운 마음도 함께.

하이, 재하.

날이 아직도 쌀쌀한데 멋 부린다고 옷을 너무 얇게 입고 다니는
거 아니야?

멋 내는 것도 좋지만 그러다 감기 걸리면 태하 오빠가 많이 걱정
한다.

학교에 학원까지 요즘 많이 힘들지?

참고 견디는 힘은 모든 문을 여는 열쇠가 된대.

지금은 하루하루가 힘겹고 지겨운 날일지 몰라도 조금만 참으면
분명히 멋진 삶이 너를 기다리고 있을 거야.

기운 내고 파이팅~ 언제나 태하 오빠와 내가 너를 지켜 줄게.

태하는 보고 있던 편지를 내려놓고 상자에 놓인 다른 편지지를 집어 들었다. 그것을 보는 그의 눈동자가 불안하게 흔들렸다. 고통스럽게 찌푸려진 미간이 펴지질 않았다.

귀염둥이 재하.

이렇게 말한다고 해서 화났니?

아무리 네가 다 컸다고 우겨도 내 눈엔 아직 애기로 보인다. ^^

전에 싸웠다던 친구하고는 요즘은 어떠니? 솔직히 나 같아도 그런 치사하고 야비한 녀석과 말도 섞고 싶지 않을 것 같긴 해.

별것도 아닌 녀석의 말은 쿨하게 무시하는 것도 괜찮은 방법일 거야.

세상에 하찮은 것은 없고 단지 하찮게 여기는 생각이 있을 뿐이라는 말이 왠지 가슴에 와 닿는 날이다. 난 네가 가치도 없는 말에 상처받지 말았으면 해.

우리 재하의 진가는 내가 너무나 잘 알고 있으니 말이야.

재하야, 태하 오빠와 난 항상 네 편이라는 거 알지?

태하가 읽고 있는 편지 내용을 슬쩍 훑어본 재하가 이런 편지를 받게 된 이유를 나직하게 설명했다.

"나 고3 때 같은 반 녀석하고 말다툼한 적이 있었어. 뭣 때문에 그랬는지 정확한 이유는 기억나지 않는데, 그 자식이 나더러 부모도 없는 고아라고 해서 그 말에 열 받아서 굉장히 심하게 다퉜거든. 그때 우연히 형수가 그걸 알게 됐어. 처음엔 그냥 뒤통수 한 대 때리면서 애들처럼 싸움이나 하고 잘하는 짓이다 하더니 며칠 뒤에 이걸 주더라고. 말을 안 해도 무지 신경 쓰고 있던 모양이야."

재하야.

오늘은 오빠가 무척 보고 싶다. 날도 무척 더운데 훈련받는다고 고생하고 있는 건 아니겠지? 내일은 태풍이 온다고 하는데 수해 같은 피해 입는 곳이 없었으면 좋겠어. 군인들이 제일 많이 동원된다 잖아.

하하하. 너무 이기적인가? 그래도 난, 오빠가 힘든 건 정말 싫다. 태하 오빠 어깨 위에 놓인 짐이 조금이라도 가벼워졌으면 좋겠어. 뭐든 혼자 해결하려는 성격도 조금은 고쳐 줬음 싶고. 이제 편해졌으면 정말 좋겠다.

면회 가고 싶은데, 그럼 오빠가 많이 불편해하겠지?

이건 군에 있는 그에게 하고 싶은 말을 재하에게 대신 한 모양이었다.

"하아."

태하는 허겁지겁 상자 안에 있는 모든 편지를 읽어 내렸다. 깔끔하고 귀여운 글씨로 적은 메모에는 그녀의 마음이 담겨 있었다. 유안이 준 것은 단순한 용돈이 아니었다. 그녀의 진심 어린 마음이 포함되어 있었다.

이래서였나? 용돈 봉투를 건넨 다음 날이면 유안은 뭔가를 기대하는 눈빛으로 그를 응시하곤 했다. 그럴 때면 그는 더욱 냉담하게 그녀를 대했다. 상처받은 마지막 자존심을 세우기 위해 더욱 꼿꼿하게 고개를 치켜들고 그녀에게 시선을 주지 않으려 애를 썼는데…….

그래서 그렇게 아프게 나를 바라보았던 거니? 풀이 죽어 체념 어린 표정으로 돌아서는 유안의 가느다란 어깨가 떠오르자 뾰족한 못이 가슴 깊숙이 들어와 박히는 느낌이었다.

"형, 그거 모르지. 형이 없는 동안 형 방 청소는 이모 안 시키고 꼭꼭 누나가 한 거. 매일매일 무슨 의식을 치르는 것처럼 방에 들어가 조심스럽게 청소를 하는데…… 형은 누나한테 잘해야 돼."

재하의 말이 아련하게 들려왔다. 그의 미간이 절로 일그러지고 고개를 들 수가 없었다.

다 내려놓고 왔다. 유안이 그에게 준 것은 돈이 아니라 그녀의 마음이었는데 그걸 다 차 버리고 나왔다. 어리석은 놈. 진한 후회와 아쉬움, 미안함과 그리움이 복합적으로 얽혀 그의 숨통을 죄어 왔다.

"재하야, 나 어쩌면 좋으냐?"

자조적인 말이 흘러나왔다. 생각보다 더 큰 죄를 지었다. 감당할 수 없을 정도로 큰 죄를. 정말이지 그 어떤 것으로 용서를 구할 수 있을까?

12.

Rrrrr. Rrrrr.

―주연아!

젠장. 주연은 다희의 애절한 부름에 눈살을 찌푸렸다. 정신없이
바쁜 상태에서 발신자를 확인하지 않은 탓이다.

"또 뭐야? 쓸데없는 일로 전화하지 말랬지?"

―넌, 어쩜 그렇게 정나미 떨어지는 말만 계속해? 난 가슴이 아파
다 죽어 가는데 제일 친한 친구란 애는 쌀쌀맞은 말이나 하고. 내가
정말 못 살겠다. 흐윽.

주연은 답답함에 한숨을 내쉬었다. 또 같은 소리를 해야 하나?

"정다희, 그러게 다른 사람이 뭐라 얘기하면 귀 좀 기울여. 여러
사람이 같은 소리를 하면 한 번쯤은 귀담아 들을 필요가 있지 않니?
내가 누누이 말했지만 네 감정에 취해 앞뒤 분간 못 하고 그러지 말
라고 했잖아. 네가 배우도 아닌데 왜 매사를 드라마 찍듯 굴어? 이

제 그만 짝사랑에 빠진 여자 역할에서 빠져나올 때도 됐잖아."

　-내가 언제?

　"언제? 몰라서 물어?"

　-몰라. 난 그런 적 없어.

　"야! 태하 선배 귀국할 때 네가 어떻게 했는지 잊었어? 그 뒤는
또 어떻고?"

　잘근잘근.

　다희는 대꾸를 하지 못하고 멀쩡한 제 입술을 못 살게 굴었다.

　물론 그가 귀국한다는 이유로 새 학기가 시작하는 중요한 시점에
무작정 그와 같은 비행기를 탔다. 부모님의 성화에 밀려 다시 미국
으로 갔지만 금세 휴학하고 다시 귀국하는 일도 저질렀고, 그가 만
나 주지 않자 주연에게 자주 전화를 걸기도 했다. 하지만 지금 중요
한 건 그게 아니었다.

　-나, 지금 네 회사 앞이야. 꼭 물어볼 게 있으니까 지금 좀 나와.

　"뭐? 너 미쳤어?"

　-올 때까지 기다린다.

　다희는 제 할 말을 끝내고 일방적으로 전화를 끊었다.

　잠시 뒤, 이른 시간부터 회사 앞에 찾아와 전화를 해 대는 다희로
인해 짜증을 뻗칠 대로 뻗친 주연이 거친 걸음으로 커피숍으로 들어
섰다.

　"왜? 나 바쁜 사람이야. 너처럼 한가하지 않다고 몇 번이나 말해?
제발 그만 좀 불러내라고."

　주연은 짜증을 가득 담은 눈으로 다희를 노려보며 의자에 털썩 주
저앉았다.

싱가포르 에어쇼 준비로 눈코 뜰 새 없이 바쁜 날을 보내고 있었다. 그런 와중에 반갑지 않은 다희의 징징거리는 목소리까지 듣고 있으려니 미칠 것 같아 주연은 귀를 틀어막고 싶었다.

"너 알고 있었어?"

"또, 뭐?"

"태하 오빠 결혼한 거? 너 몰랐지? 그치? 오빠가 나한테 거짓말한 거 맞지? 날 떼어 버리려고 그런 거야. 아님 같은 회사에 다니는 너도 모르게 결혼 같은 거 할 리가 없잖아. 안 그래?"

이건 또 무슨 개 풀 뜯어 먹는 소리야? 빠르게 쏟아지는 다희의 말에 주연의 눈썹이 하늘로 치켜 올라갔다. 류태하가 기혼자라는 말은 처음 듣는 얘기였다. 며칠 전에 침울한 얼굴로 앉아 땅굴 파던 것과 관련이 있는 얘긴가 싶었지만 짐짓 모른 체했다.

"그래서, 그게 뭐?"

"뭐야? 너 알고 있었어? 알면서도 나한테 한 마디 안 한 거야?"

"내가 전부터 그랬지. 너한테 류태하는 아니라고. 류태하는 정다희한테 눈곱만큼도 관심 없다고 수없이 얘기했는데, 넌 안 들었잖아. 다른 유학생들한테 태하 선배와 결혼할 거라고 떠들 때도 난 분명히 말했다. 쓸데없는 짓 하지 말라고. 그래 놓고 와서 이제 나한테 그걸 따지는 거야? 너한테 얘기 안 하고 널 말리지 않았다고? 너, 완전 어이없는 거 알지?"

주연은 다희의 말을 무시하고 제 할 말만 했고, 그 말을 들은 다희는 가슴이 들썩일 정도로 숨을 몰아쉬면서도 쉽사리 입을 열지 못했다.

"이제라도 정신 차려. 그리고 날 찾아와서 이렇게 징징대는 것도 그만하고."

"강주연. 넌 말을 해도 꼭 그렇게 인정머리 없게 해야겠어?"

"아님 네가 못 알아먹으니까."

"뭐라고?"

"여기 혼자 앉아서 계속 주접을 떨든 가든 네 맘대로 해. 난 간 다."

"야! 강주연."

주연은 황당해하는 다희를 뒤로하고 시원스럽게 자리를 박차고 나왔다.

태하가 다희를 많이 배려한 건 사실이었다. 어미 새가 새끼 보듬 듯 그렇게 말이다. 하지만 다희를 보면서도 아련해지는 그의 눈빛을 보지 않았다면 자신도 다희처럼 오해했을지도 모른다. 우연히 본 태하의 표정은 뭔가 그리움이 잔뜩 묻어 있었다.

눈은 다희에게 향해 있었지만 그가 보고 있는 것은 다희가 아니었다. 본인 스스로 자각도 못한 채로 말이다.

주연은 빠른 걸음으로 회사를 향해 가며 중얼거렸다.

"바보 류태하."

어쩜 그리 문승재와 비슷한 점이 많은지 기가 막힐 뿐이었다. 똑똑하고 시크한 척은 다 하면서 연애 문제에서만큼은 수가 빤히 읽히는 꽉 막힌 인간들.

"에이, 골치 아파."

아무래도 태하에게 큰 문제가 생긴 모양인데 해결사 강주연이 또 나서야 하나 심각하게 고민하면서 급하게 움직였다.

태하의 이른 출근에 대한 인사를 침대에서 손만 흔드는 것으로 끝낸 재하가 느지막이 일어나 집 안을 어슬렁거렸다.

늘어지게 하품을 하며 화장실로 들어가 간단하게 세수와 양치를 끝낸 그가 차려 놓은 밥을 먹고 상을 치운 뒤 2인용 소파 한 귀퉁이에 몸을 묻었다.

"분명 뭔가 있는데……."

차가운 바람이 부는 창밖의 을씨년스러운 풍경에 눈을 두면서도 머릿속은 바삐 움직였다.

왜 그 큰 집을 놔두고 형이 나와서 살고 있을까? 그것도 당분간만이라 했다. 오래 있지도 않을 거면서 번거롭게 왜? 거기다 유안의 핸드폰은 해지가 되었고 누나가 보고 싶다는 말에도 형은 다음을 얘기했다.

편지를 보고 세상이 무너진 얼굴을 하면서도 정확하게 이유를 말하지 않았던 형의 태도가 심하게 거슬렸다.

갑자기 마음이 급해진 재하는 허겁지겁 옷을 챙겨 입고 밖으로 뛰어나갔다.

차가운 공기를 가르며 가까운 지하철역을 향해 달리면서도 자꾸만 불안해지는 마음을 떨쳐 내지 못했다. 뭔지 모르겠지만 최악의 상황이 아니기를 간절하게 빌고 또 빌었다.

그렇게 재하는 태하의 집을 나와 정신없이 전에 유안과 함께 살던 커다란 집으로 향했다.

하지만 아무리 초인종을 누르고 문을 두드려도 인기척이라곤 찾아볼 수가 없었다. 누나와 이모를 번갈아 가며 외쳐 불러도 누구 하나 나와 보는 사람이 없다는 게 너무나 이상했다.

"참, 누나는 출근했을 테고, 그럼 이모는 어딜 간 거지?"

담이라도 넘어야 하나 하고 심각하게 고민하다 고개를 절레절레 저었다. 너무 높았다. 사다리라도 있으면 모를까. 자신이 원숭이도 아니고 저 높은 담을 아무것도 없이 타 넘는다는 건 불가능했다.

"어쩌지?"

그는 대문 앞에 털썩 주저앉아 또르륵 눈동자를 굴리다 자리에서 벌떡 일어나 집으로 들어오는 커다란 골목 어귀에 있는 백곰세탁소로 향했다.

벌써 10년째 같은 자리에서 세탁소를 운영하는 곰을 닮은 사장님과 친분이 있었다. 순자 이모의 일을 덜어 준다는 명목으로 세탁소 심부름은 늘 그가 도맡아했고, 성격 좋은 아저씨와 자리 잡고 앉아 이야기를 나눈 것이 몇 번인지 헤아릴 수가 없을 정도였다.

벌컥.

힘차게 문을 열고 세탁소 안으로 들어선 재하를 주인아저씨가 흘끔 쳐다보았다.

"어?"

"안녕하셨어요. 아저씨?"

"이게 누구야? 재하 아니냐?"

아저씨는 손에 들린 스팀다리미를 내려놓기가 무섭게 그의 손을 덥석 잡으며 반갑게 알은체를 했다.

"여전하시네요."

"하하하. 그럼. 내가 이 동네에서만 몇 년인데, 어디 외국 갔다

215

며…… 이제 온 거야?"

"네. 어제 귀국했어요."

"이 추운데 까맣게 탄 게, 어디 더운 데 갔다 왔나?"

"어? 아저씨, 눈썰미 짱인데요. 하하하. 아프리카에 다녀왔어요."

"그렇게 더운 델 뭐 하러 가?"

가까운 의자에 그를 앉힌 아저씨는 서둘러 믹스 커피 한 잔을 내밀며 타박 어린 말을 건넸다.

"그래, 여긴 어쩐 일이야?"

"네?"

"감나무 집 이사 간 지 한참 됐는데, 지나가다 들렀냐?"

"이사요?"

그의 놀란 표정을 본 아저씨는 황당한 얼굴로 되물었다.

"몰랐어? ……아참, 외국에 있었다고 했지. 벌써 6개월도 훨씬 넘었어. 이사 간 지. 가끔 사람들이 청소하러 오는 걸 보니 아예 집을 판 거 같진 않은데 지금은 아무도 안 살아."

"그래요?"

"응. 그래도 이렇게 얼굴 보니 반갑네."

아저씨의 말에 재하는 어색한 웃음을 지었다.

몇 분 정도 더 아저씨와 이야기를 나눴지만 어떤 내용인지 하나도 기억이 나지 않았다. 유안이 누나와 순자 이모를 어디 가서 찾아야 할지 그것을 궁리하는 것만으로도 머리가 지끈거렸다.

재하가 다음으로 찾아간 곳은 유안이 다니는 운성 시스템 본사였다.

당당한 걸음으로 로비를 가로질러 안내데스크에 다다른 그가 유안을 찾았다.

"이유안 이사님 좀 만나 뵈러 왔는데요."

"약속이 되어 있습니까?"

정중하지만 경계 어린 물음에 그는 고개를 저었다.

"그건 아닌데, 류재하라고 하면 분명 만나 주실 거예요. 아주 잘 아는 사이거든요."

"지금 사장님께선 자리에 안 계십니다. 연락처를 남겨 주시면 비서실에 전달해 드리겠습니다."

"제가 어제 외국에서 돌아와서 아직 휴대폰을 개통하지 않았는데……."

그의 말에 직원의 의심이 더욱 짙어졌다. 정중하지만 딱딱한 표정으로 그를 물끄러미 바라보며 입을 꾹 다물었다. 마치 사기꾼을 보는 듯한 시선으로. 하기야 이사에서 사장으로 승진한 것도 모르고 지인이라 하면 누가 믿을까 싶었다.

재하는 그대로 돌아설 수밖에 없었다.

유안과의 관계를 시시콜콜 얘기하기도 그렇고, 말을 한다 해도 믿어 줄 것 같지도 않았다. 밖으로 나온 재하는 하얀 입김을 뿜어내며 한동안 씩씩거렸다.

"후우. 매번 단축 번호만 눌러 댔으니……."

순자 이모와 주미 누나의 핸드폰 번호도 가물가물했다. 몇 년 동안 한 번도 누르지 않은 번호를 잊어먹는 건 너무나도 당연한 일이었다. 그나마 기억하고 있던 유안의 번호는 해지가 되었고, 이제 어쩐다. 난감함에 잠시 그 자리에 멀뚱히 있던 그가 다시 바삐 움직였다.

주미의 집으로 가면서 그녀 역시 유안처럼 이사를 하지 않았기를 간절히 기도했다.

마지막 남은 연결 고리마저 소용이 없다면 어쩔까 싶어 걱정이 되었지만 우선은 주미를 찾아가 보는 것 말고는 다른 방법이 떠오르지 않았다.

몇 시간 동안 주미의 집 앞을 서성였다. 차가운 공기에 온몸이 떨려 왔지만 제자리에서 팔짝팔짝 뛰는 걸로 버티며 시간을 보냈다. 어둠이 조금씩 짙어지고 황량한 골목길은 인적마저 끊겨 썰렁하기 그지없었지만 재하는 꿋꿋하게 자리를 지켰다.

"누구세요?"

재하는 점퍼에 고개를 푹 파묻고 동동거리다 들려온 물음에 번개같이 상대를 응시했다.

"누나."

"……너, 류재하? 네가…… 귀국했니?"

두서없는 주미의 물음에 그는 열렬히 고개를 끄덕이며 그녀를 덥석 끌어안았다.

"누나, 나 얼어 죽는 줄 알았어. 왜 이리 늦게 와?"

"아, 아니. 오늘은 빨리 온 건데."

"일단 들어가자. 누나, 나 따뜻한 것 좀 주라. 여기 봐 봐. 귀랑 코랑 새빨갛지? 발가락에 동상 걸릴 지경이야."

호들갑스럽게 주미의 집 안으로 밀고 들어간 재하는 주미가 내어준 유자차가 든 잔을 양손으로 감싸 쥐었다.

"와! 따뜻하다. 이제야 조금 살 것 같네."

"뭐야? 너 언제 온 거야? 그리고 여긴 어쩐 일이야? 언제부터 기다린 건데?"

"누나, 하나씩 물어. 대답하기도 전에 숨넘어가겠네."

"그런가?"

잠시 숨을 고르며 생각을 정리한 재하는 주미를 똑바로 쳐다보며 직설적으로 물었다.

"귀국은 어제 했고, 태하 형네 있다가 뭔가 이상해서 유안 누나, 아니 형수 보러 집에 갔었어. 그런데 형수는 거기 안 산다네. 회사에 찾아갔는데 만날 수 없었고, 마지막으로 생각난 게 누나였어. ……누난 알지? 우리 형수 어디 있어? 형은 왜 따로 나와 사는 거야? 두 사람 무슨 일 있었어?"

"……잘난 류태하 씨가 아무 말도 안 하디?"

장황한 물음에 주미의 입에서 대번 뾰족한 말이 튀어나왔다.

"했으면 내가 하루 종일 이렇게 여기저기 뛰어다녔겠어?"

"하아. 기가 막혀서."

묘령의 여자를 부둥켜안고 있던 태하의 모습과 독감에 걸려 힘없이 누워 있던 유안의 모습이 차례로 떠오르자 절로 인상이 찌푸려졌다. 누군 신나게 여자를 만나러 다니는데 또 한 바보는 아파서 골골대고 있었다고 생각하니 슬슬 열이 뻗쳤다.

"무슨 일인지 시원하게 말 좀 해 봐."

"난 할 말 없다. 듣고 싶은 얘기가 있으면 네 형한테 가서 물어."

"누나!"

다그치듯 그녀를 부르는 재하를 향해 주미는 버럭 소리를 질렀다.

"왜에? 그 나쁜 새끼. 네 형이지만 진짜 그 새끼 나쁜 놈이야.

알아?"

"?"

재하는 이를 악물고 욕부터 해 대는 주미를 멀뚱하니 바라보았다.

"유안이, 그 바보 같은 게 그 새끼를 얼마나 생각했는데, 제 놈이 그런 식으로 애 뒤통수를 쳐? 나쁜 자식. 생각할수록 열 받네."

"제발, 차근차근 얘기 좀 해 봐. 앞뒤 다 잘라 먹고 욕부터 해 대면 내가 어떻게 알아들어?"

"그래, 뭐가 무서워서 말도 못 하겠니? 내가 다 얘기할게. 네 대단하신 형님께서 귀국하는 날 유안이를 찾아와서 시간을 달라 했다더라. 뭐, 자기가 받은 걸 갚겠다나 뭐라나. 그리고 당당하게 유안이 옆에 서고 싶다고……. 그러더니 유안이가 운성 사장이라는 걸 뒤늦게 알고 생난리를 쳤대. 자기를 속였네 어쨌네 하면서 이혼하자고 했대. 거기까지면 뭐 화가 났으니 무슨 말인들 못 하겠냐 쳐. 한데 모든 게 유안이 탓인 것처럼 성질은 다 내 놓고 자기는 다른 여자나 만나고 다녀? 그게 사람이야? 사람이면 그런 짓 못 한다. 너도 알다시피 이유안 그 바보 같은 게…… 류태하라면 껌벅 죽어서 간이고 쓸개도 다 빼 주고도 남을 그 바보가 아파서 누워 있을 때 그 새낀 새파랗게 어린년이나 끌어안고 있어? ……그게 속이 썩어 문드러졌으면서도 나한텐 한 마디 안 한 거 알아? 애가 하도 이상해서 이모한테 물었더니 얘기해 주더라."

주미는 가슴이 복받쳐 올라 겨우겨우 말을 이었다. 당장이라도 쏟아질 것 같은 눈물을 꾹 눌러 참으며 이를 악물었다.

"형이 그럴 리가 없어. 이혼이라니…… 다른 여자를 만나? 뭘 잘못 안 거 아니야? 형은 절대 그럴 사람이 아니야."

"아니긴. 내 두 눈으로 똑똑히 봤어. R호텔 스카이라운지 엘리베이터 앞에서 아주 절절한 영화 한 편 찍고 있는 걸 내가 봤다고. 그런데 유안이한텐 아무 말도 못 했어. 그걸 알면 그 멍청이가 더 아플까 봐, 더 슬퍼할까 봐 아무 말도 못 했다고."

재하의 근거 없는 저 믿음이 몹시도 거슬렸다. 자신의 친구는 아프기만 한데 그 애를 아프게 한 제 형을 향한 절대적 믿음이라니, 말이 되지 않았다.

뒤틀리고 잔인하게 변해 가는 제 마음이 마지막 남은 하나를 터트리라 속삭이고 있었다. 유안은 태하가 자신의 몸 상태에 관해 모르기를 바라고 있지만 혼자만 아플 필요는 없다는 생각이 들었다. 그래야 그가 무슨 짓거리를 했는지 똑똑히 알게 될 테고 말이다.

"……말도 안 돼."

"류재하, 내가 더 기가 막힌 얘기 하나 해 줄까?"

그를 똑바로 보는 주미의 눈동자에 담긴 건 숨이 막힐 만큼 진한 원망이었다. 두려웠다. 주미의 입에서 나올 말이 너무 무서워 귀를 막고 싶은 생각이 들 정도였다. 그러나 그는 기다렸다. 숨을 크게 들이켜고 시선을 피하지 않은 채로 제 눈앞에 떨어질 폭탄을 묵묵히 기다렸다.

"유안이가 아파. 만성골수성백혈병이래."

"……."

재하는 벌어진 입을 다물지도, 눈을 깜박이지도 않았다. 과부하가 걸린 머릿속을 정리하느라 아무것도 할 수가 없었다.

뭐라고? 아파? 누가? 누나가? 왜? 어쩌다…….

"허억."

일시에 막혔던 숨이 트이는 소리와 함께 재하의 눈동자가 불안하게 흔들렸다.

"말도 안 돼. ……아니지? 아니야."

이건 진짜 말도 안 되는 소리다. 어떻게 유안이 그런 병에 걸렸단 말인지. 주미가 잘못 안 게 틀림없었다. 하지만 무섭도록 진지한 주미의 표정은 모든 게 사실이라고 얘기하고 있었다.

그거 죽는 병인데, 그 유명한 러브스토리의 여주인공도 그 병에 걸려 죽었고 가을동화의 은서도 그걸로 죽었는데. 재하는 느리게 고개를 저었다. 절대 그래선 안 된다. 그럴 일은 절대 없어야 했다.

"그래, 말이 안 되지. 그런데 그 말도 안 되는 일이 일어나 버렸어. 지금은 다행스럽게도 1차 치료제가 잘 맞아서 괜찮지만 언제 내성이나 부작용이 생길지도 모를 일이고. 그렇게 몸도 안 좋고 한 사람밖에 모르는 애한테 네 형이 무슨 짓을 했는지 이제 알겠니? 솔직히 난 너랑 이렇게 마주 앉아 있는 것도 별로 반갑지가 않아."

"유안이 누나 어딨어?"

"몰라."

주미는 다급하게 묻는 그의 말을 가볍게 무시했다.

"주미 누나!"

"왜? 이제 두 사람 이혼하면 남남인데, 내가 왜 그걸 알려 줘야 해? 절대 얘기하지 않을 거야. 난, 유안이가 또 다시 상처받는 거 보고 싶지 않아."

"누나가 모르는 어떤 오해가 있을 지도 모르잖아."

"오해든 착각이든 상관없어. 정작 유안이가 그를 필요로 할 때 네 형은 어디 있었는데? 자기는 하고 싶은 거 다 하고 다니면서 내 친

구를 늘 외롭게 만든 사람이 누군데? 그러니 이만 돌아가. 가서 잘
난 네 형한테 내가 하는 말 똑똑히 전해. 두 번 다시 유안이 앞에 나
타나지 말라고. 자기 스스로 얼마나 대단한 걸 걷어찼는지 두고두고
생각해 보라고 해."

말을 마친 주미가 인정머리 없이 고개를 돌려 그를 외면했다. 늘
참고 기다리기만 하던 유안이 끝까지 혼자서 고통을 참고 있는 것은
더 이상 보고 싶지 않았다. 유안이 이 사실을 알면 자신을 타박할 것
이 분명했지만 한 번쯤은 그 애가 얼마나 아파했는지 알려 주고 싶
었다.

"하아. 사실이었어?"

주미의 축객령에 모든 의욕을 상실한 재하는 힘겹게 태하의 집으
로 돌아왔다. 그리고 미친 듯이 모든 서랍을 뒤지기 시작했다. 두 사
람의 결별이 사실이 아니라는 증거를 찾고 싶다는 강한 열망에 빠르
게 손을 움직였다. 그리고 마침내 찾아내었다.

협의이혼신고서와 협의이혼의사확인신청서.

유안이 작성해야 할 부분이 빼곡하게 적힌 서류와 호적등본외 이
혼에 관한 서류 일체가 있었다.

헛된 기대. 마지막 바람이 물거품이 되었다.

"으아악."

이기지 못한 화를 가득 담은 노성이 터져 나왔다. 이럴 수는 없었
다. 다른 사람도 아닌 형이 이러면 안 되었다.

쿠당탕. 와장창.

재하의 손이 책상 위에 있는 모든 물건을 쓸어버렸다.

"이혼하려고 따로 나와 산 거야?"

"……."

문을 열고 안으로 들어서기가 무섭게 날아든 재하의 시린 음성에 태하는 걸음을 멈추고 마른침을 삼켰다. 재하가 알아 버렸다. 당연히 의문을 가질 거라 생각했고, 자신이 한 짓에 대해 설명해야 하는 것도 알았다. 다만 시간이 조금 필요했을 뿐이었다.

"정확하게 설명해. 이 쓰레기 같은 종이는 뭐고, 형이 왜 누나와 따로 사는지. 다 설명하란 말이야."

태하는 대답을 하기도 전에 또다시 날아든 물음을 무시하고 집 안으로 들어섰다.

"이게 다 뭐야?"

한마디로 집 안은 난장판이었다.

책상서랍은 모두 열려 내용물이 삐져나와 있었고 식탁 의자는 다리가 부러져 나뒹굴고 있었다. 뒤집힌 탁자와 책장 밖으로 쏟아져 나온 책들. 그 가운데 자리를 잡고 앉아 있는 재하의 가슴이 풀리지 않은 노기로 인해 격하게 들썩이고 있었다.

"류재하."

태하는 무섭게 일그러진 얼굴로 동생을 불렀다.

"진짜 이혼하려고 한 거야? 그래?"

무섭게 쏟아져 나오는 질문에 그의 시선이 재하의 바로 앞에 놓여 있는 이혼서류에 가서 멎었다. 아무리 화가 나는 일이 있어도 이런 식으로 폭력적인 행동을 한 적이 없는 동생이었다. 그런 동생이 집 안을 이 정도로 만들어 놓았다면 그 분노의 크기가 어느 정도인지 충분히 짐작이 돼 그는 눈을 질끈 감아 버렸다.

어떻게 설명해야 하나 싶어 난감했다. 최대한 이성적으로 설명을 하려고 입을 달싹이는데 다시금 재하가 물었다.

"알고 있었어?"

"뭘?"

"그 집에 유안이 누나 안 사는 거?"

재하는 이를 악물고 눈앞에 놓인 이혼서류에 적힌 유안의 이름을 뚫어지게 응시하며 물었다.

"……."

"알았냐고 묻잖아."

재하의 원망을 가득 담은 눈동자가 뒤늦게 태하에게 향했다. 그를 잡아먹을 듯 노려보는 눈길이 시리게 번득였다.

"이사? 유안이가 이사했어?"

"뭐야? 어떻게…… 누나한테 이 정도로 무관심했어? 이사를 갔는 지도 모를 정도로 관심을 끊은 거야? 어떻게 그래? 다른 사람도 아 니고 형이 어떻게 누나한테 그럴 수가 있어? 사람이야? 형이 사람이 냐고."

쩌렁쩌렁 울리는 재하의 노기 가득한 말에 머리가 텅 비어 버린 듯했다. 그래서였다. 지금까지 몇 번이나 그녀의 집을 찾았지만 유안 을 만날 수 없던 이유가……. 화가 나 집으로 쫓아가 문을 두드릴 때도 그저 외출하고 없으려니 했다. 그런데 이사라니. 늘 불이 꺼져 있는 이유가 이것이었다니.

진심으로 유안이 이혼을 원하고 있다는 깨달음에 온몸에서 맥이 탁 풀려 버렸다.

"……어, 언제?"

"하아."

코웃음을 친 재하가 느리게 자리에서 일어나 태하의 앞에 섰다. 당장 한 대 치고 싶은 걸 억누르며 주먹을 움켜쥐었다.

이럴 수는 없었다. 이유안이 누군데, 얼마나 소중하고 귀한 사람인데, 그런 사람을 이렇게 대접할 수는 없었다. 다른 사람도 아니고 자신의 유일한 피붙이인 형이 말이다. 진짜로 형만 아니라면 당장이라도 죽일 만큼 패 버리고 싶었다.

"그럼 다른 질문할게. 다른 여자 있어? 그래서 유안이 누나랑 이혼하려 한 거야?"

"없어. 그리고 이혼 안 해."

조금 전 어리바리하게 대답하던 것과 다르게 단호한 답이 그의 입에서 튀어나왔다.

"주미 누나가 봤다던 그 여자는 뭐야?"

"오해야."

"하아. 그게 다야? 오해? 변명치고 너무 성의없단 생각은 안 들어?"

태하는 빈정거리는 동생을 보며 인내심을 가지고 설명을 이어갔다.

"네가 못 믿겠다고 해도 하는 수 없어. 하지만 난 단 한 번도 유안이를 배신한 적이 없어."

"안고 있었다며? 사람이 오가는 그런 데서 보란 듯이 서로 부둥켜

안고 있었다는 건 뭔데? 그것도 주미 누나가 잘못 본 거야? 별 사이가 아닌데도 그랬다고? 그렇다면 이 서류는 뭐야? 아무런 이유 없이 누나가 이런 걸 보냈을 리 없잖아. 형 말대로 모든 게 오해라면 왜 이런 일이 벌어진 건데? ……형이 어떻게 누나한테 그럴 수가 있어?"

재하는 크게 소리쳤다.

자신이 들은 모든 것을 부정하고 싶어 때를 쓰듯 태하를 물고 늘어졌다. 제 속에 켜켜이 쌓여 있는 두려움을 토해 내듯 형을 몰아붙였다. 모든 게 꿈이었으면 좋겠다. 귀국할 때만 해도 행복했었는데 일순간에 암흑 속에 갇혀 버렸다.

"주미가 본 것과 사실은 달라."

동생에게 자신의 실수와 잘못에 대해 구구절절 설명하고 싶지 않았다. 서 있는 것도 힘겨운 마당에 선은 이렇고 후는 이렇다라고 변명하고 싶은 생각도 없었다.

아내가 이사를 했다. 믿기지가 않았다. 그 집은 유안이 태어나 자란 집인데 그곳을 떠났다니.

'아니야. 안 돼.'

유안이 보고 싶었다. 아직 잘못도 빌지 못했는데, 이런 식으로 그녀와의 접점이 사라지는 것을 원한 것이 아닌데. ……아니, 보고 싶지 않다. 진심으로 이혼을 원한다는 말을 들을 것 같아 두려웠다.

무기력하게 흔들리는 형을 물끄러미 바라보던 재하가 질끈 눈을 감았다.

두 사람 사이에 어떤 일이 있었는지 잘은 모르겠지만 고작 이사한 것 하나로 저렇게 충격을 받은 형을 보니 가슴이 아파 왔다.

어디서부터 잘못된 걸까? 다른 사람 앞에서 정이 넘치는 모습을 보여 준 건 아니었지만 그래도 서로를 생각하는 마음이 크다는 건 알고 있었는데, 누난 지금 형에게 작은 애정조차 남아 있지 않게 된 건가 싶어 가슴이 아렸다.

"……그럼 유안이 누나 아픈 것도 모르겠네."

재하의 허탈한 음성에 많은 것이 담겨 있었다. 떨어지지 않는 입을 열어 최대한 덤덤하게 말하려 했는데 한 줄기 뜨거운 눈물이 볼을 타고 흘러내렸다.

"뭐? 누가 아파?"

태하는 손을 뻗어 재하의 팔을 거머쥐었다. 당장 알고 있는 모든 것을 이야기하라고 강한 주문을 담은 눈으로 재하를 노려보았다. 모든 기운을 소진한 사람처럼 축 늘어지던 조금 전과 완전히 다른 날카로운 눈으로 동생의 얼굴을 뚫어지게 응시했다.

"빨리 말해."

"누나가 백혈병에 걸렸대."

"그, 그럴 리가…… 말도 안 돼."

잘 벼린 칼날이 심장을 관통하는 느낌이랄까? 숨조차 제대로 쉬어지지 않았다.

불안하게 흔들리는 눈동자가 짧은 시간에 많은 얘기를 쏟아 내고 있었다. 믿을 수 없다는 강한 거부와 그럴 리 없다는 부정이었다.

"무슨 소리야? 얼마 전에 봤을 때만 해도……. 아니야. 잘못 안 거야. 누가 그런 헛소리를 지껄여?"

"사실이래. ……형, 왜 그랬어? 유안 누나가 어떤 존재인지 몰라? 그런데 왜 그렇게 혼자서 아프게 놔뒀어? ……그 긴 시간 동안 한 번도 찾아보지도 않고 도리어 집을 나와? 것도 이혼하자고……. 왜?

도대체 왜?"

귓속을 울리는 이명이 점점 커져 갔다. 깊은 물속으로 빨려 들어가는 느낌에 팔을 허우적거리다 비명이 터질 것 같은 입을 틀어막았다. 재하의 비난 어린 말이 아득해져만 갔다.

가야 하는데, 유안을 만나러 가야 하는데 누군가 두 다리를 붙잡고 놔주지 않았다. 한 걸음 떼기가 이리도 어려웠던 적이 있었나 싶을 정도로. 어머니가 집을 나갔을 때도, 아버지에 이어 할머니마저 돌아가셨을 때도 이 정도는 아니었다.

"유안아. ……유……아."

태하의 입에서 작은 흐느낌이 새어 나왔다.

왜 이리 제 뜻대로 되는 일이 없을까? 하다못해 이 몸뚱이조차도 제 의사를 거역하고만 있었다. 이 죄를 어찌 다 갚을까. 어찌 용서를 빌어야 할까. 가늠할 수 없을 만큼 잘못이 커져만 갔다.

느리게 무너져 내린 그가 눈앞에 널브러져 있는 이혼서류를 움켜쥐었다. 꾸깃꾸깃 엉망이 되어 버린 종이를 보니 다시금 자신이 했던 말이 화살이 되어 심장을 파고들었다. 이혼서류에 도장 찍어 보낸다는 소리를 왜 했을까? 왜 은혜를 갚는다는 말로 그녀의 곁을 떠나 여린 가슴에 비수를 꽂았을까?

'미안해. ……유안아, 내가 잘못했어.'

비난 가득한 시선으로 자신을 보고 있는 동생도 눈에 들어오지 않았다. 유안의 눈동자에 스치듯 머물었던 아픔이 이제야 떠올랐다. 그녀에게 나쁜 병이 생긴 것도 모두 다 자신의 탓만 같았다. 그렇게 아프게만 안 했어도 그렇게 외롭게만 안 했어도…….

13.

종무식 겸 취임식 준비로 신경 쓸 일이 많은 며칠이었다.

한 해를 마무리하면서 직원들의 사기를 높이고 동기부여를 위해 인센티브 지급에 관한 것과 우수사원 선정을 위한 서류가 승인을 기다리고 있었고, 업무 편의를 위해 따로 취임식을 하지 않겠다는 그녀의 선언으로 인해 연설문 작성에도 좀 더 신중을 기해야 했다. 그 밖에 외부 회의를 비롯한 빡빡한 스케줄이 연이어 대기 중이어서 정신없는 나날이 이어졌다.

얼마 전 독감으로 고생한 여파가 남아 책상에 앉아 있는 것만으로도 힘겨웠지만 더는 일을 미룰 수는 없었다. 하루만 더 쉬라는 순자 이모의 잔소리가 귓가에 들리는 듯해 유안은 피식 웃으며 펜을 고쳐 잡았다. 이렇게라도 다른 일에 정신을 팔지 않으면 끝 간 데 없이 뻗어 나가는 상념들로 인해 하루를 버티기가 힘들었다.

똑. 똑.

"네."

"사장님, 무인기개발 3팀 류태하 팀장님이 오셨는데요. 꼭 뵙고 드릴 말이 있다 합니다."

문을 열고 들어선 비서의 입에서 의외의 인물이 거론되었다.

유안은 저도 모르게 마른침을 삼켰다. 그의 이름만 들어도 방정맞게 뛰는 심장이 마음에 들지 않아 살포시 미간을 찌푸렸다. 처음 있는 일이었다. 그가 찾아온 것이……. 하긴, 그는 자신이 운성에 근무하고 있다는 사실조차 몰랐으니.

그녀의 표정에서 심상치 않은 기운을 느낀 비서의 긴장이 고스란히 느껴졌다. 애꿎은 사람을 고문할 필요는 없다는 생각에 유안은 고개를 끄덕였다.

"들어오라고 하세요."

"네."

눈에 띄게 안도의 숨을 내쉰 비서가 나가기가 무섭게 그녀는 크게 심호흡을 했다. 그에게 당당하게 보이기 위해, 조금의 흔들림이라도 비치지 않기 위해 떨리는 가슴을 살살 다독였다.

'속도 없지? 만날 때마다 모진 말만 들었는데도 여전히 떨리니? ……그래 가지고 잘도 이혼하겠다.'

자조적인 웃음이 입가에 살짝 머물렀다 빠르게 사라졌다. 아무래도 주미의 말이 맞나 보다. 이렇게 그를 만나는 것만으로도 심장이 요동치는 걸 보니 자신은 바보임이 틀림없었다.

왔다. 소리 없이 문이 열렸다 닫히고 유안의 눈에 태하가 들어왔다.

유안은 자리에서 일어나 손님 접대용으로 마련해 놓은 소파로 다가가며 그를 훑어보았다.

"앉아요."

그는 마지막으로 봤을 때보다 혈색이 좋지 않았다. 약간 경직된 표정으로 소파에 앉는 그를 곁눈질하며 유안은 인터폰을 들어 이모가 직접 만들어 준 모과차를 가져다 줄 것을 부탁했다. 자신에게 고정된 그의 뜨거운 시선에 민망함을 느꼈지만 딱히 반응을 보이지도, 눈을 맞추지도 않았다.

'오늘은 왜 찾아온 걸까? 서류는 변호사에게 곧장 보내면 되는 걸로 알고 있는데.'

차를 내어 준 비서가 사장실을 나선 다음에야 유안은 그를 똑바로 쳐다보았다.

"드세요."

숨 막혀 죽으라고 찾아온 걸 아닐 테고…… 원체 말이 없는 사람이긴 했지만 오늘따라 유독 긴 침묵을 지키고 있는 그가 낯설게 보였다. 거기에다 저 태울 듯 뜨거운 시선의 의미는 뭐란 말인가.

"하실 말씀이 있으시다고요?"

솜털 하나까지 세세히 살피는 그를 향해 담담하게 물었다.

"……."

"싱가포르 에어쇼 준비로 바쁘다고 알고 있었는데, 아니었나 보네요."

"이사했더라. 몇 번 찾아갔는데……. 언제 했어?"

여러모로 예상을 깨는 그였다. 얼굴을 맞대고 앉아 있는 것도 곤욕스러운데 저 뜬금없는 질문은 대체 뭘까 싶었다.

"그게 알고 싶어서 찾아온 거예요?"

232

"휴대폰 번호는 왜 바꿨어?"

유안은 질문에 질문으로 대답하는 그가 황당했지만 차분하게 되물었다.

"류태하 팀장님, 하고 싶은 말이 뭐예요?"

기대에 찬 눈으로 그를 보며 오빠라 부르던 여자는 어디에도 없었다. 선을 분명하게 긋는 단호한 말에 그가 씁쓸한 웃음을 지으며 입을 뗐다.

"재하가 귀국했어. 크리스마스는 가족과 함께 있어야 한다고."

"재하가 왔어요?"

그녀는 뒤에 말은 못 들은 사람처럼 높은 목소리를 내었다. 가늘게 변한 눈매에 살짝 드리운 미소까지. 유안은 재하의 귀국을 반기는 것을 숨기지 않고 드러내었다.

"응. 널 무척 보고 싶어 해."

"건강하죠? 언제 왔어요? 힘들진 않았대요? 이모도 재하, 무척 보고 싶어 했는데……."

"이틀 전에 왔어. 조금 마르기는 했는데 건강해. 여전히 시끄럽고."

물론 재하가 소란스러운 이유는 다른 데 있었지만 말이다. 유안의 출근 시간에 맞춰 본사 앞으로 가겠다는 걸 겨우 말렸다. 자신이 먼저 그녀를 만나 이야기를 마무리해야만 했다.

그런데 재하의 이름만으로 얼굴이 환해지는 유안을 보니 참기 힘든 아픔이 찾아왔다. 순식간에 긴장을 풀고 재하에 관해 연신 물어대는 그녀가 조금은 야속하기도 했다.

이해는 한다. 자신보다 재하와 더 많은 시간을 보냈으니 그녀의 관심은 당연한 일이었다. 그런데 왜 이리 가슴이 허해질까? 그녀의 최우선 순위는 자신이었는데……. 그 특별한 위치를 스스로 걷어찬 자신이 그녀에게 얼마나 모진 사람이었는지 다시금 깨달았다.

"그 얘기 전해 주러 온 거예요?"

잠시 재하의 일로 정신이 팔렸던 유안이 목소리를 가다듬고 물었다. 딱딱하게 굴다가 대번 반가워 어쩔 줄 몰라 했던 제 행동이 멋쩍어 작게 헛기침을 했다.

"집들이는 안 해?"

그의 물음에 유안은 커다란 눈만 깜박였다. 이혼을 앞둔 이름뿐인 부부가 마주앉아 나눌 만한 얘기는 아니라는 생각이 들어 당혹스러웠다.

"크리스마스에는 뭐 할 거야? 재하가 제 귀국 파티하자고 난린데……."

점점 가관이다. 그의 입에서 나오는 말을 들었음에도 제대로 이해가 되질 않았다. 유안은 덜컹거리는 정신을 가다듬고 조용히 힐난조의 말을 던졌다.

"류태하 팀장님…… 지금 뭐하자는 거예요?"

"난…… 유안아, 너와 이혼 못 하겠다. 네게 시간을 달라고 했던 것도, 이혼하자며 화를 냈던 것도…… 다 잘못했어. 그날은 내가 제정신이 아니었어. 사과하려고 몇 번이나 찾아갔는데 널 만날 수가 없더라."

직설적인 그의 말에 유안은 입만 벙긋거렸다.

자신에게 불같이 화를 내고 다시는 안 볼 것처럼 회의실을 박차고 나간 사람과 동일인인지 의심스러울 정도였다.

"이유안, 우리 다시 시작하자."

"말도 안 돼."

그녀의 입에서 억눌린 소리가 새어 나왔다.

"처음 귀국했을 때 난, 너에게 받을 것을 갚지 않으면 당당하게 네 옆에 설 자격이 없다는 생각뿐이었어. 그것만 갚으면 큰 소리로 네가 내 여자다 말할 수 있다는 자신감이 생길 줄 알았지. 차곡차곡 쌓여 가는 통장 잔고를 보면서 네 곁으로 갈 날이 멀지 않았다 안도 하던 차에 김 교수님을 만났고, 그 얘길 들었어. 날 미국으로 보낸 게 너라고."

"그만, 그만해요."

차분하고 진중하게 말을 이어 가는 그를 향해 유안이 소리쳤다.

"계속 들어 줘. 부탁이야."

"……."

고통을 담고 있는 그의 시선에 그녀는 입술을 깨물었다. 말려야 하는데, 더 이상이 얘길 못 하게 해야 하는데, 왠지 들어 주고 싶었 다.

항상 이런 식이다. 그가 무언가를 원하면 거절할 수가 없었다. 이 죽일 놈의 심장은 그를 위해 존재하는 것만 같았다.

"화가 났어. 이제 조금만 참으면 된다고 생각했는데, 그 기간이 더 늘어난 것 같아서. 죽어도 네 곁에 설 수 없을지도 모른다는 생각 에 이성을 잃었어. 제 몫을 하는 남자가 되기 위해 방학도 잊고 독하 게 공부한 게 모두 물거품이 된 것만 같았어. 그래서 해서는 안 될 소리를 하고야 말았다. ……유안아, 몰랐어. 내가 너무 못나서 진짜 몰랐어. 정작 중요한 건 그깟 돈 몇 푼이 아니라는 걸 너무 늦게 알아버렸어."

당장이라도 그의 손을 잡고 자책하지 말라고, 아파하지 말라고 위로하고 싶었다.

"미안해. ……혼자 둬서 미안해. 늘 외롭게 해서 미안해."

그의 말 한마디에 심장이 난리가 났다. 켜켜이 쌓여 있던 그를 향한 그리움이 단숨에 쏟아져 나와 말문을 막아 버렸다. 고작 몇 마디 말에 기뻐하는 멍청하기 짝이 없는 심장으로 인해 갈피를 잡을 수가 없었다. 하지만 가슴 한구석을 차지하고 있는 해맑은 여자의 모습이 떠올라 유안은 작게 고개를 저었다.

"알았어요. 무슨 얘기 하고 싶은지 잘 알았어요. 그렇다고 달라지는 건 없어요."

유안은 자꾸 흔들리는 마음을 다잡고 차갑게 선을 그었다.

'이혼해야 해요. 오빠를 힘들게 하긴 싫어요. 그리고 그 여자는 어쩌려고 그래요?'

건강하지 못한 몸이 걸렸다. 꽤 괜찮아 보이는 여자도 있는데 자신이 그의 옆자리를 고집할 이유는 없었다. 늘 좋은 것만 주고 싶은 그에게 아픈 자신은 여러모로 맞지 않았다. 절대 작은 여지도 줘선 안 되었다.

"미안해."

매몰찬 말에도 아랑곳없이 진심으로 하는 사과의 말에 유안은 한동안 아무런 대꾸도 못했다.

"……무슨 생각으로 갑자기 들이닥쳐 이러는지 모르겠지만 그만해요. 못 들은 걸로 할게요."

"유안아."

두려웠다. 흔들리지 않고 거부의 말을 하는 그녀가 자신을 진심으로 밀어내는가 싶어 조바심이 일었다.

"왜? 생각해 보니 운성 사장인 나와 이혼하는 게 손해다 싶어요? 그래서 자존심을 누르니 없던 자신감이 마구 생기던가요? 돈 때문에 옆에 있다는 오명을 뒤집어쓴 김에 눌러앉자 싶어요? 그래요?"

그의 약점이라 생각되는 곳을 마구 찔러 댔다. 속으로 피눈물이 흐르는 걸 외면하고 정나미 떨어지는 소리를 태연하게 뱉어 내었다.

"네 진심이 아니라는 거 알아? 그러니 스스로 상처 주는 말은 하지 마."

"류 팀장이 나에 대해 뭘 그리 잘 알아서 그따위 소릴 해? 내가 좋아하는 게 뭔지 당신이 알아? 내가 좋아하는 색은? 계절은? 취미는? 하다못해 내 생일이 언제인지 기억은 해? ……그런 거 하나도 모르면서 아는 체하지 마. 위선적이야."

그녀와 같은 집에서 살 때 외에 한 번도 생일을 축하해 준 적이 없었다. 작은 선물 하나, 카드 하나도 보낸 기억이 없었다. 유학 중인 그에겐 그럴 여력이 없었다. 계속해서 쏟아지는 과제와 실험, 보고서에 치여 다른 걸 생각할 시간적 여유가 없었다.

아니, 거짓말이다. 다희의 부름에는 가능하면 시간을 내었다. 멍청하게도 그때 자신은 유안을 부담스럽게만 생각하고 있어서. 갚아야 할 빚을 산더미처럼 쌓아 두고 있는 채무자인 자신이 채권자인 그녀를 편하게 볼 수는 없었다.

"……"

"왜? 뭐라고 말 좀 해 봐. 당신 말 잘하잖아. 또 당신을 기만한 거라고, 뒤통수 친 거라고 얘기해 봐."

"아니. 그런 말 안 해. 못 해. ……그래서 내가 지금까지 너에 대해 몰랐던 거 이제부터라도 하나씩 알아 가려고."

역시 그녀에게 자신이 한 말이 상처가 되었나 보다. 이제는 유안이 어떤 심정으로 저렇게 아픈 말을 쏟아 내는지 알 것 같았다. 항상 자신을 먼저 생각해 주던 그녀가 이번에도 그러는 모양이다. 그러지 말아 줬으면 좋겠는데, 그녀도 이기적일 정도로 스스로의 행복을 먼저 생각했으면 하는데, 여전히 그만을 생각한다.

"하아. 보낸 서류에 서명이나 해서 가져다 줘요."

눈을 지그시 감고 그의 시선을 피한 유안이 작게 중얼거렸다. 태하는 더 이상 이야기를 나누지 않겠다는 의사표현을 하는 그녀를 아프게 바라보았다.

'그럴 수 없어. 이미 너무 많은 시간을 허비했는 걸. 유안아, 나 더 이상 그러기 싫다. 못난 놈이지만 항상 예쁘게 봐 줬잖아. 그러니, 이번 한 번만 더 날 좀 봐줘. 잘할게. 너 아프지 않게 내가 더 잘할게.'

입 밖으로 꺼내지 못한 말이 엉망으로 뒤섞여 가슴에 차곡차곡 쌓여 갔다.

그동안 못해 줬던 것을 이제는 떳떳하게 해 주고 싶었다. 그러기 위해선 절대 유안의 곁에서 떨어져 나와서는 안 되었다.

"그 서류 찢어 버려서 없어."

"뭐라고요? 도대체 나한테 왜 이래요?"

원망을 담은 눈동자가 그에게 향했다. 겨우 마음을 다잡았는데 자꾸만 자신을 흔들어 대는 그가 미웠다.

"얘기했잖아. 다시 시작하자고……. 이제 솔직하게 내 마음을 표현하기로 했어. 감추지도 않을 거고, 모른 척하지도 않을 거다. 그러니 그냥 받아들여."

"그 여잔 어떻게 하고 나한테 와서 이래요?"

꼭꼭 숨겨 두고 외면했던 상처가 벌어졌다. 어쩌면 그의 외면보다 그의 곁에 다른 여자가 있다는 게 더 큰 아픔이고 고통이었는지도 모르겠다.

"오해하지 마. 미국에서 공부할 때 조금 친하게 지냈던 아이일 뿐이야. 절대 그 애는 나한테 여자였던 적이 한 번도 없어."

이유안, 네 대신이었다고, 그래서 잘해 줬다고 말할 수는 없었다.

"그 말을 나더러 믿으라는 거예요?"

"응, 믿어."

"하아. 진짜로 없던 자신감이 부쩍 늘었나 보네요."

"그래."

너무나 시원스레 고개를 끄덕이는 그를 보며 유안은 헛웃음을 흘렸다. 자신에게 받은 것을 모두 갚아야겠다고 말하던 사람이 아닌 것만 같았다.

벌컥.

노크도 없이 문이 열리고 거대한 풍채를 자랑하는 그녀의 숙부가 들이닥쳤다. 유안이 혼자가 아님에도 그는 그녀를 무섭게 노려보며 빈정거렸다.

"사장에 취임한다고? 여러 사람을 용케도 잘 구워삶았더구나? 하긴, 네가 예전부터 살랑살랑 꼬리 치는 재주는 탁월했지."

선진 방산업체의 실태를 파악한다는 명목으로 몇 달 동안 외유를 떠난 숙부가 뒤늦게 취임 소식을 접한 모양이었다.

"오늘 제가 이사님과 약속 잡힌 게 있던가요?"

"약속이 있어야만 내가 널 볼 수 있는 게냐? 작은아버지가 돼서 조카를 축하해 주러 온다는데 누가 말려?"

"축하? 지금 이게 축하를 하는 거다, 그 말씀이시죠?"

"허흠."

숙부가 생각하기에도 조금은 민망했던지 헛기침으로 대답을 대신했다.

"그럼 그 축하받은 걸로 할 테니 이만 돌아가서 맡은 일이나 하시죠. 영업이사님께서 두 달이나 머문 선진 방산업체가 있는 곳이 말레이시아라고 했던가요? 언제부터 말레이시아가 선진 방산업체가 됐는지는 모르겠지만, 우리보다 앞선 그들의 영업 전략이 어떤 것인지 이번 출장에 관한 보고서는 기대해도 되는 거죠?"

그녀의 말에 노여움으로 얼굴이 붉으락푸르락해진 숙부는 고함을 치려다 곁에 있는 태하를 발견하고 그리로 화살을 돌렸다.

"아니, 이게 누군가? 거금을 들인 이름뿐인 조카사위를 여기에서 다 보게 되다니."

"여전하시네요."

태하의 음성에서 조금 전과 다르게 찬 기운이 잔뜩 묻어났다.

유안이 운성의 사장인 걸 알고 난 뒤에 그녀의 숙부 또한 같은 회사에 영업이사로 있는 것을 알게 되었다. 어떻게든 조카의 돈을 가로채기 위해 한자리를 차지한 그의 속셈이 훤히 들여다보여 이가 갈렸다.

"그만한 돈을 들여 공부를 시켜 놨으면 고맙다고 귀국 인사 정도는 해야 하는 게 아닌가? 예의범절은 눈 씻고 찾아보려 해도 찾을 수가 없는 게 누구와 똑 닮았네그려."

태하는 히죽히죽 웃으며 빈정대는 유안의 숙부를 매섭게 노려보았다. 또 유안에게 잘못한 것이 하나 더 늘었다. 방패막이가 되어 달라던 유안과의 약속을 제대로 지키지 못했다는 뒤늦은 후회가 슬며시 고개를 들었다.

"그만하시죠."

화를 억누른 유안이 대번 날을 세웠다.

"왜? 내가 못 할 말이라도 했냐? 아니면 없는 말을 지어내길 했냐? 있는 그대로, 사실을 얘기하는데 뭐가 잘못됐다고 이리 목소리를 높여?"

"이사님 돈 들인 적……."

"유안아!"

태하는 단호하게 그녀의 말을 자르고 고개를 저었다.

'그러지 마. 네가 나서서 지켜 줘야 할 만큼 나약하지 않아.'

자신은 백 마디, 천 마디 모진 소리를 듣는 걸 예사로 넘기면서 그가 나쁜 말 한 마디라도 들을라치면 앞으로 나서서 날을 세우곤 했다. 그런데 유안은 그 버릇을 여전히 버리지 못한 모양이다. 왜 그것조차도 이리 가슴이 아플까.

"제 인사를 받을 사람 명단에 이사님은 없는 걸로 압니다만. 그렇게 엎드려 절 받는 거라도 원하는지는 몰랐습니다. 알았으면 진작 찾아뵙는 건데, 제 불찰이 크네요."

"뭐라?"

전혀 미안해하지 않는 표정으로 대답하는 그를 보며 숙부는 대번 인상을 찌푸렸다.

"부창부수라더니, 시건방지기가 끝이 없어. 거기다 눈치도 없지. 그래서 아직까지 내 조카 곁에 붙어 있는 겐가? 그만큼 얻어먹었으면 떨어져 나갈 때도 되지 않았나? 도대체 언제까지 거머리처럼 들러붙어 있을 계획인가?"

"제 남은 평생을 유안이 곁에서 떨어질 생각이 없는데 어쩌죠? 이사님 소원은 죽을 때까지 들어 드릴 수가 없게 됐네요."

"허! 자존심도 없는 놈. 얼마나 능력이 없었으면 여자한테 붙어서……. 아주 기생충이 따로 없어."

"작은아버지!"

그 순간, 커다란 소리가 유안의 입에서 터져 나왔다.

느리게 유안의 곁에 다가앉은 태하가 그녀의 손을 꼭 움켜쥐었다. 부들부들 떨리는 작은 손을 양손으로 꼭 쥐고 희미하게 웃으며 입을 뗐다.

"이사님만 하겠습니까? 능력 있는 여자의 덕 좀 보는 게 어때서요? 남도 아니고 내 아낸데, 그게 무슨 대수라고 이리 열을 내시는지 모르겠습니다. 고매하신 이사님의 눈에는 제가 한심하기 짝이 없어 보이나 본데, 신경 안 씁니다. 그러니 괜한 일로 힘 빼지 마십시오. 아주 추해 보이십니다."

태하는 말을 하는 내내 속으로 계속 미안하다 되뇌었다.

"저, 저……."

"그리고 이런 식의 방문, 더는 하지 마십시오. 이 여자, 이사님께 모진 소리를 들을 만한 사람 아닙니다. 가질 만큼 가졌으면서 계속해서 조카의 것을 탐내는 비열한 짓거리는 이제 그만두시는 게 좋을 겁니다."

"이놈! 지금 네가 눈에 뵈는 게 없는 모양이구나. 왜 저것이 사장이 된다 하니 이제는 이 회사를 통째로 먹었다 싶어 안심이 되는가 보구나. 허나 어림없다. 절대 쉽게 차지하게 두지 않을 테니 말이다."

그는 얼굴이 벌겋게 달아오를 정도로 노성을 지르며 삿대질까지 서슴지 않는 그녀의 숙부를 안쓰럽게 바라보았다.

"말로 해선 안 되는 분이셨네요."

"뭐?"

"나가시죠. 여기서 계속 떠들어 봐야 피차 좋은 소리는 더 나올 것 같지 않으니, 그만 나가시는 게 좋을 듯싶습니다."

"이 새끼! 이거 안 놔? 네가 지금 죽고 싶어 환장했지?"

"조용히 하세요. 그동안 쌓아 온 이미지가 한순간에 무너져 내립니다. 남의 이목을 중시하시는 분이 이렇게 몰상식하게 행동해선 안 되지 않습니까?"

혹시라도 유안에게 해가 미칠까 노심초사한 태하가 그녀의 숙부를 사장실 밖으로 몰아냈다. 나가지 않으려 버둥거리는 그를 밀어내고 거칠게 문을 닫았다. 놀란 눈으로 쳐다보는 비서의 시선도 무시하고 다시금 유안의 앞에 서기까지 많은 인내심이 필요했다.

"괜찮아?"

그의 따스한 물음에 유안의 커다란 눈동자가 대번 촉촉해졌다. 눈물을 참으려 빠르게 눈을 깜박이는 그녀를 품에 안고 위로해 주고 싶었지만 죽을힘을 다해 참았다.

너무 몰아붙이면 그나마도 상대해 주지 않을 것 같아서…… 주먹을 힘껏 쥐었다.

"정말 왜 이래요?"

신음처럼 들려온 작은 음성에 그의 가슴이 또다시 무너져 내렸다.

'힘들구나. 힘들었구나. 내 작은 아내는 늘 혼자 싸우며 아파했구나.'

자신의 바보 같은 생각에 빠져 허우적거리느라 유안에게 신경 쓰지 못한 것이 이리도 상처가 될 줄은 몰랐다. 그래서 나쁜 병이 그녀에게 찾아왔나 보다.

"내일 또 올게."

"오지 마요."

"아니, 올게. 재하랑 같이. 그 녀석 아주 난리야. 내일도 너 못 만나면 날 죽이려 들지도 몰라. 이제부터 너랑 안 해 본 거 다 하려면 난 꼭 살아야 하니까. 내일 보자."

태하는 유안을 향해 환한 미소를 짓고 서둘러 사장실 밖으로 나갔다. 그녀의 거절의 말을 듣고 싶지 않아서…… 자신을 밀어내는 그녀를 더 이상 보고 싶지 않아서, 빨리 움직였다.

'어지간히 하시지 그러셨습니까? 이제 더는 내 여자가 고통받는 것을 못 보겠습니다.'

사장실을 나서기 무섭게 영업이사실로 향한 태하는 그를 막아서는 비서를 밀어내고 문을 열어 젖혔다.

"너, 이 자식, 여기 어디라고 제 발로 찾아와?"

기다렸다는 듯 터져 나온 노성에도 아랑곳하지 않은 그가 유안의 숙부 곁으로 다가섰다. 그리고 분이 풀리지 않아 커다란 가슴을 들썩이는 그를 집요하게 노려보았다.

"두 번 말하지 않습니다. 잘 들으세요."

"뭐?"

"더는 제 아낼 괴롭히지 마세요. 어떤 말도 하지 마세요. 찾아가지도 마세요. 한번 더 유안이 눈에서 눈물 나게 하면 절대 용서하지 않을 겁니다."

태하는 화를 억누르고 잇새로 한 자, 한 자 힘주어 말을 뱉었다.

"미친 새끼. 내가 왜 네 말을 들어야 하는데? 네놈이 뭘 믿고 이리도 기고만장인지 모르겠다만, 그것도 얼마 남지 않았다는 것만 알아 둬. 절대로 내가 그냥 보고 있지만은 않을 테니 말이다."

그의 기세에 절대 뒤지지 않는 숙부의 으르렁거리는 말에도 태하는 작은 미동도 보이지 않았다. 다만, 더 낮은 목소리를 내었을 뿐이다.

"저희 운성에서 국산화에 성공한 부품이 꽤 되죠?"

"……그, 그래서? 국산화된 부품 개수라도 물어보고 싶은 게냐?"

"혹시 이사님께선 그 이야기를 들어 본 적이 있으십니까? 무인기를 비롯한 운성의 모든 전투기에 들어가는 핵심 부품들을 생산, 납품하는 업체의 선정이 깨끗하지 못했다라는 소문 말입니다. 거기에 은밀히 덧붙여진 것이 하나 더 있지요. 바로 운성의 주요 임원이라는 사람이 업체 선정을 미끼로 고액의 커미션을 요구했다, 라고요. ……어떻게 생각하세요?"

"그걸 내게 묻는 저의가 무어냐?"

"저의라…… 모르십니까? 이사님께서 하청업체에 요구하신 커미션이 얼마였는지 정확한 금액까지 말씀드려야 기억이 떠오르겠습니까? 아니면 다달이 그들에게 받은 돈이 얼마인지까지 얘기해야 기억이 나실까요?"

"누가 그래? 내가 그런 짓을 저질렀다고?"

얼굴이 벌게지고 눈 밑이 파르르 떨리는데도 불구하고 모르쇠로 일관하는 숙부를 바라보며 태하는 비릿하게 웃었다.

"제가 확실한 증거도 없이 이런 얘길 꺼냈다고 생각하십니까? 한두 곳이 아닌 업체들과 맺은 이면계약서가 제 손에 있다고 한다면 믿으시겠습니까? 아니면 그들과 나눈 대화를 녹음한 파일이 있다고 하면 믿으시겠습니까? 그 하청업체에서 토사구팽당하지 않으려고 뭔가 증거를 남겨 놨다는 생각은 전혀 해 보지 않으신 모양입니다. 이거, 이사님답지 않게 순진한 구석이 있어 제가 다 당혹스럽습니다."

비웃는 것이 확실한 태하의 말에 숙부의 얼굴은 더더욱 일그러져 갔다.

우연히 알게 된 사실이었다. 작은 오차도 허용하지 않는 정밀부품에 불량이 생겨 찾아간 업체 한 곳에서 직원끼리 쉬쉬하며 떠드는 소리를 듣게 된 것이 계기가 되었다. 그때부터 조금씩 업체를 확대해 가며 조사를 하니, 꽤 많은 업체를 상대로 뒷돈을 요구한 정황이 포착되었고, 그 증거물을 확보하기까지 힘겨운 싸움을 해야만 했다.

"받으신 거 모두 토해 내세요. 그들에게 모두 돌려주란 말입니다. 그리고 조용히 물러나세요. 유안이를 괴롭힐 생각도 마시고요. 만일, 제 말대로 하지 않는다면 이번 정기 이사회에서 한번 터트려 드리지요. 업무상 배임과 횡령 혐의로 검찰에 기소당하는 것도 꽤 괜찮은 경험이 되실 겁니다."

"이, 이놈!"

"아무도 모를 거라 생각했습니까? 한데 영원한 비밀은 없는 법입니다. 한 달. 한 달입니다. 그 안에 꼭 해결하세요."

태하는 망연자실한 그녀의 숙부를 뒤로하고 쾅 소리가 날 정도로 문을 닫고 이사실을 나섰다.

화가 났다.

모든 것에 다.

욕심 많은 그녀의 숙부에게도.

바보같이 착하기만 한 유안에게도.

그런 유안을 홀로 둔 모질고 이기적인 자신에게 가장 많이.

화가 났다.

14.

공식적인 퇴근 시간은 6시였지만 지금까지 단 한 번도 지켜진 적이 없었다. 유안은 늘 그 시간을 넘겨서까지 일에 매달렸던 사람답지 않게 연신 시계를 흘끔거렸다.

"후우."

퇴근 시간에 가까워질수록 신경이 이리저리 날뛰기 시작했다. 다시 온다던 태하의 말이 떠올라 진득하게 자리에 앉아 있기도 힘들어 엄지손톱을 잘근잘근 씹었다.

'지금 뭐 하자는 거니?'

한심한 제 행동에 절로 실소가 터졌다.

고통을 참아 가며 밀어낸 보람도 없이 그가 오기만을 기다리고 있는 꼴이라니, 우습다.

유안은 서랍에서 손거울을 꺼내 제 얼굴을 들여다보았다. 밤새 뒤척이느라 제대로 된 숙면을 취하지 못한 여파가 고스란히 드러난 얼굴을 보며 다시 한 번 한숨을 내쉬었다.

헤어지고 싶지 않다고, 미안하다고, 그녀와 해 보지 못한 거 다 해 보고 싶다던 그의 말이 번갈아 가며 그녀를 흔들어 댔다.

그토록 옆에 두고 싶던 사람이 자신을 원한다고 말했다. 기뻐 날 뛰려는 가슴을 진정시키는 일도 쉽지 않았고, 마음과 다르게 그를 밀어내야 한다고 주문을 거는 일도 어렵기만 했다.

날을 새우다시피 하며 마음을 다잡았지만 여전히 미련을 떨쳐 내기가 어려웠다.

평소와 너무나 달랐던 그를 생각하자 또 심장이 욱신거렸다. 자신의 손을 꼭 잡고 따스한 기운을 나눠 주던 그 느낌이 너무 좋아서, 아픈 듯 아련한 미소가 오로지 자신에게 향했다는 것이 믿기지 않아 눈을 지그시 감아 버렸다.

뼈마디가 하나하나 조각나고 심장이 갈가리 찢기는 아픔을 참으며 그를 그리워만하다가 보내 주기로 마음먹었다. 그런 결론을 내고 이혼서류를 보내기까지 겪었던 마음고생은 이루 말할 수 없을 정도였다. 그런데 너무나 쉽게 마음이 흔들린다.

'이유안, 정신 차려. 너 정말 바보다. 그만큼 아팠으면 됐잖아. 얼마나 더 힘들어야 정신 차릴래? ……그리고 네 몸을 생각해. 이런 몸으로 그를 욕심낸다는 건 있을 수 없는 일이야. 그를 아프게 하긴 싫잖아? 그러니 죽을힘을 다해 참아. 그리고 아무렇지 않게 밀어내.'

주문처럼 같은 말을 몇 번이고 반복해서 되뇌었다. 그러나 아무 소용이 없다.

째각째각.

무음인 시계의 초침 소리가 생생하게 들리는 듯했다.

올올히 곤두선 신경줄이 온몸을 죄어 오는 기분이었다.

"너 정말 왜 이러니?"

신경질을 담은 말을 내뱉은 유안은 의자에서 벌떡 일어나 사무실 안을 서성였다.

뻣뻣해진 목덜미를 주무르며 마음을 가다듬기 위해 심호흡을 했지만 6시가 되고 노크 소리가 날 때까지 달라진 것은 별로 없었다.

"누나."

187센티의 신장에 80킬로에 육박하는 녀석의 콧소리는 정말이지 적응이 되지 않았다.

유안의 퇴근 시간에 맞춰 태하와 함께 본사를 찾은 재하는 그녀를 보자마자 몇 십 년 만에 만난 이산가족 상봉이라도 되는 것처럼 들러붙어 떨어질 줄을 몰랐다.

"잘 지냈어? 나, 누나 보고 싶어서 죽는 줄 알았어."

"인마, 호칭 똑바로 해. 형수지, 왜 누나야?"

태하의 지적에 재하는 눈을 새치름하게 떴다.

"형수는 무슨……. 나한테 이유안은 형수이기 전에 누나가 먼저였어. 그리고 저리 가. 나 아직 화 풀린 거 아니야. 그러니까 형 말은 안 들어."

"네 과한 애교질에 속이 다 울렁거릴 지경이다. 그러니 적당히 하고 유안이 곁에서 떨어져. 덩치도 커다란 녀석이 그렇게 찰싹 달라붙어 있으면 그 작은 애가 숨은 어떻게 쉬라는 거냐?"

"됐어. 형이야말로 오버하지 마. 누난 괜찮다는데 왜 혼자 난리야."

"저 녀석이."

서먹한 관계를 어떻게든 풀어 보고자 애를 쓰는 재하의 노력이 눈에 훤히 읽혔다. 어릴 때부터 눈치만 빠른 녀석이었는데, 나이를 먹어도 그것은 변하지 않는가 보다.

"어떻게 지냈어? 살 빠진 것 좀 봐. 많이 힘들었지?"

유안이 안타까운 눈으로 재하의 구석구석을 살피며 그 녀석의 팔을 쓸어내렸다. 거슬린다. 그녀의 다정한 손끝이 닿아 있는 곳이 자신의 팔이 아니라는 사실이 몹시도 싫다.

"아무래도 먹는 것이 부실하다 보니……. 그러니까 누나가 맛있는 거 많이 사 줘."

"그래. 먹고 싶은 게 뭐야? 지금 나갈까?"

아예 자신이 있는 쪽은 쳐다보지도 않고 재하만을 눈에 담고 있는 그녀가 야속했지만 티를 낼 순 없었다. 모두가 자신이 자초한 일이니 그녀가 봐 줄 때까지 기다리는 수밖에.

"음. ……이모가 해 준 갈비찜?"

"어? 그건 미리 말을 해 둬야 하는데."

"하하하. 누나, 걱정하지 마. 그냥 이모가 해 주는 음식이 먹고 싶다는 말이었어. 내가 이모가 해 준 거면 뭐든 잘 먹었잖아. 벌써 몇 년이야? 이모가 해 준 밥 못 먹은 지가. 크리스마스고 하니 더 생각나서 그러지, 뭐."

재하는 신경 쓰지 말라는 투로 이야기를 했지만 그 안에 담긴 서운함을 모를 유안이 아니었다. 뭐라 답을 해야 할지 몰라 난감해하는 그녀를 바라보던 재하가 시선을 형에게 돌렸다.

"오늘 같은 날 예약하지 않아도 갈 만한 근사한 곳이 어디 있지?"

"글쎄."

갑작스런 동생의 물음에 태하는 눈만 깜박였다.

"형은 그런 것도 하나 알아 놓지 않고 뭐 했어?"

"왜 화살이 나한테로 향해?"

"이런 건 남자가 알아서 딱딱 준비해 놔야 하는 거라고. 것도 몰라?"

"……해 봤어야 알지."

말을 얼버무리는 그를 재하는 딱하다는 듯 쳐다보았다.

"에휴. 어디다 써? 공부하는 머리 말고는 도통 쓸데가 없다."

"그런데 이 자식이……."

자신의 잘못도 있고, 재하의 노력도 가상해 두고 보고만 있었더니 동생이란 녀석이 한도 끝도 없이 까불어 댔다.

"칫."

얄밉게 입을 비죽인 놈이 유안에게 더 달라붙었다. 뭐 하는 짓인데? 편들어 달라고? 태하의 눈이 더 뾰족해졌다.

"떨어져."

"싫어."

"내 아내다."

"그래도 싫어."

"후우."

태하는 격하게 심호흡을 했다.

사실 민망함이 컸다. 동생의 말마따나 그녀와 잘해 보겠다고 마음 먹고 처음 맞는 특별한 날이었다. 연인들이라면 결코 그냥 넘어가지 않았을 그런 기념일 중에 하나.

넉살 좋게 그녀의 사무실로 밀고 들어오는 것만으로도 버거워 무언가를 준비해야 한다는 생각조차 못 했다. 선물은커녕 식당 예약조차 떠올리지 못한 어리석은 제 머리를 쥐어박고만 싶었다. 그렇게 스스로를 자책하기에도 바쁜데 동생이라는 놈은 살살 약을 올리며 그의 잘못을 적나라하게 지적하기에 여념이 없었다.

"크리스마스이브에 갈 곳도 정해 놓지 않고 뭘 할 건지 계획도 없는 사람에게 누나를 넘겨줄 순 없어."

"내가 네 허락을 구할 필요는 없을 것 같은데."

"그래? 누나, 저 얄미운 형은 떼어 버리고 나랑 둘이서만 갈까? 어때?"

"뭐라고?"

재하의 말에 태하는 소파에서 벌떡 일어나 눈을 부라렸다.

'도와준다며? 지금 이게 네 녀석이 말한 도움이냐? 이 나쁜 자식아.'

형의 소리 없는 외침에 재하는 빙긋이 미소 지었다.

유안의 병에 대해선 모른 척 함구하기로 약속을 하고 형과 함께 왔다. 바보 같지만 하나밖에 없는 혈육인지라 형을 매정하게 외면하기 힘드니 도움을 주겠다고. 그렇게 그는 태하의 자리를 제대로 찾아 주기 위한 일에 발 벗고 나서기로 했다. 하지만 여윈 유안을 보니 울컥 심술이 나 좋은 소리가 나오지 않았다.

재하는 곁눈질로 두 사람을 슬쩍슬쩍 살폈다.

두 사람이 서로를 의식하고 있는 것이 분명히 보였다. 형의 시선은 온통 형수에게 꽂혀 있었고, 형수 역시 안 보는 척하면서도 형을 신경 쓰고 있는 게 확실했다.

하긴, 형수의 마음이 어디로 향해 있는지는 예전부터 잘 알고 있었지만 말이다. 바보 같은 형은 그것도 모르고 뻘짓을 한 것 같지만.

밤새도록 지난 시간 동안 형이 행한 짓에 대해 이야기를 들으며 재하는 몇 번이고 주먹을 쥐었다 폈다를 반복했다.

고이 감싸 주기에도 아까운 사람을 아프게 했다고 뒤늦게 자책하는 형을 보며 답답함에 가슴을 두드렸다.

"난, 절대 유안이와 헤어질 생각이 없어."

"왜? 그렇게 고통스럽게 만들어 놓고. 이제 와서 무슨 얼굴로?"

"……사랑해. 그걸 너무 늦게 깨달았지만. 유안이가 있어서 지금껏 제대로 살았다는 걸 알았어. 늘 한 몸처럼 붙어 있으면서도 그 존재를 잊고 있던 그림자처럼 내 곁에서 한시도 떨어트려 놓지 않은 유일한 사람이 그녀였어. 조금 더 빨리 알았으면 좋았겠지만…… 이제는 유안이 없으면 난 편히 숨도 쉬지 못할 것 같다. 더 이상은 후회 속에 살고 싶지 않아. 바보 같은 짓을 했다고 자책하는 것도 이제 그만할 거다. 지금껏 몰라서 못 해 줬던 거 다 해 주고 싶어. 다시는, 두 번 다시는 그녀를 혼자 두고 외롭게 만드는 짓 안 해."

길고도 긴 이야기 끝에 나온 단호한 그 말이 아니었다면 형의 얼굴에 주먹을 내리꽂았을지도 몰랐다.

'진작 좀 알아채지. 이게 뭐야?'

둔해도 너무나 둔한 사람을 형으로 둔 죄로 덩달아 죄인이 되어 버린 제 처지가 서글프기도 했지만, 형을 의식하는 유안을 보니 조금은 희망을 가져도 되지 않을까 싶었다.

핏줄이 뭔지. 유안으로 인해 안절부절못하는 형을 보니 그가 조금은 가엾기도 했다.

어쨌든 오늘의 목표는 유안이 지금 살고 있는 집이 어딘지 알아내는 것과 이모를 만나 치료는 잘되고 있는지 슬쩍 알아보는 것이었다.

유안은 장난감 하나를 가운데 두고 서로 갖겠다고 싸우는 아이들처럼 투덕거리는 두 사람을 어색하게 바라보았다. 과한 소유욕을 드러내 보이는 태하의 행동이 낯설었고, 그에게 이런 면이 있는지도 처음 알았다. 더구나 그 대상이 자신이라니.

현실감이 떨어지는 상황을 어떻게 받아들여야 할지 몰라 입술만 깨물었다.

헤어지자 마음먹었다. 심장이 떨어져 나가는 것 같았지만 꾸역꾸역 참고 그를 밀어냈다. 그랬는데 눈앞에 그가 있다는 것만으로도 가슴이 떨린다. 보지 않고 느끼지 않으려 갖은 노력을 해도 본능적으로 그가 곁에 있음에 안도한다.

유안은 한 손을 들어 가슴 정중앙을 힘주어 눌렀다.

'안 돼. 이번엔 네가 포기해.'

자꾸 그에게 달려가려는 심장을 달랬다. 그러면 안 된다고. 하지만 그의 곁에 머물기를 오랜 시간 동안 꿈꿔 왔던 심장이 보내고 싶지 않다며 자꾸 투정을 부린다.

그때 그녀의 깊은 상념을 뚫고 재하의 처량 맞은 목소리가 들려왔다.

"아무리 생각해도 마땅히 떠오르는 곳이 없네. 누나, 어쩌지? 배고픈데……."

축 늘어져 가엾게 보이는 눈초리와 어색한 웃음을 머금은 재하의 얼굴이 그곳에 있었다.

"이렇게 갑자기 간다고 하면 이모가 꽤 놀랄 텐데."

"우리가 뭐 남인가? 그리고 오늘은 크리스마스이브라고. 내가 왜 그 먼 데서 꾸역꾸역 시간 맞춰 왔는데…… 이모도 못 보고."

서운함을 담아 말을 흐리는 재하를 보며 유안은 씁쓸하게 웃었다. 자신의 동정심을 자극하려는 재하의 얕은 수가 빤히 읽혔다.

어떻게 해야 할까? 갈피를 잡지 못하고 망설이는 사이에 재하가 그녀의 손을 잡아끌었다.

"그냥 이 근처 아무 데나 가자. 식당이 다 거기서 거기지, 뭐."

"……"

"누나, 뭐 해? 나가자니까."

"……집에 가도 특별한 건 없을 거야. 그래도 괜찮으면 가자."

거의 3년 만에 마주한 재하에게 따뜻한 밥 한 끼 먹이지 못하는 상황이 마음에 들지 않았다. 어차피 헤어질 사람들이지만 마지막으로 그들이 좋아한 순자의 음식을 먹이지 못할 이유가 없다고 애써 자신의 행동을 합리화시키며 느리게 몸을 일으켰다.

"정말? 나야 이모가 만든 된장찌개에 김치 하나면 오케이지. 고마워. 누나는 역시."

재하는 과장되게 엄지손가락을 치켜세우며 감격에 겨운 얼굴을 했고 유안은 그런 그를 보며 못 말리겠다는 웃음을 지었다.

'그래, 이걸로 됐다.'

크리스마스이브의 마지막 만찬이라…… 나쁘지 않다.

유안은 자신의 뒤를 따르는 재하가 태하를 향해 의미심장한 표정으로 으스대는 걸 알지 못한 채 생각에 잠겼다.

"여기야?"

엘리베이터에 오르며 재하는 눈동자를 굴렸다.

한강과 인접해 있는 최신 시설의 고급아파트가 유안의 새로운 보금자리였다. 태어나 지금껏 살아온 곳과 전혀 다른 장소를 선택한 이유는 류태하, 그를 떠올릴 만한 비슷한 환경을 만들지 않으려는 굳은 의지의 표현이었다.

"편의시설이 잘 갖춰져 있어서 살기 편해."

변명하듯 작게 중얼거린 유안이 17층을 눌렀다.

"나도 아파트에서 한번 살아 보고 싶었어. 우와, 진짜 좋다. 번쩍번쩍하네."

그녀는 먼지 하나 없이 깨끗하게 닦인 거울 앞에 서서 모델처럼 포즈를 잡고 느리게 턱을 쓸어내리는 재하를 바라보며 피식 웃었고, 태하는 그런 유안을 뚫어지게 바라보며 주먹을 움켜쥐었다.

동정심을 자극하는 재하의 성화에 못 이겨 두 사람과 함께 집으로 온 유안은 현관 앞에서 환하게 웃으며 서 있는 주미를 보고는 멋쩍은 표정을 지었다.

"어쩐 일이야? 오늘 온다는 말 없었잖아. 바쁘다며?"

"내가 너 외로울까 봐 맛있는 거……."

현관 앞에서 유안을 기다리고 있던 주미가 신나게 떠들다 그녀의 뒤를 따르는 두 사람을 보고 대번 날카로운 반응을 보였다.

"뭐야? 왜 같이 와?"

"재하가 귀국했다고 해서, 이모한테 인사하려고."

유안의 말이 떨어지기가 무섭게 주미의 입에서 경고조의 말이 튀어나왔다.

"두 사람, 이게 무슨 짓이야?"

"주미야."

소름이 돋을 정도로 차가운 주미의 눈이 태하와 재하에게 향했고, 가운데 선 유안은 당혹감에 입술을 깨물었다.

"참 뻔뻔하네."

"주미야, 제발⋯⋯."

유안은 서둘러 주미의 팔을 잡고 고개를 저었다.

자신을 대신해 화를 내는 친구의 마음을 모르는 것은 아니었지만 그러지 말았으면 했다. 태하가 주미의 잔인한 말로 상처받는 것을 원치 않았다. 이미 벌어진 일을 되돌릴 수 없듯 자신의 아픔은 이젠 과거가 되었기에 그에게 새로운 고통을 얹혀 주고 싶지 않았다.

"주미 누나, 잘 있었어?"

재하가 숨 막힐 듯한 공기를 가르고 앞으로 나서며 인사를 건넸다.

어떻게든 썰렁한 분위기를 모면해 보고자 애를 쓰는 기색이 역력했지만 주미는 아랑곳없다는 듯 입을 열었다.

"⋯⋯조금 전까진 아주 좋았는데 누굴 보니 급격히 기분이 나빠지네. 내가 갑자기 왜 이러는지 류재하, 넌 아니?"

주미의 매서운 눈길이 태하에게 뿌리박혀 있었다. 감히 여기가 어디라고 나타나느냐는 질책이 담긴 소리 없는 외침에 그는 묵묵히 그것을 받아들였다.

"그만해."

"이유안, 너 왜 이래? 이 사람이 네게 어떻게 했는지 벌써 잊었어?"

주미는 그녀를 쳐다보며 원망 어린 말을 빠르게 뱉어 냈다.

"다 지난 일이야."

"지난 일? 너, 지금 그걸 말이라고 해?"

화가 났다. 여전히 류태하로 인해 아픈 가슴을 부여잡고 하루하루를 연명하는 주제에 지난 일이라며 헛소리를 해 대는 유안을 이해할 수가 없었다.

"네가 성모 마리아라도 돼? 그 하해와 같은 이해심은 도대체 어디서 나오는 거니? 너 바보야? 그렇게 당하고도 아직 부족해서 이래? 얼마나 더 아파야 정신 차릴래?"

"그만해."

이번엔 태하가 나섰다.

"이 꼴 보기 싫으면 지금이라도 나가요. 그쪽 아니었으면 이렇게 분위기 싸해질 일도 없으니까."

아직도 눈에 선했다. 호텔 스카이라운지에서 여자를 부둥켜안고 있던 태하의 모습이……. 차마 유안에게 말하지는 못했지만 그 모습은 사진처럼 선명하게 자신의 뇌리에 박혀 있어 도저히 좋은 말을 할 수가 없었다.

'감히 여기가 어디라고 네가 와?'

대놓고 소리라도 치고 싶었다. 네가 한 짓이 어떤 것인 줄 아느냐고 따지고 싶었지만 유안을 생각해서 참았다.

"뭐가 이리 시끄러워?"

순자가 무슨 일인가 싶어 빠르게 그들에게 다가왔다.

"이모."

팽팽한 긴장을 뚫고 재하가 앞으로 나서며 순자를 불렀다. 그가 어색함을 만회하기 위해 덥석 순자를 끌어안으며 반가움을 표현하자 그녀의 입이 함지박만 하게 벌어졌다.

"아니, 이게 누구야?"

"잘 지내셨어요?"

"그래. 언제 왔어?"

"며칠 됐어요."

"아이고, 우리 재하 볼이 홀쭉해졌네."

재하의 손을 꼭 잡은 채로 기분 좋게 웃으며 그의 구석구석을 살피는 눈길에 애틋함이 묻어 있었다.

"살이 빠져서 더 멋있어졌죠? 모델 같다고 하던데."

"누가 그런 소릴 해? 어서 들어와. 안 그래도 내가 밥……."

뒤늦게 태하를 발견한 순자의 입가에서 미소가 씻은 듯이 사라져 버렸다. 두 번째 홀대. 냉기를 날리는 순자의 표정에 태하는 어색하게 인사를 건넸다.

"안녕하셨어요?"

"……."

정지 화면이라도 된 듯 누구 하나 움직이는 사람이 없었다. 입을 꾹 다물고 멀뚱하니 그를 바라보는 순자의 눈길에서 짙은 원망이 묻어났다.

완벽한 이방인. 자신은 이 장소에서 유일하게 환영받지 못하는 존재임을 확인한 태하는 씁쓸하게 미소 지었다.

"여긴 어쩐 일이야?"

"이모, 내가 가자고 했어. 크리스마스고 재하도 왔으니까 밥이나 같이 먹자고."

"그렇게 속앓이를 하고도 부족했어? 어쩌자고……."

유안이 또 아플까 싶어 절로 근심 어린 말이 튀어나왔다.

"이젠 괜찮다는 거 이모도 알잖아. 나 아무렇지도 않아."

"그놈의 괜찮다는 소리. 이제 징글징글하다."

늘 괜찮다, 좋다, 하는 소리를 입에 달고 사는 유안의 말을 믿지
않았다. 바보스러우리만치 착한 것이 항상 혼자서 소리 없이 오열하
는 것을 누구보다 잘 아는 순자였다.

"이모, 그냥 밥 한 끼 먹는 거야. 그 외는 없어."

선을 긋는 유안의 단호한 말에 태하는 질끈 눈을 감았다.

유안의 상처 입은 가슴이 한번에 치유될 거란 생각은 하지 않았
다. 하지만 아팠다. 철저하게 자신을 밀어내는 유안의 차가운 말이
아프게 가슴을 파고 들어와 숨통을 조였다. 하지만 여기서 물러설
순 없었다.

뻔뻔하게 굴기로 마음먹은 태하는 주미를 한번 쳐다보고 순자와
시선을 맞췄다.

"죄송합니다. 제 생각은 유안이와 많이 다릅니다. 제가 부족하고
못나서 지금까지 유안이를 많이 아프게 했지만 이제 그런 일은 없을
겁니다. ……전, 유안이와 새로 시작할 생각입니다."

그는 마지막으로 유안을 당당한 눈으로 응시하며 말을 마쳤다.

더 이상의 말은 필요하지 않았다. 그 어떤 말을 해도 변명밖에 되
지 않음을 알기에 말을 아꼈다. 태하는 자신의 의지를 행동으로 보
여 줄 생각이었다.

"……그런 일은 없을 거예요. 난, 그러고 싶지 않아요."

조금 뒤에 들려온 유안의 거절의 말에도 그는 흔들리지 않았다. 아니, 흔들리지 않으려 노력했다.

충분히 예상했던 일. 오랜 시간 동안 힘들게 했는데 시작이라는 말 한마디에 순순히 수긍을 한다는 것 자체가 우스운 일이다.

"밀어내려고만 하지 마. 마지막이라 생각하고 한번 더 기회를 줘. 네가 싫다고 해도 달라질 건 별로 없겠지만…… 그래도 조금은 불쌍하게 봐 줘."

그는 조용하지만 단호하게 말을 하며 엷은 미소를 지었다.

동정이라도 좋았다. 그녀의 곁에만 있을 수 있다면, 뭐가 되었든 받아들일 작정이었다.

"말도 안 되는 소릴 계속 할 거면 이만 돌아가요."

찬바람이 일 정도로 돌아서는 유안을 태하는 물끄러미 바라보았다. 그녀가 보이지 않을 때까지 태하의 아픈 눈이 그 뒤를 집요하게 따라붙었다.

바보. 쌀쌀맞게 보이고 싶으면 그렇게 떨지나 말지.

가녀린 어깨가, 꽉 쥔 주먹이 어떤 말을 하는지도 모르고 차갑게 보이려 애를 쓰는 유안이 안쓰러웠다. 안아 주고 싶었다. 그녀의 귓가에 따스하게 얘기하고 싶었다.

괜찮다고. 이제 그만 아파하라고. 앞으로는 절대 혼자 두지 않겠다고…… 사랑한다고.

순자는 넋을 놓고 두 사람을 바라보다 한숨을 내쉬며 느리게 입을 열었다.

"들어와."

결국 이럴 걸. 서로를 간절히 원하는 두 사람의 마음이 훤히 읽히는 걸. 무슨 운명의 장난으로 이리 돌아와야 했는지…….

순자는 둘을 엇갈리게 만든 무형의 대상을 향해 연신 구시렁거리는 걸 멈추지 않았다.

옷을 갈아입고 거실로 나온 유안이 소파에 앉아 있는 태하에게 눈길도 주지 않고 주방으로 들어가 버렸다. 그 뒤를 따라 순자와 재하마저 우르르 주방으로 몰려가고 덩그러니 혼자 남은 그를 주미가 찌를 듯 바라보고 있었다.

고문. 가시방석. 그 말에 딱 어울리는 상황에 태하는 무거운 숨을 뱉어 내었다.

"속셈이 뭐예요?"

소곤대는 것 같은 작은 물음에 바닥을 배회하고 있던 그의 시선이 주미에게 고정되었다.

"무슨 뜻이야?"

"재하에게 들었죠? 유안이 상태?"

"……그래."

"유안이 몸이 안 좋다니까 법적인 남편 자리가 갑자기 탐났어요?"

"뭐?"

"혹시라도 유안이가 잘못되면 한몫 잡으려는 생각으로 나타난 거 아니냐고요?"

"말조심해. 함부로 지껄이지 마."

태하는 이를 악물고 낮게 뇌까렸다. 터져 나오려는 노여움을 꼭꼭 씹어 삼키며 잔뜩 뒤틀린 시선으로 주미를 노려보았다.

"아니면 다행이고……."

타는 듯한 그의 시선에 움찔한 주미가 마른침을 삼키며 작게 중얼거렸다.

"이 세상에 있는 돈을 전부 준다고 해도 이유안과 바꿀 생각이 눈곱만큼도 없으니까 다시는 그따위 헛소리 입에 담지 마."

유안의 가장 친한 친구만 아니었다면 당장이라도 이 자리에서 목을 비틀었을지도 몰랐다.

가슴이 말하는 소리를 늦게 알아챈 벌을 이리 받는구나. 모두가 다 자신의 섣부른 행동으로 인한 결과임을 알면서도 아팠다.

진작 알아챌걸. 너를 밀어내지만 않았어도…… 이런 말도 안 되는 오해 따위 받지 않았을 텐데. 때늦은 후회가 다시금 그를 괴롭혔다.

윙. 윙.

시리게 내려앉은 정적을 뚫고 휴대폰 진동음이 들려왔다. 집요하게 울리는 소리에 인상을 구긴 태하가 코트 주머니에서 핸드폰을 꺼내 들었다.

정다희.

"후우."

한숨 내쉰 태하는 단호하게 휴대폰의 전원을 꺼 버렸다. 다희에게 알아듣게 이야기했다고 생각했는데 아니었나 보다. 어느 것 하나 쉽게 해결되는 일이 없다는 생각에 가슴이 답답해졌다.

그때 전화를 건 상대가 누군지 감을 잡은 주미의 입매가 빠르게 비틀렸다.

"받지 그래요? 누군가가 애타게 찾고 있는 모양인데, 그런 식으로 피하는 건 너무 비겁하지 않나?"

"……신경 꺼."

조금 전의 여파가 채 가시지 않은 태하의 입에서 좋은 소리가 나오지 않았다.

"지금 행동, 무지 의심스러워 보이는 건 알아요? ……그때 그 여자 맞죠?"

다희와 함께 있던 그를 기억하고 있는 주미가 따지듯 물었지만 태하는 말을 아꼈다.

"둘이 어떤 사이예요?"

"그걸 왜 내가 네게 대답해야 하지?"

"떳떳한 사이라면 말하지 못할 이유도 없지 않아요?"

"후. 미국에서 공부할 때 알게 된 동생."

태하는 주미의 도발에 못마땅함을 노골적으로 드러내며 대답했다.

"오호! 고결한 인품을 지닌 류태하 씨가 단순히 동생 같은 여자하고 그런 식의 친밀한 행동을 서슴없이 하는 사람인 줄 오늘에야 알았네요."

"하고 싶은 말이 뭐야?"

"글쎄요. ……내가 본 걸 유안이에게 말해도 아무 상관 없는 건지 궁금하다고 하면 답이 되려나."

마치 커다란 약점을 잡고 협박이라도 하듯 이죽거리는 모양새가 몹시도 거슬렸다. 유안이 다희와 그를 어떻게 생각하는지 알 수 없었지만 이 자리에서 유안이 아닌 그 친구에게 죄인 취급을 받으며 시시콜콜 변명을 늘어놓을 이유가 없다.

"내가 왜 네게 이런 소리를 듣고 있어야 하는지 모르겠군. 얘기하고 싶으면 해. 말릴 생각은 전혀 없어. 하지만 그 일로 인해 해명이나 변명을 해야 한다면 답을 들을 사람은 네가 아니야. 이유안의 가장 친한 친구라 참고 있지만 더 이상의 오지랖은 그만뒀으면 좋겠다."

최대한 화를 억누르며 차분히 말을 마쳤지만 주미의 얼굴에 드리운 의심은 가시지 않았다.

다희와의 관계에 대해 한번은 짚고 넘어가야 할 테지만 그 대상은 주미가 아닌 유안이었다. 자신의 무심함이 불러온 일에 대한 책임을 회피할 생각은 전혀 없었다. 하지만 유안이 그것을 어떻게 받아들이느냐 하는 문제가 제일 신경 쓰였다.

그녀에게 있어 그의 신용 등급은 최저치이니 말이다.

"식사하세요."

거실로 나와 그를 부르는 유안의 음성에 경직된 공기 사이로 균열이 생겼다.

식사하는 내내 재하의 너스레에 시종일관 조용히 미소 짓고 있는 유안에게서 눈을 뗄 수가 없었다.

그녀에게 작은 웃음조차 줄 수 없는 자신이 싫었다.

아쉬움과 후회. 죄어 오는 심장의 통증이 번갈아 그를 괴롭히며 스스로 걷어차 버린 유안의 사랑이 얼마나 큰 것인가를 뼈저리게 느끼게 만들었다.

'두 번 다시는 놓치지 않을게.'

안타깝고 안타까운 내 여자.

태하는 앞으로 듣게 될 어떤 악의적인 말과 왜곡된 시선에도 절대 흔들리지 않으리라 다시 한 번 다짐했다.

15.

"돌아가라고 해요."

비서실의 소란스러움에 유안은 귀를 막고 눈을 감았다.

크리스마스이브의 저녁 식사를 끝으로 다시는 그와 마주치고 싶지 않다는 점을 분명히 밝혔음에도 불구하고 그는 모르쇠로 일관하고 있었다.

제발 그만 좀 흔들라고, 자신을 내버려 두라는 말을 할까도 생각했지만 다시 그와 얼굴을 마주한다면 무섭게 떨리는 심장을 주체할 수 없을 것만 같아 외면해 버렸다.

그와 재하가 돌아간 뒤에 주미가 한 말을 듣지 않았다면 지금과는 조금 달라졌을까? 못 이기는 척 그의 마음을 받아들이지 않았을까?

절레절레.

유안은 고개를 세차게 저어 상념을 털어 내려 애썼다.

'이러지 않기로 했잖아. 흔들리지 않기로 약속했잖아. 제발 정신

267

좀 차리자.'

자신을 다그치며 같은 말을 몇 번씩 되뇌었지만 머릿속에 새겨진 그의 생각은 좀처럼 가시지가 않았다.

다가오는 그와 밀어내는 자신. 마치 끝을 알 수 없는 고단한 힘겨루기에 빠진 느낌이었다.

"미안해. 재하에게 네가 아프다는 얘길 해 버렸어."

"뭐? 무슨 말을 했다고?"

"며칠 전에 재하가 나를 찾아와서 무턱대고 네 집을 알려 달라고 하니까 성질이 나서 그만."

"왜? 왜 그랬어."

"미안하다."

"……혹시 그 사실, 태하 오빠도 알고 있는 거야?"

"응."

"……하지 말지. 그 얘기만은 하지 말지."

끝까지 숨기고 싶었다. 자신의 몸 상태만은 끝까지 그가 몰랐으면 했는데…… 그를 멀리서나마 지켜볼 수 있는 실낱같은 희망마저 사라진 것만 같아 견디기 힘들었다.

'하긴, 사소한 무엇 하나도 내 뜻대로 되는 일이 없었지.'

몹쓸 팔자 탓인지. 그녀의 삶은 늘 팍팍하기만 했다.

부모님 그늘에서 사랑받으며 살기 원했지만 두 분은 일찌감치 그녀의 곁을 떠났고, 원하는 사람을 가졌다고 기뻐했는데 실상 제대로 가져 본 적도 없었다.

벌컥.

생각에 빠져 있던 유안이 문이 열리는 소리에 번쩍 고개를 들었다.

"이유안!"

문이 열리고 그를 막아서는 비서실 직원 두 명과 뒤엉킨 태하가 사장실로 쏟아져 들어서며 그녀를 애타게 불렀다.

"나오세요."

"류 팀장님, 이러시면 곤란해요."

애타게 그를 부르는 직원들의 목소리가 들리지 않는 듯 태하의 시선은 유안에게 못 박혔다.

"됐어요. 나가서 일 보세요."

질끈 눈을 감았다 뜬 유안이 실랑이를 벌이고 있는 직원들을 향해 조용히 말했다.

흐트러진 머리와 구겨진 옷가지를 정돈할 생각도 못 한 태하가 한 걸음에 유안의 곁으로 다가서며 간절하게 그녀를 불렀다.

"유안아."

"골치 아프게 이러지 마요. 우리 정리하기로 했잖아요. 그냥 처음에 마음먹었던 대로 깨끗하게 마무리해요."

"못 해. 난 네 뜻대로 할 생각이 전혀 없다고 얘기했잖아."

"나 역시 마찬가지예요. 더 이상 이런 불필요한 감정 소모 그만했으면 해요."

"……이번에도 네가 져 줘. 지금까지 항상 네가 져 줬잖아? 내가 원하는 거면 뭐든지 해 줬잖아. 그러니까 이번에도 네가 포기해. 나, 너 못 놔."

간절한 그의 말도 들리지 않았다. 절대 그의 곁에 설 수 없는 이유가 있다는 걸 상기하며 그녀는 매몰차게 말을 이었다.

"할 수 있어요. 한 번 했는데 두 번은 왜 못 해?"

"네가 없이 살 수 없다는 걸 이제야 알았어."

"착각이에요. 늘 곁에서 헤실거리며 말하기 전에 원하는 걸 해결해 주던 사람이 없으니 느끼는 혼란일 뿐이에요."

"아니야. 절대 그렇지 않아."

"이런다고 해서 달라질 건 없어요. 더 이상은 내가 싫어요. ……관심 갖지 말라는 말 진짜 못 알아들어요? 사람 구질구질하게 왜 이래요? 싫다잖아. 류태하가 내 주위에 얼쩡대는 거 이제 그만 보고 싶다잖아."

"유안아."

가슴이 들썩일 정도로 흥분한 상태로 소리치는 유안의 낯선 모습을 보며 태하는 안타깝게 그녀의 이름을 읊조렸다.

"내가 나가죠. 류 팀장이 못 나간다면 내가 나가요."

쾅.

문이 닫히고 휑한 사무실에 홀로 남은 그가 주먹을 움켜쥐고 천천히 고개를 숙였다.

✻

"어?"

바삐 걸음을 옮겨 휴게실을 지나치던 주연이 뒷걸음질 쳤다.

창밖을 쳐다보고 있는 남자의 뒷모습에 짙은 고독이 묻어 있었다.

늘 튼튼하고 강인해 보이는 넓은 어깨가 위태롭게 떨리고 있다면 믿을 사람이 있을까? 하지만 지금 주연은 등을 보이고 서 있는 태하에게 그것을 느꼈다.

싱가포르 에어쇼의 막바지 준비로 잠시의 여유를 찾기 어려운 때에 저리 넋을 놓고 있을 정도라면 필시 커다란 문제가 생겼다는 얘기였다.

남의 연애사에 선뜻 나서기가 망설여져 잠시 머뭇대던 주연이 커다랗게 심호흡을 한 번 하고 그에게 다가갔다.

"선배, 술 한잔하자."

"……왜?"

휴게실 창 너머 너른 하늘에 시선을 두고 있던 태하가 주연의 말에 느리게 대답했다. 아무런 감흥도 없는 죽어 있는 말투로 쳐다보지도 않고 말이다.

"마시고 싶은 거 아니었어?"

"별로."

"그러지 말고 한잔하면서 속에 있는 거 다 털어놔 봐. 누가 알아? 그렇게 하면 가슴에 쌓여 있는 게 조금은 가벼워질지……. 이래 봬도 내가 꽤 괜찮은 대나무 숲이거든."

"?"

"몰라? 임금님 귀는 당나귀 귀, 하는 동화에 나오잖아. 대나무 숲."

흘끗 쳐다보는 걸로 대신한 물음에 주연은 성심껏 대답했다.

"할 말 없어."

툭 털어 내듯 대꾸하는 폼이 꽤나 귀찮아하는 티가 역력했지만 주연은 아랑곳하지 않고 계속 말을 걸었다.

"거울이나 한번 보고 그런 말을 하든가. 선배 얼굴이 지금 어떤지 알기나 해?"

"내 얼굴이 어때서?"

"설마 몰라서 묻는 건 아니지? 어디 세상이라도 무너졌어? 곧 죽어도 이상할 게 없을 정도로 막막하고 참담해 보여. 그러니까 얘기해 봐. 뭐가 문제야? 일이 너무 많아서 그런다는 헛소리는 안 통하니까 집어치우고."

'사람이 그렇게 쉽게 죽겠어?'

절로 헛웃음이 새어 나왔다.

울컥울컥 조여 오는 목구멍이 말 몇 마디 한다고 편해질까? 쌓이고 쌓인 실수가 감당할 수 없을 만큼 커져 버렸는데 자꾸 밀어내는 유안을 못 본 지 일주일이 다 되어 가는데, 그리움 때문에 숨이 턱턱 막힐 것만 같은데……. 이 답답함이 너를 잡고 하소연한다고 옅어질까?

"……그래, 그러자."

조금 시간이 흐른 후 태하가 덤덤하게 중얼거렸다. 말없이 자리를 지키고 있는 주연의 고집이 불러온 결과였다.

이른 퇴근으로 나란히 회사를 나선 두 사람이 향한 곳은 작은 일본식 주점이었다. 간단한 안주 두 가지와 함께 주문한 술이 나오기가 무섭게 태하가 잔을 채웠다.

연이어 세 잔을 따라 마시고, 또 잔을 채우는 그를 주연이 제지했다.

"생각 없다는 사람치고 초반에 너무 달려 주시는데? 천천히 마셔."

"잔소리는 사양이다."

"안주도 먹고. 빈속이잖아."

태하의 말을 무시한 그녀가 안주 접시를 그에게로 밀었다.

류태하는 뭐든 잘하기 위해 애를 쓰는 사람이었다. 주연에게는 없는 절박함이 있다고 해야 하나? 누군가에게 인정받는 걸 지상최대 사명이라고 생각하듯 어떤 일도 설렁설렁하는 법이 없었다. 때론 무언가에 쫓기는 듯한 느낌도 갖게 하는 그가 요즘엔 넋을 놓고 있는 경우가 종종 보여 은근히 신경 쓰이던 차였다.

주연은 몇 번을 망설이다 입을 열었다.

"다희에게 얘기 들었어."

"?"

"결혼, 했어?"

"아아."

조심스레 묻는 말에 그는 한쪽 입가를 끌어 올리며 잔을 들었다.

"……했지. 서류상이지만. 법적으로 따지면 분명 유부남이 맞아. ……하도 오래전 일이고 떨어져 지낸 시간이 많다 보니 나조차 그 사실을 잊고 살았다는 게 문제지. 그래서 다희에게도 본의 아니게 상처를 줬고."

읊조리듯 자신의 이야기를 풀어놓는 그의 얼굴이 미세하게 일그러졌다.

며칠 전, 다희와의 만남이 떠올랐다. 현실을 쉽게 받아들이지 못하고 혼란스러워하는 그녀를 다독이는 일은 많은 인내를 필요로 했다.

솔직히 다희의 감정까지 자신이 책임질 일은 아니라는 생각도 들었지만 아내가 있다는 사실을 미리 밝혔다면 다희가 제게 다른 감정을 품지 않았을지도 모른다는 생각에 최대한 다희를 배려했다.

하지만 그의 말을 믿을 수 없다는 다희를 붙잡고 차분하게 이야기를 하는 내내 유안의 모습이 머릿속에서 떠나질 않았다. 이러고 있을 시간이 없는데, 돌아선 아내의 마음을 다시 찾아야 한다는 생각에 조바심이 일었다.

나쁘게 말해 다희와의 관계는 잘라 내면 그만이었지만, 유안은 달랐다. 절대 떨어뜨릴 수 없는 존재이기에 더 신경이 쓰이고 더 가슴이 아팠다.

"생각해 보니까 내가 무지 나쁜 놈이더라고. ……다희를 만나 얘기하는 동안에도 그 사람만 떠오르더라. 제대로 프러포즈도 못 하고 옆에 데려다 놓을 걸로 부족해, 나만 바라보는 여자를 잊고 지내는 바람에 하지 않아도 될 일이나 만들고."

"……."

"거기다 귀국하자마자 내가 어떤 짓을 했는지 알아? 면목 없다는 이유로 따로 지내자고 했어. 오랜 시간 동안 나도 모르게 열심히 뒷바라지하며 기다려 준 그 여자를. ……난, 매정하게 밀어냈다."

태하는 울컥울컥 치밀어 오르는 고통을 꾹꾹 눌러 삼키며 말을 이었다.

"진짜 나빴다. 왜 그랬어?"

"미친 거지. 손에 쥐고 있을 땐 그 가치를 모르다가 잃어버리고 나서야 후회하는 짓을 하는 멍청한 놈이 누군가 했더니, 바로 나더라고."

혀를 차며 안타까워하는 주연의 반응에 그는 쓰게 웃으며 연거푸 술을 들이켰다.

짧은 시간 동안 들이부은 알콜로 인해 몸은 조금씩 허물어져 가는데 정신은 또렷하기만 했다.

보고 싶다. 유안이 너무나 그립고 보고 싶었다. 이 시간에도 홀로 병마와 싸우고 있을 아내가 너무 그리웠다.

한참 동안 말없이 술만 마시던 그가 조용히 입을 열어 넋두리 같은 말을 풀어놓았다.

"그런데 내 여자가 아프단다. 한 번도 제대로 사랑해 주지 못한 내 아내가 백혈병에 걸렸대. ……난, 그것도 모르고 화만 냈어. 날 속였다고 그녀를 원망하며 이혼하자고 떠들어 댔다. ……이렇게 후회할 줄도 모르고."

"혁."

안타까움에 놀람이 더해졌다. 안 그래도 큰 주연의 눈이 더 크게 열리고 벌어진 입은 다물어질 줄 몰랐다.

자신보다 어린 주연을 잡고 하소연하듯 속이야기를 풀어낼 생각 따윈 없었다. 가끔씩 튀어나오는 그녀의 과한 오지랖에 기대여 술 한잔으로 가슴속 답답함을 잠시 잊어 보려 했을 뿐인데 상황은 다르게 흘러가고 있었다.

"나, 진짜 나쁜 놈 맞지?"

자조적인 음성이 낮게 깔렸다.

"솔직히 말하면 너무 두려워. 그녀에게 너무 미안해서…… 유안이가 진짜로 다시는 나를 보지 않는다고 할까 봐. 어떻게 용서를 구해야 할지, 받아 주지 않는다고 하면 어쩌지? 난, 내가 이렇게 약한 사람인 걸 이제야 알았어."

끝끝내 자신의 목소리가 그녀에게 닿지 않을지도 모른다는 생각에 왈칵 두려움이 밀려들었다. 죽어도 싫다고 하면 보내 줘야 하는데 그럴 수 있을는지.

"……할 수만 있다면 내가 대신 아팠으면 좋겠어."

그의 눈이 촉촉이 젖어 들었다. 나오지 않는 목소리를 억지로 쥐어짜 내듯 말을 마친 태하가 또다시 잔을 들어 입으로 가져갔다.

주연은 위로의 말도 하지 못하고 그를 안타까운 눈으로 바라보기만 했다.

태하는 울고 있었다. 겉으로 눈물을 흘리지는 않았지만 가슴을 쥐어뜯으며 울부짖고 있는 그의 모습이 훤히 보였다. 이야기를 듣는 것만으로도 이리 가슴이 갑갑한데 당사자는 오죽할까 싶었다. 이런 얘길 들으려고 술자리를 마련한 건 아니었는데, 졸지에 무거워진 가슴이 쉬이 편해지지 않았다.

주제넘은 충고나 어쭙잖은 위로를 할 상황도 아니어서 그녀는 조용히 물었다.

"어떻게 하고 싶은데? 그냥 이대로 끝낼 거야?"

"아니. 이제야 내 마음을 알았는데, 허무하게 보낼 순 없지."

"그럼 자꾸 찾아가. 자꾸 만나서 용서를 구해. ……내가 생각하기엔 그리 독한 여자는 못 되는 거 같으니까 끈기 있게 선배의 진심을 보여 줘. 어쩌겠어? 치사한 방법 같지만 할 수 있는 건 다 해 봐야지. 최대한 불쌍하게라도 보여. 동정심이라도 자극하란 말이야. 내 사람을 찾는 일이니 최선을 다해야지. 이대로 그 여잘 놓을 순 없잖아."

"그래야지."

태하는 주연의 말에 침울한 표정으로 고개를 끄덕이며 다짐했다.

그녀를 꼭 찾아 옆에 데려다 놓고 평생 용서를 구하는 마음으로 위해 주며 살겠다고.

"선밴 할 수 있을 거야."

확신할 수 없었지만 아주 작은 희망이라도 전해 주고 싶은 마음에 주연은 격하게 수긍의 뜻을 내 보였다. 왠지 지금은 그렇게라도 하지 않으면 안 될 것 같다는 느낌이 들었다.

'어쩌냐. 정다희, 넌 아무리 해도 안 될 것 같다.'

가장 친한 친구란 말을 입에 담고 사는 다희가 하루라도 빨리 꿈에서 깨어나 현실을 직시하길 바랄 뿐이었다. 그녀가 어떤 짓을 해도 태하가 다희의 남자가 될 수 없음을……. 그래야 천진하다 못해 덜 자란 아이 같은 그녀가 상처를 덜 받을 것만 같았다.

딩동댕. 딩동댕.

계속해서 울리는 초인종 소리에 순자가 주방에서 뛰어나왔다.

"누가 왔는데 그래?"

인터폰 화면을 물끄러미 보고 있는 유안을 의아하게 생각하며 가까이 다가갔다.

"태하가 왔네. 왜 문은 안 열어?"

"그냥 두세요."

"유안아."

"열어 주지 않으면 그냥 가겠죠."

담담한 말투와 다르게 유안의 눈동자는 인터폰 화면 속의 태하에게 콕 박혀 떠날 줄을 몰랐다.

"그래도 여기까지 왔는데."

"이모, 절대로 문 열어 주지 마세요."

"날도 추운데 밖에서 저러고 있는 걸 어떻게 봐?"

순자의 걱정 가득한 말도 제대로 들리지 않았다.

'왜 자꾸 이래요? 그만하자니까. 제발 나 좀 흔들지 마요.'

까칠하고 야위어 보이는 모습에 가슴 한 귀퉁이가 무너져 내린다. 그동안 철저하게 그를 외면하고 무시했다. 바쁜 와중에 잠시라도 짬이 나면 사장실 근처를 서성이는 그를.

내일이면 싱가포르로 떠나야 할 사람이 이 시간에 여길 왜 찾아와 제 속을 시꺼멓게 태우는지 모르겠다.

딩동댕. 딩동댕.

그녀가 머뭇거리고 있는 사이에 또다시 초인종이 울렸다.

하염없이 그의 모습을 응시하고 있는 유안의 눈에 그리움과 원망이 동시에 떠올랐다.

"비켜 봐."

"이모."

"네가 안 열면 내가 열어. 이게 뭐 하는 거야? 이럴 거면 애당초 집을 알려 주지 말았어야지."

"이모, 제발."

순자가 유안의 슬쩍 밀어내고 열림 버튼을 향해 손을 뻗자 화들짝 놀란 그녀는 순자의 손을 덥석 잡으며 고개를 저었다.

"뭐가 무서워서 이래?"

자꾸만 태하를 밀어내는 유안이 안쓰러웠다. 절절하게 흘러넘치는 감정을 감추지도 못하면서 태하 녀석이 없이도 살 수 있다고 큰 소리만 땅땅 치는 여린 유안이 가여웠다.

"알잖아요? 내 몸이 어떤지."

"그게 뭐 어때서?"

"왜 자꾸 이러세요?"

"내일 당장 네가 죽기라도 한대? 지금 네 몸 아픈 거하고 태하를 안 보는 거하고 무슨 상관이야?"

"내가 오빠에게 해 줄 게 아무것도 없어요. 오빠 곁에서 시름시름 앓기라도 하면 어떡해요? 그런 구질구질한 모습 정말 보여 주고 싶지 않아요."

"그럼 넌? 언제까지 태하만 생각할 거야? 그렇게 자꾸 퍼 주기만 하면서 네 자신은 왜 생각 안 해? 막말로 내일 당장 네가 죽는다고 해도 그동안 못 받은 사랑을 한번은 받아 봐야 할 것 아니야? 제발, 이기적이라는 소릴 들어도 좋으니 네 생각도 좀 해. 이것아!"

속이 상한 순자가 기어코 열림 버튼을 누르고 휑하니 방으로 들어가 버렸다.

"이모……."

유안은 순자의 뒷모습을 보며 망연자실하게 서 있었다.

죽기 전에 사랑하는 사람의 애정 어린 손길과 관심을 받는다. 꿈만 같은 이야기였다.

'그가 주는 사랑을 마음껏 받다가 만약에 제가 먼저 가 버리면 남은 오빠는 어떻게 해요?'

아무런 추억도 없는 어머니와 다르게 아버지를 잃었을 때 맛본 상실감은 이루 말을 할 수 없을 정도였다. 그 고통과 아픔을 그에게 주라고? ……못 한다. 절대.

"유안아."

거실로 들어선 그가 나지막이 그녀를 불렀다.

"가요. 보기 싫다는 말 그냥 해 본 소리 아니에요. 이 시간 후로 다시 이렇게 찾아오는 일 없었으면 해요. 살펴가세요."

제 할 말을 끝낸 그녀가 단호하게 등을 돌렸다.

"새로 시작하자는 내 말, 헛소리로 듣지 말아줬으면 해. 나도 진심이야."

그가 멀어지려는 유안의 손목을 빠르게 낚아챘다.

"나가. 나가란 말 못 들었어? 왜 집까지 쫓아와 사람을 이리도 못 살게 굴어? 지금 이 자리에서 내가 죽어 버려야 나갈 거야?"

"그런 말 하지 마. 그렇게 무서운 말은 제발……."

"……내가 병들었다니까 이제 좀 만만하게 보여요? 없던 동정심이 생겨서 이래요? 그렇게 시선 한 자락 받기 위해 아등바등할 때는 외면하더니 병들고 아프다고 하니 이제야 눈에 들어와요? 더 이상의 동정은 싫다고 외치던 모습이 눈에 선해요. 그러니 가요. 그냥 가 버려요."

몇 마디 하는 것도 힘에 부치는지 작게 헐떡이며 하얗게 일어나 갈라진 입술을 벙긋거렸다. 숨기고 싶었던 사실을 제 입으로 먼저 꺼내 놓았다. 두 사람 모두가 알고 있는 사실을 말로 하지 않는다고 해서 없던 일이 되는 건 아니니까 말이다.

"동정심으로 이런다고 생각해?"

"아닌가요? 지금까지 날 제대로 봐 준 적이 한번이나 있었어요?

······없었죠."

서글픔을 담은 그녀의 담담한 음성이 그의 심장에 생채기를 내었
다.

"몰랐어. 내 마음을 나도 몰라서······."

"착각하는 거예요. 내가 아프다니까 그 마음이 일시적으로 혼란을
일으킨 거라고요."

유안이 그의 말을 자르고 단정적으로 말했다.

불꽃을 담은 그녀의 눈동자가 그에게로 향했다. 왜 이런 소리까지
하게 만드느냐는 질책이 담긴 소리 없는 원성이 그 안에 가득 담겨
있었다.

"그렇지 않아. 난 널 사랑해. 내가 바보처럼 그걸 몰랐을 뿐이야."

어쩌자고 이러는 걸까? 흔들림과 거짓을 찾아볼 수 없는 확고한
그의 고백에 숨이 멎는 기분이었다. 처음 듣는 사랑한다는 말에 말
문이 막혀 버렸다.

"아니야. 그럴 리가 없어."

자신의 목소리가 아닌 것만 같았다. 입술 사이로 새어 나오는 작
고 힘없는 음성은 분명 그녀의 것이 아닐 것이다.

그가 날 사랑한다니······ 믿어지지 않았다.

얼마나 갈구했던가. 그의 시선 한 자락을 잡기 위해 아등바등거렸
던 시간들. 그의 따스한 손길을 애타게 기다렸던 날들이 주마등처럼
떠올랐다.

"사랑해, 유안아. 널 사랑해."

"······."

연이은 그의 말에 격하게 고개를 저은 유안이 태하의 손을 뿌리치

고 돌아섰다.

이미 그와 헤어지기로 마음먹었다. 조금의 틈도 보여선 안 된다 마음을 다잡은 유안이 어렵게 발을 움직였다.

"제발, 나 좀 봐 줘. 그렇게 차갑게 등 돌리지 마."

태하는 유안의 양쪽 어깨를 잡고 그녀의 등에 이마를 가져다 대었다. 그의 떨림이 그녀에게로 조금씩 전해졌다.

"내가, 내가 미련했어. 널 사랑하는 걸 모르고 아프게만 했어. ……제발, 유안아."

커다란 남자가 울고 있었다. 바닥으로 뚝뚝 떨어져 내리는 그의 눈물에 그동안의 고통이 모두 담겨 있었다.

'왜 이래요? 이렇게 약한 모습을 보이면 나더러 어쩌라고.'

눈물을 머금은 유안의 눈동자가 허공을 헤맸다.

흔들리면 안 돼. 여기서 흔들리면 절대로 안 돼. 더 큰 고통을 그에게 줄 뿐이야.

"나 이제 류태하 씨 안 봤으면 좋겠어요. 그러니까 다시는 내 앞에 나타나지 말아요."

힘없이 바스락거리는 그녀의 작은 음성이 그의 심장에 새겨진 상처를 더욱 깊게 만들었다.

"그럴 수 없어."

습기를 머금은 그의 떨리는 음성에 또 한 번 유안의 심장이 죄어왔다.

"가요. 그냥 가요."

"유안아."

"우리 서로 모르는 사람처럼 그렇게 살아요."

"그럴 수 없어."

"미안해. 미안해. 유안아. ……널 아프게만 해서."

심장이 가리가리 찢겨지며 붉은 핏물이 진득하니 배어 나오는 아픔이었다.

그의 마지막 자존심이 그녀에게 가는 것을 막았었다. 은혜를 입은 그녀에게 자신의 마음 한 자락 내비치면 안 된다고 벽을 세웠다. 이렇게 후회할 줄 알았더라면 절대 그러지 않았을 텐데……. 그렇게 막무가내로 화를 내고 다그치지 않았을 텐데. 그녀의 곁을 그렇게 떠나는 것이 아니었는데.

그녀 홀로 병과 싸우며 고통의 날을 보냈을 거라 생각하니 그 아픔은 배가 되었다.

그의 눈에서 계속해서 뜨거운 눈물이 흘러내렸다. 그를 외면하는 유안의 모습이 너무 작고 여렸다. 그 연약한 여자를 그가 밀어냈다. 그 작은 아내를 그 큰 집에 버려 두고 나왔다. 뒤늦은 후회로 그의 심장은 비명을 질러 대고 있었다.

"가요, 가. 가란 말이야."

"……미안해."

그는 서서히 무너져 내렸다.

"지금까지 아팠던 기억은 다 잊어 줘. 이제부터 행복해지는 것만 생각하자. 제발 네 곁에 있게 해 줘."

그녀 앞에서 떳떳하게 울 자격도 없었다. 혹시라도 울음 섞인 목소리가 나올까 싶어 입술에 힘을 주었다. 목구멍이 찢어지는 느낌이었지만 고통을 꾹꾹 눌러 삼켰다.

"싫어."

"유안아, 네 옆이 아니면 난 숨조차 제대로 쉴 수가 없어."

"지금까지 잘만 살아왔으면 그딴 말도 안 되는 소리 하지 마요."

투정부리듯 중얼거리는 그녀의 음성이 떨린 것은 착각일까.

"하루하루 그저 공기만 들이마시고 뱉어 내는 게 사는 거라 한다면 그렇겠지. 이제야 알았지만 난 산 게 아니야. 겨우겨우 버틴 거야. 죽지 못해서, 죽을 수가 없어서……. 할머니가 돌아가시고 난 뒤에 뭐든 해야 했어. 나만 바라보고 있는 재하 때문에 겨우 버티고 있었어. 그런데 널 만나고 나도 모르는 새에 제대로 숨을 쉬고 있다는 걸 알았어. ……너무 늦게 알아 버렸지만 오로지 네가 있어야 내 심장은 안정을 찾고 제대로 된 숨을 쉴 수가 있어."

유안이 느리게 몸을 돌려 그를 마주 보았다.

입술을 깨물고 고개를 숙인 그의 얼굴이 온통 젖어 있었다.

소리 내어 울지도 못하는 미련한 사람. 그래서 더 안타까운 내 남자. 하지만 자신이 없었다. 그를 완벽하게 받아들일 자신이.

"내 건강이 지금보다 더 안 좋아지면 그땐 어떻게 하려고 이래요? ……더 아플 거야. 지금 헤어지는 것보다 그땐 더, 더 많이 아플 거라고. 왜 그걸 몰라요?"

"넌 좋아질 거야. 그깟 병 따위 다 털어 낼 거야. 내가 지켜 줄게. 이번엔 진짜로 네 곁에서 떨어지지 않을게."

유안이 떨리는 손으로 그의 볼을 타고 흘러내리는 눈물을 닦아 내었다.

"그래도……."

"날 믿어. 그리고 만에 하나 네 건강이 더 나빠진다고 해도 지금 네 곁을 선택한 걸 후회하지 않아. ……난 괜찮을 거야. 그러니까 날 좀 받아 주라."

"모르겠어."

그녀가 혼란스러워하는 것이 보인다.

그를 염려하는 모습에 그의 표정이 부드럽게 변했다.

항상 그랬지, 넌.

날 먼저 생각하고 날 우선순위로 두는 너. 이런 네 사랑이 왜 보이지 않았을까?

'내 버릇을 망친 건 너야. 조금만 이기적으로 굴었어도 내 마음을 진작 알아챘을 텐데.'

"내 모든 걸 당장 받아들여 달라는 건 아니야. 그러면 좋겠지만 적어도 날 밀어내지는 마."

그녀의 속도에 맞춰 천천히 가야 한다. 지금껏 그가 하고 싶은 대로 했으니 이제부터라도 그녀가 원하는 대로 해야만 한다.

사랑하고, 또 사랑한다.

태하가 한 걸음 앞으로 다가서 조심스럽게 유안을 품에 안았다. 그녀의 정수리에 입술을 묻고 작은 목소리로 사랑한다는 말을 계속 되뇌었다.

"사랑해. 사랑해. 유안아, 사랑해."

"……."

아직 유안이 100% 그를 받아들인 게 아니라는 것을 알고 있다. 그래도 오늘 내딛은 한 걸음이 그녀와의 관계를 발전시켜 줄 것이다. 그리 믿고 싶었다.

"싱가포르에 다녀와서 보자."

한동안 유안을 꼭 안고 있던 그가 느리게 그녀를 품에서 떼어 놓았다.

가고 싶지 않았다. 이제 겨우 그의 마음을 들여다보려는 연인을 놔두고 어디도 가고 싶지 않았다.

"내가 없는 동안 몸 관리 잘하고, 절대 아프면 안 돼. 알았지?"

아쉬움이 진하게 묻어 있는 손을 움켜쥐고 떨어지지 않는 걸음을 옮기는 그에게 힘겨운 시간이 시작되었다.

16.

Rrrrr. Rrrrr.

"이유안입니다."

—나야.

"아!"

벌써 3일째다. 그가 싱가포르에 도착해서 전화를 걸기 시작한 것이.

하지만 여전히 어색하고 딱히 할 말이 떠오르지 않았다.

—잠시 쉬는 시간이 생겨서 전화했어. 많이 바빠?

"아니. 아니요."

—식사는 잘 챙기고 있는 거지? 바쁘다고 대충 때우면 큰일 난다. ……무리해서 일하지도 말고.

"네."

유안은 염려를 가득 담은 그의 음성에 귀 기울이며 슬며시 미소 지었다. 이렇게 잔소리가 많은 사람인지 몰랐다. 그녀의 건강에 이상이 생길까 노심초사하는 그를 보는 것도 색다른 기분이었다.

 ─하아. 답답해 죽겠다. 유안아, 빨리 돌아가고 싶어.

 "에어쇼 아직 시작도 안 한 거 알면서 그래요?"

 ─그러게. 그냥 나, 이대로 귀국하면 안 되나? 내 대신 이규협 팀장더러 오라고 하고.

 "말이 되는 소릴 하세요."

 ─냉정하다. 우리 마누라, 전엔 안 그랬는데 지금은 너무 차가워졌어.

 툴툴거리며 서운함을 표현하는 그의 음성이 자꾸만 귓가를 간지럽혔다.

 ─유안아, 유안아.

 "네?"

 ─그냥 불러 보고 싶었어. 부르면 대답해 주는 게 좋아서.

 불안한 모양이다.

 하기야 자신조차도 그와 편하게 전화 통화한다는 사실이 믿기지 않을 때가 있으니 그러면 더 하지 않을까 하고 생각해 본다.

 "요령껏 쉬면서 해요."

 그를 위한답시고 기껏 하는 말이 이 정도다.

 ─하하하. 지금 네가 한 말, 우리 회사 사장님이 들으면 기함할 소리 같은데.

 "내 눈에만 안 띄면 되는 거지."

 작게 중얼거리는 말에 그는 장난스럽게 대답했다.

 ─그러다 회사가 망하기라도 하면 어쩌려고?

"그럴 일은……."

ㅡ뭐, 만일 그런 일이 생긴다 해도 너무 걱정하지 마. 내가 너 하나 못 먹여 살릴까? 내가 무슨 일을 해서라도 너는 확실히 책임진다. 어때? 네 남편 꽤 듬직하지?

'그래요. 너무 믿음직스러워요.'

절대 회사가 문 닫는 일은 없을 거라고 얘기하려다 입을 다물고 말았다.

유안은 자연스럽게 남편이라는 말을 입에 올리는 그로 인해 목이 메어 아무런 대답도 하지 못했다.

ㅡ이유안? 유안아.

"……네."

ㅡ아무 말도 없어서 끊어진 줄 알았어. ……이만 가 봐야겠다. 우리 마누라 맛있는 거 사 주려면 열심히 일해야지. 또 전화할게.

"그래요."

미련이 남아 머뭇거리던 그가 어렵사리 전화를 끊었다.

유안은 뜨거운 열을 내는 휴대폰을 손에 쥐고 느리게 눈을 감았다.

익숙하지 않은 떨림이 조금씩 그녀를 집어삼켰다.

그의 사랑한다는 말에 무너졌을까? 아니면 그의 눈물에 흔들린 걸까? ……어쩌면 시간이 얼마 남지 않았을지도 모른다는 두려움 때문일 수도 있겠다.

수많은 생각과 별개로 가슴이 아팠다. 그의 눈물을 본 순간 차마 고개를 돌릴 수가 없었다. 그의 고통과 진심이 손에 잡힐 듯 느껴져 도저히 모른 체할 수가 없었다.

과연 잘한 결정일까? 절대 그를 받아들이지 않겠다고 다짐하고
또 했는데, 어이없을 정도로 쉽게 그가 내민 손을 잡았다. 그의 가슴
에서 생생하게 살아 움직이는 심장박동 소리를 들으며 꽉 막힌 숨통
이 트이는 기분을 맛보았다.

그러고도 그를 놓을 수 있을까?

만약 지금보다 몸이 더 나빠진다면 어쩌지. 오늘 갑자기 면역력이
떨어지고 약이 듣지 않게 된다면……. 가슴 한 귀퉁이를 차지하고
있는 불안감이 또다시 슬그머니 고개를 들고 활개 치기 시작했다.

'어떻게 해야 하지.'

이러지도 못하고 저러지도 못하는 사이에 생각지도 못한 그의 전
화를 받고 한동안 말을 잃었다.

싱가포르에 잘 도착했다고, 밥 잘 먹고 열심히 일하다 갈 테니 보
고 싶어도 조금만 참으라는 별것 아닌 안부전화 한 통이었지만 왈칵
눈물이 솟아났다.

솔직하게 자신의 감정을 드러내는 남자가 낯설면서도 그의 관심
을 받는다는 사실이 너무 기뻐서. 당당하게 아내라 부르던 그의 음
성이 귓가에 맴돌았다. 이리 좋은데, 이렇게 행복한데 그를 떼어 놓
고 살 수 있을까?

그녀 역시 그를 떠나선 숨을 쉴 수가 없을 것만 같았다.

욕심 내 볼까? 조심스럽지만 질긴 욕심이 빠르게 잠에서 깨어나
기 시작했다.

이국의 정취도 전시장의 흥겨움도 눈에 들어오지 않았다.

오고 싶지 않았다. 에어쇼 같은 거. 몇 달 전이었으면 즐거운 마

음으로 준비를 했겠지만 지금은 정말 아니었다.

유안의 곁에서 조금이라도 멀어지는 게 견딜 수가 없었다.

"후우."

주연의 도발에 넘어가 이제 막 불 붙기 시작한 젊은 연인을 보니 외로움이 더욱 진해졌다.

거침없이 서로를 향해 손을 뻗는 두 사람을 보며 미소 지었지만 부러운 마음이 더 컸다. 자신도 유안과 그럴 수 있는 날이 올까? 스스럼없이 사랑을 표현할 수 있는 날이 오긴 올까.

"보고 싶다."

에어쇼의 개막일이 아직도 한참 남았다는 것에 절망했다. 시간 날 때마다 유안의 목소리를 듣는 것으로 위안을 삼고 있지만 얼마나 더 버틸 수 있을지…….

예전에는 몰랐던 낯선 감정에 빠져 허우적대는 자신의 꼴이 볼만했다.

하루하루가 지루했고, 시간이 흐를수록 그녀를 향한 그리움이 너무 깊어 아픔이 되어 갔다.

※

"누나. 아니, 형수. 내가 누나 보려고 아! 나 왜 자꾸…… 어쨌든 내가 형수 보려고 매일같이 오고 싶었는데 일하는 데 방해될까 봐 차마 못 왔다는 거 알아? 나, 진짜 착한 동생이지?"

모처럼 점심시간에 회사로 들이닥친 재하가 환하게 웃으며 너스레를 떨며 배고프니 밥을 달라 재촉했다.

"때 맞춰 잘 왔네. 나가자."

사무실을 나선 재하는 유안을 호위하듯 움직였다. 작은 위험에도 그녀를 지키겠다고 마음먹은 사람처럼 눈을 굴리며 주위를 살폈다.

엘리베이터에 올라서도 다른 사람과 조금이라도 부딪힐세라 온몸으로 앞을 막고 그녀를 구석으로 몰았다.

"왜 그래?"

예전과 다르게 과장된 재하의 행동이 이상해 보여 물은 말에 걸작인 대답이 나왔다.

"형이 가면서 누나 잘 지키라고 신신당부하고 간 거 모르지? 다른 사람, 특히 남자들로부터 확실하게 지키래. 또 집에도 자주 찾아가고, 얼굴도 자주 내밀라고. 형이 올 때까지 누나 많이 웃게 해 주라고 부탁했어. 난, 그걸 성실하게 이행하는 중이고."

"뭐?"

"사실 어제는 확인 전화까지 왔었어. 내가 누나 만나러 못 갔다고 했더니 얼마나 소릴 질렀는지 알아? 귀국하면 보자고 용돈은 꿈도 꾸지 말라고 협박까지 받았다고. ……아! 그렇다고 내가 용돈이 궁해질까 싶어 찾아온 건 절대 아니야. 하하하."

멋쩍게 웃는 폼이 영 수상쩍었지만 이런 기분이 나쁘지 않았다. 모처럼 아무런 거리낌 없이 웃을 수 있다는 게 좋기만 했다.

자주 가는 한정식 전문식당에 자릴 잡고 앉아 따스한 보리차가 담긴 잔을 살며시 감쌌다. 손바닥 전체로 전해져 오는 뜨거운 열기가 유난히 마음에 들었다.

찬 공기에 둘러싸여 있던 바깥세상과 완전히 다른 온기가 그녀를 살살 보듬어 주는 느낌이었다. 생각 하나 바뀐 것뿐인데 모든 사물이 다 좋게만 보이니 무슨 조홧속인지 모르겠다.

자기만의 세계에 빠져 있는 유안의 부드러운 표정을 보며 재하는 형수가 혼자만의 시간을 좀 더 즐길 수 있게 시간을 주었다. 입을 꾹 다물고 먼 산을 보며 말이다.

잠시 뒤, 상다리가 휘어질 정도로 한 상 가득 정갈하게 차려진 음식을 보며 입맛을 다시던 그가 유안의 안색을 살피며 슬그머니 물었다.

"혹시 형 전화 받았어?"

"응."

"역시. ……그거 모르지? 에어쇼 때문에 출장 가야 하는데 가기 싫다고 짐 싸는 내내 얼마나 징징거리던지. 누나가 봤어야 했는데."

"그랬어?"

꿈만 같았다. 유안은 이렇게 편하게 태하의 이야기를 나눌 수 있다는 게 믿기지 않아 살며시 호기심을 드러냈다.

"아주 볼만했다니까."

그녀의 반응에 신이 난 재하는 주저리주저리 태하의 행동에 대해 떠벌였다.

"가방 안에 옷 하나 넣고 인상 쓰면서 한숨 쉬고, 양말 하나 챙기고 핸드폰 들었다 났다 하고, 그러다 나중엔 뭐가 그리 좋은 실실 웃기까지 하던 걸. 진짜 웃겼어. 정말 누나도 그걸 봤다면 황당함을 넘어 기가 막힌다는 게 어떤 건지 알 수 있었을 거야."

그의 말에 유안은 슬며시 눈꼬리를 접으며 웃었다.

"어디서 뭘 하고 왔는지 눈이 시뻘겋게 충혈이 돼서는…… 사실은 완전히 정신이 오락가락하는 것만 같았어."

"류재하, 말을 해도."

"진짜 그때 형 상태가 딱 그거였다니까. 누나가 못 봐서 그래?"

억울하다는 듯 목소리를 높이는 재하를 살짝 흘겨본 유안이 그의 앞으로 갈비찜을 밀어 주었다.

"그래도 함부로 말하면 못 써. 어서 먹어."

"네, 조심하겠습니다. 히힛."

"어휴. 말을 말아야지."

"여기 음식 진짜 맛있다. 이모가 한 것만은 못하지만."

재하는 시종일관 떠들었고 유안은 그런 재하를 보며 빙긋이 웃기만 했다.

"형, 용서해 주는 거야?"

식사를 끝낸 재하는 차마 유안의 눈도 제대로 보지 못하고 눈앞의 빈 그릇에 시선을 고정한 채로 물었다.

"······글쎄······ 용서라."

"형이 바보 짓 한 건 맞는데 그래도 오랫동안 봐 온 정으로라도 한 번만 용서해 주면 안 돼? ······이런 말 하는 것도 염치없지만 말이야."

재하는 조금은 쑥스럽고 그보다 더 많이 진지한 목소리를 내었다.

유안이 그들 형제에게 준 것은 단순히 물질적인 것뿐이 아니었다. 정신적인 안정감과 자신감까지 더해 그들이 사회에서 당당하게 제 몫을 해낼 수 있는 힘을 길러 주었다는 걸 너무 잘 알고 있었다.

한없이 고마움을 가져도 부족한 사람을 아프게 한 형이지만 그래도 자신은 형의 입장에서 얘기할 수밖에 없었다.

"미안한 마음이 너무 커서 사랑이 움츠러들었을 거야. 내 여자 앞에서만큼은 멋진 남자이고 싶은 욕심은 큰데 현실은 그러지 못했으니까. 속마음을 솔직하게 표현하지도 못하고 그냥 꾹꾹 눌러 숨기기에 급급했을 거고. ……바보잖아, 우리 형. 정작 소중한 것이 뭔지도 모르는 그런 바보. 그러니까 더 똑똑한 사람이 봐줘야지. 누나가 우리 형 좀 봐줘. 앞으로 그러지 말라고 따끔하게 야단치고 그다음에 안아 주면 안 될까?"

"재하야."

"바보지만 내겐 하나뿐인 형이고 엄마였고 아빠인 사람이야. 아무 것도 모르는 짐 덩어리에 불과한 내 손을 끝까지 놓지 않아 준 고마운 사람이기도 해. 난, 이제 형이 행복했으면 좋겠어. 다른 사람도 아닌 누나랑 행복하게 오래오래 사는 걸 보는 게 내 소원이야. 누나, 누나도 형 좋아하잖아. 제발, 내 소원 좀 들어주라. 죽은 사람 소원도 들어준다잖아. 그러니까……."

유안은 목이 메어 말을 끝맺지 못하는 재하에게 물 잔을 내밀었다.

"나도 가끔 그런 생각을 해. 내가 솔직하게 내 마음을 오빠에게 얘기했다면 어땠을까? 많이 사랑하고 있다고, 곁에 있는 것 외에 원하는 건 아무것도 없다고 한 번쯤 얘기했다면 이렇게 서로에게 상처가 되는 일이 없지 않았을까 하고. ……결론은 나 역시 바보였다는 소리야. 누굴 용서할 것도 없이. ……한 가지 못된 말 한 건 따져야겠지만. 그 여자 문제도."

"아! 그 여잔 그냥 아는 동생이래. 형이 귀국한다니까 소리도 없이 따라와서 형도 깜짝 놀랐다던데."

재하는 조금 전과 확연히 다른 높은 소리로 변명하듯 입을 열었다.

"뭐야? 류재하. 형이라고 편드는 거야?"

"그게 아니라 특별한 사이도 아닌데 오해받으면 조금 억울하잖아. 그래서 그런 거지. 자기 마음이 어디에 있는지도 모르는 둔한 사람 눈에 다른 여자가 들어왔겠어?"

"어머, 이 무한한 신뢰는 어디서 나오는 거지?"

"아니라니까, 정말. 하여튼 오늘의 결론은 형이 바보라는 거야."

더 이상 말을 섞어 봐야 자신만 손해라는 걸 인지한 재하는 서둘러 결론을 내리고 후식으로 들어온 수정과를 달게 들이켰다.

사그락사그락 내리는 커다란 눈송이가 은밀하게 세상을 덮어 가고 있었다. 모두가 잠이 든 늦은 시간, 유안의 시선은 창밖에 고정되어 떨어질 줄을 몰랐다. 뭉쳐 날리는 눈송이에 눈길을 주고 있긴 하지만 머릿속은 온통 류태하로 가득 차 있었다.

"지금 자고 있을까?"

그를 만나러 싱가포르에 가 볼까 하는 생각이 스치듯 떠올랐다.

에어쇼가 시작되는 때에 맞춰 직원들을 격려하는 차원으로 방문을 하는 것도 나쁠 것 같지 않았다. 스케줄이야 조정하면 되는 거고, 설마 며칠 정도야 빼지 못할까.

'비행기 편을 알아봐야 하나? 가는 김에 재하도 데려갈까?'

그를 만나야겠다는 생각이 들자 마음이 조급해졌다. 지금 당장 비행기를 예약해야만 할 것 같아 엉덩이가 절로 들썩였다.

급한 마음에 컴퓨터 앞에 앉아 항공사 사이트를 찾다가 허탈한 웃음을 지었다.

뭐가 그리 급해서, 지금까지 살면서 이렇게 허둥지둥 무언가를 한 적이 있던가를 생각했다. 항상 류태하와 관련된 일에 마음이 급해지긴 했어도 이 정도는 아니었는데…….

유안은 천천히 노트북 전원을 끄고 침대에 누웠다.

서둘러서 좋을 일이 있고 아닌 일이 있다.

처음 그와의 관계는 첫 단추를 잘못 끼워 지금껏 고생하지 않았던가. 이제는 차근차근 단계를 밟아 가야 할 때였다.

그렇게 약간의 시간을 두고 스스로의 마음을 먼저 들여다봐야만 다시 실수를 하지 않을 것만 같았다. 아니 어쩌면 두 번째 기회마저 그냥 날려 버리고 싶지 않아 핑계를 대고 있는지도 모르겠다.

"조금 떨어져서 이야기를 나눠 줬으면 하는데요."

"뭐?"

주연과 전시용 스마트이글 내부에 장착할 장비에 대해 이야기를 나누고 돌아서는 그에게 승재가 다가와 경고조의 말을 던졌다. 주연이 알아들을 수 없을 정도로 작은 음성으로 말이다.

무언가 잔뜩 불만을 가진 듯 문승재는 말을 하는 내내 찌푸려진 미간이 펴질 기미가 안 보였다.

"지금 나한테 하는 말인가?"

"네."

"나더러 강주연 팀장과 얘기할 때 거리를 둬라?"

"네. 그렇게 딱 붙어서 할 얘기는 아니지 싶습니다."

"하하하. 문승재 씨. 참 재미있는 사람이네. 왜 내가 그래야 하지?"

"……."

내 여자와 가까이 붙어 있는 것이 싫다. 말은 안 했지만 그의 눈이 그렇게 얘기하고 있었다. 고지식하게 느껴질 정도로 올바른 사람이 상사인 자신에게 업무적인 내용도 아니고 지극히 사적인 경고를 할 정도면 꽤나 그의 신경을 자극했나 보다.

과한 소유욕을 내 보이며 으르렁거리는 승재의 모습이 나쁘게 보이지 않았다. 자신 역시 유안의 곁에 다른 남자가 가까이 있다면 같은 반응을 보일 것이 확실하기에 넓은 마음으로 그를 이해하기로 했다. 더불어 그의 불안을 종식시킬 중대한 비밀도 덤으로 알려 주었다.

"문승재 씨. 강주연 팀장의 마음이 어디로 향해 있는지 누구보다 잘 아니까 의처증에 걸린 남편 흉내는 그쯤 해 둬. 그리고 하나 더, 난 이미 결혼해서 아내까지 있는 몸이야. 너무 경계할 필요가 없다는 말이지. 난 내 아내를 너무 사랑하거든. 다른 여자가 눈에 들어올 틈도 없어."

"네?"

태하는 놀란 승재의 어깨를 두 번 두드리고 걸음을 옮겼다. 경악으로 크게 떠진 승재의 눈동자가 집요하게 따라붙었지만 그는 신경 쓰지 않았다.

분명 결혼했다는 자신의 말에 놀란 것이리라.

주위에서는 지금까지 그를 미혼으로 알고 있으니 경악에 가까운 반응을 보이는 것은 당연한 일이었다. 이것 또한 빠른 시간 내 바로 잡아야 할 일 중에 하나였다.

"후우."

유안에게 용서를 구해야 할 일이 자꾸만 늘어난다는 생각에 태하는 씁쓸한 웃음을 지었다.

숨길 이유가 전혀 없는 소중한 여자를 그림자로 만들어 버린 죄는 살면서 두고두고 갚아야 할 자신의 몫이었다. 해결해야 할 일은 산더미처럼 쌓여 있는데 현재 유안과의 거리는 너무나 멀었다.

시간이 없다.

그녀의 몸 상태가 한순간에 나빠질 수도 있다는 불안감이 가슴 한 귀퉁이에 숨어 있어서 그런지 자꾸만 마음이 조급해졌다.

더 이상의 후회는 그만하기로 했으면서도 매순간마다 후회뿐이다.

허무하게 흘려 버린 시간이 너무 아쉬워서…… 진작 제 마음을 알아챘어야 했는데.

그의 의식은 자연스럽게 유안에게 흘렀다.

지금 그녀는 무얼 하려나……. 혹시 젊은 남자가 그녀의 곁에 바짝 붙어 있는 건 아니겠지? 어이없는 생각에 피식 웃음을 흘린 태하가 유안에게 전화를 걸었다.

현재 유일하게 할 수 있는 일은 그녀의 목소리로 허전한 마음을 달래고 미안한 마음을 감추는 것뿐이었다.

"어이, 마누라."

그는 일부러 가볍고 경쾌한 목소리를 내는 것을 잊지 않았다.

"쯧, 쯧."

주미는 보일락 말락 한 미소를 머금고 태하와 통화를 하는 유안을 보며 혀를 찼다. 크리스마스 때 너무 유안을 몰아붙였나 싶어 켕기는 마음에 겨우 시간을 내서 찾아왔더니 못 볼꼴을 본다.

불그레하게 볼을 물들인 채로 그의 물음에 꼬박꼬박 대답하는 모양새에 이제 막 연애를 시작한 여자의 설렘이 담뿍 담겨 있었다. 저리 좋아하는데 그냥 시원하게 축하해 주자 싶다가도 그간 힘들었던 친구를 생각하면 울컥하고 울화가 솟구쳐 절로 입매가 비틀어지고 눈꼬리가 치켜 올라갔다.

"그렇게도 좋나?"

유안이 전화를 끊는 것과 동시에 주미의 입이 열렸다.

"……모르겠어. 이런 관심을 오빠한테 받아 본 적이 없어서 아직은 어리둥절해. 하지만 싫지는 않아."

"역시 이유안은 꽤나 쉬운 여자였어. 그걸 그동안 잘도 숨기고 있었다니……. 정말 대단하십니다."

악감정이 남아 있는 주미가 입을 삐죽이며 빈정거렸다.

"주미야, 넌 내가 불행했으면 좋겠니?"

"야! 그딴 말이 어딨어? 나처럼 네가 행복하길 바라는 사람이 어디 있다고."

화들짝 놀란 주미가 크게 소리쳤다.

"그러니까 괜히 빈정대지 마. 누구보다 날 생각하는 사람이 너라는 거 잘 알고 있으니까. 그냥 잘되길 바라는 마음으로 지켜봐 줘. 이제 오빠 때문에 울거나 속상해할 일 없을 거야. 앞으로 행복하게 잘 사는 모습만 보여 줄게."

"행여나."

"진짜야."

"……약속할 수 있어? 진짜 잘 살 거야?"

"그래."

유안은 자신의 얼굴을 세세히 살피는 주미를 보며 빙그레 웃었다.

"웃지 마. 바보 같아."

"알았어. 안 웃을게."

입가에 미소를 지우고 대번 정색하는 그녀를 보고 주미가 눈을 흘겼다. 이럴 때는 참 말도 잘 듣는다. 정작 제 말을 들었으면 할 땐 있는 고집 없는 고집 다 부리더니.

"아니, 웃어. 앞으로 계속 계속 웃어. 절대로 울면 안 돼."

"알았어."

"바보 같은 계집애. 세상에 쌔고 쌘 게 남잔데. 하필 류태하한테 꽂혀서는."

"주미야."

"알았어, 알았다고. 하지만 네 오빠님한텐 내가 경고는 할 거야. 네 눈에서 눈물 한 방울이라도 흘리게 만드는 날엔 그날이 바로 제삿날이 될 거라고. 그것까지 말리지는 마."

"그래. 꼭 해 줘. 절대 나 아프게 하지 말라고. 꼭 얘기해 줘."

유안은 늘 제 편인 주미의 손을 꼭 잡았다. 고맙다는 말로는 부족하기만 한 소중한 친구였다. 자신의 일이라면 누구보다 먼저 나서고 아파하면 누구보다 속상해하던 그런 친구가 주미다.

"에휴. 이거 물가에 애기 내놓은 기분이네."

"하하하. 그럼 엄마라고 불러 줄까?"

"미쳤어? 아직 시집도 안 간 처녀 혼삿길 막을 일 있냐?"

"고마워."

"알면 잘 살아."

"응."

"나, 배고파. 오늘은 네가 밥 사. 비싼 걸로 먹을 거야."

"그러자."

주미는 툴툴거리며 소파에서 일어났다.

유안에게 질기게 달라붙어 있던 겨울이 물러가고 봄이 찾아오려나 보다. 차가운 바람에 몸을 잔뜩 웅송그리던 작은 아이가 이제는 크게 기지개를 켜고 어른이 되려나 보다. 다행이다. 다행이다.

주미는 아련한 눈으로 친구를 보며 속으로 작게 물었다.

'행복하지?'

17.

"회의 중인가?"

도착 예정일보다 이틀 앞서 귀국한 태하는 조바심으로 가득한 얼굴로 휴대폰을 꺼내 들고 버튼을 눌렀다. 한참 동안 유안의 얼굴을 보지 못해 급한 마음을 숨기지 못하고 전화를 걸었지만 전원이 꺼져 있다는 상냥한 안내 멘트가 그를 반겼다.

하루라도 빨리 그녀를 보기 위해 정신없이 일을 마무리하고 먼저 귀국길에 올랐다. 유안에게 알리지 않고 온 이유는 깜짝 놀라는 그녀의 얼굴을 보고 싶다는 순수한 열망 때문이었다.

"회사로 곧장 가야겠군."

재빠른 동작으로 자신의 가방을 낚아챈 그는 지체 없이 본사로 향했다. 그녀의 일이 끝나길 기다렸다가 같이 퇴근하는 것도 꽤 괜찮은 일 같았다. 지금까지 한 번도 해 본 적 없는 연인 기다리기.

태하의 입술은 절로 호선을 그렸고 마음은 바빠졌다.

그녀의 사무실 소파에 앉아 향기로운 커피 한 잔을 마시며 일에 열중해 있는 유안을 보며 퇴근 시간을 기다린다. 공기의 움직임마저 사라진 고요한 공간에서 들리는 소리라고는 그녀가 종이를 넘기는 소리뿐이다.

마치 영화 속의 한 장면처럼 부드럽고 편안한 그림이 떠올라 절로 기분이 좋아졌다. 빨리 그녀에게 가서 자신의 바람을 현실로 만들어야겠다는 생각에 빠르게 움직였다.

똑. 똑.

그는 형식적인 노크를 하는 것과 동시에 사장실의 문을 열고 들어섰다.

"사장님, 계시죠?"

그녀의 비서가 입을 열기도 전에 유안이 있을 사무실 문 앞에 선 그가 당당하게 손잡이를 향해 손을 뻗었다.

"오늘 출근하지 않으셨어요."

"네?"

"사장님 오늘 안 나오셨다고요."

지금까지 뻔질나게 드나든 덕분에 그가 누구인지 알고 있는 비서의 말에 태하의 얼굴이 급속하게 굳어 갔다. 입가에 머문 미소도, 그녀를 만난다는 기쁨에 조바심 날 정도로 떨리는 심장도 시꺼먼 구덩이 아래로 빨려 들어가 버렸다.

당연히 회사에 있을 거라 예상했던 것과 달리 그녀는 오늘 출근하지 않았다. 왜? 어떤 이유로? 불안했다. 자신이 없는 사이에 유안에게 무슨 일이 생겼을지도 모른다는 생각에 왈칵 두려움이 밀려왔다.

"왜? 무슨 일로 출근을 안 했는데요?"

"별다른 말씀은 없으셨고 그냥 하루 쉬시겠다고만……."

"그래요?"

당장 그녀의 목소리라도 들어야 안심이 될 것만 같다. 떨리는 손으로 겨우 휴대폰을 꺼내 순자의 번호를 찾았다. 신호가 가고 상대방의 음성이 들리기까지 지루할 정도로 오랜 시간이 걸린 것만 같았다.

－여보세요.

"이모, 저 태합니다. 유안이 집에 있어요?"

태하는 인사도 생략하고 유안의 소재부터 물었다.

그의 입에서 나온 이모라는 호칭과 사장의 이름을 서슴없이 부르는 모습에 비서실의 모든 직원들이 호기심 어린 눈으로 귀를 기울이고 있다는 사실도 알지 못했다.

－그래.

"출근하지 못할 이유라도 생겼어요?"

－감기에 걸렸어.

"많이 안 좋아요?"

－몸살도 심하고 열도 나고 해서 하루 쉬라고 했어. 건강도 안 좋은데 괜히 무리할 것 없다 싶어서.

"……잘하셨어요. 제가 지금 갈게요."

얼마나 아프기에 출근도 못 할 정도일까. 혼자서 끙끙거리고 있을 그녀 모습이 떠올라 심장이 죄어 왔다.

세상이 무너진 것 같은 얼굴로 사장실을 박차고 나가는 태하를 멀뚱하니 바라보던 비서실 직원들이 일제히 입을 열었다.

"뭐야? 둘이 무슨 사이야?"

"그러게. 지금 류 팀장이 사장님 집으로 간다고 얘기한 거 맞지?"

"어."

"혹시 둘이 사귀나?"

"……아무래도 그런 거 같지?"

한동안 자주 사장실에 나타난 그와 그의 방문을 거부하며 들이지 말라 지시를 내린 사장의 모습이 떠올라 비서실 직원들은 일제히 고개를 끄덕였다.

무슨 정신으로 달려왔는지 모르겠다.

태하는 가쁜 숨을 몰아쉬며 초조하게 엘리베이터가 내려오기를 기다렸다. 불안하게 뛰는 심장은 그녀의 상태가 어떤지 직접 확인해야만 제자리를 찾을 것이다.

억겁의 시간이 흐른 것만 같다. 그녀에게 가는 길이 왜 이리 길고 멀게 느껴지는지. 가도 가도 끝이 보이지 않는 길 위에 서 있는 기분이었다. 급한 마음을 헤아리지 못하고 더디게 움직이는 엘리베이터가 야속하기만 했다.

"이모, 유안이는 좀 어때요?"

현관문이 열리자마자 태하는 그녀의 안부부터 챙겼다.

"좀 전에 약 먹고 잠들었어."

"병원에는 다녀왔어요?"

"그래. 면역력이 많이 떨어졌나 싶어 걱정했더니 그나마 괜찮다고 하더라. 백혈구 수치도 높지 않고."

"다행이네요."

괜찮다는 말 한마디에 팽팽하게 긴장되어 있던 근육의 힘이 일시에 풀렸다. 태하는 주저앉을 것만 같은 다리에 겨우 힘을 주고 버텼다. 겨우 이런 일로 휘청거리는 모습을 보일 수는 없었다. 약해져 있을 유안을 생각해서라도 굳게 자리를 지켜야만 했다.

"출장은 잘 다녀왔고? 힘들지는 않았어?"

"네."

순자는 자신의 물음에도 건성으로 대답하며 오로지 유안의 방문을 뚫어지게 바라보고 있는 태하를 보며 슬쩍 미소 지었다. 저리 애가 타서 어쩔 줄을 모르는데 계속 붙잡고 있어 봐야 아무 소용이 없다 싶었다.

"……들어가 봐."

"네."

그 말이 나오기를 기다렸다는 듯 순식간에 뒤통수를 보이는 그를 보며 순자는 고개를 절레절레 저었다. 인사성 하나는 똑바른 녀석이 출장을 다녀와 잘 다녀왔다는 인사도 빼먹을 정도로 넋을 놓아 버렸다. 그만큼 유안의 상태가 궁금했을 테지.

"저리 마음이 급한 걸 어찌 참았을까."

태하는 깨끗하게 손을 씻고 조심스럽게 유안의 방문을 열고 안으로 들어갔다. 혹시라도 문을 여닫는 소리에 그녀가 깰까 싶어 주의를 기울이는 것 또한 잊지 않았다.

"유안아."

들리지도 않을 정도로 작게 입을 중얼거려 그녀의 이름을 불렀다. 그 소리를 듣고 그녀가 눈을 떠 준다면 좋겠다는 생각이 들었다. 그러면 어쩔 수 없다는 듯 얘기하겠지.

'나 때문에 깬 거야? 조용히 들어온다고 했는데…….'

졸음이 가득한 그녀의 눈망울을 마주보며 다정하게 웃으면 유안도 고운 입매를 나른하게 늘리며 마주 웃어 줄 텐데.

여전히 눈을 뜰 생각이 없는 유안을 보며 태하는 아쉬운 마음에 피식 하고 웃음을 흘렸다.

'나 다녀왔어. 너무 보고 싶어서 허겁지겁 달려왔는데 이러고 있으면 어떡해.'

태하는 그녀의 머리맡에 무릎을 꿇고 앉아 깊은 잠에 빠진 유안의 얼굴을 물끄러미 바라보았다. 작은 얼굴이 더 작아졌다. 볼 살이 움푹 패인 것도 같고. 모공이 보이지 않을 정도로 고운 피부가 까칠해져 안쓰럽기만 했다.

'많이 아팠어? 혼자 힘들었지? 미안하다. 다신 혼자 두지 않는다고 해 놓고 또 혼자서 앓게 했구나.'

유안에겐 늘 거짓말쟁이가 되어 버리는 탓에 얼굴을 들 수가 없을 정도였다.

'왜 내가 없을 때 아픈 거니? 곁에서 손을 잡아 줄 수도 없는데.'

야속한 마음에 슬그머니 투정도 부려 보았다.

그는 침대 가운데에 길게 뻗어 있는 유안의 손을 잡아 자신의 양손 안에 가두었다. 더는 아프지 말았으면 좋겠다. 건강하게 오래오래 함께 살았으면 좋겠다. 태하는 간절함을 담아 기도하듯 중얼거리며 손에 입을 맞췄다.

그녀가 없는 삶은 상상하고 싶지도 않다. 만일 그녀의 병이 악화되어 같은 하늘 아래 살 수 없다면……. 생각만으로도 숨이 턱 막혀오는 기분이다.

'내가 숨 쉴 곳은 네 곁뿐이야. 절대 잊지 마. 그러니까 넌 날 혼자 두고 멀리 가면 안 돼.'

그는 새근새근 깊은 잠에 빠진 그녀의 생김새 하나하나를 눈에 담았다. 마치 머릿속에 유안의 이목구비를 새겨 넣기라도 할 것처럼 눈을 떼지 않았다.

짙고 모양 좋은 눈썹에 길게 그늘진 속눈썹, 곧게 뻗은 콧날과 앙증맞은 입술까지. 어느 것 하나 모자람이 없이 반듯하고 고왔다.

'우리 유안이 정말 예쁘게 생겼구나.'

태하는 몰랐던 사실을 뒤늦게 깨달은 듯 서글픈 미소를 지었다.

유안이 가장 아름답게 빛이 났을 20대의 대부분을 알지 못한다. 방치하다시피 홀로 버려 둔 탓에 그녀가 언제 화려하게 피어났는지 보지 못했다. 진한 아쉬움이 남는다.

자신을 원망하지 않았을까. 만약 자신이 그런 상황이었다면…….
입이 백 개, 천 개가 된다 해도 변명할 여지가 없었다.

'진짜 미운 짓만 골라 가며 했구나, 내가.'

그렇게 태하는 유안의 얼굴을 물끄러미 바라보며 가슴속에 담긴 말을 하나씩 풀어놓았다. 시간 가는 줄도 모르고 수다쟁이처럼 계속해서 떠들었다. 물론 그가 내뱉은 많은 말들이 입 밖으로 한 마디도 새어 나가지는 않았다.

'깨워 볼까?'

자신이 온 것도 모르고 깊은 잠에 빠진 유안이 반짝이는 눈으로 쳐다봐 줬으면 해서 짓궂은 생각도 곁들였다.

"잘 자네."

그녀가 누워 있는 자리가 너무나 편안해 보였다. 따스하고 부드럽고 포근한 그런 느낌. 조금이라도 가까이서 그 온기를 나눠 받고 싶은 욕심에 태하는 슬그머니 유안의 옆자리를 차지하고 누워 몸을 작게 웅크렸다. 최대한 그녀에게 닿지 않게, 아내가 푹 쉴 수 있게 말이다. 이렇게 잠시만 그녀를 쳐다보고 있다 나가야겠다.

하염없이 유안의 얼굴을 바라보던 그의 눈꺼풀이 조금씩 내려앉았다. 귀국을 앞당기려 정신없이 몰아붙여야 했던 일정과 비행기에서 내리기가 무섭게 그녀를 찾아 회사에 집까지 뛰어다닌 여파가 지금에서야 나타나고 있었다.

잠시 뒤, 식사 준비를 끝낸 순자가 그를 부르기 위해 방문을 열었다가 두 사람의 모습을 보고 소리 나지 않게 문을 닫는 것도 모른 채 깊은 잠에 빠져들었다.

"흐음."

잠에서 깨어난 유안이 몸을 뒤척이려다 미간을 찌푸렸다. 무언가에 칭칭 감겨 생각대로 움직여지지 않는 팔과 다리로 인해 꼼지락거리다 힘겹게 눈꺼풀을 열었다.

뭐지? 자신이 베고 있는 것은 폭신한 베개가 아니었고 찰싹 달라붙어 코를 박고 있던 곳 또한 딱딱하고 차가운 벽이 아니었다. 분명 온기를 가지고 규칙적으로 오르락내리락거리는 것은 사람의 가슴이었다. 그것도 넓디넓은 남자의 것.

지금 이게 무슨 상황인지 제대로 판단이 서지 않았다. 분명 병원에 다녀와 약을 먹고 잠이 들었을 뿐인데. 아무리 생각을 해 봐도 이런 상황에 맞닥뜨릴 만한 실수를 한 기억은 없었다.

불안한 마음에 입술을 깨문 유안이 긴장감을 감추지 못하고 느리게 고개를 들어 올려 자신을 포위하듯 감싸 안고 있는 남자의 얼굴을 확인했다.

'세상에.'

그녀는 신음이 터질 것 같은 입을 양손으로 꼭 막았다.

류태하, 그였다. 언제 왔지? 아직 도착할 날이 아닌데. 유안의 그의 품 안에서 뻣뻣하게 경직된 채로 눈동자를 굴리며 기억을 더듬다 난감함에 입술을 깨물었다.

지금 이러고 있을 때가 아니다. 그가 잠에서 깨기 전에 여길 빠져나가야만 했다. 보나 마나 퉁퉁 부어 엉망일 것이 빤한 얼굴을 그의 코앞에 들이밀고 있을 만큼 간이 크지 않았다. 만일 지금 꼴을 그가 본다면? 끔찍했다.

'어휴.'

엉덩이를 뒤로 쑥 빼고 조금씩 거리를 벌리려고 했지만 허리를 가로질러 등을 감싸 안고 있는 그의 손으로 인해 옴짝달싹하기도 힘겨웠다.

"그만 꼬물대."

"히힉."

"잘 잤어?"

잔뜩 가라앉은 그의 음성이 들리자 깜짝 놀란 유안이 재빠르게 양손으로 얼굴을 감쌌다.

"왜 그래? 어디 아파?"

유안의 행동에 놀란 태하가 몸을 반쯤 일으켜 얼굴을 들이밀었다. 허리를 감고 있던 손으로 그녀의 손목을 잡고 얼굴을 확인하기 위해 애를 썼지만 그녀는 쉽게 원하는 것을 들어주지 않았다. 그는 조금이라도 유안을 아프게 할까 싶어 잡은 손에 힘을 주지도 못하고 달래듯 입을 열었다.

"손 좀 치워 봐. 도대체 왜 이러는 거야?"

걱정 가득한 목소리에도 유안은 고집스럽게 손을 거두지 않았다.

"이유안. 날 애태워 죽일 셈이야? 그러지 말고 얼굴 좀 보여 줘. 아니면 어디가 안 좋은지 얘기라도 해 주든가. 응?"

"······어요."

"뭐?"

"얼굴이 많이 부었다고요. 엄청 흉할 게 뻔해."

웅얼거리듯 들려온 말에 그는 허탈한 웃음을 지으며 그녀를 꼭 끌어안았다.

"어제 네가 코 골고 침 흘리면서 자는 것도 다 봤는데, 고작 얼굴 좀 부은 것 가지고 내가 놀랄 거 같아?"

"나 안 그래요."

억울함을 담아 투덜거렸지만 그는 연신 킥킥거렸다.

절대 자신은 코를 골지도 침을 흘리지도 않는다. 쥐 죽은 듯 얌전하게 자는 사람에게 무슨 말도 안 되는 소릴 하나 싶으면서도 혹시 몰라 슬그머니 입가를 더듬어 보았다.

그럼 그렇지. 생각대로 입가는 깨끗했다.

"예뻤어. 잠자는 숲 속의 공주가 눈앞에 있는 줄로만 알았어. 키스 한 번이면 금방이라도 깨어날 것 같았지만 자는 모습이 너무 예뻐서 깨울 수가 없었어."

"······."

숨이 막힌다. 고백하듯 풀어놓는 그의 말에 유안은 눈을 살포시

감았다. 심장이 떨린다. 그가 좋아서, 그의 말이 좋아서, 그의 숨결
이 좋아서…….

그의 말에 정신을 차리기도 전에 이마에 입을 맞춘 그가 작게 소
곤거렸다.

"사랑해."

"퇴근 시간 다 됐어. 어서 나가자."

마치 6시가 되기를 기다린 사람처럼 시곗바늘이 6과 12를 가리키
기가 무섭게 사무실 문이 열리고 그가 들어섰다.

"어딜?"

"처음 시작하는 연인들의 데이트 코스가 밥 먹고 차 마시고 영화
보는 거 아니야? 우리 그거부터 시작하자."

"……."

"서둘러야 해. 밥 먹고 영화 보려면 시간이 빠듯해."

유안은 요새 가장 흥행실적이 좋다는 영화를 예매했다며 급하게
손을 잡아끄는 태하에게 이끌려 정신없이 그를 따라나서야만 했다.
무언가에 쫓기는 사람처럼 그녀를 차에 태운 그가 친절하게 안전띠
까지 채우고는 만족스런 웃음을 지었다. 그리곤 전혀 서두른 적이
없다는 듯 유유자적한 태도로 차를 모는 그를 가만히 응시하던 그녀
가 조용히 입을 뗐다.

"내가 약속이라도 있었으면 어쩔 뻔했어요."

"날 너무 허술하게 보는 경향이 있군. 설마 그것도 알아보지 않았
을 거라 생각해?"

"……누구예요?"

"뭐가?"

"내 스케줄을 용감하게 유출시킨 범인 말이에요. 김 대리? 정 실장?"

"숨은 조력자 보호 차원에서 얘기할 수 없음. 앞으로도 도움을 받아야 할 것이 많을 텐데 그런 중요한 기밀을 폭로할 순 없잖아. 그러니 알려고 하지 마. 절대로 얘기 안 할 거니까."

입가에 머문 웃음을 감추려 애쓰며 진지하게 대답하는 그를 보며 유안은 못 말리겠다는 듯 피식 웃어 버렸다.

그와 농담처럼 주고받는 말이 늘어날수록 그와의 거리가 좁아지는 기분이다. 전에는 바로 옆에 있어도 결코 닿을 수 없는 거리감을 느끼곤 했는데 이젠 옛이야기가 되어 버렸다.

"참, 그런데 이렇게 일찍 퇴근해도 돼요? 도대체 이 시간에 여기 오려면 몇 시에 나온 거예요?"

"뭐야? 지금 일 안 하고 일찍 나왔다고 날 구박하는 거야?"

시 외곽에 있는 연구소에서 강남 한복판에 있는 본사까지 오려면 차가 막히지 않아도 40분 정도 소요되었다. 그런데 6시 정각에 그가 나타났다는 건 정해진 퇴근 시간보다 빨리 움직였다는 뜻이다.

"내가 언제 구박을 했다고 그래요?"

"하하하. 그럼 걱정 하는 건가."

"걱정은 무슨. 할 일은 제대로 끝내고 온 거 맞아요?"

"이런. 내가 대충 시간만 때우다 널 보러 왔을까 봐? 당신 남편 그렇게 설렁설렁 일하는 사람 아니다. 사실 실드1의 탄도 오차 검사 결과가 늦어지는 바람에 갑자기 여유가 생기잖아. 그래서 부랴부랴 움직인 건데…… 아! 이렇게 말하면 안 되는 건가? 혹시, 내심 그랬길 바랐던 거야?"

"아니요."

유안은 갑작스런 물음에 손사래까지 치며 정색했다.

"이거 그렇게 펄쩍 뛰니 내가 더 서운해지는걸. 나 혼자만 보고 싶어 애가 탄 거 같네. ……뭐, 며칠 내로 길고 긴 야근이 예약되어 있으니 후회하지 않으려면 지금이라도 많이 봐 두라고 권하고 싶군."

"……무리하지 말고 천천히 해요."

실드1은 고속, 저공으로 날아오는 비행 목표에 대한 대응사격을 위해 개발 중인 저고도 대공 유도무기였다. 원래 휴대용으로 개발된 소형 미사일이지만 사격시 중량 부담이 만만치 않아 발사대에 연결하는 것도 가능하게 성능을 개선 중에 있었고 싱가포르에서 돌아오기가 무섭게 그는 일에 빠져들었다.

그는 때때로 무언가에 쫓기듯 가시적인 성과를 내려고 애를 썼다. 그의 입장에서는 혹시라도 그녀와의 관계를 알게 된 사람들의 입에서 실력이 아닌 운으로 그 자리를 꿰어 찼다는 뒷말을 듣지 않기 위해 신경을 쓰는 것이리라.

'내가 운성의 대표가 아니었다면 오빠가 조금은 편했으려나.'

괜히 미안한 생각이 들었다. 극한까지 자신을 몰아붙이는 그의 업무 스타일이 저로 인해 생겨난 것만 같아서.

"무슨 생각을 그렇게 해?"

"네?"

"날 옆에 두고 내 생각을 한 건 아닐 테고. 뭐, 신경 쓰이는 일이라도 있어?"

"아니요. 그런 거 없어요."

"……다 왔어. 내리자."

단호하게 대답하는 자신의 말이 약간 서운했던가. 어색한 미소와 함께 고개를 끄덕인 그가 차에서 내려 빠르게 조수석 쪽으로 다가와 문을 열고 손을 내밀었다.

건강을 생각해서 고르고 골랐다며 사찰 음식 전문점으로 그녀를 이끈 그는 고택 분위기가 나는 식당 외관을 둘러보고 만족스런 웃음을 지었다. 키 작은 나무로 주차 구획선을 대신한 주차장은 최대한 자연친화적인 분위기를 내려고 애쓴 티가 역력했고, 고즈넉한 산사의 분위기와 흡사한 식당 내부는 정갈한 느낌이 물씬 풍겼다.

본격적인 식사 시간 전이라 그런지 여유가 느껴지는 탓에 유안은 느린 동작으로 그의 뒤를 따랐다.

식욕을 돋우기 위한 전채요리를 시작으로 영양 연잎밥을 포함한 갖가지 음식이 나오고 맛을 본 그가 칭찬을 바라는 아이처럼 그녀를 보며 눈을 빛냈다.

'맛있지? 괜찮지? 어서 잘했다고 얘기해 줘.' 라는 시선에 유안은 빙긋이 웃을 수밖에 없었다.

"마음에 안 들어?"

아무리 기다려도 듣고 싶어 하는 말이 나올 기미가 안 보이자 조급함을 감추지 못한 태하가 조심스레 물었다.

"……좋아요. 음식도 맛있고 분위기도 마음에 들고."

"그래? 다행이다. 어서 먹어."

태하는 유안의 젓가락이 한번 닿은 음식을 모조리 앞으로 밀어 주며 하나라도 더 먹이기 위해 애를 썼다.

"그만. 배 터지겠어요. 오빠도 좀 먹어요."

"알았어. ……먹자."

오랜만에 불러 본 오빠라는 호칭에 그가 멈칫하더니 쑥스러움을 감추지 못했다. 눈을 내리깔고 묵묵히 수저를 드는 그의 목덜미가 붉게 변한 게 눈에 들어왔다. 속으로 웃음을 참고는 그의 반응을 보기 위해 질문을 더했다.

"오빠! 영화 시간은 어때요? 늦지 않았어요?"

"응? 어. 어…… 꽤, 괜찮아. 아직 여유 있어."

시간을 확인하랴 대답하랴 허둥거리는 그의 모습이 새롭게 느껴졌다. 고작 두 살 차이임에도 한참이나 큰 어른처럼 보이던 때도 있었는데 이제는 재하보다도 훨씬 나이 어린 동생 같아 보이니 큰일이다.

그래, 이렇게 조금씩 서로를 담아가는 거다. 시간이 걸리더라도 잡은 손을 놓지 않고 힘들게 돌아왔던 시간들은 잊는 거다.

유안은 입안에 든 음식을 오물거리며 그렇게 마음을 다잡았다.

영화를 보고 분위기 좋은 카페에서 차도 한잔 마신 다음 느리게 차를 몰아 그녀의 집 앞에 도착한 태하가 안전벨트를 풀고 유안의 얼굴을 빤히 응시했다.

"유안아, 이제부터 그동안 우리가 못 해 본 거 하나씩 다 해 보자."

"못 해 본 거?"

"그래. 우린 지금껏 빤한 데이트도 못 해 봤으니까 이제라도 해야지. 우선, 놀이공원도 가보고, 콘서트도 가고, 또 여행도……. 여러 가지 많이 있잖아. 봄이 되면 벚꽃구경도 하고 여름이면 바닷가로 휴가도 떠나 보고 가을이면 단풍놀이도 하고 겨울이면 스키도 타고…… 아니다, 스키는 위험해서 안 돼. ……그래, 눈썰매가 좋겠다. 그거 타자. 그리고 맛집으로 소문난 식당도 찾아가 보자."

거창하진 않았지만 해 보고 싶은 일을 하나씩 나열하는 태하의 부드러운 음성이 스며들 듯 가슴을 채워 갔다. 매분 매초마다 그가 자신의 안에서 차지하는 공간이 넓어져만 간다. 이렇게 빠른 속도로 자릴 넓히는 그가 어느 순간 그녀를 집어삼킬 것만 같았다.

"아쉽다. 너랑 떨어지는 게 이렇게 힘든 일이 될 줄이야."

그가 손을 들어 그녀의 볼에 흘러내린 머리카락을 귀 뒤쪽으로 넘겨 주었다. 해야 할 일을 끝내고도 멀어지지 않는 그의 손이 유안의 볼을 슬며시 쓸어내렸다. 아쉬움과 조심스러움을 담아…….

가슴이 떨렸다. 오늘 그가 하는 말과 행동이 심장에 무리를 주기에 충분할 정도로 다정하고 부드러워 도무지 정신을 차릴 수가 없었다.

시선을 돌리지 않고 뚫어질 듯 유안의 얼굴을 바라보는 그로 인해 차 안의 공기가 미묘하게 달라지기 시작했다. 그녀를 향한 욕망이 욕심껏 들어찬 눈동자가 올곧게 유안에게 향해 있었다.

조심스럽지만 흔들리지 않고 다가오는 그의 입술에 심장이 미친 듯이 질주하기 시작했다. 점차 뜨거워지는 숨결이 부끄러워 그저 숨고만 싶었다. 그에게 붙잡혀 있는 볼만 아니었다면 고개를 숙이라도 했을 텐데.

어쩔 줄 몰라 발을 동동 구르던 유안이 살포시 눈을 감았다. 파르르 떨리는 속눈썹이 그녀의 긴장감을 고스란히 내보이는 줄도 모르고 짐짓 태연함을 가장했다.

마침내 그의 입술이 제 자리를 찾았다. 그녀의 입술 위에 살짝 내려앉아 은근하게 아랫입술을 머금고 조심스럽게 빨아 당겼다.

'아!'

그의 혀가 유안의 입술을 가르고 슬쩍 안으로 밀려들었다. 멈칫거리는 작은 혀를 비비고 쓸어 올리며 살살 달래듯 움직이기 시작했다.

당혹감에 저도 모르게 뒤로 물러서던 그녀의 움직임을 차단하기 위해 양 볼을 꼭 감싸고 있던 그의 손이 느리게 움직여 뒷목으로 향했다. 그녀의 입술을 자신에게서 떨어지지 않게 단단하게 고정한 그는 집요하게 그녀의 입술을 먹어치웠다. 열망을 감추지 않은 그의 은밀한 움직임에 심장이 튀어나올 정도로 요란하게 뛰고 호흡이 가빠졌다.

그녀의 혀를 옭아맨 그가 애원하듯 제 입속으로 그녀의 것을 끌어들여 부드럽게 빨아들이기 시작했다. 달래듯 위로하듯 조심스럽게 움직이던 그가 조금씩 시커먼 욕망을 드러내며 집요하게 그녀의 입술과 혀를 물고 빨았다. 혀끝이 아릿해질 정도로 그녀의 입안을 훑고 헤집던 그가 어렵사리 그녀를 떼어 냈다.

"유안아, 미치겠다."

잔뜩 가라앉은 그의 음성을 듣자 자잘한 소름이 돋아났다. 유안은 감출 수 없는 욕망에 힘겨운 한숨을 내쉬는 그를 향해 저도 모르게 손을 뻗었다. 그의 목덜미를 끌어안고 그의 가슴에 얼굴을 묻은 채로 떨리는 심장 소리에 귀를 기울였다. 이 사람도 자신만큼이나 떨고 있었다고 생각하니 슬며시 입매가 벌어졌다.

"이유안."

신음과도 같은 억눌린 목소리를 들었다고 생각한 순간 고개가 들리고 다시금 그의 입술이 날아들었다.

태하는 양껏 베어 문 유안의 입술을 가르고 그 사이로 혀를 밀어넣었다. 겨우겨우 잠재운 욕망이 순식간에 되살아났다. 이 자리에서 그녀의 옷을 몽땅 벗기고 자신을 묻고 싶은 것을 힘겹게 참아 내며 오로지 그녀의 입술에만 온 신경을 집중했다.

빨고 핥아도 부족했다. 아무리 그녀의 입술과 혀를 옭아매도 허기가 채워지지 않는다. 가느다랗게 새어 나오는 숨결조차 모두 흡입하고 싶었다. 유안의 것이라면 작은 것 하나도 놓치고 싶지 않을 만큼 짙은 욕심이 차 안을 가득 채워 갔다.

18.

나뭇잎 사이로 자잘하게 부서지는 햇살이 좋아 절로 입가에 미소가 지어지는 날이었다. 태하는 가벼운 걸음으로 순자에게 부탁해 간소하게 꾸린 여행 가방을 차에 싣고 유안에게 향했다.

바쁘게 몰아치던 일을 끝내고 제일 먼저 실행한 일이 며칠간의 휴가를 내는 일이었다. 그리고 그것과 동시에 유안과 단둘이 떠나는 추억 만들기 프로젝트를 실행에 옮겼다.

의미심장한 표정을 짓는 비서실장을 회유해 뒷일을 책임진다는 각서까지 쓰고 그녀의 시간을 조정하는 수고로움을 마다하지 않았고, 순자에게 자신의 계획을 털어놓고 완벽한 협조를 얻어 낸 결과로 그녀의 여행 가방을 손에 넣을 수 있었다.

그녀와 가능하면 많은 시간을 함께하기로 결심했지만 회사에 매인 몸이라 시간을 내기가 쉽지 않아 애가 탈 지경이었다. 하지만 오늘부터 며칠간은 그동안의 답답했던 것을 모두 잊고 유안과 단둘이 시간을 가질 수 있다는 것 하나로 기분이 좋아졌다.

"가자."

유안이 출근한 지 얼마 지나지 않아 사무실로 들이닥친 태하는 그녀의 손을 잡았다.

"또 어딜 가려고요?"

"일단 나가자."

어리둥절해하는 그녀를 향해 환한 웃음으로 답을 대신한 그가 힘차게 한 발을 떼었다. 걱정스런 표정으로 그들을 쳐다보는 비서실장을 향해 한 손을 들어 보인 뒤 사무실을 나섰다. 그리고 조심스럽게 유안을 조수석에 태우고 지체 없이 차를 몰아 주차장을 빠져나왔다.

"우리 지금 어디 가는 거예요?"

미간을 슬쩍 구긴 유안이 한참 만에 낮은 목소리를 내었다. 지금 이 상황이 몹시도 마음에 들지 않는다는 티를 소심하게 내고 있는 그녀를 향해 그는 애원조로 말을 꺼냈다.

"휴가. ……나 좀 봐주라. 도대체가 너랑 단둘이 있을 시간이 나지가 않잖아. 보고 싶어서 죽은 줄 알았다고. 오죽했으면 내가 이렇게까지 했겠어. 거기다 난, 지금까지 제대로 된 휴가를 보낸 적이 한 번도 없어. 그건 너도 마찬가지잖아."

기분이 상한 그녀와 달리 앞으로 며칠간 유안을 독점할 수 있다는 사실 하나로 그는 날아갈 듯한 기분이 좋았다.

"그래도 일방적으로 이러는 건 아니라고 봐요. 당장 결제할 서류도 있는데……."

"알아, 미안하게 생각해. 그래도 일은 며칠 빠져도 괜찮을 정도로 처리해 놨으니까 나 너무 미워하지 마. 두 번 다시 네 스케줄 무시하고 내 멋대로 하지 않는다고 약속할게. 이번이 마지막이야. 그러니 기분 풀어. ……우리 모처럼 만에 만났잖아."

큰 소리를 내진 않았지만 작고 차분한 음성이 더 신경 쓰였다. 그녀의 말이 모두 옳아 서둘러 미안함을 표현하고 고집스레 주먹을 쥐고 있는 그녀의 손등을 감쌌다.

이기적이라고 해도 할 말이 없다. 그녀의 상황을 무시하고 저 좋은 대로 행동한다는 비난을 들어도 할 말이 없었다. 그래도 그녀와 함께하는 시간만큼은 양보하고 싶지 않았다.

얼마간의 시간이 지나고 긴장으로 딱딱하게 굳어 있던 유안의 손에 조금씩 힘이 풀리는 것이 느껴졌다. 태하는 그녀의 손에 깍지를 끼워 제 가까이로 끌어당기며 낮은 숨을 내쉬었다. 잔뜩 쪼그라들었던 가슴이 낙낙하게 펴지는 느낌이었다.

고속도로를 신나게 달리다 휴게소를 들러 커피와 물, 구운 감자를 산 그가 그중에 가장 먹음직스럽게 보이는 것을 골라 유안의 입 가까이로 가져갔다.

"먹어 봐. 나도 들은 얘긴데 고속도로 휴게소에서 파는 구운 감자는 꼭 먹어 보라고 하더라. 굉장히 맛있대."

"내, 내가 먹을게요."

얼굴을 붉게 물들인 유안이 서둘러 손을 뻗었지만 그가 고개를 저었다.

"먹여 줄 때 그냥 먹어. 우리 이런 것도 처음이잖아."

더 이상 토를 달지 못하게 말문을 막아 버린 그의 기대에 찬 눈빛으로 인해 유안은 작게 입을 벌리는 수밖에 없었다.

그녀가 입을 오물거리는 것을 보며 그도 감자 한 알을 입에 넣고 우물거렸다.

"맛있네. 그치?"

감자를 하나 더 내밀자 쑥스러움을 감추지 못하고 입을 벌리는 그녀의 모습에 절로 입가에 미소가 피어올랐다. 어미가 주는 먹이를 받아먹는 새끼의 모습이랄까. 유안이 무척 사랑스러워 보여 품에 꼭 안고 놔주고 싶지 않을 정도였다.

"자, 물도 마시면서 먹어."

"나도 커피 줘요."

태하는 은은한 향기를 풍기는 커피에 눈독을 들이는 유안에게 단호하게 고개를 젓고 물병을 내밀었다.

"카페인은 몸에 안 좋아. 그러니 그냥 물 마셔."

"치. 자기는 마시면서……."

"난 아무거나 먹어도 상관없지만 넌 좋은 것만 먹어야 해. ……그런데 방금 자기라고 했어? 다시 한 번 말해 봐. 그거 꽤 듣기 좋은데."

"그게 그 뜻이 아니잖아요."

황당한 소릴 들었다는 표정으로 대답하는 유안을 보니 자꾸만 입매가 벌어졌다. 좋아하는 여학생을 놀리는 남학생이 된 것처럼.

"뜻이야 어쨌든 내가 듣기 좋으면 된 거 아닌가? 그러니 한번 더 해 봐. 네 입에서 나오는 자기라는 말이 이렇게 감동적일 줄 몰랐어."

"됐어요."

팩 토라지듯 고개를 돌리는 유안의 볼에 고운 분홍빛 물이 들었다. 태하는 서둘러 차로 향하는 그녀의 뒤에서 크게 소리쳤다.

"유안아, 그러지 말고 한 번만 해 줘. 제발."

끝없이 펼쳐진 바다와 드넓은 갯벌을 보니 절로 탄성이 쏟아졌다. 시야에 걸리는 것 없이 탁 트인 공간이 하늘과 맞닿아 그 넓이를 가늠할 수 없을 정도여서 꽉 막힌 가슴이 시원스레 뚫리는 느낌에 유안은 크게 심호흡을 했다.

그를 밀어내기로 마음먹었던 음울하기만 했던 바다와 또 다른 느낌을 주는 이곳이 꽤 마음에 들었다. 새까맣다고만 생각했던 갯벌이 햇빛을 머금고 반짝이는 모습 또한 새로운 즐거움으로 다가와 말싸움하듯 티격태격하며 세 시간이 넘도록 차를 달려온 수고를 잊게 만들었다.

"좋다."

작게 중얼거리는 말을 들은 그가 슬며시 손을 잡고 부드럽게 웃었다.

"그렇지? 햇빛도 좋고 공기도 시원하고, 내 여자는 예쁘고. 더 이상 바랄 게 없다."

"굉장히 낯선 거 알아요? 다른 사람 같아."

낯간지러운 말을 서슴없이 할 정도로 여유가 넘쳐 보이는 그를 향해 유안이 작게 눈을 흘기며 투덜거렸다.

"그래? 왜 그럴까. 내가 틀린 말 한 것도 아닌데."

"난 오빠가 이렇게 능글맞은 사람인 줄 정말 몰랐어요."

"하하하. 능글? ……내 마누라가 모르는 게 그것뿐일까? 이제부터 제대로 보여 줄게. 잘 봐 둬. 나란 놈이 얼마나 멋있는 사람인지.

그리고 확실하게 반해 줘."

유안을 물끄러미 바라보며 태하는 진심을 담아 말했다.

'오빠.'

심장이 뛴다. 웃음기를 머금었지만 흔들림 없이 곧은 그의 눈빛에 온몸의 세포가 요동친다.

"좀 걷자. 계속 연구실에만 있었더니 운동 부족이야."

그녀의 손을 쥐어 가슴에 꼭 붙인 그가 느긋하게 걸음을 옮겼다.

일부러 맞춘 것처럼 딱딱 맞아떨어지는 두 사람의 발을 보던 유안이 그에게 조금 더 가까이 몸을 붙였다. 시선이 마주치면 으레 미소부터 짓는 그가 점점 좋아진다. 따스함을 가득 담긴 손길로 손을 잡아 주고 다정한 어조로 말을 거는 그가 어제보다 더 좋아져서 큰일이다.

유안은 불현듯이 그를 처음 본 순간이 떠올랐다. 옹색하고 볼품없는 좌판을 지키는 할머니의 거친 손을 마주 잡으며 해맑게 웃던 그가, 걱정거리 하나 없어 보이는 그 미소가 얼마나 갖고 싶었던지. 열병을 앓듯 그의 주위를 맴돌았다. 말도 한번 못 붙여 보고 그렇게 그를 바라보기만 했는데…….

지금 이렇게 그와 손을 잡고 걸을 줄 알았다면 조금은 용기를 내볼 걸 그랬다는 아쉬움이 생겨난다.

"유안아, 우리도 저거 해 볼까?"

그녀의 상념을 비집고 호기심 가득한 목소리가 들려왔다.

뭘 말하는가 싶어 그의 시선을 따라 고개를 돌리자 시커먼 갯벌에 많은 사람들이 쪼그리고 앉아 바지락을 캐는 모습이 눈에 들어왔다.

"잠시만 있어 봐."

그녀와 함께할 수 있는 일이 생겼다는 기쁨에 주위를 둘러보던 그가 유안이 대답하기도 전에 어디론가 향했다.

잠시 뒤, 그는 두 개의 바구니와 호미, 그리고 무언가가 담긴 검은 봉지를 들고 의기양양하게 나타났다.

"여기에 앉아."

그는 가까이 있는 의자에 유안을 앉히고 그 앞에 쪼그리고 앉아 신발을 벗기고 자신의 것도 훌렁 벗어 던졌다. 그녀의 바지를 착착 걷어 올린 그가 자연스럽게 스타킹마저 벗겨 내었다. 서슴없는 그의 행동에 당황해 발끝을 오므려 피하려 했지만 힘을 주어 발목을 잡는 통에 도망칠 수도 없었다.

"신발은 여기 놔두고, 이거 신자. 어때? 딱 맞지? 장화보다는 양말이 낫다고 하더라. 장화는 잘 벗겨져서 짐만 된대."

유안의 발에 양말을 신기며 하는 말에 그녀는 깜짝 놀라 대답했다.

"싫어. 나 하고 싶지 않아요."

"한번 해 보자. 하다가 힘들면 금방 나오자. 응?"

뒷주머니에서 둘둘 말린 챙이 넓은 모자를 씌우고 목장갑마저 꼼꼼히 끼워 주던 그가 눈을 맞추고 다정하게 말했다.

"가자."

태하는 유안의 손을 잡아끌고 씩씩하게 뻘을 향해 나갔다. 금방이라도 미끄러질 것만 같아 어기적거리는 그녀와 달리 그의 걸음에는 힘이 넘쳤다.

다른 사람들과 멀찌감치 떨어진 곳에 자릴 잡은 그가 유안에게 호미 하나를 건넸다.

"바지락은 땅을 긁으면 나오고, 여기 보면 구멍이 나란히 붙어 있는 게 보이지? 여길 파보면 조개도 나온대."

축축하고 질척한 느낌에 진저리를 치는 그녀를 보며 태하는 굉장한 사실을 알려 주는 사람처럼 말을 꺼냈다.

유안은 체험학습을 나온 초등학생의 초롱초롱한 눈망울을 마주한 것과 같다는 생각에 피식 웃어 버렸다. 그리고 몸을 숙여 그가 가리킨 곳을 파기 시작했다.

"와! 있다. 진짜 있어요."

신기했다. 시커멓고 진득진득한 흙 속에 무언가가 살고 있다는 것이 놀라웠고, 그것을 제 손으로 찾아냈다는 것이 더욱 놀라워 감격에 겨운 탄성을 내질렀다.

유안이 그를 향해 손을 내밀어 제 손바닥에 올려 둔 조개를 자랑스레 내보이자 태하는 엄지손가락을 치켜 올렸다. 어깨를 으쓱한 그녀가 자신이 캔 조개를 바구니에 넣고 눈을 빛냈다.

본격적으로 바지락 캐기에 돌입한 유안이 몸을 낮추고 바닥을 긁기 시작했다. 쏟아져 나오는 바지락을 보자 은근히 승부욕이 동해 빠르게 손을 놀렸다.

"이런."

태하는 하던 일을 멈추고 유안을 바라보았다. 고개를 숙이고 살짝 아랫입술을 깨문 채로 바지락에 캐기에 여념이 없는 그녀에게서 한참 동안 시선을 떼지 못했다.

'넌, 뭐든 열심히 하는구나.'

하기 싫다고 이야기했던 사람은 어디 있는지 지금은 업어 가도 모를 정도로 열중해 있는 그녀에게 반짝반짝 빛이 났다. 모든 일에 늘 최선을 다하는 그녀를 가슴에 품은 걸 왜 이리 늦게 알아챘는지……
늘 아쉬움과 후회의 연속이다.

"유안아, 그만하고 나가자."

"벌써요?"

"그래."

시간이 얼마 지난 것 같지 않은데 1시간이 훌쩍 넘어 버렸다.

"진짜 많이 캤죠?"

바지락과 조개로 가득 들어찬 바구니를 들어 올리며 환한 미소를
짓는 그녀의 얼굴에서 눈을 뗄 수가 없었다. 조심한다고 했음에도
엉망이 되어 버린 옷과 볼과 팔에 묻어 있는 검은 뻘도 그녀의 아름
다움을 퇴색시키지 못했다.

뿌듯함을 감추지 않고 스스로를 대견해하는 그녀가 좋았다. 당장
한 입에 집어삼킬 정도로 예뻐서 가슴이 뻐근해질 정도였다. 그리고
태하는 천진하고 순수한, 오로지 자신을 향한 저 미소를 놓칠 뻔했
다는 아찔함에 마른침을 삼켰다.

"이리 줘."

자신의 바구니 위에 유안의 바구니까지 겹쳐 든 그가 손을 내밀었
다.

뻘이 잔뜩 묻은 더러운 손이었지만 그녀는 스스럼없이 그의 손을
맞잡았다. 마치 온전히 자신을 제게 맡기는 듯한 느낌에 순간 태하
의 가슴이 묵직하게 변했다.

그는 한 걸음 떼기도 쉽지 않아 비틀거리는 그녀의 손을 꼭 쥐고
천천히 움직였다.

"잠시만."

뻘을 벗어난 그가 손과 발을 씻을 수 있게 일렬로 늘어져 있는 수돗가로 그녀를 이끌었다.

"내가 할게요."

태하는 유안의 양말을 조심스레 벗겨 내고 작고 뽀얀 발을 정성을 다해 씻겼다. 움찔거리는 유안의 발과 다리, 앙증맞은 새끼발가락을 살짝 어루만지는 내내 웃음이 떠나지 않았다. 그녀를 편편한 바위 위에 앉혀 두고 수건과 신발을 가지러 이리저리 뛰어다니는 동안에도 벅찬 감동을 느낀 걸 보면 유안앓이의 증상이 꽤 심해진 모양이다.

"잠깐. 여기 아직 덜 지워진 게 있네."

유안을 조수석에 앉힌 태하는 그녀의 머리카락에 묻어 있는 뻘을 물티슈로 살살 닦아 내었다. 그의 조심스런 행동에 유안은 서둘러 그의 손을 잡았다.

"내가 할게요."

동그랗게 뜬 유안의 눈동자가 그에게 고정된 순간, 순식간에 차 안의 온도가 가파르게 상승했다. 심장이 터질 듯 빠르게 뛰고 입안은 바짝 마르는 기분에 당혹감을 느낄 때 유안의 혀가 슬쩍 나와 입술을 축였다.

명백한 유혹처럼 느껴져 그는 정신을 차릴 수가 없었다.

당장이라도 저 입술을 삼키고 싶어 움찔거리고 있다는 사실도 모르는 그녀의 도발에 정신이 아득해졌다.

눈 깜짝할 새에 유안의 입술에 닿았다 떨어져 낮은 한숨을 쉬었다.

"떨린다. ……너무 좋아서 떨려."

유안의 눈을 물끄러미 바라보던 태하가 보일 듯 말 듯 미소를 지으며 말했다. 그녀의 볼을 감싸 안은 손이 슬쩍 떨리는 걸 느끼며 그는 고개를 숙여 유안의 이마에 제 이마를 붙이고 눈을 지그시 감았다.

잠시 숨을 고르던 그가 고개를 들어 유안의 이마에 조심스레 입을 맞췄다. 긴장을 가득 담은 숨결이 콧잔등 위로 떨어져 내렸다. 그의 입술이 조금씩 콧날을 따라 내려와 그녀의 코끝에도 살짝 머물렀다.

태하의 고개가 살짝 옆으로 틀어지며 그녀의 입술을 향해 다가갔다. 터질 듯 빠르게 뛰는 심장을 들킬세라 숨을 가다듬어 봤지만 소용없었다. 유안의 입술을 삼키는 순간 맹렬하게 솟아나는 욕망을 숨길 수가 없었다.

두툼한 혀를 그녀의 입안으로 밀어 넣고 구석구석 헤집으며 자신의 영역을 표시했다. 공기가 부족해 숨을 헐떡이는 유안을 가슴으로 더욱 끌어안으며 조금의 틈도 주지 않으려 욕심을 부렸다.

달콤한 향기가 흘러 들어온다. 감질나게 그를 자극하는 그녀만의 체향으로 인해 정신이 혼미해지는 느낌이다. 도망가려 바르작거리는 유안의 뒷덜미를 잡고 그녀의 아랫입술을 잘근잘근 깨물었다. 그녀의 혀에 자신의 것을 비비고 핥으며 입안 곳곳을 훑어 내렸다. 아무리 그녀의 입술을 물고 빨아도 욕심이 사라지지 않는다. 자꾸만 부족하게 느껴지는 통에 죽을 것만 같다.

시뻘겋게 달아오른 입술이 절로 그녀의 목덜미로 향했다. 자신도 미처 알지 못했던 욕망을 고스란히 드러내며 그녀의 목을 야금야금 먹어치우고 쇄골을 세차게 빨아들였다.

"아아."

흥분에 사로잡힌 축축하게 젖은 신음 소리가 아련하게 들려왔다.

음심을 자극하는 야릇한 소리에 민감하게 반응한 그가 그녀의 가슴으로 손을 뻗었다. 손안에 넘쳐나는 말캉한 살을 힘껏 주무르고 비비며 그녀의 양 귓불과 목을 정신없이 집어삼켰다.

"……오빠. 하아."

가슴을 밀어내는 그녀의 작은 손길이 야속하기만 했다. 닿지 못해 안달인 자신과 다르게 왜 자꾸 밀어내려 하는 걸까. 부족한데, 머리부터 발끝까지 다 집어삼켜도 부족하게만 느껴지는데.

그녀에게 취해 이성을 잃은 태하가 유안의 윗옷을 들어올리기 위해 손을 움직였다.

"오빠, 여기선 안 돼."

"아!"

애가 타는 유안의 목소리에 뒤늦게 정신이 돌아왔다.

좁고 환한 차 안에서 그녀를 가질 수는 없는 일이었다. 소중히 보듬어도 부족할 여자를 너무 몰아붙였다. 그녀가 아무리 욕심이 나도 이건 있을 수가 없는 일이었다.

"미안해."

태하는 유안을 물끄러미 바라보며 거칠어진 숨을 골랐다. 터질 듯 붉게 변한 입술을 엄지손가락으로 살살 쓸어 주며 작게 속삭였다.

흐트러진 그녀의 머리카락을 정돈하고 엉망으로 구겨진 옷가지도 최대한 곧게 펴 주었다. 그럼에도 쉽게 기세를 수그리지 않으려는 자신의 분신을 향해 힘껏 욕설도 퍼부었다.

"가자. 일단 숙소에 가서 짐 풀고 저녁 먹으러 가자."

바다가 훤히 보이는 펜션이 그들의 숙소였다. 바다를 향해 길게 난 산책로 잔디가 깔린 넓은 정원을 지나 파란 지붕이 인상적인 펜션 안으로 들어섰다.

여자들이 딱 좋아할 만한 아기자기한 실내장식이 돋보이는 그런 곳이었다. 옅은 분홍색 벽지와 파란, 노랑의 몰딩이 제일 먼저 눈에 들어왔다. 자잘한 꽃무늬가 귀여운 커튼에 진한 분홍색의 푹신해 보이는 소파를 본 유안의 입술이 살짝 호선을 그렸다.

이 정도로 여성스러운 공간을 지금껏 본 적이 없었다.

쿠션 하나까지도 붉은 하트 무늬라 구경하는 재미가 쏠쏠했다. 유안은 눈을 빛내며 복층으로 이루어진 실내를 하나하나 눈에 담았다.

"어때?"

그녀의 눈치를 살피는 조심스런 물음에 그를 쳐다보았다. 미미하게 찌푸려진 미간을 보니 그는 이곳의 인테리어가 조금 과하게 느껴지는 모양이다.

"괜찮은데요. 예뻐요."

"그래? 그럼 다행이고."

누구 하나라도 좋으면 됐다는 식의 대답에 유안은 웃음을 참으며 고개를 돌렸다.

"여기 가방. 이모한테 필요한 걸 싸 달라고 말했는데 제대로 쌌는지는 모르겠다."

유안은 그가 내민 여행 가방을 열어 안의 내용물을 확인했다. 기억에도 없는 화려한 속옷이 여러 벌, 지금껏 한 번도 입어 본 적 없는 야시시한 잠옷은 어디서 난 건지 도대체 알 수가 없었다.

'이모!'

그가 볼세라 서둘러 가방을 닫으며 속으로 순자를 애절하게 불렀다.

간단한 면바지와 청바지도 있었지만 이 하늘하늘한 원피스는 또 왜 필요한 건지, 절로 한숨이 나왔다.

태하에게서 멀찌감치 떨어진 유안이 가방에서 면바지와 티를 꺼내 화장실로 향했다. 손과 발을 씻고 미처 닦아 내지 못한 뻘이 있는지 거울을 보며 꼼꼼하게 확인하고 옷을 갈아입었다.

삐비빅. 삐비빅.

4시.

옷을 갈아입고 욕실을 나서기가 무섭게 들려온 요란스런 알람음에 정신을 차린 유안이 딱딱하게 굳은 얼굴로 가방에서 약을 꺼냈다. 절대 시간을 어겨서는 안 되는 그녀의 생명줄. 약을 먹으면 속이 약간 울렁거리기도 하고 근육통이 생기기도 하는데 점차 좋아지고 있다. 그냥 이대로 완치가 된다면 얼마나 좋을까? 아니, 애초에 이런 병이 자신을 찾아오지 않았다면 더 좋았을 듯 싶었다.

모두 부질없는 일. 체념 어린 한숨을 흘릴 때 그가 자신을 빤히 쳐다보고 있는 것이 눈에 들어왔다.

"약을 꾸준히 먹으면 좋아지는 거야?"

지금까지 되도록이면 그녀의 병에 대해 알은체 하지 않던 그가 걱정스레 물었다. 최대한 태연하게 물으려 애를 쓰는 모양이었지만 말 끝이 떨리는 것을 유안은 민감하게 알아챘다. 물 잔을 내밀며 그녀를 응시하는 그를 향해 유안은 고개를 끄덕였다.

"병원에 또 언제가?"

"다음 주에 가요."

"그때는 꼭 같이 가자."

"……"

쉽게 그러자는 말이 나오지 않았다. 그러고 싶지 않다. 혈액 검사 수치에 연연해하는 약한 모습은 그에겐 정말 보여 주고 싶지 않았다.

무거운 침묵이 이른 저녁을 먹는 내내 이어졌다.

그들은 위협하는 실체를 애써 외면하다 준비 없이 맞닥뜨린 기분. 뭐라 형용할 수 없는 복잡함에 한 마디 말을 건네는 것도 어렵기만 했다.

없는 입맛 때문에 먹는 시늉만 하던 식사가 끝나고 산책이나 하자는 그를 따라 바닷가를 거닐다 숙소로 향했다. 바다가 훤히 내려다보이는 벤치에 자리를 잡고 앉아 어둠이 내려앉은 바다를 말없이 바라보았다.

태하가 손을 뻗어 그녀의 어깨를 감싸 제게 끌어당기고 나머지 한 손으로는 그녀의 손을 잡았다. 엄지손가락으로 그녀의 손등을 부드럽게 쓸던 그가 나지막이 입을 열었다.

"유안아."

작은 부름에 고개를 돌려 그를 바라보았다.

"다시는 혼자 두지 않을게. 언제나, 어느 때나…… 곁에 있을게. 그리고 지금 잡은 이 손 영원히 놓지 않을게."

"……"

울컥 치밀어 오르는 설움에 유안은 입술을 깨물었다.

애써 태연한 척했지만 불현듯 밀려드는 외로움과 두려움을 누구에게도 털어놓지 못했다. 그런데 그가, 그것을 알아챘다.

차차 나아질 거라는 위로의 말보다 더욱 듣고 싶었던 말을 그가 해 주었다. 혼자가 아니라고, 늘 곁에서 지켜보면서 손을 잡아 줄 거라고, 외로워 말라고.

고개를 숙여 그의 뜨거운 시선을 피하기가 무섭게 한 줄기 눈물이 볼을 타고 흘러내렸다.

"이제 보니 우리 유안이 울보였네."

그가 자신의 가슴으로 유안을 끌어당기며 다정하게 말했다. 옷이 젖어 드는 것도 아랑곳하지 않고 연신 그녀의 머리카락을 쓸어내리며 가슴에 켜켜이 쌓인 슬픔을 토해 내도록 기다려 주었다.

19

먼저 욕실을 사용한 그가 침대에 엉덩이를 걸치고 앉아 유안이 문을 열고 나오기를 초조하게 기다렸다. 기다리는 건 주로 그녀의 몫이었는데 요즘은 계속해서 그의 차지가 되어 버렸다.

시계 초침이 한 칸씩 이동할 때마다 숨이 턱턱 막혀 왔다. 초침은 저리도 열심히 움직이는데 왜 시간은 계속 그 자리에 머물고 있는 건지 이해가 되지 않았다.

눈이 퉁퉁 붓도록 울던 유안의 눈가를 닦아 주고 숙소로 돌아올 때까지만 해도 이렇게 불안하지는 않았는데. 달리기를 위해 스타트 라인에 선 듯한 느낌에 조바심이 일었다.

"후우."

가만히 있는데도 숨이 거칠어졌다. 정신없이 날뛰는 욕망으로 인해 온몸이 저릿저릿하다. 자신의 심장이 이리 미친 듯 뛰고 있는데 그녀는 어떨까. 같았으면 좋겠다. 이 설렘과 이 벅찬 감정을 그녀도 똑같이 느꼈으면 좋겠다는 바람이 생겼다.

그녀를 안아야겠다고 계획한 건 아니었지만 자연스럽게 그런 분위기가 만들어졌고 미묘하게 달라진 그녀의 상태를 기가 막히게 알아챈 그는 진정한 부부가 되는 날이 바로 오늘임을 확신했다.

'잘 할 수 있을까?'

전혀 접해 보지 않은 미지의 세계를 실수 없이 정복할 수 있을는지 두려움도 생겼다. 어수룩한 행동으로 그녀를 아프게 하지는 않을까? 그녀의 기분에 상관없이 혼자만 좋아서 날뛰는 짓을 하게 될지도 모른다.

"후우."

기대와 우려가 번갈아 가며 그의 정신을 혼미하게 만들자 부러 묵직한 한숨을 내쉬었다. 약간이라도 가슴이 편해질까 싶어 그런 행동을 했지만 아무런 소용이 없었다.

딸깍.

때마침 문이 열리는 소리에 태하의 시선이 자연스레 그곳으로 향했다.

긴장감을 감추지 못하고 떨리는 입술을 지그시 깨물고 있는 유안이 모습을 드러냈다. 촉촉이 젖은 머리카락이 그녀의 작은 얼굴을 감싸듯 흘러내렸고 훤히 드러난 여린 어깨가 잔뜩 움츠러들어 있었다.

유안 역시 자신만큼이나 떨고 있었나 보다.

그녀에게 똑바로 향해 있는 자신의 시선이 너무 뜨거웠던 걸까. 유안이 가슴에 끌어안다시피 움켜쥐고 있는 수건을 더욱 깊숙이 당겼다. 속옷까지 챙겨 입고 옷으로 꽁꽁 싸매고 나올 것이라 예상했던 것과 달리 달랑 수건 한 장을 두른 모습에 그는 할 말을 잊어버렸다.

저 수건 하나만 치워 버리면 생애 처음으로 여자의 나신을 직접 보고 만질 수 있다. 그것도 사랑하는 여자의 태초의 모습을 마주하게 되는 것이다.

벅찬 감동이 밀려들었다. 진정으로 이유안이 내 여자, 내 아내가 되는 것이다.

"……기다렸어."

태하가 조심스레 손을 뻗었다.

머뭇거리던 유안이 마른침을 삼키고 느리게 그를 향해 다가오기 시작했다.

그는 그녀의 손을 맞잡고 자신이 앉아 있는 소파 위로 이끌었다. 함부로 손대면 부서져 버릴지도 모르는 오래된 고서를 만지는 사람처럼 신중하고 조심스럽게 그녀를 곁에 앉혔다.

수줍게 떨리는 눈꺼풀에 가려진 그녀의 눈동자가 보고 싶다. 부끄러움에 자꾸만 고개를 숙이는 그녀를 보니 애가 타 죽을 것만 같았다.

홍조로 붉어진 얼굴을 감추기 위해 고개를 숙여 버린 유안의 턱을 잡고 천천히 위로 올렸다. 눈을 꼭 감지도 못하고 그렇다고 자신을 똑바로 응시하는 것도 아닌 어정쩡한 상태인 유안의 눈동자 이쪽저쪽으로 바삐 움직이고 있었다.

"날 봐. 유안아, 나 좀 봐 줘."

애원 어린 그의 목소리에 흔들리던 시선이 다소곳하게 변해 버렸다. 올곧게 시선을 맞추는 유안이 너무 예뻐 그의 입가에 미소가 스쳤다.

그는 유안의 손을 잡아 빠르게 뛰고 있는 자신의 심장 위를 지그시 눌렀다.

"느껴져? 널 얼마나 원하는지 알겠어?"

긴장으로 잔뜩 굳어 있던 그녀의 표정이 일순 부드럽게 변했다. 그와 똑같이 손을 잡아 자신의 심장으로 이끄는 유안의 행동에 숨이 멎는 것만 같았다.

"다행이다. 똑같아서……."

맹렬한 위세를 자랑하는 그녀의 심장박동도 그의 것과 별반 다르지 않아 안도의 숨을 내쉬었다. 그리고 천천히 입술을 내려 창백하게 변해 버린 그녀의 입술을 덮어 버렸다.

양 볼을 소중히 감싸고 그녀를 향한 열기가 고스란히 전해질 수 있도록 정성을 다해 입술을 빨아들이다 도톰한 아랫입술을 가볍게 물었다 놓고는 혀를 내밀어 그녀의 입술 사이를 부드럽게 훑으며 맛을 보았다.

늘 애를 태우던 유안의 입속으로 슬며시 혀를 밀어 넣자 뜨겁게 타오르는 열망, 갈증이 급속도로 세력을 키워 갔다. 격렬하고 집요하게 그녀의 입안을 파고들어 도망치려는 작은 혀를 잡아챘다. 작은 틈도 주지 않을 정도로 몰아붙이고 다그쳐 제가 원하는 반응을 이끌어 냈다.

"흐흡."

조금씩 그에게 키스를 되돌리며 입술을 빨아들이는 그녀의 행동에 격한 숨이 터져 나왔다.

"널 안고 싶어."

고작 키스 하나로 잔뜩 쉬어 버린 제 목소리가 낯설기만 했다.

그녀에게 허락을 구하듯 잠시 눈을 마주하던 그가 그녀의 목에 입술을 대었다. 향기로운 그녀의 체향에 넋을 놓아 버렸던 낮의 기억이 그대로 되살아났다. 길고 가느다란 목덜미를 혀로 길게 핥아 내리자 유안이 고개를 뒤로 젖히며 뜨거운 숨을 뱉어 내었다.

강하지 않게 목덜미를 빨며 조금씩 자신의 흔적을 그녀의 몸에 새기기 시작했다. 가녀린 어깨를 이로 긁고 혀로 핥으며 가슴 앞에 꼭 모아진 그녀의 손등을 살며시 쓸었다. 긴장으로 잔뜩 움츠러든 어깨와 힘을 너무 주어 하얗게 변해 버린 손이 안쓰러워 눈꼬리가 절로 힘을 잃었다.

"이유안, 날 봐."

부끄러워 어쩔 줄 모르는 눈동자가 그에게 향했다.

"잡아먹지 않는다고 약속할게."

"?"

"그러니까 힘을 풀고 그냥 느껴. 내가 널 얼마나 사랑하는지."

태하는 용감하게 수건 한 장을 몸에 두르고 나온 기개는 사라지고 맹수 앞에 선 어린양처럼 바들거리는 유안에게 장난스럽게 말을 걸었다. 그리고 현기증이 일 정도로 유안을 품에 꼭 안았다 풀어 준 뒤 그녀를 안고 계단을 올라 침대로 향했다.

깜짝 놀란 유안이 그의 목에 두른 손을 풀기 전에 그녀를 덮치듯 입술을 밀어붙였다. 입술을 가르고 혀를 밀어 넣어 치열을 훑고 혀를 옭아맸다. 정신없이 그녀의 입술을 빨아들이는 것과 동시에 고집스레 꽉 다물린 다리 사이에 자신의 다리를 밀어 넣고 뽀얗게 드러난 허벅지를 쓸어 올렸다.

"하아."

유안의 턱과 목덜미에 자잘한 키스를 하며 그녀의 몸을 가리고 있는 수건을 풀어 버리자 푸른 혈관이 고스란히 보이는 뽀얀 젖가슴이 튕겨져 나왔다. 손도 대지 않았는데 흥분으로 인해 꼿꼿하게 고개를 든 작은 꼭지를 보자 입안에 절로 침이 고였다.

가슴 끝에 와 닿는 그의 숨결을 느낀 걸까? 유안이 어느 결에 그의 어깨 위에 어정쩡하게 올려 두었던 손을 풀어 자신의 가슴을 가렸다.

"가리지 마. ……이제야 겨우 보게 됐는데."

간절히 원하던 것을 힘겹게 손에 넣는가 싶었는데 눈앞에서 빼앗긴 기분에 신음하듯 말을 꺼냈다.

그녀의 한 손을 잡아 슬쩍 옆으로 밀자 머뭇거리던 유안이 주먹을 꼭 쥐고 팔을 접어 양쪽으로 벌렸다. 다시 드러난 하얀 젖무덤에 그는 크게 숨을 들이켰다.

어디서부터 맛을 봐야 할지 가늠할 수 없을 만큼 먹음직스러워 보여 저도 모르게 입맛을 다셨다.

부드럽다. 말랑말랑하면서도 탄력이 넘치는 가슴을 양껏 쥐고 기대감으로 파르르 떨리는 꼭지를 혀로 핥았다. 달콤한 체향이 고스란히 자신에게 옮겨지는 기분에 그는 입을 크게 벌려 유륜 전체를 덥석 베어 물고 강하게 빨아들였다.

"하악. 아."

그의 과격한 행동에 유안이 허리를 들썩이며 더운 숨을 뱉어 내었다. 생소한 느낌에 저도 모르게 낯선 신음을 터트리자 주먹을 꼭 쥐고 손등으로 입을 막았다.

정신없이 그녀의 양쪽가슴을 주물럭거리며 솟아오른 꼭지를 공평하게 빨고 핥던 그가 몽롱한 시선을 들어 그녀를 바라보았다. 눈을 꼭 감고 작은 신음이라도 새어 나갈까 봐 입을 막고 있는 모습이 안쓰러웠지만 여기서 그만둘 수는 없었다.

태하는 그녀의 가슴에 찰싹 달라붙어 있던 손을 힘들게 들어 입을 막고 있는 유안의 손을 잡았다. 살짝 벌어진 그녀의 입술에 키스를 하며 잡고 있는 손을 자신의 목에 두르게 했다. 뜨거운 입속을 휘젓고 쾌감에 젖어 달아오른 혀를 잡아채 자극을 더했다.

유안이 그의 머리카락을 헤집으며 그와 조금이라도 더 닿기 위해 고개를 들며 다가오자 태하는 그녀의 몸을 감싸고 있던 수건을 완전히 벌려 한쪽으로 밀어 버렸다.

"헉. 헉."

달아오를 대로 달아오른 그가 자신의 바지와 브리프를 한번에 벗어 던지고 놓고 싶지 않은 그녀의 입술과 잠시 떨어져 윗옷마저 벗어 던졌다. 환하게 드러난 그녀의 나신에 시선을 고정한 채로 재빨리 움직이는 그의 입에서 연신 탄성이 쏟아졌다.

이정도로 고울 거라고 생각도 못했다. 잘록한 허리에 윤기 흐르는 검은 숲까지 유려한 곡선을 그리고 있는 그녀는 한마디로 완벽했다.

"유안아."

격정적으로 그녀의 이름을 부르며 자신이 한껏 달궈 놓은 가슴을 움켜쥐고 목덜미에 입술을 밀어붙였다. 그녀에게 닿지 않으면 숨이 넘어가기라도 할 것처럼 급하게 목을 핥고 체향을 들이켰다.

사납게 날뛰던 신경이 조금 안정을 찾고 난 뒤에 목과 쇄골에 자잘한 입맞춤을 하며 조금씩 아래로 향했다. 통통한 가슴을 양손으로 쥐고 반죽이라도 하듯 이리저리 주무르며 혀를 내밀었다. 누가 가르쳐 주지 않았음에도 불구하고 자연스럽게 그녀의 꼭지를 비틀고 핥으며 괴롭혔다.

'미치겠다.'

단내가 뚝뚝 묻어나는 가슴을 집요하게 빨고 만지작거리며 한 손으로 그녀의 배와 옆구리, 허리에서 엉덩이를 거쳐 허벅지에 이르는 매끄러운 살결을 정신없이 어루만졌다. 자신의 몸과 다른 부드러움을 지닌 그녀는 그의 갈증을 더욱 부채질하는 존재임이 틀림없었다.

그녀를 탐할수록 손이 두 개뿐이라는 것이 안타까울 지경이었다. 여기저기 쓸고, 쥐고 만지고픈 곳은 많은데 고작 두 곳밖에는 손을 댈 수가 없다니…….

"아아! 으흣."

그의 손이 무성한 숲을 지나 더 깊은 곳을 향해 내달렸다. 작은 꽃잎을 젖히고 꽁꽁 숨겨진 보석도 찾아내어 빙글빙글 돌렸다. 위, 아래로 비벼보기도 하고 손가락 두 개로 살짝 꼬집기도 하며 제 욕구를 채우기 시작했다. 그리고 어느 정도 욕구가 충족되자 자신을 받아들일 성지를 경배하듯 신중하고 조심스러운 손길로 좁디좁은 길을 따라 손가락 하나를 밀어 넣었다.

"하악."

"후우."

낯선 손길에 그녀가 그의 팔을 잡고 지분거리는 그를 저지하려 했지만 그는 고집을 꺾지 않았다. 아니, 도저히 손을 뗄 수가 없다는 게 맞는 걸 거다.

습기를 잔뜩 머금은 그곳은 너무나도 뜨거웠다. 몸속 깊은 곳에 숨겨 둔 탓에 작은 손길 하나도 닿지 않은 순결한 땅이 그를 향해 손을 뻗었다. 희귀한 물건을 서로 갖겠다고 달려들어 아우성치는 사람들처럼 손가락을 감싸는 돌기들이 그를 가만두지 않고 치열하게 끌어당겼다.

혼을 쏙 빼놓는 아찔함에 절로 환희에 찬 신음이 새어 나왔다. 앞뒤 구분 못 하고 무작정 내달리고 싶은 욕망을 지그시 밟아 누르고 자신의 분신이 들어갈 길을 넓히기 위해 느리지만 끈질기게 손을 움직였다.

"아훗. 흐흡."

유안의 의지와 반대로 그녀의 깊은 곳은 그의 손길을 반기며 조금씩 눈물을 흘려보내고 있었다. 은밀한 손길에 질척이는 소리가 점점 커지자 그녀의 허리가 들썩이고 흐느끼는 신음 또한 짙어졌다.

힘껏 베개를 비틀며 짜릿한 자극에서 도망치려 하지만 가만히 놔둘 그가 아니었다. 한쪽 꼭지를 강하게 깨무는 것과 동시에 세차게 손을 놀려 그녀의 안을 파고들었다. 강한 침입에 놀란 그녀가 크게 숨을 들이켜고 허리를 둥글게 마는 것을 보니 만족감이 높아졌다. 그의 손이 이끄는 대로 열락에 빠져 흐느끼는 유안을 보니 더 울리고 싶다는 못된 생각까지 들었다.

태하는 바쁘게 손을 움직이며 그녀를 더욱 몰아붙였다. 살짝 일그러진 미간과 열기에 취해 벌어진 입술, 가쁜 숨을 몰아쉬느라 헐떡이는 가슴까지 모든 것이 그의 시선을 잡아끌었다. 한계에 다다라 간다. 유안이 욕실에서 나오기를 기다릴 때부터 부풀어 오른 분신이 사납게 신경질을 내었지만 아직은 그 갈증을 풀어 줄 때가 아니었다.

그는 몸을 일으켜 완전히 그녀를 덮어 버렸다. 자꾸만 오므리려 하는 그녀의 다리를 벌리고 그 가운데 자릴 잡았다. 유안의 귓불을 빨고 뜨거운 숨결을 흘리며 입을 맞췄다.

탄탄한 가슴과 배에 와 닿는 살결이 너무 좋아 은근히 살을 맞대고 비비다 양쪽 젖가슴에 입을 맞추고 조금씩 아래로 이동하기 시작했다. 갈비뼈 하나하나를 쓸어내리고 오목한 배꼽에도 잊지 않고 입을 맞췄다. 잘록한 허리를 강하게 빨아 들여 붉은 흔적을 남기는 동안 가슴에 와 닿는 그녀의 젖은 체모가 야릇함을 더했다.

그는 입술을 아래로 내려 촉촉하게 젖어 있는 깊은 계곡을 천천히 핥아 올렸다.

"아학! ……안 돼. 제발."

생각지도 못한 곳에서 느껴지는 뜨거운 숨결에 허리를 옆으로 틀며 그에게서 벗어나려 발버둥치는 유안의 허벅지를 꽉 잡아 누르자 그녀가 상체를 들어 그의 머리를 밀어내기 시작했다. 고개를 저으며 완강하게 거부하는 유안을 보며 애원했다.

"막지 마. 이렇게 하지 않으면 네가 너무 아플 거야."

그렇게 말을 했는데도 그에게 아랫도리를 활짝 열어 내어 주는 게 쉽지 않은 모양이다. 이렇게 예쁘고 좋은 걸 맛보지 못하게 막는 그녀가 야속했지만 그는 설득하는 걸 멈추지 않았다.

"유안아, 날 믿어. 널 아프게 하지 않으려고 그래."

"……아하. 학."

엄지손가락으로 그녀의 젖은 길을 연신 비비며 하는 말에 유안은 대답조차 하지 못했다. 고개를 뒤로 젖히고 입술을 깨물며 터지려는 신음을 삼키기에 급급했다. 시트를 움켜쥔 손이 하얗게 변할 정도로 자신을 관통하는 쾌감에 어쩔 줄 몰라 했다.

태하는 때를 놓치지 않고 손가락이 오가던 길에 혀를 대었다. 바둥거리는 그녀를 도망치지 못하게 꼭 붙잡고 게걸스럽게 그녀의 숨은 밀지를 먹어 치웠다. 자신을 열렬하게 반겼던 순결한 땅에 혀를 밀어 넣고 그의 탐욕스런 욕망을 자극하는 체향을 가득 들이켰다.

혀가 얼얼해질 정도로 그녀의 깊은 곳을 핥고 빨아대자 울컥하고 짜릿함에 취한 애액이 쏟아져 나왔다.

"아!"

제 몸에서 일어난 일로 인해 얼굴을 붉힌 유안이 두 손으로 얼굴을 감쌌다. 부끄러운 듯 몸을 모로 트는 그녀를 보며 상체를 든 태하가 갈증으로 인해 바짝 독이 오른 자신의 분신을 잡고 그녀의 깊은 곳에 쏟아져 나온 애액을 슬쩍슬쩍 묻혔다.

감질 나는 행동에 그의 분신이 더욱 성을 내었다. 몸집을 더 부풀리고 끄덕거리며 위협적으로 발광하기 시작했다. 난폭한 요구에 더 이상은 견딜 수 없어진 그가 성난 분신을 잠재우기 위해 그녀의 깊은 곳을 향해 나가기 시작했다.

넓힌다고 넓혔지만 자신이 들어서기에는 턱없이 좁은 길을 뚫기 위해 그는 허리에 힘을 주었다. 쉽게 자신을 내어 주지 않는 그녀의 입구에서 몇 번 앞뒤로 들어갔다 나갔다를 반복하던 그가 크게 숨을 들이마시면서 단번에 깊은 공간을 차지해 버렸다.

"아핫. 흐흑."

"아악. ······유안아! 후우. 헉."

그녀의 이름을 부르는 것도 쉽지 않았다. 충격적이기까지 한 자극에 그는 겨우 숨만 몰아쉴 수 있었다.

마치 파라핀 액에 손을 담근 기분이다. 그녀의 속살이 정신없이 그의 분신의 달라붙어 떨어질 줄을 몰랐다. 죄기는 또 얼마나 죄어 오는지, 그만 울컥하고 모든 것을 쏟아 낼 뻔한 그가 이를 악물었다.

침대 머리로 도망가려는 유안의 어깨를 부여잡고 그녀의 가슴에 헉헉거리는 숨을 뱉어 내었다. 죽인다. 너무 좋아서 정신이 나갈 지경이다.

고통으로 인해 아프다고 말도 못 하고 온몸에 힘을 잔뜩 주고 있는 그녀와 다르게 그는 흥분에 겨워 정신을 차릴 수가 없었다.

"윽! 유안아, 제발 힘 좀 빼. ……터질 것 같아."

노골적인 말에 그녀에게 온 체중을 싣고 하체를 밀어붙이고 있는 그의 어깨를 작은 손이 밀기 시작했다. 어렵사리 눈을 떠 그를 향해 애원의 빛을 쏘고 있는 까만 눈동자에 눈물이 스며 있었다.

"……그만. 안 할래. ……아파요."

"조금만 참아 봐. 응? 조금만 유안아."

그 역시 고통을 느꼈지만 여기서 그만둘 수는 없는 일이었다. 물론 그녀가 느끼는 고통과는 전혀 상반된 고통이지만 말이다. 당장이라도 질주하고픈 본능을 억누르고 있는 고통을 그녀는 알까. 제 욕심껏 그녀를 흔들고 싶은 포악한 성질을 가라앉히려 잔뜩 힘을 준 탓에 온 근육이 뻣뻣하게 굳어 버린 것을 눈치채기는 했을까.

태하는 상처 입은 사슴의 눈망울로 그를 쳐다보면서 잔인한 말을 서슴없이 하는 그녀의 입술을 한가득 빨아들였다. 더 이상 거부의 말은 듣지 않겠다는 욕심에 열정적으로 유안의 입속을 헤집었다. 그녀가 정신을 차릴 틈을 주지 않으려는 발악에 가까운 처절한 몸짓이었다.

유안의 상태가 미묘하게 변화하는 걸 귀신처럼 감지했다. 그녀의 입술과 목에 이어 가슴까지 정성을 들여 만지작거린 다음의 일이었다. 실상 그리 긴 시간은 아니었지만 체감하는 시간은 또 달랐다. 그녀의 긴장이 조금은 풀린 느낌에 태하는 천천히 허리를 움직이기 시작했다.

생생하게 느껴지는 잔주름들이 그의 분신을 꼭 물고 빠져나가지 못하게 막았다. 그는 험난한 길을 헤치고 뒤로 엉덩이를 조금 뺐다 다시금 깊게 박아 넣기를 반복했다. 점점 더 몸이 달아오르고 숨이 가빠졌다. 미칠 것 같은 쾌감을 조금이라도 놓치지 않으려고 집요하게 그녀를 파고들었다.

그와 그녀의 체모가 서로 엉키고 애액이 들러붙었다. 열기가 고조되고 방 안의 온도 또한 높아졌다. 점점 빨라지는 그의 허리 짓에 유안의 신음 역시 잦아졌다. 딱 이대로 죽어도 여한이 없을 정도의 짜릿함에 절로 엉덩이에 힘이 들어갔다. 태하는 있는 힘껏 그녀의 안을 휘젓고 헤집으며 자신의 영역을 넓혀 나갔다.

그녀의 몸속에 자신이 들어갈 수 있는 공간이 있다는 사실에 감격하며 황홀한 감각에 몸을 맡겼다.

탁. 탁.

움직임이 빨라진다. 단전 밑바닥부터 무언가 부글거리며 올라오는 강렬함에 숨이 턱에 차오르도록 달리기 시작했다. 야릇하고 찌릿한 감각이 배가 될수록 그의 정신은 아득해져만 갔고 그녀 속살 역시 그를 빨아들이는 걸 그만두지 않았다. 아니, 처음보다 더 강하고 집요하게 그를 물어 당기는 통에 더 이상 참을 수가 없었다.

"아학. 흐윽."

그의 격렬한 몸짓에 맞춰 흔들리는 유안의 가슴을 흐릿한 눈으로 바라보다 그녀의 목을 와락 끌어안으며 쌓여 있던 정념을 토해 내었다. 울컥울컥 쏟아져 나오는 정수를 그녀의 자궁에 심어 놓기라도 할 기세로 끝까지 그녀의 안을 파고들기를 멈추지 않았다.

없다. 그녀가 없다.

눈을 뜨고 보니 조금 전까지 품에 안고 있던 유안이 보이지 않았다. 어디로 간 거지? 격렬했던 지난밤의 여파로 인해 힘들어하던 그녀였는데……

축 늘어진 그녀를 안고 욕조에 들어가 한참을 있었다. 정신이 멍해질 정도의 짜릿함을 다시 한 번 느껴보고 싶었지만 그녀의 몸을 생각해 참고 참다 새벽녘에야 겨우 잠이 들었는데, 가슴으로 들어오는 차가운 바람 탓에 절로 눈이 열렸다. 그리고 유안이 곁에 없음을 알았다.

태하는 떨리는 다리에 힘을 주어 욕실로 향했다. 그곳에 그녀가 있을 거라 위안을 하며 한 발, 한 발 힘겹게 걸음을 옮겼다. 그런데 그곳은 텅 비어 있었다. 있어야 하는데, 분명히 여기에는 있어야 하는데.

순간 심장이 터질 듯 아파 왔다.

그녀가 곁에 없다는 허전함에 숨이 턱 하니 막혀 말도 나오지가 않았다. 유안의 이름을 소리쳐 불러야 하는데, 그 소릴 듣고 그녀가 와 줄지도 모르는데……

무언가가 목구멍을 꽉 막고 그것을 허락하지 않았다.

그는 고통에 몸부림치며 유안을 찾아 온 방을 뒤지기 시작했지만 그녀는 쉽게 모습을 보여 주지 않았다.

자신을 혼자 두지 말라고 간절하게 애원했다. 이제 그녀 없는 삶
은 상상조차 하고 싶지 않다고, 세상에 존재하는 온갖 신의 이름을
부르며 유안을 데려다 달라고 기도했다.

"이유안."

억눌린 목소리가 미세하게 흘러나왔다. 필사적으로 소리를 끌어내
려 애를 쓰며 목을 움켜쥐었다. 제발, 한 번만 그녀의 이름을 부를
수 있다면…….

"허억."

목을 잡고 눈을 번쩍 뜬 그가 불안한 시선으로 주위를 둘러보았
다. 지독한 상실감에 잔뜩 인상을 찌푸린 채로 눈을 깜박이다 자신
의 품에 고이 안겨 있는 유안을 발견하고 안도의 숨을 내쉬었다.

다행이다. 꿈이었구나.

지독한 악몽이었지만 현실이 아니라는 것에 발작하듯 뛰던 심장
이 조금씩 차분해졌다. 잠깐이었지만 유안이 곁에 없다는 것이 어느
정도의 고통을 유발하는지 똑똑히 알게 되었다.

꿈에서 깨어났음에도 생생하게 느껴지는 고통을 참기 위해 입술
을 깨물며 그녀에게 손을 뻗었다. 자신의 가슴에 폭 안기는 유안의
포근함과 부드러움으로 불안감을 잠재웠다. 드디어 제 쉴 곳을 찾은
사람처럼 태하는 가슴 가득 유안의 향기를 들이마셨다.

절대 놔주지 않으리라. 굳은 결심을 하며 그녀의 체온으로 스산해
진 심장을 데우기 시작했다.

"이유안, 절대 내게서 멀어지지 마라."

하필이면 생애 최고의 날에 몹쓸 꿈을 꿨다는 게 찜찜했지만 그의 인생에서 가장 중요한 것이 무엇인지 절절하게 깨닫게 된 이른 아침이었다.

"으읏."

찌뿌드드한 몸을 길게 늘이며 단잠에서 깨어난 유안이 아랫도리에서 느껴지는 이물감과 작은 통증에 숨을 멈췄다.

"왜? ……아!"

또르르 눈동자를 굴리던 유안이 어젯밤의 일을 떠올리고 얼굴을 붉혔다. 생전 처음 느껴보는 야릇한 감각에 당황한 것도 잠시, 정신 없이 몰아치는 태풍에 휩싸인 기분에 겨우겨우 숨만 몰아쉬며 연신 교성만 터트렸다.

목구멍이 바짝 마르도록 뜨거운 숨을 뱉어 내며 그의 손길과 몸짓에 허리를 비틀고 바둥거리다 짜릿하게 곱아드는 발끝에 힘을 주며 그를 받아들였다.

끝날 것 같지 않던 길고 긴 행위가 끝나고 어느 결에 잠이 들었는지 기억도 가물가물했다. 도무지 현실처럼 느껴지지 않는 일을 경험한 그녀는 어떤 눈으로 그를 마주해야 할지 몰라 당혹스러웠다.

"깼어?"

어느 결에 나타난 건지 완벽하게 옷을 갖춰 입은 그가 시원한 물이 담긴 잔을 들고 말을 걸었다.

깜짝 놀란 유안이 재빨리 이불을 뒤집어쓰고 그의 시선을 피했다. 샤워하고 옷까지 갈아입은 그의 앞에서 엉망인 자신의 모습을 보일 자신이 없어 울상을 지었다.

"하하하. 일어났으면 물 한잔 마시자."

테이블에 잔을 내려놓은 그가 침대에 앉으며 이불을 잡아당겼다.

"하지 마요."

"예뻐. 그러니까 얼굴 좀 보여 주라."

"싫어요."

"자고 일어난 얼굴 처음 보는 것도 아닌데, 뭐가 어때?"

"그래도 안 돼요. 절대!"

이불을 걷으려는 그와 필사적으로 그걸 막으려는 유안의 소소한 힘겨루기가 한동안 계속되었다.

"알았어. 안 할게."

두 손을 번쩍 든 그가 항복을 선언했다.

"진짜죠?"

"안 한다니까."

"그럼 자리 좀 비켜 줘요."

"왜?"

"씻어야죠."

당연한 걸 묻는 그를 향해 불퉁한 대답을 한 유안이 그의 움직임에 촉각을 곤두세웠지만 아무런 소리도 나지 않았다. 한동안 웅크린 자세 그대로를 유지하던 그녀가 답답함에 슬그머니 이불을 끌어 내리자 그가 덥석 그녀의 손을 잡았다.

"으악."

"하하하. 놀랐어? 그러게 진작 얼굴을 보여 줬으면 이럴 일도 없잖아."

그는 잡고 있던 손을 그대로 잡아당겨 그녀가 침대에서 일어날 수 있도록 힘을 보탰다. 자신의 의사와 상관없이 일어나 앉은 유안은 서둘러 이불을 끌어당겨 가슴을 가렸다.

물 잔을 어렵사리 받아 입을 축이는 모습을 물끄러미 바라보던 그가 잔잔한 미소를 지었다. 잔을 받아 테이블에 올려놓고 그녀의 이마 위로 흘러내린 머리카락을 조심스럽게 귀에 걸어 주며 입을 열었다.

"예쁘다. 내 마누라."

"……."

"이유안, 사랑한다. 우리 결혼하자. 너에 비해 많이 모자란 놈이지만 평생 책임질게."

유안은 허를 찌르는 그의 말에 아무런 대꾸도 하지 못하고 입만 벙긋거렸다. 홀딱 벗은 몸을 가리느라 정신이 하나도 없는데 대형 폭탄까지 터트리는 그를 보며 당혹감을 감추지 못했다.

천천히 침대에서 일어난 그가 유안의 앞에 무릎을 꿇었다. 주머니에서 반지를 꺼내 그녀의 손가락에 끼워 주며 애정이 가득 담긴 시선을 던졌다.

"허락해 줄 거지?"

"……이러는 게 어디 있어."

"?"

"세수도 못 하고 엉망인 상태인 거 안 보여요? 어쩜 꼴이 이런 사람한테 그런 말을……."

저도 모르게 억울한 생각이 들어 왈칵 눈물이 고였다. 예쁘게 꾸민 모습으로 받아도 시원찮을 프러포즈를 이렇게 볼품없는 모습을 하고 있는 사람에게 하는 그의 무신경함에 서러운 마음이 들었다.

"이런, ……예뻐. 진짜 예쁘다니까. 이 세상 어떤 여자보다 지금의 네가 최고로 예뻐. 오빠 말 못 믿어?"

"칫."

"대답해야지. 정식으로 결혼하는 거다?"

그는 유안의 뺨에 흘러내리는 눈물을 닦아 주며 간절한 눈빛으로 대답을 독촉했다. 천천히 유안의 고개가 끄덕여지고 유안은 눈물 가득한 눈을 접고 볼우물을 만들며 태하가 제일로 좋아하는 웃는 얼굴을 보여 주었다.

태하는 그 모습을 보다 감격에 겨워 두 눈을 꼭 감았다. 모든 움직임을 멈추고 가슴속 깊이 유안의 모습을 새겨 넣었다. 그리고 서서히 눈을 뜬 그가 그녀를 향해 행복한 웃음을 되돌렸다.

그는 오밀조밀한 작은 입술을 욕심껏 빨아들이고 싶었지만 행여나 그녀가 다칠세라 부드럽게 머금고는 작게 중얼거렸다.

"사랑해. 서서히 스며드는 사랑이 있을 거라곤 생각도 못 했어. 사랑은 그냥 첫눈에 벼락 치듯 빠져드는 거라고만 생각했거든. 그래서 난 사랑엔 영 소질도 없고 운도 없다고만 생각했어. 그런데 그게 아니더라. 한 사람 곁에서 자연스럽게 같은 공기를 마시며 조금씩 크기를 키워 가는 사랑도 있었어. 유안아, 지금까지 떨어져 산 시간이 억울해서라도 우리 꼭 붙어 있자. 절대 헤어지지 말자."

태하는 유안이 두 번 다시 아프지 않게, 더 이상 상처받지 않게 지키고 보듬어 주리라 다짐하며 그녀를 품에 안았다.

에필로그

"밥들 먹어."

시원한 메밀국수로 점심을 차린 순자가 주방 밖을 향해 크게 소리치고 잠시 뒤 집 안에 있던 사람들이 하나둘 모습을 드러냈다.

"이유안, 내 말대로 하자니까."

"싫어요. 왜 꼭 더울 때 그래야 하는데요?"

"그러니까 그게 무슨 상관이냐고."

실랑이를 하며 주방으로 들어서는 유안과 태하의 뒤를 재하가 어슬렁거리며 따라 들어왔다.

"니들 아직도 그러고 있니?"

"제 말이요. 아주 귀가 따가워 죽겠다니까요. 며칠째 같은 소리 하는 것도 질리지 않나?"

재하가 미간을 구기며 고개를 절레절레 저었다.

하루라도 빨리 식을 올리자는 태하와 더운 여름은 피하고 싶다는 유안의 의견이 팽팽하게 맞서 며칠째 결론이 나지 않는 이야기가 계속되고 있었다. 거기다 틈만 나면 유안의 뒤를 졸졸 따라다니며 다음 주라도 당장 식을 올리자 조르는 태하와 모르쇠로 일관하는 유안. 두 사람 중에 한 명만 양보해도 좋으련만 둘 다 그럴 생각이 전혀 없어 보이니 문제였다. 아니, 어쩌면 이렇게 티격태격하는 것을 즐기고 있을지도 모르겠다.

'좋을 때다.'

여유가 넘치는 편안한 표정으로 입씨름을 계속하는 유안과 태하를 물끄러미 바라보던 순자가 나름의 결론을 내고는 국수를 먹기 시작했다.

"땡볕 아래 서 있는 것도 아니고 에어컨 바람이 시원한 실내에서 하는 건데, 여름이건 겨울이건 무슨 상관이 있다고 이렇게 고집을 부리는 건지 모르겠네. 안 그래요, 이모?"

젓가락을 집어 들며 천연덕스럽게 하는 말을 유안이 맞받아쳤다.

"이모, 우리만 생각할 순 없잖아요. 아무리 가까운 지인들만 초대한다고 해도 찾아오는 사람 입장도 생각도 해야지. 날도 더운 데 꼭 일을 만들어야 해요? 그건 아니죠? 그죠?"

"잠깐인데 뭐 어때?"

"잠깐도 아닌 건 아니에요."

"괜찮아."

"이기적인 사람."

유안이 밉지 않게 노려보며 던진 말에 태하가 기함할 듯 소리쳤다.

"뭐?"

"그렇잖아요. 어떻게 손님 초대하면서 그런 말을 할 수가 있어요?"

"날씨 더워서 못 온다고 하면 오지 말라고 그래. 너랑 나랑 식을 올린다는 게 중요하지 다른 사람이 무슨 상관이야. 하객이 한 명도 안 온다고 해도 난 괜찮거든."

순식간에 저만 아는 사람이 되어 버린 태하가 불퉁하니 대꾸했다.

"시끄럽다. 면 불기 전에 어서 먹기나 해. 그리고 가만히 있는 나는 왜 자꾸 들먹거려? 괜히 나한테 묻지 말고 둘이 알아서 해. 혼인 신고 한 지가 언젠데 이제 식 올린다면서 사람을 정신없게 만들어."

"이모오."

순자의 말에 유안은 제 편을 들어 달라 울상을 지었고 태하는 그런 유안을 귀여워 죽겠다는 표정으로 바라보았다. 그리고 재하는 말 없이 엄지손가락을 치켜드는 것으로 자신의 의사를 전달했다.

전에 없던 소란스러움에 순자의 입가에 슬쩍 미소가 솟아났다.

유안과 순자 둘이서만 살던 아파트가 지금처럼 북적이기 시작한 지도 벌써 3주가 넘어서고 있었다. 휴가를 함께 보내고 유안을 바래다준 태하가 몇 시간 뒤 커다란 가방을 앞세워 들이닥칠 때만 해도 이런 상황이 될 거라고 생각조차 못 했다.

조금 전에 다녀간 사람이 웬일인가 싶어 부랴부랴 문을 열었더니 태하가 가방 2개를 들이밀며 집 안으로 들어섰다. 그리고는 부부는 같이 살아야 하는 거라서 자기가 왔다고 선언을 하고 당당하게 유안의 방에 짐을 풀었다.

"이모, 옷걸이 남는 거 없어요?"

황당해하는 유안을 못 본 체하며 너스레를 떠는 태하의 행동에 순자는 헛웃음을 지을 수밖에 없었다. 혹시라도 유안이 화를 내고 쫓아내지나 않을까 걱정하는 기색이 역력한데도 태연한 척하는 녀석이 조금은 귀엽게도 보였던 거 같다.

그 뒤, 복학 준비로 바쁘게 지내던 재하마저 집 밥이 그립고 식구들이 그립다는 이유로 슬그머니 들어와 방 하나를 차지해 버렸다.

"근데 이거 진짜 맛있어요, 이모."

"그래? 다행이네. 많이 먹어라."

"네."

입 안 가득 국수를 흡입하면서도 재하의 대답은 우렁찼다.

"이모, 그거 생각나요?"

"뭐?"

"예전에 우리 마당에서 삼겹살 자주 구워 먹었잖아요. 이모가 키운 상추랑 깻잎이랑 같이. 그거 진짜 맛있었는데."

"그런 적이 있었어?"

태하의 물음에 재하가 반색을 하며 대답했다.

"그럼. 아! 형은 잘 모르겠구나. 이모가 키운 상추에 두툼한 삼겹살 한 점 딱 올려서 쌈 싸 먹으면 얼마나 맛있는데. 먹다 야채가 부족하다 싶으면 그 자리에서 바로 뜯어다가 수돗가에서 슬슬 씻어서 먹었거든. 고기가 적은 날은 누나랑 서로 먹겠다고 치열하게 싸우기도 했다. 하하하. 가끔 생각나는데…… 그때 먹은 삼겹살이 제일 맛있었던 것 같아."

재하의 설명을 듣고 있던 태하의 얼굴에 설핏 부러움이 스쳤다.

자신이 함께하지 못한 많은 것들 중에 하나였다. 그의 기억에는 전혀 존재하지 않은 세 사람만의 공통된 추억. 한 번씩 자신의 부재를 확인할 때마다 가슴 한구석이 씁쓸해지는 건 어쩔 수가 없다.

"삼겹살 먹고 싶으면 먹으면 되지. 그게 뭐가 어렵다고."

"여기서요?"

순자의 말에 눈동자를 굴려 주위를 훑어본 재하가 콧등을 찌푸리며 고개를 저었다.

"냄새 빼려면 한참 걸릴 거 같아요. 그냥 안 먹을래요."

넓은 마당에서 연기를 폴폴 피워 가며 갓 따 온 채소와 함께 먹는 맛과 꽉 막힌 집 안에서 행여 기름이 튀지 않을까 신경 써 가며 먹는 맛이 같을 수는 없었다. 형이 유학 중인 때라 단출하게 셋뿐이었지만 그래도 좋았다. 상추와 고추, 깻잎을 따서 씻고 된장찌개를 끓이고 하는 일을 즐거운 마음으로 했던 기억이 새록새록 솟아나 아쉬움이 몽글몽글 피어올랐다.

"안 그래도 얘기하려고 했던 건데…… 이모, 우리 다시 집으로 돌아갈까요?"

재하를 가만히 바라보던 유안이 천천히 입을 열었다. 과장된 미소 뒤에 숨겨진 아련한 그리움이 심장을 울렸다.

갓 새로운 식구가 된 어색함과 기대감, 그리고 시간이 흘러 같은 집에 살면서 느꼈던 안정감, 그리고 편안함. 그때 느꼈던 여러 가지 감정이 아스라이 떠오르며 그리움을 짙게 만들었다.

"옛날 그 집? 그거 판 거 아니야?"

"안 팔았어. 여기로 이사 온 뒤로 계속 비어 있었어. 주기적으로 청소는 하고 있지만."

"우와! 정말. 진짜 우리 거기로 다시 가는 거야?"

흥분에 찬 재하의 음성이 높게 울렸다. 처음 가져 본 제 방에 애착이 컸던 탓에 다시 그곳으로 간다는 생각만으로도 기분이 좋았다.

"언제? 언제 갈까?"

"이모."

당장 짐이라도 쌀 듯 엉덩이를 들썩이는 재하를 보며 미소 짓던 유안이 순자를 바라보며 의사를 물었다.

"나야 좋지. 이놈의 엘리베이터 타는 것도 영 익숙지가 않았는데 잘됐다."

유안은 순자의 허락이 떨어지자 태하를 응시했다. 말없는 그녀의 물음에 고개를 작게 끄덕인 그가 유안의 손을 잡고 엄지손가락으로 손등을 살살 문질렀다.

'미안하다.'

그가 오기만을 기다렸던 집. 잊어야지 하면서도 그의 방을 맴돌던 날들. 너무 힘들어서 그를 잊기 위해 떠나온 집으로 이제는 돌아가야 했다.

자신이 태어난 집이자 앞으로의 미래가 시작될 집. 부모님의 추억으로 가득한 그 집에서 아픈 기억은 모두 잊고 새롭게 써 내려갈 수많은 이야기가 기다려졌다.

"앗싸! 하하하하."

"그렇게 좋아?"

"그럼요. 내 방은 잘 있겠죠? 이모."

"허허. 잘 있겠지. 그게 어딜 가나?"

"빨리 가고 싶어요."

유안은 호들갑을 떠는 재하의 음성을 뒤로 새로운 기대가 가슴 가득 차오르는 것을 느꼈다.

예전 집으로 다시 이사를 하고 얼추 정리가 끝나자 유안은 태하의 손을 잡고 산책을 나섰다. 늘 혼자 걸었던 길을 그의 손을 잡고 느리게 걸었다. 어느 집 담장 아래 피어난 작은 꽃에 인사를 건네고 뜨거운 햇빛을 피할 수 있는 그늘을 만들어 준 나무에게 고마운 마음을 보냈다.

"이곳 생각나요? 아직도 있었네."

집 근처 도로가 하수도 공사를 하는 관계로 길을 돌아가야만 해서 유안은 예전에 그가 아르바이트를 하던 편의점이 있던 방향으로 가길 요구했다. 그리고 그 편의점은 여전히 그 자리를 지키고 있었다.

"여길 알아?"

의문 가득한 그의 눈동자가 유안에게 향했다.

"잘 알죠. 한동안 참 많이 왔었는데."

"?"

"비밀 하나 알려 줄까요? 내 첫사랑에 관한 건데……."

"뭐? 첫사랑?"

말 한마디에 대번 눈매가 뾰족해지는 그를 보며 이야기를 계속했다.

"한때 이곳은 내 삶의 전부를 차지했던 아주 중요한 곳이기도 해요. 내가 예전에 여기서 아르바이트 하던 오빠를 좋아했거든요. 진짜 잘생기고 키도 큰 사람이었어요. 작은 틈이라도 나면 늘 책을 보던 그 사람을 보는 게 좋았어요. 기쁜 일이 생겼을 땐 축하받으러 오고,

너무 힘든 일이 생겼을 때는 위로받으러 왔었어요. 물론, 그 오빤 내 존재를 알지 못했지만. ……부모님도 없이 할머니하고 남동생이 가족의 전부인 그 오빠가 원하는 대학에 합격했다는 소식을 들었을 때가 마지막이었어요."

'설마…… 날, 보러 온 거야?'

묻기가 겁났다. 그녀가 보러 온 것이 자신이 맞느냐고.

여기서 아르바이트를 했던 때가 그가 고등학교에 다닐 때였다. 자신이 유안의 존재를 모르고 있던 때에 그녀는 여러 번 그를 보러 왔다는 것이 현실처럼 느껴지지가 않았다. 거기다 유안이 말하는 시기는 그녀의 어이없는 제안을 받아들이기 훨씬 전이었다.

"지금 내 얘길 하는 거 맞아? 도대체 언제……."

중얼거리듯 하는 말에 옛 기억을 되짚듯 아련한 표정으로 유안이 입을 열었다.

"처음 그 사람을 본 건 내가 고등학교 1학년이던 봄이었어요. 아빠를 만나러 갔다가 내려 할 정류장이 아닌 곳에 잘못 내리는 바람에 정신없을 때 길거리 좌판을 하시던 할머니를 보며 환하게 웃던 남학생이 있었어요. 눈가에 주름이 지는지도 모를 정도로 환하게 웃으면서 흙이 잔뜩 묻은 할머니의 손을 덥석 잡는 모습을 본 순간 그가 내 심장에 들어와 버렸어요. 그래서 그다음부터 이런저런 이유를 대며 거의 매일 할머니를 찾았었죠. 할머니 앞에 쪼그리고 앉아서 착한 손자 얘기를 질리도록 들었죠. 그 남학생 이름도, 제일 좋아하는 반찬이 뭔지도 다 할머니한테 들었어요."

"……우리 할머니를 알아?"

"좋은 분이셨어요. 공부도 잘하고 착한 손자가 고생한다고 항상 미안해하셨죠. 우리 착한 태하랑 재하, 좋은 부모 만났으면 저리 힘들지 않게 살지 않아도 됐을 텐데, 하고 몇 번이고 말씀하셨어요."

유안의 말에 그는 한 손을 들어 자신의 입을 막았다. 그녀의 입에서 할머니의 이야기가 나올 거라고는 생각해 본 적도 없었다. 늘 고생만 하시던 할머니를 함께 추억할 수 있다니 믿기지가 않았다.

"손자 또래 학생이 심부름한답시고 자주 들렀더니 제가 안쓰러우셨나 봐요. 덤이라고 매번 조금이라도 더 주시는데 거절하기도 뭐해 민망해서 혼났어요. 순자 이모는 이모대로 뭘 이렇게 사 가지고 오느냐고 궁금해했었고. 아마도 내가 할머니 손자 때문에 자주 들른 걸 알게 되면 할머니가 화내실지도 몰라요. 속마음을 숨기고 음흉하게 굴었다고……."

입가에 미소를 드리운 그녀의 눈동자가 그리움으로 조금씩 흔들렸다.

"……진작 말 좀 해 주지. 혹시, 할머니 장례식장에도 왔었어?"

떨리는 음성으로 묻는 말에 그녀는 고개를 끄덕였다.

"네."

"진짜?"

"차마 안으로 들어가지는 못하고 문밖에서 보기만 했어요. 넋을 놓아 버린 오빠와 형의 옷깃을 필사적으로 부여잡고 있는 재하를 보면서 같이 울었어요. 아빠 돌아가셨을 때가 생각나서…… 얼마나 가슴 아프고 막막할지 아니까. 도저히 남의 일 같지가 않았어요."

"하아."

왈칵 눈시울이 붉어졌다.

그녀는 전혀 안면도 없는 노인의 장례비를 대 준 것이 아니었다.

돈 많은 어린애의 치기라 생각했던 것이 사실이 아니란다. 유안의 이야기가 계속될수록 그녀의 깊은 마음을 자신은 도저히 따라잡을 수 없겠다는 생각이 들었다.

'할머니, 할머니가 유안이를 내게 보내 준 거였어요?'

그가 행복하게 살 길 바라는 할머니의 마지막 선물이었나 보다. 이유안이라는 여자는.

심장이 아프도록 밀려드는 감동에 그는 유안의 어깨를 끌어당겨 품에 안았다. 어디서부터 고마움을 표현해야 하는지 감이 오지 않았다.

그녀가 없었다면 자신과 재하, 할머니까지 어떻게 되었을까? 생각만으로도 아찔했다.

"고맙다."

아쉽고 안타까웠다. 오랜 시간 동안 이다지도 깊은 사랑을 받으면서도 그 사실을 몰랐다는 것이. 그것을 너무 늦게 알아 버렸다는 것이 너무나 속상했다.

"난 세상에서 가장 운이 좋은 놈인가 보다."

행운이었다. 그녀의 눈과 가슴에 자신이 들어가게 된 것이. 그녀의 사랑을 차지하게 된 것이 말이다.

유안의 깊은 사랑을 깨닫고 집으로 돌아오는 길에 그녀의 눈치를 살피던 태하가 지나가는 말로 물었다.

"참, 그거 혹시 가지고 있어?"

"뭐요?"

"예전에 네가 용돈 넣어 주던 봉투."

"아! ……그건 갑자기 왜요?"

"그 봉투 안에 함께 있던 편지가 필요해. ……편지 있던 거 맞지?"

"어떻게 알았어요?"

눈을 동그랗게 뜨고 묻는 질문에 그는 말을 얼버무렸다. 차마 재하 것을 보고 알았다고 말하기엔 염치가 없어 은근슬쩍 답을 미뤘다.

"그냥 어쩌다 보니 알게 됐어. 그러니까 그거 다시 줘."

"싫다고 놔두고 갈 땐 언제고."

"내가 그 안에 그게 있는 줄 알았으면 절대 두고 가지 않았어. 모르게 준 네가 문제지. 그걸 왜 거기에 담아? 그냥 줘도 될 걸."

"하아. 지금 내 탓하는 거예요?"

유안은 걸음을 멈추고 그를 노려보았다. 어이없음을 노골적으로 드러내는 표정인데도 왜 이리 예쁘게만 보일까.

"아니. 누가 그렇대? 어쨌든 나한테 줬으니 그건 당연히 내 거지. 내 편진데 네가 갖고 있겠다는 건 말이 되지 않잖아?"

"없어요. 다 버렸지 그걸 지금까지 누가 갖고 있어요?"

"버렸다고? 누구 허락 맡고?"

"류태하 씨는 그 봉투를 두고 간 시점에서 편지에 관한 소유권을 주장할 수 없게 됐다는 거 몰라요?"

토라지듯 고개를 팩 돌린 유안이 제 할 말을 마치고 앞서 걸음을 옮겼다.

"말도 안 돼. 사람이 치사하게 한번 준 걸 다시 뺏는 경우가 어디 있어?"

"나 원래 치사하고 뒤끝도 엄청 긴 거 몰랐어요? 두고 봐. 그동안 내 가슴 아프게 한 거 하나하나 다 받아 낼 테니까. 흥."

태하는 그 자리에 서서 긴 머리를 찰랑이며 걷는 유안의 뒷모습을 물끄러미 응시했다.

'그래, 다 받아 내. 너 속상하게 하고 아프게 한 거 용서하지 말고 꼭 받아 내.'

"뭐해요? 안 갈 거예요?"

앞서 걷던 유안이 뒤를 돌아보며 손짓했다.

항상 그만을 위한 공간을 비워 두고 기다려 주는 사람, 내 소중한 여자가 부르고 있다.

"어? 가. 내가 왜 안 가?"

그는 비어 있는 그녀의 옆자리를 차지하기 위해 힘껏 달려가 그녀의 어깨를 감싸 안았다.

절대 놓지 않을 거다. 그가 편하게 숨 쉴 수 있는 유일한 공간을 제공하는 그녀를……

※

"문승재, 좀 서둘러."

평소에는 잘 입지 않는 하늘하늘한 원피스를 입은 주연이 빠르게 걸으며 말했다.

"아직 시간 많아."

"궁금하잖아. 류 팀장이 그렇게 목을 매던 여자가 어떻게 생겼는지 보고 싶지 않아?"

주연은 느긋하게 걷은 승재를 재촉하며 물었다.

"내 여자도 아닌데 내가 왜 궁금해해야 해?"

"말을 말자. 말을……."

생각대로 시큰둥한 대답이 들려오자 고개를 절레절레 저은 주연이 그보다 앞서 걷기 시작했다. 아쉬운 사람이 서둘러야지. 문승재야 어차피 그녀가 가는 길이라면 지구 끝까지라도 따라올 사람이니 신경 쓸 필요도 없었다.

"신발 높은 거 신지 말라고 했잖아."

어느새 곁으로 다가온 그가 주연의 손을 잡으며 한소리를 했다. 미세하게 접혀진 미간을 보니 자신이 넘어질까 걱정이 된 모양이다.

그의 행동에 기분이 좋아진 주연이 승재의 엉덩이를 두, 세 번 토닥이며 말했다.

"걱정되셨어요? 예뻐 죽겠다니까."

"밖에 나와 이러지 말랬지?"

깜짝 놀라 주연의 손을 꼭 잡은 그가 투덜거렸다.

"어머, 그럼 밖이 아님 다른 곳은 다 괜찮은 거야?"

"장난 그만해. 그러다 된통 당하는 수가 있어."

"오케이. 알았어."

평소에는 고지식한 모습만 보이다가 생각지도 못한 부분에서 대담함을 드러내는 그의 성향을 알기에 지금 하는 말이 농담처럼 들리지 않아 주연은 바로 꼬리를 내렸다.

일반 예식장이 아닌 적당한 크기의 홀을 빌려 가까운 지인들만 초대해 파티 형식으로 치러지는 오늘의 결혼식은 축의금도 받지 않고 주례도 없는 자유로운 분위기가 될 것이라 했다.

양쪽 부모님이 계시지 않은 두 사람의 결혼식에 참석한 하객은 예상대로 그리 많지 않았고 주연은 낯익은 사람들과 인사를 나누며 오늘의 주인공을 찾기 시작했다.

"어디 갔지? 찾았어?"

"아니."

식이 거행될 홀을 두리번거리던 주연이 태하가 보이지 않자 승재와 함께 신부대기실로 향했다.

역시나.

"류 팀장님, 손님 맞을 생각은 안 하고 여기서 뭐하시는 겁니까?"

"어? 왔어."

신부의 허리에 한여름 엿가락 붙듯 착 달라붙어 있던 태하가 피식 웃으며 몸을 일으켰다.

주연은 그에게 대충 눈인사를 건네고 신부에게 눈을 돌렸다. 바위처럼 단단한 사람의 눈물을 쑥쑥 뽑아내던 여자는 어떻게 생겼을지 자못 기대가 되었다.

"허억, 사장님?"

대기실에 다소곳하게 앉아 화사한 미소 짓고 있던 유안을 본 주연이 외모와 어울리지 않는 억눌린 목소리를 내었다. 늘 깔끔한 정장 차림의 모습과 판이하게 다른 모습이었지만 분명 그녀는 운성 시스템의 대표이사인 이유안이 맞았다.

"인사해. 여긴 내 아내 이유안, 이쪽은 무인기개발 2팀에 근무하는 강주연 팀장."

"이 유안이 그 유안이었어?"

"그렇게 됐네."

"세상에……."

기함한 얼굴로 중얼거리듯 묻는 말에 태하는 기분 좋은 웃음을 지으며 대답했다.

태하가 와이프 이름을 말하긴 했지만 설마 자신이 다니는 회사 사장과 동일인일 거라곤 꿈에도 생각하지 못했다. 나름 그의 아픔을 엿본 사람의 입장에서 왠지 모를 배신감마저 들어 표정이 떨떠름해졌다.

"반가워요."

"아! 네, 축하드려요, 사장님. 이런 자리에서 보게 될 거라 생각지도 못해서 제가 그만 실수를 했습니다."

"아니에요. 먼저 말하지 않은 저 사람 탓이지요."

"네, 그건 맞아요. 어떻게 그렇게 입을 꾹 다물고 있을 수 있는 거죠?"

당장 불이라도 뿜을 듯 열을 내는 주연을 보던 유안이 눈꼬리를 곱게 접으며 웃었다.

주연은 그런 유안을 낯선 눈으로 바라보며 시선을 돌리지 못했다. 정기적으로 열리는 브리핑 자리에서 간혹 보는 유안은 꽤나 날카로운 시선과 차가운 목소리를 가진 여자였다. 생각지도 못한 질문으로 발표자의 혼을 빼놓기도 하는, 딱 대기업의 임원다운 포스를 지닌 사람이었는데 사적으로 마주한 그녀는 완전 다른 사람이라고 해도 과언이 아니었다.

"강주연 팀장님은 열정이 넘치는 분이셨네요."

"아! 하하하. 제가 좀 그런 면이 있죠."

천연덕스럽게 웃는 웃음 뒤로 승재의 묵직한 한숨이 더해졌다.

주연은 승재의 손에 이끌려 대기실을 나오면서 속으로 다희에게 동정을 표했다.

'쯧쯧. 정다희, 어쩌냐? 아무래도 네가 완벽하게 졌다.'

그의 결혼 소식을 들은 다희는 충격을 받아 요양이 필요하다며 여행을 떠났다. 비행기를 타기 직전에 전화를 걸어 얼마나 대단한 여자와 결혼하는지 잘 보고 얘기해 달라는 주문을 했었는데, 류태하의 결혼 상대가 그들의 회사 사장일 줄이야. 거기에 그의 마음은 온통 이유안이라는 여자로 가득 차 있었다.

신부 대기실을 나서는 주연과 승재를 바라보던 태하가 다시금 유안의 곁으로 바짝 다가앉았다. 보는 것만으로도 좋아 어쩔 줄 모르겠다는 얼굴로 그녀를 세세히 살피며 작은 손을 꼭 쥐었다.

"피곤하지 않아?"

"괜찮아요."

"아침밥도 제대로 먹지 못했으면서."

"그거야 긴장돼서 그런 거고."

"간단하게 먹을 거라도 가져다줄까?"

혹시 그녀에게 불편한 점이 있을까 싶어 노심초사하는 태하를 물끄러미 응시하던 유안이 작게 고개를 저었다.

"생각 없어요. 나, 너무 신경 쓰지 말고 편히 있어요."

"그래. ……진짜 괜찮은 거지?"

"류태하 씨, 그만 좀 하죠."

"알았어. 안 할게. 진짜."

입에 지퍼 채우는 시늉을 하는 그를 보며 유안은 슬쩍 미소 지었다. 이젠 정말 괜찮은데, 그는 여전히 불안한가 보다. 그가 극성스러울 정도로 그녀의 상태를 걱정하는 이유가 떠오르자 속 깊은 곳에서부터 한숨이 새어 나왔다.

유안이 결혼식을 올린다는 소식을 들은 숙부와 고모가 어제저녁에 갑자기 들이닥쳤다. 집안에 어른이 있음에도 미리 말을 하지 않아 당신들 꼴을 우습게 만들었다며 길길이 뛰는 것을 보니 기가 막혔다.

그들이 한 번이라도 어른 노릇을 제대로 한 적이 있나 싶었지만 딱히 반박하지 않았다. 쓸데없는 입씨름을 하고픈 마음도 없었고 이렇게 찾아오게 두는 것도 마지막이다 싶어 두 사람이 하는 양을 그저 지켜보기만 했다.

한참을 떠들어 대던 그들은 유안이 아무런 반응도 보이지 않자 슬그머니 목소리를 죽였다.

"다 끝나셨어요? 하고 싶은 말씀 다 하신 거 맞죠? 그럼 당장 나가요."

"뭐? 이런 싸가지 없는 것! 집에 찾아온 어른을 이리 박대하는 경우가 어딨어?"

"어른도 어른 나름이라는 거 모르세요? 대접을 받고 싶으면 대접받을 행동부터 하셔야 옳은 거 아니겠어요?"

참 한결같다 싶었다. 이분들이 돌아가시기 전까지 달라진 모습을 볼 수는 있을까? 아마도 실현 불가능한 바람일 것이 분명했다.

유안은 그들을 빤히 쳐다보며 휴대폰을 들었다.

"경찰이죠? 저희 집에 무단침입한 사람이 있어서 신고하려고요."

그녀의 말에 사색이 된 두 사람이 입에 담기도 민망한 욕설을 퍼부으며 허겁지겁 밖으로 나가는 것을 보던 유안이 눈을 감아 버렸다. 이것으로 그들과 이어진 질긴 악연의 고리가 끊겼으면 좋겠다.

뻔뻔한 사람들. 특히 그녀의 작은아버지라는 사람은 저렇게 떳떳하게 고개를 들고 자신을 찾아오기 어려웠을 텐데. 하청업체 지정건으로 인한 금품수수에 대한 법적 책임을 묻지 않고 자리를 내놓는 것으로 합의를 보면서 다시는 보지 말자는 말까지 했지만 한 귀로 듣고 한 귀로 흘린 모양이다. 하지만 더 이상은 당하고 있지만은 않을 것이다.

한참 만에 눈을 뜨자 걱정 가득한 얼굴로 그녀를 응시하고 있는 그가 보였다. 혹시라도 그녀가 상처를 입었을까 두려워하는 그를 향해 유안은 세상에서 가장 환한 미소를 지으며 손을 뻗었다.

'걱정하지 마요. 이제 더 이상 이런 일로 상처받지 않아요. 당신이 내 곁에 있는 한 나는 항상 괜찮을 거예요.'

전문적으로 사회를 보는 사람의 주도하에 치러지는 예식은 시종일관 차분하면서도 유쾌한 분위기로 참석한 사람들의 입가에 웃음이 떠나지 않았다.

"빨리 왔네."

승재와 나란히 앉아 결혼식 축가를 듣고 있던 주연의 어깨를 누군가 짚으며 말을 걸었다.

"뭐야? 언니가 여기 웬일이야?"

"몰랐냐? 너희 사장 주치의가 올 아버지다."

희연은 주연의 옆자리에 앉으며 대꾸했다.

"그래? 그럼 아빠랑 같이 온 거야?"

"아니. 울 병원장님은 제주도에 가면서 날 대타로 보내셨어. 치사하게도 말이야."

안타까운 소식을 전하는 사람처럼 과장되게 얼굴을 일그러트린 희연이 이내 화사한 얼굴로 승재를 향해 한 손을 들었다.

"어이, 오랜만."

"안녕하셨어요?"

"그럼, 그럼."

"둘은 언제 할 거야?"

"조만간 상견례 자리를 마련하려고요."

"그래? 그럼 미리 축하. 잘 먹고 잘 살아."

주연이 앞에 놓인 접시에서 초밥을 하나 집어 먹으며 성의 없는 말을 던졌다.

"도대체가 진정성이 없어. 그런 영혼 없는 축하 말고 뭔가 놀랍고 기분 좋아질 축하를 해겠다는 생각은 안 들어?"

"왜? 별장이라도 넘기랴?"

"오호, 그거 좋은데? 줄 거야?"

"너 하는 거 보고……."

"칫. 됐거든."

승재는 투닥거리는 주연과 희연을 보고 피식 웃었다. 도무지 적응이 되지 않는 자매다.

그때 희연은 와인 잔을 들어 입을 축이며 물었다.

"주연아, 저 쌈박한 남자는 대체 누구니?"

"누구?"

"저 꾀꼬리 같은 목소리로 노랠 부르는 바람직한 기럭지의 소유자 말이야."

주연의 시선이 환한 미소를 머금고 축가를 열창하고 있는 사람에게 향했다. 190에 육박하는 키에 장난기 가득한 웃음이 일품인 남자는 류태하의 하나뿐인 동생 류재하였다.

"눈독 들이지 마."

"왜? 딱 내 스타일인데. 귀엽잖아."

"절대 안 돼."

펄쩍 뛰는 주연을 보며 희연은 의미심장한 미소를 지었다. 자신의 똑똑한 동생은 제 언니가 하지 말라는 일에 더욱 열을 내는 청개구리라는 걸 아직도 모르는 모양이다.

"언니보다 어려."

"그래서 뭐? 요즘 기력이 딸려서 그런지 어린 남자가 자꾸 눈에 들어오네."

"누가 들으면 100살도 훨씬 넘은 노인넨 줄 알겠네."

"하하하. 겉은 멀쩡해도 속은 이미 그 나이를 훌쩍 넘겼을 거다."

얘기하는 내내 희연의 호기심이 가득한 눈동자가 재하에게 찰싹 달라붙어 떨어지지 않았다. 의미심장한 미소를 지으며 아랫입술을 슬쩍 핥는 희연을 보고 승재가 부르르 몸을 떨었다. 마치 과거의 강주연을 보는 듯한 느낌이 들어 재하를 향해 애도의 뜻을 표했다.

— *The end*

그 후

"하웃. ……하아. 제발."

가느다란 음성이 흐느끼듯 새어 나왔다.

방만하게 벌어진 그녀의 다리 사이에 머리를 묻은 태하는 유안의
애원에도 불구하고 게걸스럽게 그녀의 은밀한 습지를 먹어 치우고
있었다.

추릅거리는 색스러운 소리에 얼굴을 붉힌 유안이 입술을 깨물며
가슴을 들썩였다. 짜릿하게 곱아드는 발가락과 절로 둥글게 휘는 허
리까지 모두 제 것이 아닌 것만 같았다.

첫 경험 후 늘 조심스럽고 부드럽게 그녀를 어루만지던 그가 아니
었다. 겁이 날 정도로 거칠게 몰아붙이는 그도 낯설고 눈물을 흘릴
정도로 애욕에 빠져 신음하는 자신도 낯설어 작게 애원했다.

"……오빠. 그만."

"싫어."

그는 축축하게 젖은 입술을 손등으로 훔치며 욕망에 휩싸인 눈을 들었다. 윤기가 자르르 흐르는 붉은 그곳을 뚫어지게 바라보며 입안에 가득 고인 침을 삼켰다. 다시 한 번 혀를 내밀어 그녀의 갈라진 틈을 길게 핥아 올린 그가 엄지손가락으로 톡 튀어나온 그녀의 작은 보석을 은밀하게 쓸어 올리며 슬슬 굴렸다.

"하악. 아아."

열기에 사로잡혀 흐릿해진 그녀의 눈동자가 그에게 향했다. 작게 도리질 치며 그를 말리기 위해 뻗은 가느다란 손을 맞잡고는 힘을 주어 그녀를 끌어당겼다. 그의 힘에 이끌리듯 상체를 일으킨 유안의 허리를 당겨 안으며 가쁜 숨을 몰아쉬기 위해 살짝 벌어진 입술 사이로 혀를 밀어 넣는 것과 동시에 손가락 하나를 그녀의 깊은 곳에 꽂아 넣었다.

격한 동작에 순간적으로 숨을 멈춘 그녀의 혀를 휘감고 타액을 들이마셨다. 그의 방문을 기다렸다는 듯 손가락에 감겨드는 뜨거운 속살에 감격해 느리게 왔다갔다 손을 움직여 좁은 길을 넓히기 시작했다.

"이제 약을 끊으셔도 괜찮을 것 같습니다."

오늘 다녀온 병원에서 그녀의 담당의가 한 말이 귓가에 맴돌았다. 이제 매일매일 시간을 지켜 가며 먹던 약을 그만 먹어도 된다는 소식에 날아갈 듯 기뻤다. 혹시라도 그녀의 건강이 나빠졌을까 싶어 노심초사하던 모든 것이 일시에 사라져 버렸다.

그래서일까? 자신의 내부에 꼭꼭 숨겨 두었던 포악한 욕망이 일시에 기지개를 켜며 제 존재를 드러내기 시작했다.

항상 그녀가 다칠지도 모른다는 생각에 조심스럽게 안아 왔지만 오늘은 그게 잘 되지 않았다. 그녀의 봉긋한 젖가슴과 몸 곳곳에 한 가득 찍어 놓은 붉은 화인을 보니 절로 만족감이 들었고 자신으로 인해 애액을 뿜어내며 흐느끼는 그녀를 보는 게 좋았다.

더, 더 많이 울리고 싶었다. 자신으로 인해, 자신만을 위해 몸을 비틀고 눈물을 흘리는 그녀를 볼 수 있다면 유안의 온몸에 붉은 도장을 찍는 것도 좋을 것 같았다.

그의 손동작이 거세지는 것과 동시에 질척거리는 소리 또한 함께 커졌다. 그사이 그녀의 입술을 잘근잘근 씹고 있던 그가 목덜미를 핥으며 작게 물었다. 열에 들떠 제정신이 아닌 상태에서도 잊지 않 고 반응을 보여 주는 그녀의 모습이 너무 예뻐 항상 짓궂은 질문을 던지는 그였다.

"날 사랑해?"

끄덕끄덕.

말할 기운도 없는 그녀의 작은 움직임에 그의 입가에 미소가 솟아 났다.

태하는 강한 자극에 힘겨워하는 그녀의 몸을 부드럽게 뒤집었다. 모로 틀어져 있는 그녀의 옆얼굴과 함께 유려한 곡선을 이루는 등줄 기를 보며 손을 내렸다. 목에서부터 시작해 엉덩이까지 이어진 척추 선을 따라 느리고 감질나게 손을 놀렸다.

그의 손가락이 닿는 곳이 움찔거리는 것을 보며 잘했다고 칭찬하 듯 입술로 도장을 찍어 주는 것도 잊지 않았다.

그녀의 무릎을 세우고 엉덩이를 당겨 올린 그가 오래전부터 성질을 내고 있던 자신의 분신을 잡고 그녀의 갈라진 틈 사이를 맛볼 수 있도록 위아래로 문지르자 녀석은 환희에 찬 비명을 지르기 시작했다.

"……하악. 으흐흣."

"흡. 하아."

억세게 단단해진 그의 것이 유안의 숨겨진 습지를 찾아 들어가기 시작했다. 좁은 길을 비집고 들어가듯 조금씩 조금씩 제 영역을 넓히자 그녀의 신음이 더욱 커졌다.

태하는 그녀의 안으로 들어갈 땐 단번에 깊숙하게 밀어 넣는 것보다 이렇게 느리게 들어가는 것을 더 선호했다. 그녀의 속살이 마치 그의 페니스를 잡아 비틀고 꼬집는 듯한 느낌이 너무 좋아 그것을 만끽하려면 천천히 삽입하는 게 최고였다.

그의 분신이 유안의 안으로 완전히 모습을 감추자 그는 서서히 허리를 튕기기 시작했다. 자신을 집어삼킨 그녀의 은밀한 곳을 보면서 그는 이를 악물었다. 그의 페니스를 머금었다 뱉어 내는 그녀의 습지가 너무 원색적이고 음란하게 보여 절로 엉덩이에 힘이 들어갔다.

턱. 턱.

그의 음낭이 그녀의 엉덩이 사이에 들러붙으며 욕정을 부추기는 소리를 더했다.

"아. 아훗."

당장 숨이 넘어갈 것만 같은 희열에 빠진 유안의 교성은 점차 높아져만 갔다. 진득한 열기, 자극적인 신음과 질척이는 소리가 뜨겁게 어우러져 두 사람을 한계치로 몰아갔다.

숨통을 죄어 오듯 질기게 달라붙는 진득한 감각에 사로잡힌 그는 격렬하게 그녀를 헤집기 시작했다. 윤활유를 바른 듯 번들거리는 검붉은 페니스를 사정없이 그녀의 습지에 내리꽂으며 절정을 향해 미친 듯이 내달렸다.

모든 장기가 튀어나올 것만 같았다. 뒤에서부터 밀고 들어오는 그의 강한 힘을 고스란히 받아 내고 있는 유안은 숨을 쉬는 것조차도 힘겨웠다. 뜨겁고 억세면서도 부드러운 그의 분신이 연신 그녀를 괴롭혔다.

"아앗. 하아. ……천천히."

신음에 섞인 그녀의 애원이 그에게는 들리지 않는 듯했다. 평소와 달리 격렬하게 허리를 튕기는 그는 흥분이 최고조에 달해 있었다.

조금이라도 그에게 벗어나고자 무릎을 움직이자 그녀의 행동을 민감하게 알아챈 그가 허리를 덥석 잡아 그에게 가까이 당겨 버렸다.

"아앗, 하아. 하아."

"유안아, 허억, 싫어? ……내가 이러는 게 싫어?"

그녀의 등에 몸을 겹치며 한 손으로는 흔들리는 가슴을 움켜쥐고 나머지 손으로는 턱을 잡아 돌려 입술을 빨아 당기고 은근하게 묻는 말에 힘겹게 고개를 저었다.

그녀의 대답이 마음에 든 것일까. 그가 가슴을 주무르고 있던 손을 내려 그녀의 수풀을 헤치고 숨겨진 알갱이를 찾아내 괴롭히기 시작했다. 비비고 당기고 굴리고. 그의 손끝에서 정신이 없이 흔들리던 유안이 희열에 찬 교성을 터트리며 그에게 엉덩이를 가까이 가져다 댈 때까지 그는 손을 멈추지 않았다.

뜨겁다. 그녀의 안을 깊게 들락거리는 격정적인 몸짓에 조금씩 열기가 높아지기 시작했다. 자신도 몰랐던 민감한 부분을 집중적으로 찔러 대는 그의 페니스를 무의식적으로 꼭 물고 놔주지 않았다. 그러자 그가 억눌린 신음을 토해 내며 더욱 힘차게 허리를 튕겼다.

몸 속 깊은 곳에서부터 부글부글 끓어오르는 쾌감에 순식간에 그녀를 덮치자 유안이 높다란 교성과 함께 온몸의 근육을 수축시켰다. 그와 동시에 페니스를 조여 오는 엄청난 힘에 무너진 그가 날개를 활짝 펴고 하늘을 날아오르며 자신의 정념을 그녀의 안에 풀어놓았다.

"오빠, 내가 아기를 가질 수 있을까?"

거칠게 뱉어 내던 숨결이 안정을 찾아갈 무렵 유안이 작은 목소리로 물었다.

어릴 적부터 꿈꾸어 오던 가족. 서로를 다정하게 바라보고 이야기를 들어 주고 따뜻한 말을 해 주고…… 때론 싸우기도 하겠지만 항상 웃음이 끊이지 않는 가족이 가지고 싶었는데……. 갑자기 울컥하고 가슴속 깊이 무언가가 치고 올라와 명치끝이 꽉 막힌 듯 아파 왔다.

늘 외로웠던 어린 시절 탓에 아이를 많이 갖고 싶었지만 자신의 건강 때문에 꿈도 꾸지 못했다. 하지만 이제 약을 끊어도 된다는 말을 듣는 순간 숨겨 두었던 욕심이 그녀를 계속 찔러 댔다.

완벽한 가정. 부모와 아이가 있는 그런 집에서 살고 싶다.

"그럼."

유안의 등을 부드럽게 쓰다듬던 그가 그녀를 꼭 안으며 확신에 찬 대답을 해 주었다.

"미안해요. 많은 가족을 만들어 주고 싶었는데……."

자책 어린 말을 하는 아내를 아픈 눈으로 바라보던 그가 그녀의 손을 슬며시 잡아 줬었다. 유안이 고개를 들어 태하와 눈이 마주치자 그는 기다렸다는 듯이 활짝 웃었다.

"난, 너 하나로도 충분해. 하지만 내 아내가 아기를 가지고 싶다고 하니 열심히 노력해 봐야겠는데…… 그런 의미에서 한 번 더 괜찮지?"

말이 끝난 것과 동시에 그의 손길이 다시금 은밀해졌고 6개월 뒤 유안의 뱃속에 새로운 생명이 자릴 잡았다.

긴 시간 붙잡고 있던 태하와 유안이를 떠나보내야 할 시간이 왔네요.

늘 마음의 짐처럼 잡고 늘어져 두 사람의 마음이 하나 되는 걸 방해만 했는데 막상 손을 놓을 때가 되니 아쉬운 생각만 들어요.

한 남자를 위해 모든 것을 주었던 순진한 여자와 사랑을 받고 있으면서도 그걸 알지 못했던 미련한 남자의 이야기를 쓰고 싶었는데 생각처럼 쉽지가 않았어요.

매번 다음엔 조금 더 나은 글을 쓰기를 희망하지만 늘 제 한계치를 실감하고 맙니다.

무능력하게 늘어져 있던 시간들을 이제는 뒤로하고 처음의 열정을 다시 찾아야 할 때가 지금이 아닌가 싶어요. 우선 지금 연재하고 있는 글부터 성실히 올려야겠지요. 그리고 조금씩 저를 발전시켜 나가리라 다짐해 봅니다.

차가운 바람이 불어요.

늘 어디론가 떠나고 싶은 마음은 간절한데 현실이 저를 잡고 놓아주지 않네요. 저와 비슷한 것을 느끼시는 모든 분들. 이제 시작되는 겨울을 기쁜 마음으로 즐기시길 바랍니다.

그리고 저희 그녀의 서재 식구들, 힘없이 축축 늘어져 있을 때 기운을 북돋아 주어서 감사해요. 또 하나 원고 독촉도 없어 오랫동안 기다려준 뿔 미디어에도 죄송한 마음도 전하고 싶네요.

www.bbulmedia.com

www.bbulmedia.com